W0016408

MIRA®

Alle Rechte, einschließlich das des vollständigen oder
auszugsweisen Nachdrucks in jeglicher Form, sind vorbehalten.

Der Preis dieses Bandes versteht sich einschließlich der
gesetzlichen Mehrwertsteuer.

Umwelthinweis:
Dieses Buch wurde auf chlor- und säurefreiem Papier gedruckt.

Nora Roberts

Magic Moments

Verzaubertes Herz

Das Schloss in Frankreich

MIRA® TASCHENBUCH
Band 25589
1. Auflage: Mai 2012

MIRA® TASCHENBÜCHER
erscheinen in der Harlequin Enterprises GmbH,
Valentinskamp 24, 20354 Hamburg
Geschäftsführer: Thomas Beckmann

Copyright dieser Ausgabe © 2012 by MIRA Taschenbuch
in der Harlequin Enterprises GmbH

Titel der nordamerikanischen Originalausgaben:
This Magic Moment
Copyright © 1983 by Nora Roberts
erschienen bei: Silhouette Books, Toronto

Search For Love
Copyright © 1982 by Nora Roberts
erschienen bei: Silhouette Books, Toronto

Published by arrangement with
HARLEQUIN ENTERPRISES II B.V./S.àr.l

Konzeption/Reihengestaltung: fredebold&partner gmbh, Köln
Umschlaggestaltung: pecher und soiron, Köln
Redaktion: Mareike Müller
Titelabbildung: pecher und soiron, Köln
Autorenfoto: © by Harlequin Enterprises S.A., Schweiz
Satz: GGP Media GmbH, Pößneck
Druck und Bindearbeiten: CPI – Ebner & Spiegel, Ulm
Printed in Germany
Dieses Buch wurde auf FSC®-zertifiziertem Papier gedruckt.
ISBN 978-3-86278-314-4

www.mira-taschenbuch.de

Werden Sie Fan von MIRA Taschenbuch auf Facebook!

Nora Roberts

Verzaubertes Herz

Roman

Aus dem Amerikanischen von
Anne Pohlmann

1. KAPITEL

Patrick Atkins hatte das Haus nur aufgrund der Atmosphäre gewählt. Davon war Rona von dem Moment an überzeugt, in dem sie das steingraue einsame Gebäude auf der Klippe sah. Die Hinterfront war dem Pazifik zugewandt. Das Haus war nicht symmetrisch gebaut, sondern bestand aus unterschiedlich hohen und weit auseinandergezogenen Teilen, die ihm eine wilde Anmut verliehen. Am Ende einer kurvenreichen Straße durch die Klippen und vor dem Hintergrund eines düster drohenden Himmels wirkte das Haus gleichzeitig großartig und unheimlich.

Wie aus einem alten Film, dachte Rona und schaltete in den ersten Gang, um die Steigung zu nehmen. Sie hatte gehört, dass Patrick Atkins exzentrisch war. Das Haus schien es zu beweisen.

Jetzt fehlen nur noch ein paar kleine Nebeneffekte, dachte sie, wie Donnerschlag, Nebel und Wolfsgeheul. Der Gedanke amüsierte Rona. Sie hielt den Wagen an und betrachtete noch einmal das Haus. Nur hundertfünfzig Meilen nördlich von Los Angeles bekam man nicht viele Gebäude dieser Art zu sehen. Sie verbesserte sich: Nirgendwo bekam man so etwas leicht zu sehen.

Kaum stieg sie aus dem Wagen, als der Wind sie ansprang, ihr die Haare ins Gesicht wehte und an ihrer lindgrünen flauschigen Strickjacke zerrte. Sie war versucht, zu der Stützmauer zu gehen und einen Blick auf den Ozean zu werfen, eilte aber stattdessen die Stufen hinauf. Sie war schließlich nicht hier, um die Aussicht zu bewundern.

Der Türklopfer war alt und schwer und erzeugte einen beeindruckenden Schlag. Rona redete sich ein, nicht im Geringsten nervös zu sein, wechselte nur ihre Aktenmappe von einer Hand in die andere, während sie wartete. Ihr Vater wäre wütend gewesen, wäre sie ohne Patrick Atkins' Unterschrift unter dem Vertrag in ihrer Tasche zurückgekommen. Nein, nicht wütend, verbesserte sie sich. Schweigsam. Niemand konnte Schweigsamkeit so effektvoll einsetzen wie Bennett Swan.

Ich werde nicht mit leeren Händen hier weggehen, versicherte sie sich selbst. Ich weiß, wie man schwierige Entertainer behandelt. Ich habe jahrelang beobachtet, wie man es macht, und …

Ihre Gedanken wurden von der sich öffnenden Tür abgeschnitten. Rona starrte den größten Mann an, den sie jemals gesehen hatte. Er war wenigstens zwei Meter hoch, und seine breiten Schultern füllten den Türrahmen fast vollständig aus. Und dann sein Gesicht! Er war zweifellos der hässlichste Mensch, der ihr je begegnet war. Sein breitflächiges Gesicht war blass. Seine Nase war offenbar einmal gebrochen und in einem schiefen Winkel zusammengewachsen. Seine kleinen Augen wiesen das gleiche verwaschene Braun auf wie seine dichten Haare.

Atmosphäre, dachte Rona erneut. Atkins muss diesen Mann wegen der Atmosphäre ausgewählt haben.

„Guten Tag“, brachte sie hervor. „Rona Swan. Mr Atkins erwartet mich.“

„Miss Swan.“ Die tiefe, schleppende Stimme passte perfekt zu ihm. Als er zurückwich, zögerte Rona einzutreten.

Sturmwolken, ein riesenhafter Butler und ein düsteres Haus auf einer Klippe. Oh ja, dachte sie, Atkins versteht etwas von Bühneneffekt.

Sie trat ein und sah sich rasch um, während sich die Tür hinter ihr schloss.

„Warten Sie hier“, wies der Butler sie lakonisch an und bewegte sich für seine Größe überraschend geschmeidig durch die Halle.

„Ja, danke“, murmelte sie hinter ihm her.

Die weißen Wände waren mit Wandteppichen geschmückt. Der am nächsten hängende Teppich zeigte in einer verblassten mittelalterlichen Szenerie den jungen König Arthur, der soeben das magische Schwert aus dem Felsen zog. Merlin, der Zauberer, schwebte im Hintergrund. Rona nickte. Diese hervorragende Arbeit passte zu einem Mann wie Atkins.

Sie drehte sich neugierig um und erblickte daraufhin sich

selbst in einem verzierten großen Drehspiegel.

Das zerzauste Haar ärgerte sie. Sie repräsentierte „Swan Productions“. Rona zupfte an ihren aus der Frisur gelösten Locken. Ihre grünen Augen hatten sich in einer Mischung aus Sorge und Erregung verdunkelt, ihre Wangen aus den gleichen Gründen gerötet. Sie holte tief Luft, zwang sich zur Ruhe und strich ihre Jacke und ihr hellgrünes langes Wollkleid glatt.

Als sie Schritte hörte, wandte sie sich hastig ab. Sie wollte nicht dabei ertappt werden, dass sie sich im Spiegel betrachtete und ihr Aussehen in letzter Minute in Ordnung brachte. Wieder war es nur der Butler. Rona unterdrückte aufkeimenden Ärger.

„Er möchte mit Ihnen im Keller sprechen.“

„Oh!“ Rona wollte noch etwas sagen, aber der Butler ging schon voraus, und sie musste sich beeilen, um Schritt zu halten.

Von der Halle führte ein Korridor nach rechts ab. Ronas Absätze klickten hastig, als sie sich dem Tempo des Butlers anpasste. Er blieb so abrupt stehen, dass sie fast gegen seinen Rücken prallte.

„Da hinunter.“ Er öffnete eine Tür und verschwand schnell in der Tiefe.

„Aber …“ Rona warf ihm einen finsteren Blick nach und begann den Abstieg über die schwach erleuchteten Stufen. Das ist wirklich lächerlich, fand sie. Eine Geschäftsbesprechung sollte in einem Büro stattfinden oder wenigstens in einem angemessenen Restaurant. Das ist Showbusiness, dachte sie zornig.

Das Echo ihrer eigenen Schritte hallte ihr von unten entgegen. Ansonsten war es totenstill. Oh ja, befand sie erneut, Atkins versteht etwas von Bühneneffekt. Ihr Herz hämmerte heftig, als sie die letzte Windung der Wendeltreppe nahm.

Der Kellerraum war riesig und mit Körben und Kisten und allen möglichen Gegenständen vollgestellt. Die Wände waren holzgetäfelt, der Boden gefliest. Mehr Einrichtung hatte niemand für nötig gehalten. Rona sah sich stirnrunzelnd um, während sie die letzten Stufen hinunterstieg.

Patrick Atkins beobachtete die Besucherin. Er besaß das Talent, sich völlig still zu verhalten und sich absolut zu konzentrieren. Das war in seinem Beruf lebenswichtig. Er besaß auch die Fähigkeit, einen Menschen rasch einzustufen. Auch das gehörte zu seinem Beruf. Rona Swan war jünger, als er erwartet hatte, eine zierlich wirkende Frau, schmal und zart, mit duftigen Wellen blonder Haare und einem fein geschnittenen Gesicht mit energischem Kinn.

Sie ist verärgert, stellte er fest, und nicht im Geringsten ängstlich. Ein Lächeln spielte um seinen Mund. Er verhielt sich auch noch still, als sie im Raum herumging. Sie wirkte sehr geschäftsmäßig in ihrem schlicht-eleganten Kleid. Zierliche Schuhe, eine teure Aktenmappe und sehr weibliche Hände. Interessant.

„Miss Swan."

Rona fuhr zusammen und verwünschte sich selbst. Denn als sie sich in die Richtung drehte, aus der die Stimme gekommen war, sah sie nur Schatten. Patrick Atkins war nicht auszumachen.

„Sie sind sehr pünktlich", erklang wieder seine Stimme.

Endlich bewegte er sich, und Rona erkannte, dass er auf einer kleinen Bühne stand. Er trug Schwarz und verschmolz mit den Schatten. Mit einiger Anstrengung unterdrückte sie den Ärger in ihrer Stimme.

„Mr Atkins." Rona ging mit einem einstudierten Lächeln auf ihn zu. „Ihr Haus ist sagenhaft!"

„Danke."

Er kam nicht zu ihr herunter, sondern blieb auf der Bühne stehen. Rona musste zu ihm aufblicken. Es überraschte sie, dass er in natura viel beeindruckender wirkte als in Film- und auf Bandaufzeichnungen. Normalerweise war es umgekehrt. Sie hatte Patrick Atkins' Vorstellungen gesehen. Seit ihr Vater aus Gesundheitsgründen widerstrebend Atkins ihr überlassen hatte, war Rona an zwei Abenden sämtliche verfügbaren Aufzeichnungen von Patrick Atkins durchgegangen.

Ein beeindruckender Mann, stellte sie bei sich fest, als sie sein ausgeprägtes Gesicht mit dem dichten schwarzen Haar betrachtete. An seinem Kinn gab es eine kleine Narbe, und sein Mund war breit und voll. Seine Brauen waren gewölbt, die Enden leicht nach oben gerichtet. Seine Augen hielten sie gefangen. Noch nie hatte sie so dunkle, so tiefe Augen gesehen. Waren sie grau? Waren sie schwarz? Dabei war es gar nicht die Farbe der Augen, die Rona verunsicherte, es war die absolute Konzentration, die sie in ihnen sah. Ihre Kehle fühlte sich auf einmal so trocken an, dass Rona schlucken musste. Es kam ihr fast so vor, als würde er ihre Gedanken lesen.

Patrick Atkins war als größter Magier des Jahrzehnts bezeichnet worden. Manche nannten ihn sogar den größten des letzten halben Jahrhunderts. Seine Illusionsnummern und Entfesselungen waren waghalsig, sensationell und unerklärlich. Nicht selten wurde er sogar als Hexenmeister bezeichnet. Während Rona in seine Augen sah, begann sie zu verstehen, wie es zu seinem Ruf gekommen war.

Sie schüttelte die Trance ab, in der sie sich plötzlich befand, und nahm einen zweiten Anlauf. Sie glaubte nicht an Magie. „Mr Atkins, mein Vater lässt sich dafür entschuldigen, dass er nicht selbst kommen kann. Ich hoffe, dass es ihm …“

„Es geht ihm besser!“

Sie stockte verwirrt. „Ja, ach so, tatsächlich.“ Wieder konnte sie nicht anders, als ihn anzustarren.

Patrick stieg lächelnd zu ihr herunter. „Er hat mich vor einer Stunde angerufen, Miss Swan. Ferngespräch, keine Telepathie.“

Rona schoss ihm einen wütenden Blick zu, ehe sie sich selbst zurückhalten konnte, aber sein Lächeln verstärkte sich nur noch.

„Hatten Sie eine angenehme Fahrt?“, erkundigte er sich.

„Ja, danke.“

„Aber eine lange Fahrt. Setzen Sie sich.“ Patrick deutete auf einen Tisch und setzte sich dahinter.

Rona nahm ihm gegenüber Platz. „Mr Atkins“, begann sie und fühlte sich wohler, da sie endlich zum Geschäftlichen kamen. „Ich weiß, dass mein Vater schon das Angebot von ‚Swan Productions‘ mit Ihnen und Ihrem Agenten ausführlich besprochen hat, aber vielleicht möchten Sie die Details noch einmal durchgehen." Sie stellte ihre Aktenmappe auf den Tisch. „Ich kann alle Ihre Fragen beantworten."

„Arbeiten Sie schon lange für ‚Swan Productions', Miss Swan?"

Die Frage unterbrach ihre flüssige Präsentation, aber Rona stellte sich sofort darauf ein. Entertainer mussten oft bei Laune gehalten werden. „Fünf Jahre, Mr Atkins. Ich versichere Ihnen, dass ich qualifiziert bin, Ihre Fragen zu beantworten und nötigenfalls über Bedingungen zu verhandeln."

Ihre Stimme klang fest, aber sie war nervös. Patrick erkannte es an ihren Händen, die sie sorgfältig auf dem Tisch gefaltet hielt. „Ich bin sicher, dass Sie qualifiziert sind, Miss Swan", stimmte er zu. „Ihr Vater ist kein Mann, den man leicht zufriedenstellen kann."

Überraschung und eine Spur von Sorge flackerten in ihren Augen auf. „Nein", erwiderte sie ruhig. „Und darum können Sie sicher sein, die bestmögliche Betreuung zu erhalten – die besten Produktionsleute, den besten Vertrag. Drei einstündige Fernseh-Specials, verteilt über drei Jahre, garantiert beste Sendezeit, dazu ein Budget, das Qualität sichert." Sie unterbrach sich nur kurz. „Ein vorteilhaftes Arrangement für Sie und für ‚Swan Productions'."

„Vielleicht."

Er betrachtete sie zu genau. Rona zwang sich dazu, still sitzen zu bleiben. Grau! Seine Augen waren grau, aber so dunkel, dass es hart an Schwarz heranreichte.

„Natürlich", fuhr sie fort. „Ihre Karriere zielte schon immer hauptsächlich auf Publikum in Klubs und Theatern. Las Vegas, Lake Tahoe, das ‚London Palladium' und so weiter."

„Eine Illusion auf Film ist bedeutungslos, Miss Swan. Ein Film kann verändert werden."

„Ja, das ist mir klar. Um überhaupt zu wirken, muss ein Trick live vorgeführt werden ..." Weiter kam sie nicht.

„Eine Illusion", verbesserte Patrick. „Ich mache keine Tricks."

Rona stockte. Seine Augen waren fest auf sie gerichtet. „Eine

Illusion“, korrigierte sie sich mit einem Kopfnicken. „Die Specials sollen live ausgestrahlt werden und vor Studiopublikum ablaufen. Die Werbung …“

„Sie glauben nicht an Magie, nicht wahr, Miss Swan?“ Um seinen Mund spielte nur der Hauch eines Lächelns, und in seiner Stimme schwang eine Spur von Belustigung mit.

„Mr Atkins, Sie sind ein sehr talentierter Mann“, antwortete sie behutsam. „Ich bewundere Ihre Arbeit sehr.“

„Sie sind diplomatisch“, folgerte er und lehnte sich zurück. „Und zynisch. Ich mag das.“

Rona fühlte sich nicht geschmeichelt. Er machte sich über sie lustig und versuchte nicht einmal, es zu verbergen. Das ist dein Job, erinnerte sie sich und biss die Zähne zusammen. Erledige deinen Job! „Mr Atkins, wenn wir jetzt die Vertragsbedingungen besprechen könnten …“

„Ich mache mit niemandem Geschäfte, ohne zu wissen, mit wem ich es zu tun habe.“

Rona stieß kurz den Atem aus. „Mein Vater …“

„Ich spreche nicht von Ihrem Vater“, unterbrach Patrick sie.

„Ich habe leider vergessen, meinen Lebenslauf mitzubringen“, fauchte sie ihn an und biss sich auf die Lippen. Verdammt! Sie konnte es sich nicht leisten, die Beherrschung zu verlieren.

Aber Patrick lächelte amüsiert. „Das ist wohl auch nicht nötig.“ Er hielt ihre Hand, bevor sie überhaupt begriff, was er tat.

„Niemals!“

Die Stimme in ihrem Rücken ließ Rona von ihrem Stuhl hochfahren.

„Das ist nur Merlin“, sagte Patrick sanft, als sie den Kopf wandte.

Ein großer schwarzer Beo saß rechts von ihr auf einer Stange. Rona holte tief Luft und versuchte, ihre Nerven unter Kontrolle zu bringen. Der Vogel starrte sie an.

„Sehr klug“, brachte sie hervor und betrachtete den Vogel mit einiger Zurückhaltung. „Haben Sie ihm das Sprechen beigebracht?“

„Mhm."

„Willst du einen Drink, Süße?"

Rona lachte unterdrückt und wandte sich zu Patrick. Er warf dem Vogel einen gleichgültigen Blick zu. „Ich habe ihm keine Manieren beigebracht."

Sie kämpfte gegen den Lachreiz. „Mr Atkins, wenn wir dann …"

„Ihr Vater wollte einen Sohn." Patrick brachte Rona dazu, ihn ungläubig anzustarren. „Das hat es für Sie schwierig gemacht." Er sah ihr wieder in die Augen und hielt locker ihre Hand. „Sie sind nicht verheiratet und leben allein. Sie sind realistisch und halten sich selbst für sehr praktisch veranlagt. Es fällt Ihnen schwer, Ihr Temperament zu zügeln, aber Sie arbeiten daran. Sie sind eine sehr vorsichtige Frau, Miss Swan, fassen nur langsam Vertrauen und suchen sich Ihre Bekanntschaften genau aus. Sie sind ungeduldig, weil Sie sich und Ihrem Vater etwas beweisen wollen." Seine Augen verloren ihre Direktheit, als er sie anlächelte. „Ein Gesellschaftsspiel, Miss Swan, oder Telepathie?"

Als Patrick ihre Hand losließ, zog Rona sie vom Tisch und verbarg sie in ihrem Schoß. Seine Treffsicherheit störte sie.

„Es war nur ein wenig Amateurpsychologie", erklärte er zufrieden und genoss ihre Betroffenheit. „Etwas grundsätzliches Wissen über Bennett Swan und Kenntnis der Körpersprache." Er zuckte die Schultern. „Kein Trick, Miss Swan, nur Vermutungen. Wie dicht war ich dran?"

Rona verschränkte die Hände in ihrem Schoß. Ihre rechte Handfläche war von seinem Griff noch immer warm. „Ich bin nicht zum Spielen hergekommen, Mr Atkins."

„Nein." Patrick Atkins lächelte charmant. „Sie sind hergekommen, um eine Vereinbarung abzuschließen, aber ich mache so etwas auf meine Art und wenn ich es für richtig halte. Mein Beruf fördert Exzentrizität, Miss Swan. Seien Sie nachsichtig mit mir."

„Ich versuche es", erwiderte Rona, holte tief Luft und lehnte sich zurück. „Ich kann wohl sagen, dass wir beide unseren Beruf sehr ernst nehmen."

„Richtig."

„Dann verstehen Sie auch, Mr Atkins, dass es mein Job ist, Ihre Unterschrift für ‚Swan' zu bekommen." Vielleicht sollte sie es mit etwas Schmeichelei versuchen. „Wir wollen Sie, weil Sie auf Ihrem Gebiet der Beste sind."

„Das ist mir klar", antwortete er, ohne mit der Wimper zu zucken.

„Es ist Ihnen klar, dass wir Sie wollen oder dass Sie der Beste sind?", forschte sie.

Er lächelte sie strahlend an. „Beides."

Rona atmete langsam ein und dachte daran, dass Entertainer oft unmöglich waren. „Mr Atkins ...", setzte sie an.

Merlin flatterte durch die Luft und landete auf ihrer Schulter. Rona rang nach Luft und erstarrte.

„Oh Gott", murmelte sie. Das ist einfach zu viel, dachte sie benommen, absolut zu viel.

Patrick betrachtete den Vogel, während dieser seine Flügel zusammenfaltete. „Seltsam, das hat er noch nie bei jemandem gemacht."

„Bin ich nicht ein Glückspilz?", murmelte Rona und rührte sich nicht. *Können Vögel beißen?* überlegte sie. Sie beschloss, nicht abzuwarten, um es herauszufinden. „Meinen Sie, Sie könnten – nun ja, ihn überreden, sich anderswo niederzulassen?"

Mit einer kleinen Handbewegung brachte Patrick Merlin dazu, auf seine Schulter überzuwechseln.

„Mr Atkins, bitte, ich verstehe ja, dass ein Mann mit Ihrem Beruf einen gewissen Sinn für Atmosphäre besitzt." Rona kämpfte vergeblich um Fassung. „Es ist sehr schwer, über Geschäfte zu sprechen in einem ... einem Verlies." Sie machte eine alles einschließende Geste. „Mit einem verrückten Raben, der sich auf meine Schulter setzt, und ..."

Patricks lautes Lachen schnitt ihr das Wort ab. Der Vogel auf seiner Schulter flatterte mit den Flügeln und starrte Rona aus unbeweglichen Augen an. „Rona Swan, ich fange an, Sie zu mögen. Ich arbeite in diesem Verlies“, erklärte er, nicht im Geringsten beleidigt. „Hier ist es abgeschieden und ruhig. Für Illusionen braucht man mehr als Geschicklichkeit. Sie verlangen eine Menge Planung und Vorbereitung.“

„Ich verstehe das, Mr Atkins, aber …“

„Wir sprechen ganz konventionell beim Dinner über das Geschäft“, unterbrach er sie.

Rona stand gleichzeitig mit ihm auf. Sie hatte nicht länger als ein bis zwei Stunden bleiben wollen. Hier von der Klippe bis zu ihrem Hotel war es eine Fahrt von einer guten halben Stunde.

„Sie bleiben über Nacht“, fügte Patrick hinzu, als hätte er tatsächlich ihre Gedanken gelesen.

„Ich schätze Ihre Gastfreundschaft, Mr Atkins.“ Sie folgte ihm, als er mit dem Vogel auf seiner Schulter zu der Treppe ging. „Aber ich habe in einem Hotel in der Stadt reserviert. Morgen …“

„Haben Sie Ihr Gepäck bei sich?“ Patrick blieb stehen und nahm ihren Arm, bevor sie die Stufen hinaufstiegen.

„Ja, im Wagen, aber …“

„Link wird Ihre Reservierung rückgängig machen, Miss Swan. Ein Gewitter zieht auf.“ Er wandte den Kopf und sah sie an. „Ich möchte nicht gern, dass Sie heute Abend auf diesen Straßen unterwegs sind.“

Wie um seine Worte zu unterstreichen, empfing sie am Kopf der Treppe ein Donnerschlag. Rona murmelte etwas. Sie war sich nicht ganz sicher, ob sie in seinem Haus übernachten wollte.

„Ich habe kein Ass im Ärmel“, verkündete Merlin.

Rona warf ihm einen zweifelnden Blick zu.

Das Dinner trug viel zu Ronas Beruhigung bei. Das Speisezimmer war riesengroß mit einem prasselnden Kaminfeuer an dem einen und einer Sammlung antiker Zinnbecher an dem anderen Ende. Der lange, schmale Tisch war mit Sèvres-Porzellan und altem Silber gedeckt.

„Link ist ein ausgezeichneter Koch“, erklärte Patrick, als der riesenhafte Mann den Teller mit Huhn und Reis vor sie auf den Tisch stellte. Rona warf einen Blick auf seine gewaltigen Hände, bevor Link den Raum verließ. Vorsichtig griff sie zu ihrer Gabel.

„Vor allem ist er schweigsam", bemerkte sie.

Patrick lächelte und goss einen blassgoldenen Wein in ihr Glas. „Link spricht nur, wenn er etwas zu sagen hat. Leben Sie gern in Los Angeles, Miss Swan?"

Rona sah ihn an. Seine Augen waren jetzt freundlich und nicht forschend und bohrend wie vorhin. Sie entspannte sich. „Ja, sicher. Es ist für meine Arbeit sehr praktisch."

„Sind es nicht zu viele Menschen?" Patrick schnitt sein Hühnchen an.

„Schon, aber ich bin daran gewöhnt."

„Haben Sie immer in Los Angeles gelebt?"

„Ja, abgesehen von meiner Schulzeit."

Patrick bemerkte auch die kleinste Veränderung im Tonfall, die Andeutung von Groll, die anderen nicht aufgefallen wäre. „Wo sind Sie zur Schule gegangen?"

„In der Schweiz."

„Ein schönes Land." Er griff nach seinem Weinglas. Und es hat ihr gar nicht gefallen, dorthin geschickt zu werden, dachte er. „Danach haben Sie für ‚Swan Productions' zu arbeiten begonnen?"

Stirnrunzelnd blickte Rona in das Kaminfeuer. „Als mein Vater erkannte, dass ich fest entschlossen war, stimmte er zu."

„Und Sie sind eine sehr entschlossene Frau", bemerkte Patrick.

„Ja", gab sie zu. „Im ersten Jahr habe ich Briefmarken geleckt und Kaffee geholt und wurde von den Künstlern ferngehalten." Das Stirnrunzeln verschwand. Dafür trat ein vergnügtes Funkeln in ihre Augen. „Eines Tages landeten durch einen Fehler einige Unterlagen auf meinem Schreibtisch. Mein Vater wollte die große Schauspielerin Mildred Chase für eine Miniserie. Sie wollte nicht so recht. Ich habe ein paar Nachforschungen angestellt und sie dann besucht." Sie blickte Patrick lachend an. „Das war vielleicht ein Erlebnis. Sie residiert auf einem herrlichen Besitz in den Hügeln, mit Wächtern und einem Dutzend Hunden. Sie macht noch ganz auf Alt-Hollywood. Wahrscheinlich hat sie mich aus Neugierde eingelassen."

„Welchen Eindruck hatten Sie von ihr?", fragte er, damit sie weitersprach, und lächelte.

„Sie war wunderbar, eine richtige *Grande Dame.* Hätten meine Knie nicht gezittert, hätte ich bestimmt einen Hofknicks gemacht." Ein triumphierendes Leuchten erschien auf ihrem Gesicht. „Zwei Stunden später hatte ich ihre Unterschrift auf dem Vertrag."

„Wie hat Ihr Vater reagiert?"

„Er war wütend." Rona griff nach ihrem Weinglas. Der Schein der Flammen spielte auf ihrer Haut. „Er hat fast eine Stunde lang getobt." Sie trank und stellte das Glas ab. „Am nächsten Tag bekam ich eine Beförderung und ein neues Büro. Bennett Swan schätzt Leute, die etwas erreichen."

„Und erreichen Sie etwas, Miss Swan?", murmelte Patrick.

„Für gewöhnlich", antwortete sie ruhig. „Ich kann gut mit Problemen umgehen."

„Auch mit Leuten?"

Rona zögerte. Seine Augen waren wieder forschend und bohrend. „Mit den meisten Leuten."

Er lächelte, aber sein Blick blieb forschend. „Wie ist Ihr Essen?"

„Mein ..." Rona schüttelte den Kopf, um seinen Blick abzustreifen, und sah auf ihren Teller. Überrascht stellte sie fest, dass sie einen guten Teil ihres Hühnchens gegessen hatte. „Es ist sehr gut. Ihr ..." Sie sah Patrick wieder an und wusste nicht, wie sie Link nennen sollte. Diener? Sklave?

„Freund", warf Patrick sanft ein und nippte an seinem Wein.

Rona kämpfte gegen das unangenehme Gefühl an, er könnte in ihren Kopf hineinsehen. „Ihr Freund ist ein großartiger Koch."

„Das Aussehen täuscht oft", stellte Patrick amüsiert fest. „Sie und ich haben Berufe, in denen dem Publikum etwas nicht wirklich Existierendes gezeigt wird. ‚Swan Productions' handelt mit Illusionen, genau wie ich." Er streckte den Arm nach ihr aus, und Rona lehnte sich hastig zurück. In seiner Hand erschien eine langstielige rote Rose.

„Oh!" Angenehm überrascht nahm Rona sie an. Die Blüte hatte einen starken und süßen Duft. „Damit muss man wohl rechnen, wenn man mit einem Magier isst." Sie lächelte ihm über die Rose hinweg zu.

„Schöne Frauen und Blumen gehören zusammen." Er wurde von dem wachsamen Ausdruck bezaubert, der in ihre Augen trat. Eine sehr vorsichtige Frau, dachte er wieder. Er schätzte Vorsicht. Er beobachtete auch gern die Reaktionen anderer Menschen. „Sie sind eine schöne Frau, Rona Swan."

„Danke."

Ihre Antwort klang spröde und ließ ihn lächeln. „Noch Wein?"

„Nein, nein, danke." Ihr Herz schlug schneller, als sie die Blume neben ihren Teller legte und weiteraß. „Ich war noch nie so weit nördlich an der Pazifikküste", bemerkte sie nebenbei. „Leben Sie schon lange hier, Mr Atkins?"

„Ein paar Jahre." Er ließ den Wein in seinem Glas kreisen. „Ich mag keine Menschenmassen."

„Außer bei Vorstellungen", sagte sie lächelnd.

„Natürlich."

Als Patrick aufstand und vorschlug, ins Wohnzimmer zu gehen, wurde Rona bewusst, dass sie nicht über den Vertrag gesprochen hatten. Sie musste ihn darauf zurückbringen.

„Mr Atkins …", begann sie, als sie das Zimmer betraten, doch sie unterbrach sich sogleich. „Oh! Was für ein schöner Raum!"

Es war ein Schritt zurück in das achtzehnte Jahrhundert, allerdings ohne Spinnweben und Verfallserscheinungen. Die Möbel schimmerten, die Blumen waren frisch. Ein kleines Piano stand in einer Ecke, ein Notenblatt in dem Halter. Auf dem Kaminsims standen winzige Figürchen aus geblasenem Glas. Eine ganze Menagerie, wie Rona bei genauerem Hinsehen feststellte, Einhörner, geflügelte Pferde, Zentauren, ein dreiköpfiger Hund. In Patrick Atkins' Sammlung gab es keine normalen Tiere.

Im Kamin brannte ein angenehmes Feuer. Auf einem hohen, runden Tisch mit einer kleinen Platte stand eine Tiffanylampe. Einen solchen Raum hätte Rona in einem gemütlichen englischen Landhaus erwartet.

„Freut mich, dass es Ihnen gefällt." Patrick ließ seinen Blick über ihr schwarzes, großzügig geschnittenes Kleid und die halblange mitternachtsblaue Satinjacke mit den filigranen schwarzen persischen Ornamenten gleiten. „Sie waren überrascht?"

„Ja! Von außen sieht das Haus wie die Kulisse zu einem Horrorfilm aus den Vierzigerjahren aus, aber ..." Erschrocken brach Rona ab. „Oh, tut mir leid, ich wollte nicht ..."

Aber er lächelte und freute sich sichtlich über ihre Bemerkung. „Das Haus wurde schon mehr als einmal genau zu diesem Zweck verwendet. Deshalb habe ich es gekauft."

Rona entspannte sich erneut, als sie in dem Zimmer umherging. „Ich dachte mir schon, dass Sie es der Atmosphäre wegen gekauft haben."

Patrick zog eine Augenbraue hoch. „Ich mag Dinge, die andere Leute nach dem äußeren Schein beurteilen." Er trat an einen Tisch, auf dem schon Tassen standen. „Ich kann Ihnen leider keinen Kaffee anbieten. Ich schätze kein Koffein. Dafür habe ich sehr guten Kräutertee." Er schenkte ein, als Rona zu dem Piano ging.

„Tee ist in Ordnung", sagte sie geistesabwesend. Es waren keine gedruckten Notenblätter. Automatisch schlug sie die handgeschriebenen Noten auf dem Piano an. Es war eine ergreifend romantische Melodie. „Das ist schön." Rona wandte sich zu ihm um. „Wunderschön! Ich wusste nicht, dass Sie komponieren."

„Tue ich auch nicht." Patrick setzte die Teekanne ab. „Das hat Link geschrieben." Er beobachtete, wie sich Ronas Augen erstaunt weiteten. „Der äußere Schein, nicht wahr, Miss Swan?"

Sie senkte den Blick auf ihre Hände. „Sie beschämen mich."

„Das ist nicht meine Absicht." Patrick kam zu ihr und ergriff wieder ihre Hand. „Die meisten von uns werden von Schönheit angezogen."

„Sie nicht?"

„Mir gefällt äußere Schönheit, Miss Swan." Er betrachtete rasch und gründlich ihr Gesicht. „Aber dann suche ich nach mehr."

Sein Blick verursachte in ihr ein seltsames Gefühl. Ihre Stimme war nicht so fest, wie sie sein sollte. „Und wenn Sie nichts finden?"

„Dann lasse ich es sausen", antwortete er einfach. „Kommen Sie, Ihr Tee wird kalt."

„Mr Atkins." Rona ließ sich von ihm zu einem Stuhl führen. „Ich möchte Sie nicht beleidigen. Ich kann es mir nicht leisten, Sie zu beleidigen, aber ..." Sie stieß verwirrt den Atem aus, als sie sich setzte. „Ich halte Sie für einen sehr sonderbaren Mann."

Er lächelte. Es war beeindruckend, wie seine Augen einen Sekundenbruchteil vor seinen Lippen lächelten. „Sie würden mich beleidigen, Miss Swan, falls Sie mich nicht für sonderbar hielten. Ich möchte nicht gewöhnlich sein."

Patrick Atkins begann sie zu faszinieren. Rona hatte immer sorgfältig auf Professionalität und Sachlichkeit geachtet, wenn sie mit Künstlern zu tun hatte. Es war wichtig, sich nicht beeindrucken zu lassen. War man nämlich beeindruckt, fügte man Klauseln in Verträge ein und machte forsche Versprechungen.

„Mr Atkins, zu Ihrem Vertrag ..."

„Ich habe ausführlich darüber nachgedacht." Als er seine Teetasse anhob, ließ ein Donnerschlag die Fenster erzittern. Rona blickte erschrocken zum Fenster und ballte unwillkürlich die Hände zu Fäusten. „Haben Sie Angst vor Gewittern, Miss Swan?"

„Nein, eigentlich nicht." Sie entspannte vorsichtig ihre Finger. „Aber ich bin für Ihre Gastfreundschaft dankbar. Ich fahre nicht gern bei Gewitter." Sie griff nach ihrer Tasse und versuchte, die

Blitze zu ignorieren. „Sollten Sie Fragen zu den Bedingungen haben, werde ich sie Ihnen gern beantworten."

„Ich denke, es ist alles klar." Er nippte an seinem Tee. „Mein Agent möchte unbedingt, dass ich den Vertrag unterschreibe."

„Ja?" Rona musste den Triumph in ihrer Stimme unterdrücken. Es wäre ein Fehler gewesen, zu früh zu drängen.

„Ich binde mich stets erst, wenn ich sicher bin, dass es gut für mich ist. Ich sage Ihnen morgen, wie ich mich entschieden habe."

Sie nickte zustimmend. Patrick Atkins spielte ihr nichts vor, und sie fühlte, dass ihn kein Agent oder sonst jemand über ein bestimmtes Maß hinaus beeinflussen könnte. Er war in erster Linie sein eigener Herr.

„Spielen Sie Schach, Miss Swan?"

„Wie bitte?" Zerstreut blickte Rona wieder auf. „Verzeihung!"

„Spielen Sie Schach?", wiederholte Patrick.

„Ja, allerdings."

„Das dachte ich mir. Sie wissen nämlich, wann Sie vorrücken und wann Sie warten müssen. Möchten Sie spielen?"

„Gern", stimmte sie zu, ohne zu zögern.

Er stand auf, bot ihr die Hand und führte sie zu einem Tisch an den Fenstern. Der Regen trommelte von außen an die Scheiben, aber als Rona das Schachbrett sah, vergaß sie das Unwetter.

„Das sind ja exquisite Figuren!" Sie nahm den weißen König in die Hand, eine übergroße, aus Marmor gehauene Figur.

„Nehmen Sie Weiß", bot Patrick an und setzte sich. „Spielen Sie, um zu gewinnen, Miss Swan?"

Sie setzte sich ihm gegenüber. „Tut das denn nicht jeder?"

Patrick Atkins warf ihr einen langen, unergründlichen Blick zu. „Nein, manche spielen um des Spieles willen."

Nach zehn Minuten hörte Rona nicht mehr den Regen an den Fenstern. Patrick war ein raffinierter Spieler und ein schweigsamer dazu. Sie beobachtete seine Hände, während er die Figuren über das Brett schob, sie waren lang und schmal mit geschmeidigen Fingern. Am kleinen Finger trug er einen goldenen Ring mit einem verschnörkelten Symbol, das sie nicht erkannte.

Rona hatte gehört, dass Patrick Atkins mit seinen Fingern jedes Schloss öffnen, jeden Knoten entwirren konnte. Rona fand, dass sie sich eher zum Violinstimmen eigneten. Als sie aufblickte, merkte sie, dass Patrick sie mit seinem wissenden Lächeln betrachtete. Sie richtete ihre Konzentration auf ihre Strategie.

Rona griff an, er ging in die Defensive. Er rückte vor, sie konterte. Patrick war erfreut, eine gute Partnerin gefunden zu haben. Sie war eine vorsichtige Spielerin, abgesehen von einigen impulsiven Ausbrüchen. Er fühlte, dass ihre Spielweise ihre Persönlichkeit reflektierte. Sie war nicht leicht hereinzulegen oder zu schlagen. Er bewunderte an ihr gleichermaßen den raschen Verstand und die Stärke. Dadurch wurde ihre äußere Schönheit noch anziehender.

Ihre Hände waren zart. Als er ihren Läufer schlug, fragte er sich, ob auch ihre Lippen so zart waren und wann er es herausfinden würde. Er hatte sich jedenfalls schon dazu entschlossen. Jetzt kam es nur noch auf das Timing an. Patrick kannte die unschätzbare Bedeutung von Timing.

„Schachmatt“, sagte er ruhig und hörte Ronas überraschten Ausruf.

Rona betrachtete einen Moment das Spielbrett und lächelte Patrick zu. „Verflixt, das habe ich nicht kommen sehen. Sie haben bestimmt keine zusätzlichen Figuren in Ihrem Ärmel?“

„Ich habe nichts in meinem Ärmel!“, rief Merlin von der anderen Seite des Zimmers herüber. Rona warf ihm einen überraschten Blick zu und fragte sich, wann er zu ihnen gestoßen war.

„Ich wende keine Magie an, wenn Verstand ausreicht.“ Patrick beachtete sein Haustier nicht. „Sie spielen gut, Miss Swan.“

„Sie spielen besser, Mr Atkins.“

„Dieses eine Mal, ja“, stimmte er zu. „Sie interessieren mich.“

„Ach ja?“ Sie erwiderte gelassen seinen Blick. „Inwiefern?“

„In mehrfacher Hinsicht.“ Er lehnte sich zurück und fuhr mit dem Finger über die schwarze Königin. „Sie spielen, um zu gewinnen, aber Sie können gut verlieren. Ist das immer so?"

„Nein." Rona lachte und erhob sich. Patrick Atkins machte sie wieder nervös. „Können Sie gut verlieren?", fragte sie ablenkend.

„Ich verliere nicht oft."

Als sie sich wieder umdrehte, stand er an einem anderen Tisch und beschäftigte sich mit einem Päckchen Karten. Rona hatte nicht gehört, dass er sich bewegte. Es verursachte ihr Unbehagen.

„Kennen Sie Tarotkarten?"

„Nein." Sie verbesserte sich. „Das heißt, ich weiß, dass man sie zur Deutung der Zukunft verwendet, oder so ähnlich."

„Oder so ähnlich." Er lachte knapp und schob die Karten leicht hin und her. „Hokuspokus, Miss Swan. Ein Mittel, um Aufmerksamkeit zu erregen und auf einen bestimmten Punkt zu richten und um rasches Denken und gute Beobachtungsgabe mysteriös erscheinen zu lassen. Die meisten Menschen lassen sich lieber in die Irre führen. Erklärungen enttäuschen sie nur, sogar die meisten Realisten!"

„Sie glauben nicht an diese Karten." Rona ging zu ihm hinüber. „Sie wissen also, dass Sie die Zukunft nicht mit Karten und hübschen Farben voraussagen können."

„Es ist für mich ein Werkzeug, ein Mittel." Patrick hob die Schultern. „Ein Spiel, wenn Sie so wollen. Spiele entspannen mich." Patrick fächerte die übergroßen Karten mit einer raschen, effektvollen Geste auf und breitete sie auf dem Tisch aus.

„Sie machen das sehr gut", murmelte Rona. Ihre Nerven waren wieder angespannt, ohne dass sie die Ursache erkannte.

„Das ist eine Grundfertigkeit", meinte er leichthin. „Das könnte ich Ihnen auch rasch beibringen. Sie haben geeignete Hände." Er ergriff ihre Hand, betrachtete jedoch ihr Gesicht, nicht ihre Handfläche. „Soll ich eine Karte nehmen?"

Rona zog die Hand zurück. Ihr Puls begann zu rasen. „Es ist Ihr Spiel."

Mit einer Fingerspitze zog Patrick eine Karte heraus und

drehte sie mit dem Bild nach oben. Es war der Magier. „Selbstbewusstsein, Kreativität“, murmelte Patrick.

„Sie?“, fragte Rona leichthin, um die wachsende Spannung zu verbergen.

„Sieht so aus.“ Patrick legte einen Finger auf eine andere Karte und zog sie heraus. Die Hohepriesterin. „Heiterkeit“, sagte er ruhig. „Stärke. Besitzen Sie beides, Rona?“

Rona zuckte die Schultern. „Es muss ein Kinderspiel für Sie sein, jede beliebige Karte zu ziehen, nachdem Sie gemischt haben.“

Patrick lächelte, ohne beleidigt zu sein. „Die Zynikerin sollte die nächste Karte ziehen, um zu sehen, wie es mit diesen beiden weitergeht. Ziehen Sie eine Karte, Miss Swan“, forderte er sie auf. „Irgendeine Karte.“

Verärgert suchte Rona eine heraus und warf sie mit dem Bild nach oben auf den Tisch. Sie stieß einen erstickten Laut aus und starrte danach schweigend auf die Karte. Die Liebenden … Das Herz schlug ihr bis zum Hals.

„Faszinierend“, murmelte Patrick. Er lächelte nicht mehr, sondern betrachtete die Karte, als hätte er sie noch nie gesehen.

Rona wich einen Schritt zurück. „Ich mag Ihr Spiel nicht, Mr Atkins.“

„Wie?“ Er blickte zerstreut auf und richtete seinen Blick auf sie. „Nein? Nun dann …“ Er schnippte die Karten sorglos zusammen. „Dann zeige ich Ihnen jetzt Ihr Zimmer.“

2. *KAPITEL*

Patrick war über die Karte genauso überrascht gewesen wie Rona. Aber er wusste, dass die Wirklichkeit oft seltsamer war als jede seiner Illusionen. Er musste noch arbeiten. Es gab viel Endplanung für sein Engagement in zwei Wochen in Las Vegas. Als er jedoch in seinem Zimmer saß, dachte er an Rona und nicht an den Ablauf seiner Show.

Wenn sie lachte, hatte sie etwas Strahlendes und Vitales an sich. Es sprach ihn ebenso an wie ihre weiche, tiefe Stimme, die so nüchtern geklungen hatte, als sie von Verträgen und Klauseln sprach.

Er kannte den Vertrag bereits in- und auswendig. Es lag ihm nicht, die geschäftliche Seite seines Berufes zu vernachlässigen. Patrick unterschrieb nichts, was er nicht in allen Nuancen verstand. Wenn ihn das Publikum als geheimnisvoll, unberechenbar und seltsam betrachtete, war das nur gut. Dieses Image war teils Illusion, teils Wirklichkeit. Genau das schätzte er. Die zweite Hälfte seines bisherigen Lebens hatte er darauf verwendet, alles nach seinen Wünschen zu ordnen.

Rona Swan. Patrick streifte sein Hemd ab und warf es beiseite. Er war sich ihretwegen noch nicht sicher. Er war fest entschlossen gewesen, die Verträge zu unterschreiben, bis er sie die Treppe herunterkommen sah. Sein Instinkt hatte ihn zögern lassen. Patrick verließ sich ganz auf seinen Instinkt. Jetzt musste er eine Menge überlegen.

Die Karten beeinflussten ihn nicht. Wenn er wollte, konnte er Karten aufrecht stehen und tanzen lassen. Aber Zufälle beeinflussten ihn. Es war merkwürdig, dass Rona die Symbolkarte der Liebenden umgedreht hatte, als er sich gerade vorstellte, wie sie sich in seinen Armen anfühlen mochte.

Lachend zog er ein Blatt Papier heran und begann zu zeichnen. Seine Pläne für eine neue Entfesselungsnummer mussten völlig umgestaltet werden. Es entspannte ihn, darüber nachzudenken, genau wie er über Rona nachdachte.

Vielleicht war es klug, am Morgen ihre Papiere zu unterzeichnen und sie wegzuschicken. Er wollte nicht, dass sich eine Frau in seine Gedanken drängte. Aber Patrick tat nicht immer nur Kluges. Wäre das so, würde er noch immer in kleinen Klubs Kaninchen aus seinem Hut und bunte Tücher aus seinen Taschen ziehen. Er aber verwandelte eine Frau in einen Panther und durchdrang eine Ziegelwand.

Der Zauber des Augenblicks, dachte er, und niemand erinnerte sich an die Jahre der Enttäuschungen, Kämpfe und Fehlschläge. Aber auch das wollte er genau so und nicht anders. Nur wenige wussten, woher er kam und wie er vor seinem fünfundzwanzigsten Lebensjahr gewesen war.

Patrick warf den Stift zur Seite. Rona Swan verursachte ihm Unbehagen. Er wollte in den Keller gehen und arbeiten, bis sich seine Gedanken klärten.

Genau in diesem Moment hörte er ihren Schrei.

Rona zog sich immer nachlässig aus, wenn sie sich ärgerte. Faule Tricks, dachte sie wütend und öffnete den Reißverschluss an ihrem Kleid. Showleute! Sie sollte eigentlich schon daran gewöhnt sein, wie die sich in Szene setzten.

Sie erinnerte sich an das Zusammentreffen mit einem bekannten Komiker im vergangenen Monat. Er hatte mehr als zwanzig Minuten lang seine Show abgezogen, ehe er überhaupt bereit war, mit ihr über einen Gastauftritt in einer Show von „Swan Productions“ zu sprechen.

Diese ganze Geschichte mit den Tarotkarten war nur Show gewesen, um sie zu beeindrucken, befand sie und schleuderte ihre Schuhe von den Füßen. Der Egotrip eines unsicheren Künstlers.

Rona runzelte die Stirn, als sie das Kleid abstreifte. Sie war mit ihrer Schlussfolgerung nicht einverstanden. Patrick Atkins wirkte nicht unsicher, weder auf der Bühne noch privat. Und sie hätte schwören können, dass er bei dieser besonderen Karte genauso überrascht gewesen war wie sie.

Rona schüttelte das Kleid ab, stieg heraus und warf es über einen Stuhl. Nun, er ist ein Schauspieler, erinnerte sie sich. Was sonst war ein Magier, wenn nicht ein Schauspieler mit geschickten Händen?

Sie stellte sich seine Hände vor, die schlanke, graziöse Form. Doch dann schüttelte sie die Erinnerung ab. Morgen wollte sie sich seinen Namen unter den Vertrag holen und verschwinden. Patrick Atkins hatte ihr Unbehagen verursacht, sogar schon vor der kleinen Vorstellung mit den Karten. Was für Augen, dachte Rona schaudernd. Es war etwas mit seinen Augen, das sie nicht ergründen konnte.

Vielleicht hat er einfach eine sehr starke Persönlichkeit, dachte sie. Er wirkte magnetisch und auch sehr attraktiv. Das pflegte er genauso, wie er zweifellos auch seine mysteriöse Ausstrahlung und sein rätselhaftes Lächeln pflegte.

Ein Blitz ließ Rona zusammenzucken. Sie war zu Patrick nicht ganz aufrichtig gewesen. Gewitter machten sie äußerst nervös. Verstandesmäßig stand sie darüber, aber Blitz und Donner krampften stets ihren Magen zusammen. Sie hasste diese Schwäche, diese besonders weibliche Schwäche. Patrick hatte recht. Bennett Swan hatte sich einen Sohn gewünscht. Rona hatte ihr ganzes bisheriges Leben hart daran gearbeitet, um den Umstand auszugleichen, dass sie als Frau auf die Welt gekommen war.

Geh zu Bett, befahl sie sich. Geh zu Bett, zieh dir die Decke über den Kopf und schließ die Augen!

Sie schlüpfte in ihr langärmeliges, tief dekolletiertes Satinnachthemd. Der glatte silbergraue Stoff lag in sanften Falten an ihrem Körper. Eine große Schleife unterhalb der Brüste hielt den Stoff zusammen.

Entschlossen ging sie zum Fenster, um die Vorhänge zuzuziehen. Sie starrte durch die Scheibe in die Nacht hinaus. Glühende Augen starrten zurück ...

Rona schrie.

Rona jagte wie der Blitz durch den Raum. Ihre feuchten Hände glitten von dem Türknauf ab. Als Patrick die Tür öffnete, fiel sie in seine Arme und klammerte sich an ihn.

„Rona, was zum Teufel ist hier los?“ Er wollte sie von sich schieben, aber ihre Arme umschlossen fest seinen Nacken. Ohne ihre hohen Absätze war sie sehr klein. Durch den glatten Stoff ihres Nachthemds fühlte er die Formen ihres Körpers, während sie sich verzweifelt an ihn presste. Trotz Sorge und Neugierde fühlte Patrick auch Erregung. Verärgert schob er Rona von sich und hielt sie an den Armen. „Was ist los?“, fragte er.

„Das Fenster!“, stieß sie hervor und wäre wieder in seine Arme gesunken, hätte er sie nicht zurückgehalten. „Am Fenster neben dem Bett!“

Patrick schob sie beiseite und ging hinüber. Rona presste die Hände vor ihren Mund, wich zurück und stieß die Tür zu.

Sie hörte Patricks leise Verwünschung, als er das Fenster hochschob und nach draußen griff. Er holte eine sehr große, sehr nasse schwarze Katze herein. Stöhnend ließ Rona sich gegen die Tür sinken.

„Oh Himmel, was kommt noch?“, überlegte sie laut.

„Circe.“ Patrick setzte die Katze auf den Boden. Sie schüttelte sich einmal und sprang auf das Bett. „Ich wusste nicht, dass sie bei diesem Wetter draußen ist.“ Er wandte sich zu Rona um. Hätte er sie jetzt ausgelacht, hätte sie ihm nie verziehen. Aber in seinen Augen las sie die Bitte um Verzeihung, da war keine Belustigung. „Es tut mir leid. Circe muss Sie ganz schön erschreckt haben. Soll ich Ihnen einen Brandy holen?“

„Nein.“ Rona stieß die angehaltene Luft aus. „Brandy hilft nicht gegen akute Verlegenheit.“

„Niemand braucht verlegen zu sein, wenn er Angst hat, Miss Swan.“

Da ihre Beine noch immer zitterten, lehnte sie sich weiterhin gegen die Tür. „Sie sollten mich warnen, falls Sie noch mehr Haustiere haben.“ Mit einiger Anstrengung lächelte sie. „Falls ich dann nämlich mit einem Wolf neben mir im Bett aufwache, kann ich mich beruhigt auf die andere Seite drehen und weiterschlafen."

Patrick antwortete nicht. Seine Augen wanderten langsam über ihren Körper. Rona wurde bewusst, dass sie nur das dünne Nachthemd trug.

Sie richtete sich kerzengerade auf, aber als sich sein Blick in ihre Augen senkte, konnte sie sich nicht bewegen, konnte sie nicht sprechen. Ihr Atem flatterte, als er auf sie zukam.

Sag ihm, dass er gehen soll, befahl sie sich, aber ihre Lippen formten die Worte nicht. Sie konnte den Blick nicht von seinen Augen abwenden. Als er vor ihr stehen blieb, legte sie den Kopf in den Nacken, um den Blickkontakt nicht zu verlieren.

Ihr Puls hämmerte an ihren Handgelenken, an ihrer Kehle und in ihren Brüsten. Ihr ganzer Körper vibrierte.

Ich begehre ihn! Die Erkenntnis betäubte Rona. Ich habe noch nie einen Mann so begehrt wie ihn. Ihr Atem ging jetzt hörbar. Seiner dagegen war ruhig und gleichmäßig.

Langsam legte Patrick seine Finger auf Ronas Schulter und schob den Stoff zur Seite, der locker über ihren Arm fiel.

Rona bewegte sich nicht.

Er betrachtete sie angespannt, als er auch die zweite Schulter entblößte. Das Nachthemd rutschte bis zu ihren Brüsten herunter und schmiegte sich an ihren Körper. Noch eine kleine Bewegung seiner Hand hätte genügt, und es wäre auf den Boden gefallen. Rona stand wie erstarrt da.

Patrick hob seine Hände und strich ihr eine Strähne aus ihrem Gesicht zurück. Seine Finger schoben sich tief in ihr Haar. Er beugte sich vor, zögerte. Ronas Lippen öffneten sich bebend. Er sah, wie sie die Augen schloss, ehe sein Mund wie selbstverständlich den ihren berührte.

Seine Lippen waren fest und sanft. Beim ersten Mal berührten sie kaum ihren Mund, kosteten nur. Danach hielt er einen Moment still für einen sanften Kuss.

Es war ein Versprechen – oder eine Drohung. Rona wusste es nicht so genau. Ihre Beine würden jeden Moment nachgeben.

Abwehrend umspannte sie mit ihren Händen seine Arme und fühlte harte Muskeln, an die sie viel später noch denken sollte. Jetzt dachte sie nur an seinen Mund. Sein Kuss war wie ein Hauch, und dennoch kam er als Schock.

Nach und nach verstärkte Patrick den Kuss. Ronas Finger schlossen sich verzweifelt um seine Arme. Sein Mund strich über den ihren und kehrte mit mehr Druck zurück. Seine Zunge berührte leicht die ihre. Er berührte sie nur zart, obwohl ihn ihr Körper lockte. Alle Lust schöpfte er nur aus dem Kuss.

Er wusste, was es hieß, hungrig zu sein – nach Essen, nach Liebe, nach einer Frau, aber dieses offene, schmerzliche Verlangen hatte er seit Jahren nicht mehr gefühlt.

Er wollte ihren Geschmack, nur ihren Geschmack, gleichzeitig süß und peinigend. Und er wusste, dass er zur rechten Zeit mehr haben wollte und nehmen würde. Aber für den Moment genügten ihm ihre weichen Lippen.

Als er die Grenze zwischen Zurückweichen und Vorwärtspreschen erreichte, hob Patrick den Kopf. Er wartete, bis Rona die Augen öffnete.

Ihre grünen Augen hatten sich verdunkelt und verschleiert. Sie war wie er benommen und erregt. Er wusste, dass er sie hier nehmen könnte, wo sie gerade standen. Er brauchte sie nur noch einmal zu küssen und den seidigen Stoff beiseitezuschieben, den sie trug.

Aber er tat es nicht. Ronas Finger gaben nach. Ihre Hände glitten von seinen Armen. Wortlos schob Patrick sich an ihr vorbei und öffnete die Tür.

Die Katze sprang vom Bett und schlüpfte durch den Spalt, bevor Patrick die Tür hinter sich ins Schloss fallen ließ.

Am Morgen erinnerte nur noch das stetige Tropfen vom Balkon vor Ronas Fenster an das Gewitter.

Rona kleidete sich sorgfältig an. Es war wichtig, perfekt und völlig gefasst die Treppe hinunterzukommen. Dabei hätte es ihr sehr geholfen, wenn sie nur geträumt hätte, dass Patrick in ihr

Zimmer gekommen war und ihr diesen eigenartigen, verzehrenden Kuss gegeben hatte. Aber es war kein Traum gewesen.

Rona war zu sehr Realist, um sich etwas vorzumachen oder Entschuldigungen zu suchen. Zum großen Teil ist es meine Schuld gewesen, gestand sie sich ein, als sie die Kleider vom Vortag zusammenfaltete. Sie hatte sich dumm angestellt und wegen einer Katze geschrien, die aus dem Regen ins Haus wollte. Sie hatte sich in Patricks Arme geworfen, nur weil sie schwache Nerven hatte. Und vor allem – sie hatte nicht protestiert, was sie am meisten beunruhigte. Rona musste zugeben, dass Patrick ihr viel Zeit für Einwände gelassen hatte.

Vielleicht hat er mich hypnotisiert, dachte sie grimmig, während sie ihr Haar bürstete. Wie er sie angesehen hatte und wie ihr Verstand wie ausgelöscht war! Mit einem ärgerlichen Laut warf Rona die Bürste in ihren Koffer. Man kann nicht durch einen Blick hypnotisiert werden, sagte sie sich selbst.

Wenn sie mit der Situation fertigwerden wollte, musste sie sich das zuerst eingestehen. Sie hatte sich gewünscht, dass er sie küsste. Sie hatte sich von ihren Sinnen treiben lassen. Rona schloss den Koffer und stellte ihn neben die Tür. Sie wäre mit Patrick ins Bett gegangen. Das war eine Tatsache, um die sie nicht herumkam. Wäre er geblieben, hätte sie sich von ihm lieben lassen, von einem Mann, den sie erst seit wenigen Stunden kannte.

Rona holte tief Luft und ließ sich einen Moment Zeit, ehe sie die Tür öffnete. Diese Wahrheit war schwer zu ertragen für eine Frau, die sich etwas darauf einbildete, vernünftig und praktisch zu handeln. Sie war hierhergekommen, um Patrick Atkins' Unterschrift auf einem Vertrag zu bekommen, und nicht, um mit ihm zu schlafen.

Bisher ist weder das eine noch das andere geschehen, erinnerte sie sich und verzog das Gesicht. Und es war Morgen. Sie musste sich auf das Erste konzentrieren und das Zweite vergessen. Rona öffnete die Tür und ging die Treppe hinunter.

Im Haus war es still. Nach einem Blick in das leere Wohnzimmer ging sie weiter den Korridor entlang. Obwohl sie daran dachte, Patrick zu finden und seine Unterschrift zu bekommen, wurde sie doch von einer Tür zu ihrer Rechten angezogen. Schon der erste Blick in den Raum entlockte ihr einen begeisterten Ausruf.

Hier gab es ganze Wände von Büchern. Rona hatte noch nie so viele Bücher in einer privaten Sammlung gesehen, nicht einmal in der ihres Vaters. Sie fühlte, dass diese Bücher nicht nur eine Investition waren, sondern auch gelesen wurden. Patrick kannte bestimmt jedes einzelne Buch. Sie betrat den Raum, um sich genauer umzusehen. In der Luft hing der Geruch von Leder und Kerzen.

Die Entlarvung des Robert Houdin von Houdini, *Am Rand des Unbekannten* von Arthur Conan Doyle, *Les Illusionnistes et Leurs Secrets.* Diese und Dutzende anderer Bücher über Magie und Magier erwartete Rona. Aber sie fand auch T. H. White, Shakespeare, Chaucer, die Gedichte von Byron und Shelley. Nicht alle Bücher waren ledergebunden, alt und wertvoll. Rona dachte an ihren Vater, der von jedem Buch den Preis auf den Dollar genau wusste, aber nur etwa ein Dutzend aus seiner Sammlung gelesen hatte. Patrick Atkins hat einen sehr breit gefächerten Geschmack, fand sie, während sie durch den Raum wanderte. Auf dem Kaminsims standen geschnitzte und bemalte Figuren, in denen sie Gestalten aus Tolkiens Werk erkannte. Auf dem Schreibtisch stand eine sehr moderne Metallskulptur.

Wer ist dieser Patrick Atkins? fragte sich Rona. Wer ist er wirklich? Lyrisch, einfallsreich, unter der Oberfläche ein unerschütterlicher Realist. Es ärgerte sie, als sie erkannte, wie gern sie diesen Mann erforscht hätte.

„Miss Swan?"

Rona fuhr herum und sah Link in der Tür. „Oh, guten Morgen." Sie war sich nicht sicher, ob er sie missbilligend betrachtete oder ob sie nur den Ausdruck seines unseligen Gesichts falsch verstand. „Tut mir leid", fügte sie hinzu. „Hätte ich nicht hier hereinkommen sollen?"

Link zuckte mit den Schultern. „Er hätte abgeschlossen, wenn er Sie nicht hier drinnen haben wollte."

„Ja, natürlich“, murmelte Rona. Sollte sie beleidigt oder amüsiert sein?

„Patrick sagte, Sie könnten nach dem Frühstück unten auf ihn warten.“

„Ist er weggegangen?“

„Er läuft“, antwortete Link knapp. „Er läuft jeden Tag fünf Meilen.“

„Fünf Meilen?“, wiederholte sie, aber Link wandte sich schon ab. Rona durchquerte den Raum, um ihn einzuholen.

„Ich mache Ihnen Frühstück“, erklärte er.

„Nur Kaffee ... Tee“, verbesserte sie sich, als sie sich erinnerte. Sie wusste nicht, wie sie ihn ansprechen sollte. Wenn sie aber weiterhin so hinter ihm herlaufen musste, war sie bald zu sehr außer Atem, um überhaupt zu sprechen.

„Link!“ Rona berührte ihn am Arm, und er blieb stehen. „Ich habe gestern Abend Ihre Noten auf dem Piano gesehen.“ Bei ihren Worten rührte sich nichts in seinem Gesicht. „Hoffentlich macht es Ihnen nichts aus“, fuhr sie fort. Er zuckte die Schultern. Rona vermutete, dass er diese Geste oft anstelle von Worten einsetzte. „Es ist eine schöne Melodie“, fügte sie hinzu. „Wirklich reizend.“

Zu ihrer Überraschung wurde er rot. Rona hätte es nie für möglich gehalten, dass ein Mann von seiner Größe verlegen werden könnte. „Es ist noch nicht fertig“, murmelte er, und sein breites, hässliches Gesicht wurde noch dunkler.

Rona lächelte ihm gerührt zu. „Was schon fertig ist, ist sehr schön. Sie besitzen eine wunderbare Begabung.“

Er scharrte mit den Füßen auf dem Boden und murmelte, dass er ihren Tee holen wolle. Schließlich trottete er davon. Rona blickte ihm lächelnd nach, ehe sie in das Speisezimmer ging.

Link brachte ihr Toast und brummte, dass sie etwas essen müsse. Rona machte sich pflichtschuldig darüber her und dachte an Patricks Bemerkung über den äußeren Anschein. Selbst wenn ihr Besuch in diesem Haus am Ende nichts einbrachte, so hatte sie doch etwas sehr Wichtiges gelernt. Sie würde nie wieder einen

Menschen nach seinem Äußeren einstufen.

Obwohl sie sich absichtlich mit dem Essen viel Zeit ließ, war von Patrick noch immer nichts zu sehen, als sie endlich fertig war. Zuletzt stand sie seufzend auf, nahm ihre Aktenmappe und ging die Treppe hinunter.

Jemand hatte das Licht eingeschaltet. Rona war dankbar dafür. Der Raum war nicht gerade strahlend erleuchtet. Er war zu groß, als dass das Licht in alle Ecken gereicht hätte. Aber das Gefühl von Beklemmung, das Rona am Vortag erfahren hatte, stellte sich nicht ein. Diesmal wusste sie, was sie zu erwarten hatte.

Sie entdeckte Merlin auf seiner Stange und ging zu ihm. Vorsichtig blieb sie in einiger Entfernung stehen, als sie ihn betrachtete. Sie wollte ihn nicht ermutigen, sich auf ihr niederzulassen, vor allem, da Patrick nicht hier war, um ihn von ihr wegzulocken.

„Guten Morgen“, sagte sie und war gespannt, ob er mit ihr allein sprechen würde.

Merlin betrachtete sie einen Moment. „Willst du einen Drink, Süße?“

Rona lachte und fand, dass Merlins Lehrer einen merkwürdigen Sinn für Humor hatte. „Das finde ich nicht so toll“, erklärte sie ihm und beugte sich herunter, bis ihre Augen auf gleicher Höhe waren. „Was kannst du denn noch sagen? Wahrscheinlich hat er dir ziemlich viel beigebracht. Für so etwas hat er Geduld.“ Sie lächelte, weil es den Anschein hatte, als würde ihr der Vogel aufmerksam zuhören. „Bist du ein kluger Vogel, Merlin?“, fragte sie und wartete gespannt auf seine Antwort.

„Vorwärts, armer Yorick“, antwortete er darauf gehorsam.

„Lieber Himmel, der Vogel zitiert ‚Hamlet‘!“ Kopfschüttelnd wandte Rona sich zu der Bühne um. Darauf standen zwei große Schrankkoffer, ein Weidenkorb und ein langer, hüfthoher Tisch. Neugierig setzte Rona ihren Aktenkoffer ab und stieg die Stufen hinauf. Auf dem Tisch befanden sich ein Kartenspiel, zwei leere Zylinder, Weinflaschen und Gläser und ein Paar Handschellen.

Rona nahm die Spielkarten und überlegte flüchtig, wie Patrick sie wohl kennzeichnete. Sie entdeckte nicht einmal etwas, als sie die Karten gegen das Licht hielt. So legte sie sie beiseite und untersuchte die Handschellen. Es schien das übliche Polizeimodell zu sein, kalter unsympathischer Stahl. Sie suchte den Tisch nach einem Schlüssel ab und fand keinen.

Rona hatte sich gründlich über Patrick informiert. Angeblich hielt ihm kein Schloss stand. Er war mit gefesselten Händen und Füßen in einen dreifach verschlossenen Schiffskoffer gesteckt worden und hatte sich innerhalb von drei Minuten befreit. „Beeindruckend", gab sie zu und untersuchte noch immer die Handschellen. Wo war der Trick?

„Miss Swan."

Rona ließ die Handschellen klirrend fallen und wirbelte herum. Patrick stand direkt hinter ihr und betrachtete eingehend ihr leuchtend rotes Kostüm mit den breiten Schultern und dem tiefen Jackenausschnitt. Da Rona unter der Jacke eine ebenfalls sehr tief dekolletierte Bluse trug, wirkte sie aufregend entblößt, obwohl sie ganz korrekt angezogen war.

Er stand da und betrachtete sie, während sich die Katze um seine Knöchel schmiegte.

„Mr Atkins", brachte sie ruhig hervor.

„Ich hoffe, Sie haben gut geschlafen." Er kam zu ihr an den Tisch. „Der Sturm und das Gewitter haben Sie nicht wach gehalten?"

„Nein."

Für einen Mann, der soeben fünf Meilen gelaufen war, wirkte er bemerkenswert frisch. Rona erinnerte sich an die Muskeln an seinen Armen. Offenbar besaß er Kraft und Ausdauer. Sein Blick ruhte gelassen, fast abschätzend auf ihr. Es gab keine Spur von der unterdrückten Leidenschaft, die sie an ihm in der letzten Nacht gefühlt hatte.

Übergangslos lächelte Patrick und deutete auf die Gegenstände. „Was sehen Sie hier?"

Rona blickte wieder auf den Tisch. „Einige Ihrer Werkzeuge."

„Ach, Miss Swan, Sie bleiben immer mit den Füßen auf festem Boden."

„Das hoffe ich doch“, erwiderte sie ärgerlich. „Was sollte ich hier sehen?“

Er schien mit ihrer Antwort zufrieden zu sein und goss etwas Wein in ein Glas. „Fantasie, Miss Swan, ist ein unglaubliches Geschenk. Stimmen Sie mir zu?“

„Ja, natürlich.“ Sie achtete sorgfältig auf seine Hände. „Bis zu einem gewissen Grad.“

„Bis zu einem gewissen Grad!“ Er lachte kurz und zeigte ihr die leeren Zylinder. „Gibt es Beschränkungen für Fantasie?“ Er schob einen Zylinder in den anderen. „Finden Sie es nicht interessant, welche Kraft die Gedanken über die Naturgesetze besitzen?“ Patrick stellte die Zylinder über die Weinflasche.

Rona starrte stirnrunzelnd auf seine Hände. „Als Theorie ist das interessant“, erwiderte sie.

„Aber nur als Theorie.“ Patrick hob einen Zylinder hoch und stellte ihn über das Weinglas, hob den ersten Zylinder an und zeigte Rona, dass die Flasche darunter blieb. „Nicht in der Praxis.“

„Nein.“ Rona wandte ihren Blick nicht von seinen Fingern. So direkt vor ihrer Nase konnte er nichts machen.

„Wo ist das Glas, Miss Swan?“

„Es ist hier.“ Sie zeigte auf den zweiten Zylinder.

„Wirklich?“ Patrick hob den Zylinder an. Die Flasche stand darunter. Verblüfft blickte Rona auf den zweiten Zylinder. Patrick hob ihn hoch und enthüllte das teilweise gefüllte Glas.

„Ausgezeichnet“, stellte sie fest. Es verwirrte sie, dass sie nur wenige Zentimeter entfernt gestanden und zugesehen hatte.

„Möchten Sie einen Schluck Wein, Miss Swan?“

„Nein, ich …“

Noch während sie sprach, hob Patrick den Zylinder. Wo Rona eben noch die Flasche gesehen hatte, stand das Glas. Rona musste lachen. „Sie sind sehr gut, Mr Atkins.“

„Danke.“ Er sagte es so nüchtern, dass Rona zu ihm aufblickte. Er betrachtete sie ruhig und nachdenklich.

Neugierig neigte sie den Kopf. „Vermutlich werden Sie mir nicht sagen, wie Sie es gemacht haben.“

„Nein."

„Dachte ich mir." Sie hob die Handschellen hoch. Der Aktenkoffer am Fuß der Bühne war in Vergessenheit geraten. „Gehören diese hier zu Ihrer Nummer? Sie sehen so echt wie Polizeiexemplare aus."

„Sie sind völlig echt", versicherte er und lächelte erfreut, weil sie gelacht hatte. An diesen Klang würde er sich jederzeit erinnern können, wenn er an sie dachte.

„Hier ist kein Schlüssel", bemerkte Rona.

„Ich brauche keinen."

Sie ließ die Fesseln von einer Hand in die andere gleiten, während sie ihn betrachtete. „Sie sind sehr selbstsicher."

„Ja." Er streckte ihr amüsiert die Hände entgegen. „Vorwärts, legen Sie nur die Handschellen an."

Rona zögerte nur einen Moment. Sie wollte sehen, wie er es hier vor ihren Augen machte. „Wenn Sie es nicht schaffen", sagte sie und ließ die Handschellen einschnappen, „sprechen wir über die Verträge. Nachdem Sie unterschrieben haben, schicken wir nach einem Schmied."

„Wir werden aber keinen brauchen." Patrick hielt ihr die frei an einem Finger baumelnden Handschellen entgegen.

„Oh, aber wie ..." Ihre Stimme erstarb. „Nein, das war zu schnell", beharrte sie kopfschüttelnd und nahm ihm die Metallfesseln wieder ab. Patrick gefiel, wie ihr Gesichtsausdruck von Erstaunen zu Zweifel wechselte. Genau das hatte er von ihr erwartet. „Sie haben diese Handschellen anfertigen lassen!" Sie drehte sie herum und untersuchte sie genau. „Es muss irgendwo einen Auslöser oder so etwas geben."

„Warum versuchen Sie es nicht selbst?", schlug er vor und ließ die Handschellen um ihre Handgelenke einschnappen, bevor sie ablehnen konnte. Patrick wartete ab, ob sie ärgerlich wurde. Sie lachte.

„Das habe ich mir selbst zuzuschreiben." Rona verzog amüsiert das Gesicht, konzentrierte sich auf die Handschellen und bewegte ihre Handgelenke. „Sie fühlen sich wirklich echt an. Wenn es einen Auslöseknopf gibt, müsste man zuerst eine Hand frei haben, um ihn zu drücken." Sie zerrte noch einmal daran und versuchte dann, mit den Händen durch die Öffnungen zu schlüpfen.

„Also gut, Sie haben gewonnen", gab sie zu. „Sie sind echt. Können Sie sie mir jetzt wieder abnehmen?"

„Vielleicht", murmelte er und ergriff ihre Hände.

„Das ist eine tröstliche Antwort", antwortete sie trocken, aber ihr Puls schlug heftig, während er sie ansah. Sie fühlte erneut jene Schwäche, die sie in der letzten Nacht ergriffen hatte.

„Ich glaube", begann sie heiser und räusperte sich. „Ich glaube, Sie sollten ..." Die Worte erstarben, als sein Finger die Ader an ihrem Handgelenk entlangglitt. „Nicht", flüsterte sie. Schweigend hob Patrick Ronas Hände und schob sie über seinen Kopf, sodass sie gegen ihn gepresst wurde.

Ein zweites Mal wollte Rona es nicht zulassen. Diesmal würde sie protestieren. „Nein." Sie zerrte einmal vergeblich an den Handschellen, und dann war sein Mund schon auf ihren Lippen.

Diesmal war sein Mund nicht so geduldig, und seine Hände blieben nicht so ruhig. Patrick hielt Rona bei den Hüften fest, während seine Zunge ihre Lippen auseinanderdrängte. Rona kämpfte gegen ihre Hilflosigkeit an, eine Hilflosigkeit, die mehr mit ihrem Verlangen als mit den Fesseln an ihren Handgelenken zu tun hatte. Unter dem Druck seiner kühlen, festen Lippen fühlten sich die ihren erhitzt und weich an. Sie hörte ihn etwas murmeln, als er sie enger an sich zog. Ein Zauberspruch, dachte sie benommen. Er verhext mich! Es gibt keine andere Erklärung!

Aber ein lustvolles und keineswegs widerwilliges Stöhnen entschlüpfte ihr, als seine Hände an die Seiten ihrer Brüste glitten. Er beschrieb langsame Kreise, ehe seine Daumen über ihre Knospen strichen.

Rona presste sich enger an ihn und nahm seine Unterlippe zwischen ihre Zähne. Er vergrub die Hände in ihrem Haar, zog ihren Kopf zurück, bis seine Lippen ihren Mund völlig beherrschten.

Vielleicht war Patrick Atkins magisch. Sein Mund war es ganz bestimmt. Noch niemand hatte sie mit einem Kuss bisher entflammt.

Rona wollte ihn berühren, damit er sich genauso verzweifelt nach ihr sehnte wie sie sich nach ihm. Sie zerrte an den Fesseln und fand ihre Hände frei. Ihre Finger konnten seinen Nacken streicheln.

So schnell Patrick sie gefangen genommen hatte, so schnell gab er sie wieder frei, legte die Hände auf ihre Schultern und schob sie von sich.

Verwirrt und voll Verlangen blickte Rona zu ihm auf. „Warum?"

Patrick streichelte einen Moment geistesabwesend ihre Schultern. „Ich wollte Miss Swan küssen. Letzte Nacht habe ich Rona geküsst."

„Lächerlich!" Sie wollte sich losreißen, aber er packte plötzlich fest zu.

„Nein! Miss Swan trägt ein Kostüm und macht sich Gedanken über Verträge. Rona trägt Satin mit Spitze und hat Angst vor Gewittern."

Patrick verwirrte sie so, dass ihre Stimme kühl und scharf klang. „Ich bin nicht hier, um Sie zu unterhalten oder zu faszinieren, Mr Atkins."

„Ein angenehmer Nebeneffekt, Miss Swan." Er küsste ihre Finger.

Rona entriss ihm die Hand. „Es wird Zeit, dass wir das Geschäft so oder so zu Ende bringen."

„Sie haben recht, Miss Swan."

Es gefiel ihr nicht, wie er leicht amüsiert ihren Namen betonte. Es kümmerte Rona nicht mehr, ob er die Papiere unterschrieb. Sie wollte ihn nur einfach loswerden. „Also dann." Sie bückte sich, um den Aktenkoffer an sich zu nehmen.

Patrick legte eine Hand auf ihre Hand. „Ich bin bereit, die Verträge mit einigen Änderungen zu unterschreiben."

Rona zwang sich dazu, sich zu entspannen. Änderungen bedeuteten normalerweise Geld. Sie würde mit ihm darüber verhandeln, und damit war die Sache dann erledigt. „Ich werde gern mit Ihnen alle Änderungen besprechen, die Sie wünschen."

„Das ist gut. Ich möchte direkt mit Ihnen arbeiten. Ich möchte, dass Sie die Produktion von ‚Swans' Seite her führen."

„Ich? Ich habe mit der Produktion nichts zu tun. Mein Vater ..."

„Ich werde nicht mit Ihrem Vater oder einem anderen Produzenten arbeiten, Miss Swan." Er hielt noch immer ihre Hand sachte umschlossen. „Ich werde mit Ihnen arbeiten."

„Mr Atkins, ich schätze ..."

„Ich brauche Sie in zwei Wochen in Las Vegas."

„In Las Vegas? Warum?"

„Ich möchte, dass Sie sich meine Vorstellungen ansehen. Für einen Illusionisten gibt es nichts Wertvolleres als einen Zyniker. Sie werden mich auf Trab halten." Er lächelte. „Sie sind sehr kritisch. Ich mag das."

Rona seufzte. Sie hatte gedacht, ihre kritische Haltung würde ihn verärgern. „Mr Atkins, ich bin Geschäftsfrau, keine Produzentin."

„Sie haben mir gesagt, dass Sie in Detailfragen gut sind", erinnerte er sie liebenswürdig. „Wenn ich schon meine eigenen Regeln breche und für das Fernsehen arbeite, möchte ich, dass sich jemand wie Sie um die Details kümmert. Ich möchte, dass Sie sich um die Details kümmern."

„Sie denken nicht praktisch, Mr Atkins. Ihr Agent würde mir sicher recht geben. Bei ‚Swan Productions' gibt es eine Menge Leute, die Ihr Special besser produzieren könnten."

„Miss Swan, möchten Sie, dass ich Ihre Verträge unterschreibe?"

„Ja, natürlich, aber ..."

„Dann machen Sie die Änderungen", sagte er einfach. „Und kommen Sie in zwei Wochen nach Las Vegas ins ‚Caesars Palace'. Mein Programm läuft eine Woche." Er bückte sich und hob die Katze auf den Arm. „Ich freue mich schon sehr auf die Zusammenarbeit mit Ihnen, Miss Swan."

3. KAPITEL

Vier Stunden später stürmte Rona, noch immer vor Wut kochend, in ihr Büro bei ‚Swan Productions'. Der Kerl hatte Nerven! Er glaubte, er hätte sie in die Ecke gedrängt. Dachte er wirklich, er sei die einzige Berühmtheit, die sie für ‚Swan Productions' gewinnen konnte? So etwas von eingebildet! Rona knallte den Aktenkoffer auf ihren Schreibtisch und warf sich in den Sessel. Patrick Atkins sollte sein blaues Wunder erleben!

Rona lehnte sich zurück, verschränkte die Hände und wartete, bis sie sich so weit beruhigt hatte, dass sie wieder denken konnte. Patrick kannte Bennett Swan nicht. Swan machte alles auf seine Weise. Er hörte sich einen Rat an und diskutierte darüber, schloss sich aber nie einer Mehrheitsentscheidung an. Im Gegenteil, dachte sie, ihr Vater würde sich eher für die entgegengesetzte Richtung entscheiden als für jene, in die er gedrängt wurde. Es würde ihm gar nicht gefallen, wollte man ihm vorschreiben, wen er mit einer Produktion beauftragen sollte. Das galt ganz besonders, wenn es sich um seine Tochter handelte.

Es gab bestimmt eine Explosion, wenn sie ihrem Vater von Patricks Bedingungen erzählte. Es tat ihr nur leid, dass der Magier nicht hier war, um etwas von dem Knall abzubekommen. Swan würde sich nach einem anderen zugkräftigen Künstler umsehen, und Patrick konnte weiter seine Weinflaschen verschwinden lassen.

Rona starrte Löcher in die Luft. Sie hatte nicht die geringste Lust, sich mit all diesen Schwierigkeiten herumzuschlagen, die bei einer Produktion für eine Livesendung auftraten.

Seufzend stützte sie die Ellbogen auf den Schreibtisch und legte ihr Kinn in die Hände. Wie dumm, sich etwas vorzumachen. Und wie befriedigend musste es sein, ein Projekt von Anfang bis zum Ende durchzuziehen. Sie hatte so viele Ideen, die ständig von rechtlichen Spitzfindigkeiten eingeengt wurden!

Wann immer sie ihren Vater hatte überreden wollen, ihr auf

der kreativen Seite eine Chance zu geben, war sie gegen eine unnachgiebige Mauer geprallt. Sie habe keine Erfahrung, sie sei zu jung. Er vergaß liebend gern, dass sie ihr ganzes Leben mit dem Geschäft zu tun gehabt hatte und im nächsten Monat siebenundzwanzig wurde.

Einer der talentiertesten Regisseure hatte für „Swan" einen Film gemacht, der fünf Oscars bekommen hatte. Und er war sechsundzwanzig gewesen! Wie wollte Swan wissen, ob ihre Ideen Gold oder Mist waren, wenn er sie sich nicht einmal anhörte? Sie brauchte lediglich eine Chance.

Sie musste sich eingestehen, dass sie unbedingt ein Projekt von der Vertragsunterschrift bis zur Abschlussparty betreuen wollte, aber nicht dieses Projekt. Diesmal wollte sie freudig ihr Scheitern eingestehen und die Verträge mit Patrick Atkins ihrem Vater vor die Füße werfen. Sie hatte genug Swan in sich, um sich gegen ein Ultimatum zu stemmen.

Die Verträge ändern! Mit einem verächtlichen Schnaufen öffnete Rona die Aktenmappe. Patrick Atkins spielt zu hoch, dachte sie, und er wird ... Sie stockte und starrte auf die säuberlich geordneten Papiere in dem Koffer. Obenauf lag wieder eine langstielige Rose.

„Wie hat er bloß ...?" Rona brach lachend ab, lehnte sich zurück, drehte die Blume zwischen ihren Fingern und roch daran. Er ist schlau, dachte sie und sog den Duft ein. Sehr schlau. Aber wer, zum Teufel, ist er? Wie funktioniert er? Rona wollte es wirklich gern wissen. Vielleicht sollte sie dafür eine Zornesexplosion in Kauf nehmen und ein Auge zudrücken, um es herauszufinden.

Ein Mann, der ganz ruhig sprach und nur mit dem Ausdruck seiner Augen befehlen konnte, hatte Tiefe. Es ist, als ob er einzelne Lagen besitzt, dachte Rona. Wie viele Lagen musste sie abtragen, um an seinen Kern zu kommen? Es mochte riskant sein, aber ... Kopfschüttelnd erinnerte sie sich daran, dass sie so oder so keine Chance haben würde, es herauszufinden. Swan würde mit Patrick zu seinen eigenen Bedingungen abschließen oder gar nicht. Sie nahm die Verträge heraus und schloss den Aktenkoffer.

Patrick Atkins war jetzt ihres Vaters Angelegenheit ... Dennoch behielt sie die Rose in der Hand.

Der Summer ihres Telefons ermahnte sie, dass sie keine Zeit für Tagträume hatte. „Ja, Barbara?"

„Der Boss möchte Sie sehen."

Rona schnitt dem Sprechgerät eine Grimasse. Sobald sie den Portier an der Einfahrt passiert hatte, hatte auch Swan gewusst, dass sie zurück war. „Sofort", entgegnete sie, ließ die Rose auf dem Schreibtisch zurück und nahm die Verträge mit, um sie ihrem Vater zu bringen.

Bennett Swan rauchte eine teure kubanische Zigarre. Er liebte teure Dinge. Mehr noch liebte er die Tatsache, dass er sich diese teuren Dinge mit seinem Geld leisten konnte. Von zwei Anzügen mit gleichem Schnitt und gleicher Qualität würde Swan den teureren kaufen. Das war für ihn eine Frage des Stolzes.

Die Preispokale in seinem Büro waren ebenfalls eine Frage des Stolzes. ‚Swan Productions' war Bennett Swan. Oscars und Emmys, höchste Film- und Fernsehpreise, bewiesen seinen Erfolg. Die Gemälde und Skulpturen, die er auf Anraten seines Kunstagenten gekauft hatte, zeigten der Welt, dass er den Wert des Erfolges kannte.

Er liebte seine Tochter und wäre erschüttert gewesen, hätte jemand etwas anderes behauptet. Für ihn gab es nicht den geringsten Zweifel, dass er ein ausgezeichneter Vater war. Er hatte Rona stets gegeben, was man mit Geld kaufen konnte: die besten Kleider, eine irische Kinderfrau nach dem Tod ihrer Mutter, eine teure Erziehung und zuletzt einen tollen Job, als sie darauf bestanden hatte zu arbeiten.

Er hatte zugeben müssen, dass das Mädchen mehr konnte, als er erwartet hatte. Rona besaß einen scharfen Verstand und schob alles Unwichtige beiseite, um an den Kern einer Sache heranzukommen. Das war für ihn der Beweis, dass sein Geld für die teure Schweizer Schule gut angelegt war. Nicht dass er seiner Tochter nicht die beste Erziehung gönnte. Swan erwartete eben Resultate.

Er sah dem Rauch nach, der von der Spitze seiner Zigarre aufstieg. Rona hatte sich für ihn bezahlt gemacht. Er mochte seine Tochter sehr gern.

Rona klopfte und trat ein. Ihr Vater beobachtete, wie sie über den dicken Teppich zu seinem Schreibtisch kam. Hübsches Mädchen, dachte er. Sieht wie ihre Mutter aus.

„Du wolltest mich sprechen?" Rona wartete auf das Zeichen, dass sie sich setzen sollte. Swan war nicht groß, hatte das aber immer durch teure Dinge ausgeglichen. Mit einer weit ausholenden Armbewegung deutete er ihr an, Platz zu nehmen. Sein Gesicht wirkte in seiner herben, zerfurchten Art auf Frauen noch immer anziehend. In den letzten fünf Jahren hatte er ein wenig Gewicht angesetzt und dafür ein paar Haare verloren, sah im Grunde aber noch so aus, wie Rona ihn aus ihrer frühesten Kindheit in Erinnerung hatte.

Bei seinem Anblick fühlte sie die vertraute Mischung aus Liebe und Enttäuschung. Rona kannte nur zu gut die Grenzen der Gefühle ihres Vaters für sie.

„Geht es dir besser?", fragte sie. Die überstandene Grippe hatte keine Spuren hinterlassen. Sein Gesicht hatte eine gesunde Farbe, und seine Augen waren klar.

Mit einer weiteren ausholenden Geste schob er ihre Frage von sich. Swan hatte mit Krankheiten keine Geduld, schon gar nicht mit seinen eigenen. Dafür hatte er einfach keine Zeit.

„Was hältst du von Atkins?", fragte er, kaum dass Rona saß. Dass er sie überhaupt nach ihrer Meinung fragte, war eine seiner kleinen Konzessionen ihr gegenüber.

Wie immer überlegte Rona genau, ehe sie antwortete. „Er ist ein einmaliger Mann", antwortete sie in einem Ton, der Patrick zum Lächeln gebracht hätte. „Er besitzt außerordentliches Talent und eine sehr starke Persönlichkeit. Vermutlich bedingt das eine das andere."

„Exzentrisch?"

„Nein, nicht in dem Sinn, dass er etwas tut, um ein exzentrisches Image aufzubauen." Rona runzelte die Stirn, als sie an sein

Haus und seinen Lebensstil dachte. Äußerer Anschein! „Ich halte ihn für einen tiefschürfenden Mann, der genau nach seinen Vorstellungen lebt. Sein Beruf ist für ihn mehr als bloße Karriere. Er gibt sich ihm ganz hin, wie ein Künstler der Malerei."

Swan nickte und stieß nachdenklich eine Rauchwolke aus. „Er lässt die Kasse klingeln."

Rona lächelte. „Ja, weil er möglicherweise der Beste auf seinem Gebiet ist und weil er zusätzlich auf der Bühne dynamisch und privat etwas mysteriös ist. Die ersten Jahre seines Lebens scheint er gewollt ausgelöscht und womöglich auch vergessen zu haben. Das Publikum liebt Rätsel – er gibt dem Publikum eines auf."

„Und die Verträge?"

Jetzt kommt es, dachte Rona und sammelte ihre Kraft. „Er will unterschreiben, aber nur unter bestimmten Bedingungen. Das heißt, er ..."

„Er hat mit mir über seine Bedingungen gesprochen", fiel ihr Vater ihr ins Wort.

Ronas kluge Erklärungen waren sinnlos geworden. „Er hat mit dir gesprochen?"

„Er hat vor ein paar Stunden angerufen." Swan nahm die Zigarre aus dem Mund. Der Diamant an seinem Finger blitzte auf. „Er sagte, du seist kritisch und süchtig nach Details. Angeblich schätzt er das."

„Ich habe einfach nicht geglaubt, dass seine Tricks mehr als Geschicklichkeit sind." Rona ärgerte sich darüber, dass Patrick noch vor ihr mit ihrem Vater gesprochen hatte. Es gefiel ihr nicht, dass sie gleichsam wieder Schach spielten. Patrick hatte sie schon einmal geschlagen. „Er lässt seine Magie in den Alltag einfließen. Das ist wirkungsvoll, stört aber bei einer geschäftlichen Besprechung."

„Deine Beleidigungen scheinen gewirkt zu haben", bemerkte Swan.

„Ich habe ihn nicht beleidigt." Rona stand mit den Verträgen in der Hand auf. „Ich habe vierundzwanzig Stunden in diesem Haus verbracht, zusammen mit sprechenden Vögeln und schwarzen Katzen, und ich habe ihn nicht beleidigt. Ich habe alles versucht, um seine Unterschrift zu bekommen. Ich habe mich nur nicht von ihm zersägen lassen." Sie warf die Papiere auf den Schreibtisch ihres Vaters. „Es gibt Grenzen, wie weit ich Künstlern entgegenkomme, ganz gleich, wie laut sie die Kasse klingeln lassen."

Swan legte die Fingerspitzen aneinander und beobachtete sie. „Er sagte auch, dein aufbrausendes Temperament habe ihn nicht gestört; er lasse sich nicht gern langweilen."

Rona unterdrückte eine bissige Bemerkung und setzte sich wieder. „Also gut, du hast mir berichtet, was er gesagt hat. Was hast du zu ihm gesagt?"

Swan ließ sich mit der Antwort Zeit. Zum ersten Mal hatte ein Geschäftspartner Ronas Temperament erwähnt. Swan wusste, dass seine Tochter Temperament besaß, es aber im Beruf gewissenhaft unterdrückte. Er beschloss, darüber hinwegzusehen. „Ich habe ihm gesagt, dass wir ihm gern entgegenkommen."

„Du hast zugestimmt?" Rona verschluckte sich fast. „Warum?"

Keine Explosion, dachte sie und war nicht einmal erstaunt. Welchen Zauber hatte Patrick angewendet, um das zu erreichen? Wie auch immer, dachte sie grimmig. Ich stehe nicht unter diesem Zauber. Sie stand erneut auf. „Habe ich auch zu bestimmen?"

„Nicht, solange du für mich arbeitest." Swan streifte die Verträge mit einem stolzen Blick. „Du willst doch schon seit Jahren etwas in dieser Richtung machen. Ich gebe dir deine Chance." Er blickte auf und sah ihr in die Augen. „Und ich werde dich genau beobachten. Wenn du es verdirbst, ziehe ich dich zur Rechenschaft!"

„Ich werde nichts verderben", erwiderte sie und konnte kaum den aufkommenden Zorn kontrollieren. „Es wird das Beste verdammte Special sein, das ‚Swan' jemals produziert hat, glaub mir."

„Sieh zu, dass es so ist", warnte er. „Und dass du das Budget nicht überziehst. Kümmere dich um die Änderungen und schick die neuen Verträge an seinen Agenten. Ich möchte, dass Atkins noch vor dem Wochenende unterschreibt."

„Das wird er." Rona nahm die Papiere und ging zur Tür.

„Atkins sagte, ihr zwei würdet gut zusammenarbeiten", fügte Swan hinzu, als sie die Tür aufriss. „Er sagte, er habe es aus den Karten gelesen."

Rona schoss einen wütenden Blick über ihre Schulter zurück, bevor sie hinausging und die Tür hinter sich zuschlug.

Swan lächelte ein wenig. Sie kommt eindeutig auf ihre Mutter hinaus, dachte er und drückte einen Knopf, um seine Sekretärin zu rufen. Er hatte noch einen dringenden Termin.

Rona hasste es, manipuliert zu werden. Als sich ihr Zorn in ihrem Büro langsam abkühlte, dämmerte ihr, wie geschickt Patrick und ihr Vater sie gesteuert hatten. Bei ihrem Vater störte es sie nicht so besonders. Sie hatte Jahre gebraucht, um zu begreifen, dass er nur behaupten musste, sie könne etwas nicht schaffen, um sie dazu zu bringen, es zu tun.

Patrick war da schon etwas anderes. Er kannte sie überhaupt nicht – oder hätte sie wenigstens nicht kennen sollen. Dennoch hatte er sie gelenkt, unterschwellig, behutsam und erfahren, und zwar nach dem Motto: ‚Die Hand ist schneller als das Auge', mit dem er die leeren Zylinder gelenkt hatte. Er hatte bekommen, was er wollte.

Rona fertigte die neuen Verträge aus und überlegte. Sofern sie über die Manipulation hinwegsah, hatte sie ebenfalls, was sie wollte. Sie beschloss, die ganze Sache von einem neuen Gesichtspunkt aus zu sehen. ‚Swan Productions' nagelte Patrick für drei Specials zur besten Sendezeit fest, und sie bekam ihre Chance als Produzentin.

Rona Swan, Produzentin. Sie lächelte. Hörte sich gut an! Sie sagte es sich vor und fühlte ein Kribbeln. Sie holte ihren Terminkalender hervor und ordnete ihre Verpflichtungen neu.

Nach einer Stunde wurde sie vom Telefon unterbrochen.

„Rona Swan“, meldete sie sich forsch, balancierte den Hörer auf ihrer Schulter und machte sich weiter Notizen.

„Miss Swan, ich störe Sie, nicht wahr?“

Niemand sonst nannte sie in diesem Ton „Miss Swan“. Rona ließ den angefangenen Satz auf dem Papier unvollendet. „Das ist schon in Ordnung, Mr Atkins. Was kann ich für Sie tun?“

Er verärgerte sie augenblicklich mit seinem lässigen Lachen.

„Was ist so lustig?“

„Sie haben eine hübsche, geschäftsmäßige Stimme, Miss Swan“, antwortete er amüsiert. „Ich dachte, bei Ihrer Vorliebe für Details wüssten Sie gern, wann ich Sie in Las Vegas brauche.“

„Die Verträge sind noch nicht unterschrieben, Mr Atkins“, wehrte sie knapp ab.

„Ich eröffne am 15.“ Er tat, als hätte sie nichts gesagt. „Aber die Proben beginnen am 12. Ich möchte, dass Sie auch dabei anwesend sind.“

Rona machte sich stirnrunzelnd Notizen. Sie sah ihn vor sich, wie er in seiner Bibliothek saß und die Katze auf seinem Schoß streichelte.

„Ich schließe am 21.“

Sie dachte flüchtig daran, dass sie am 21. Geburtstag hatte. „In Ordnung. Wir könnten in der Woche darauf mit den Entwürfen für das Special beginnen.“

„Gut.“ Patrick zögerte einen Moment. „Kann ich Sie etwas fragen?“

„Sie können“, erwiderte Rona vorsichtig.

Lächelnd kraulte Patrick Circe hinter den Ohren. „Ich habe am 11. einen Auftritt in Los Angeles. Begleiten Sie mich?“

„Am 11.?“ Rona blätterte in ihrem Kalender zurück. „Wann?“

„Zwei Uhr.“

„Ja, in Ordnung.“ Sie schrieb es auf. „Wo soll ich Sie treffen?“

„Ich hole Sie um halb zwei ab.“

„Halb zwei. Mr Atkins ...“ Sie zögerte und nahm die Rose von ihrem Schreibtisch in die Hand. „Danke für die Blume.“

„Gern geschehen, Rona.“

Patrick legte auf und blieb nachdenklich sitzen. Er stellte sich vor, dass Rona die Rose noch immer in der Hand hielt. Wusste sie, dass ihre Haut so glatt war wie die Blütenblätter? Er fühlte förmlich noch ihr Gesicht, die samtene Haut ihrer Wange. Seine Fingerspitzen strichen über den Rücken der Katze. „Welchen Eindruck hattest du von ihr, Link?“

Der riesenhafte Mann stellte Bücher an ihren Platz zurück und drehte sich nicht um. „Sie hat ein hübsches Lachen.“

„Ja, das fand ich auch.“

Patrick hatte den Klang noch in den Ohren. Ihr Lachen war stets unerwartet gekommen, als scharfer Gegensatz zu ihrem Sekunden vorher noch ernsten Gesicht. Ihr Lachen und ihre Leidenschaft hatten ihn überrascht. Er erinnerte sich auch noch an das Feuer ihres Kusses. Patrick hatte in jener Nacht nicht arbeiten können, sondern nur an Rona gedacht, die in ihrem Bett lag, nur mit diesem Hauch von Satin bekleidet.

Er mochte es nicht, wenn seine Konzentration gestört wurde. Dennoch holte er Rona in sein Gedächtnis zurück. Instinkt, erinnerte er sich. Er folgte noch immer seinem Instinkt.

„Meine Musik hat ihr gefallen, sagte sie“, murmelte Link und ordnete die Bücher.

Patrick blickte auf und nahm seine Gedanken zusammen. Er wusste, wie empfindlich Link in Bezug auf seine Musik war. „Sie hat ihr sehr gut gefallen“, bestätigte er.

Link nickte. Er wusste, dass Patrick ihm stets die Wahrheit sagte. „Du magst sie, nicht wahr?“

„Ja“, antwortete Patrick zerstreut und streichelte die Katze. „Ja, ich glaube schon.“

„Du willst unbedingt diese Fernsehsache machen?“

„Es ist eine Herausforderung“, antwortete Patrick.

Link drehte sich um. „Patrick?“

„Hm?“

Link zögerte mit der Frage, weil er fürchtete, die Antwort schon zu kennen. „Wirst du in Las Vegas die neue Entfesselungsnummer machen?“

„Nein." Patricks Gesicht verdüsterte sich, und Link atmete erleichtert auf. Patrick dachte daran, dass er an dieser besonderen Entfesselungsnummer in jener Nacht gearbeitet hatte, in der Rona in seinem Haus geschlafen hatte. „Nein, ich habe noch nicht alles ausgeklügelt." Er zerstörte Links Erleichterung. „Ich mache die Nummer stattdessen in dem Special."

„Ich mag sie nicht." Link stieß es so hastig hervor, dass Patrick aufblickte. „Dabei kann einfach zu viel schiefgehen."

„Nichts wird schiefgehen, Link. Ich muss nur länger daran arbeiten, bevor ich die Nummer vorführen kann."

„Das Timing ist zu knapp", beharrte Link. Für gewöhnlich widersprach er nie. „Du könntest Änderungen anbringen oder die Nummer verschieben. Sie gefällt mir gar nicht, Patrick", wiederholte er, obwohl er wusste, dass es sinnlos war.

„Du machst dir zu viele Sorgen", versicherte Patrick. „Alles wird gut gehen. Ich muss nur noch ein paar Punkte ausarbeiten."

Aber er dachte nicht an den Ablauf seiner Entfesselungsnummer. Er dachte an Rona.

4. KAPITEL

Rona ertappte sich dabei, dass sie ständig auf die Uhr sah. Viertel nach eins. Die Tage vor dem 11. waren rasch vergangen. Sie hatte bis über beide Ohren in Schreibkram gesteckt und oft zehn Stunden am Tag gearbeitet, um vor ihrer Reise nach Las Vegas klar Schiff zu machen. Sie wollte sich nicht von drohenden Vertragsproblemen stören lassen, sobald sie mit dem Special begann. Ihren Mangel an Erfahrung würde sie dadurch ausgleichen, dass sie dem Projekt ihre ganze Zeit und Aufmerksamkeit widmete.

Sie musste etwas beweisen, sich selbst, ihrem Vater und jetzt auch Patrick. In Rona Swan steckte mehr als Verträge und Klauseln.

Ja, die Tage sind schnell vergangen, dachte sie, aber diese letzte Stunde … Ein Uhr siebzehn. Ärgerlich zog sie einen Aktenordner aus dem Schrank und öffnete ihn. Sie beobachtete die Uhr, als hätte sie ein Rendezvous und keine geschäftliche Verabredung. Es war lächerlich. Trotzdem blickte sie erwartungsvoll auf, als es klopfte, und sie vergaß sofort die sauber getippten Seiten in dem Ordner. Rona unterdrückte die aufkeimende Erregung.

„Ja, herein!“, rief sie ruhig.

„Hallo, Rona!“

Sie kämpfte gegen ihre Enttäuschung, als Ned Ross den Raum betrat und sie strahlend anlächelte.

„Hallo, Ned!“

Ned Ross – zweiunddreißig, blond, gut aussehend, mit lässigem kalifornischem Chic. Er ließ seine gekrausten Haare ungehemmt wachsen und trug zu teuren Designerhosen dezente Seidenhemden. Keine Krawatte, bemerkte Rona. Das ging gegen sein Image, so wie der schwache Duft eines frischen Eau de Cologne dazugehörte. Ned kannte die Wirkung seines Charmes, den er gezielt einsetzte.

Rona tadelte sich halbherzig dafür, so kritisch zu sein, und erwiderte sein Lächeln, allerdings fiel es erheblich kühler aus.

Ned war der zweite Assistent ihres Vaters. Bis vor wenigen Wochen war er auch einige Monate lang Ronas ständiger Begleiter gewesen. Er war mit ihr zum Essen ausgegangen, hatte ihr ein paar aufregende Surfstunden erteilt, hatte ihr die Schönheit des Strandes bei Sonnenuntergang gezeigt und sie glauben lassen, die attraktivste und begehrenswerteste Frau zu sein, die er je getroffen hatte. Es war für sie eine schmerzliche Enttäuschung gewesen, zu entdecken, dass er sich mehr um Bennett Swans Tochter als um Rona selbst bemühte.

„Der Boss schickt mich. Ich soll sehen, wie sich alles entwickelt, bevor du nach Las Vegas fliegst." Er setzte sich auf die Kante des Schreibtisches, beugte sich vor und gab ihr einen leichten Kuss. Er hatte mit der Tochter seines Chefs noch immer Pläne. „Ich wollte mich verabschieden."

„Ich habe alle anstehenden Arbeiten abgeschlossen", erklärte Rona und schob den Aktenordner beiläufig zwischen sie beide. Es fiel ihr noch immer schwer zu glauben, dass sich hinter diesem attraktiven, sonnengebräunten Gesicht und dem liebenswerten Lächeln ein ehrgeiziger Lügner verbarg. „Ich wollte meinen Vater persönlich unterrichten."

„Er ist beschäftigt." Ned nahm den Aktenordner zur Hand und blätterte ihn rasch durch. „Er ist nach New York geflogen. Irgendetwas bei Außenaufnahmen möchte er persönlich überwachen. Vor dem Wochenende kommt er nicht zurück."

Rona blickte seufzend auf ihre Hände. Er hätte sich einen Moment Zeit nehmen und sie anrufen können. Aber wann hatte er das je gemacht? Und wann würde sie aufhören, es von ihm zu erwarten? „Nun, du kannst ihm sagen, dass für alles gesorgt ist." Sie nahm ihm den Aktenordner aus der Hand und legte ihn wieder auf den Tisch. „Ich habe einen Bericht geschrieben."

„Immer tüchtig." Ned lächelte und traf keine Anstalten zu gehen. Er wusste nur zu gut, dass er bei Rona einen Fehler begangen hatte und verlorenen Boden aufholen musste. „Also, wie fühlst du dich durch deinen Aufstieg zur Produzentin?"

„Ich freue mich auf die neue Aufgabe."

„Dieser Atkins“, fuhr Ned fort, ohne sich um ihre Kühle zu kümmern. „Das ist ein seltsamer Vogel, nicht wahr?“

„Ich kenne ihn nicht genau genug, um das zu beurteilen“, antwortete Rona ausweichend. Sie wollte mit Ned nicht über Patrick sprechen. Der Tag mit Patrick gehörte ihr ganz allein. „Ich habe in ein paar Minuten eine Verabredung, Ned“, fuhr sie fort und stand auf. „Wenn du also …“

„Rona.“ Ned ergriff ihre Hände, wie er das oft getan hatte, wenn sie ausgegangen waren. Damals hatte sie gelächelt, wenn er das tat. „Ich habe dich in den letzten Wochen wirklich vermisst.“

„Wir haben uns ein paarmal gesehen, Ned.“ Rona ließ ihre Hände locker in den seinen liegen.

„Rona, du weißt, was ich meine.“ Seine Stimme wurde sanft und eindringlich. „Du bist noch immer wütend auf mich, weil ich diesen dummen Vorschlag gemacht habe.“

„Dass ich meinen Einfluss auf meinen Vater einsetzen sollte, damit du Chef der O'Mara-Produktion wirst?“ Rona hob eine Augenbraue. „Nein, Ned“, sagte sie ruhig. „Ich bin nicht wütend auf dich. Ich habe gehört, Bishop habe den Job bekommen“, fügte sie hinzu und konnte sich eine Spitze nicht verkneifen. „Hoffentlich bist du nicht zu enttäuscht.“

„Das ist nicht wichtig“, antwortete er und überspielte seine Verärgerung mit einem Achselzucken. „Ich möchte dich heute Abend ausführen.“ Ned zog sie etwas näher, und Rona sträubte sich nicht. Wie weit würde er gehen? „Du magst doch dieses kleine französische Restaurant so gern. Danach könnten wir an der Küste entlangfahren.“

„Bist du noch nicht auf die Idee gekommen, ich könnte etwas vorhaben?“

Die Frage bremste ihn, als er sie gerade küssen wollte. Er hatte überhaupt nicht daran gedacht, dass sie sich mit einem anderen Mann treffen könnte. Er war sicher, dass sie noch immer verrückt nach ihm war. Darauf hatte er viel Zeit und Mühe verwendet, und deshalb schloss er, dass sie überredet werden wollte.

„Lass die Verabredung sausen“, murmelte er, küsste sie und bemerkte gar nicht, dass ihre Augen offen blieben und kühl dreinblickten.

„Nein.“

Ned hatte nicht mit einer knappen, gefühllosen Antwort gerechnet. Aus Erfahrung wusste er, dass sich Ronas Gefühle leicht vorhersehen ließen. Doch nun hob er überrascht den Kopf. „Komm schon, Rona, sei nicht …“

„Entschuldige.“ Rona zog ihre Hände zurück. Ihr Blick fiel auf die Tür.

„Miss Swan!“ Patrick stand in der offenen Tür und nickte ihr zu.

„Mr Atkins.“ Sie war verlegen und wütend, weil sie in ihrem eigenen Büro in einer kompromittierenden Situation ertappt worden war. Warum hatte sie Ned nicht gesagt, er solle die Tür schließen? „Ned, das ist Patrick Atkins. Ned Ross ist der Assistent meines Vaters.“

„Mr Ross.“ Patrick betrat den Raum, streckte jedoch nicht die Hand zur Begrüßung des ihm vorgestellten Mannes aus.

„Freut mich, Sie kennenzulernen, Mr Atkins.“ Ned lächelte ihn strahlend an. „Ich bin ein großer Fan von Ihnen.“

„Tatsächlich?“ Patricks Lächeln war höflich, trotzdem jagte es Ned einen eisigen Schauer über den Rücken.

Seine Augen zuckten unruhig, ehe er sich wieder an Rona wandte. „Viel Spaß in Las Vegas, Rona.“ Er ging schon auf die Tür zu. „Nett, Sie kennengelernt zu haben, Mr Atkins.“

Rona beobachtete Neds überstürzten Rückzug mit einem Stirnrunzeln. Ohne Zweifel hatte er seine sonstige sorglose Art verloren.

„Was haben Sie bloß mit ihm gemacht?“, fragte sie, als sich die Tür schloss.

Patrick zuckte die Schultern, während er auf sie zukam. „Was denken Sie denn, dass ich mit ihm gemacht habe? Schwarze Magie?“

„Ich weiß es nicht“, murmelte Rona. „Aber was immer es

auch war, machen Sie das bloß nie mit mir."

„Ihre Hände sind kalt, Rona." Er nahm sie in die seinen. „Warum haben Sie ihm nicht gesagt, dass er einfach gehen soll?"

Patrick machte sie nervös, wenn er sie Rona nannte. Er machte sie genauso nervös, wenn er sie leicht spöttisch Miss Swan nannte. Rona blickte auf ihre Hand, die in seiner lag.

„Ich habe ... das heißt, ich war ..." Sie bremste sich und wunderte sich darüber, dass sie keine Erklärung stammeln wollte. „Wir sollten gehen, falls Sie rechtzeitig zu Ihrem Engagement kommen wollen, Mr Atkins."

„Miss Swan." Patricks Augen funkelten humorvoll, als er ihre Hände an seine Lippen zog. Jetzt waren sie nicht mehr kalt. „Ich habe dieses ernste Gesicht und diesen berufsmäßigen Ton vermisst!"

Es gab nichts mehr zu sagen. Patrick nahm ihren Arm und führte sie aus dem Raum.

Sobald sie in seinem Wagen saßen und sich in den fließenden Verkehr eingeordnet hatten, bemühte sich Rona um eine harmlose Unterhaltung. Wenn sie zusammenarbeiten sollten, mussten sie rasch zu einer korrekten Beziehung finden. „Was für ein Engagement haben Sie heute Nachmittag?"

Patrick hielt vor einer roten Ampel und warf Rona einen kurzen prüfenden Blick zu. „Sie mögen den Assistenten Ihres Vaters nicht."

Rona erstarrte. „Er ist gut in seinem Job", verteidigte sie Ned.

„Warum haben Sie ihn angelogen?", fragte Patrick sanft, als die Ampel umsprang. „Sie hätten sagen können, dass Sie nicht mit ihm ausgehen wollen, anstatt eine Verabredung vorzuschieben, wie ich mitbekam."

„Wieso nehmen Sie an, ich hätte etwas vorgeschoben?", konterte Rona impulsiv aus verletztem Stolz.

Patrick bremste ab und bog in eine Seitenstraße. „Ich wollte nur wissen, warum Sie glaubten, etwas vorschieben zu müssen."

Rona störte sich nicht an seiner Ruhe. „Das ist meine Angelegenheit, Mr Atkins."

„Meinen Sie nicht, wir könnten heute Nachmittag auf dieses ‚Mr Atkins' verzichten?" Patrick zog den Wagen von der Straße und parkte, wandte den Kopf und lächelte sie an.

Wenn er lachte, war er viel zu charmant. „Vielleicht", stimmte sie zu. „Heute Nachmittag. Ist Patrick Ihr richtiger Name?"

„Soviel ich weiß, ja." Er schob sich aus dem Auto, ohne mehr zu sagen.

Als Rona ausstieg, erkannte sie, dass sie auf dem Parkplatz des „Los Angeles General Hospital" standen. „Was machen wir hier?"

„Ich habe einen Auftritt." Patrick holte eine schwarze Tasche, ähnlich einer Arzttasche, aus dem Kofferraum. „Mein Werkzeug", erklärte er, als Rona einen neugierigen Blick darauf warf. „Keine Medikamente oder Skalpelle", versicherte er und streckte ihr die Hand entgegen. Sein Blick war geduldig auf ihre Augen gerichtet, als sie zögerte.

Rona ergriff seine Hand, und gemeinsam gingen sie durch einen Seiteneingang.

Was immer Rona sich von diesem Nachmittag versprochen hatte, an die orthopädische Station des „Los Angeles General Hospital" hatte sie nicht gedacht. Was immer sie von Patrick Atkins erwartet hatte, es war kein Treffen mit Kindern gewesen. Nach den ersten fünf Minuten erkannte Rona, dass er ihnen viel mehr als eine Show und einen Sack voller Tricks bot. Er gab sich selbst.

Er ist ein wunderbarer Mann, dachte sie, und es versetzte ihr einen Stich. Er spielt in Las Vegas für fünfunddreißig Dollar pro Kopf und füllt „Covent Garden", aber er kommt hierher, um einer Gruppe von Kindern eine Freude zu machen. Es gab keine Reporter, die am nächsten Tag über seine menschliche Tat schreiben konnten. Er verschenkte seine Zeit und sein Talent, um Glück zu bringen. Oder genauer, dachte sie, um Unglück zu erleichtern.

Obwohl sie es noch nicht erkannte, verliebte sich Rona in diesem Moment bis über beide Ohren in Patrick Atkins.

Sie sah zu, wie er einen Ball ununterbrochen zwischen seinen Fingern erscheinen und verschwinden ließ. Rona war genauso fasziniert wie die Kinder. Mit einer schnellen Handbewegung ließ er den Ball verschwinden und holte ihn aus dem Ohr eines Jungen, der vor Vergnügen quietschte.

Seine Kunststücke waren einfach und hübsch, nette Kleinigkeiten, die auch ein Amateur hätte vollbringen können. Auf der Station ging es laut her von Ausrufen, Lachen und Applaus. Es bedeutete Patrick offenbar mehr als der donnernde Beifall, den er auf der Bühne nach einer komplizierten magischen Show empfing.

Seine Wurzeln lagen hier bei den Kindern. Das hatte er nie vergessen. Er erinnerte sich zu deutlich an den antiseptischen Geruch, an den Blumenduft in einem Krankenzimmer und die Beengtheit in einem Krankenhausbett. Langeweile, dachte er, kann hier die kräftezehrendste Krankheit sein.

„Ihr habt schon gesehen, dass ich eine hübsche Assistentin mitgebracht habe“, erklärte Patrick. Es dauerte ein paar Sekunden, bis Rona begriff, dass er sie meinte. Ihre Augen weiteten sich erstaunt, aber er lächelte nur. „Kein Magier reist ohne Assistentin, Rona.“ Er hielt ihr die Hand entgegen, und bei den kichernden und klatschenden Kindern hatte sie keine andere Wahl, als zu ihm zu gehen und seine Hand zu ergreifen.

„Was haben Sie vor?“, flüsterte sie ihm hastig zu.

„Ich mache einen Star aus Ihnen.“ Er wandte sich wieder an sein kindliches Publikum in Betten und Rollstühlen. „Rona wird euch bestätigen, dass sie so schön lächelt, weil sie jeden Tag drei Gläser Milch trinkt. Stimmt das, Rona?“

„Ah … ja!“ Sie blickte in die erwartungsvollen Gesichter. „Ja, das stimmt.“ Worauf wollte er hinaus? Noch nie waren gleichzeitig so viele große neugierige Augen auf sie gerichtet gewesen.

„Sicher wisst ihr alle, wie wichtig es ist, Milch zu trinken“, fuhr Patrick fort. Als Antwort kam wenig begeisterte Zustimmung und ein paar unterdrückte Seufzer. Patrick tat überrascht, als er aus seiner schwarzen Tasche ein bereits zur Hälfte mit einer weißen Flüssigkeit gefülltes Glas holte. Niemand fragte, wieso nichts verschüttet worden war. „Ihr trinkt doch alle eure Milch, nicht wahr?" Diesmal erntete er Lachen und noch mehr Seufzer. Kopfschüttelnd zog Patrick eine Zeitung hervor und formte daraus einen Trichter. „Ich versuche jetzt etwas sehr Schweres. Ich weiß nicht, ob ich es schaffe, es sei denn, ihr alle versprecht, heute Abend eure Milch zu trinken."

Sofort erschollen die Versprechen im Chor. Rona fühlte, dass er gleichermaßen Rattenfänger wie Magier, Psychologe wie Entertainer war. Vielleicht war das auch alles das Gleiche. Sie bemerkte, dass Patrick sie fragend ansah.

„Oh, ich verspreche es", versicherte sie lächelnd. Sie war genauso entzückt wie die Kinder.

„Dann wollen wir einmal sehen! Könnten Sie die Milch aus dem Glas hier hereingießen?", bat er Rona und überreichte ihr das Glas. „Langsam", warnte er und blinzelte ins Publikum. „Wir wollen doch nichts verschütten. Es ist Zaubermilch, wisst ihr? Magier trinken nur diese Marke." Patrick führte Ronas Hand und hielt den Trichter knapp oberhalb ihrer Augen.

Seine Handfläche fühlte sich warm und fest an. Er strömte einen Duft aus, den sie nicht einordnen konnte. Es hatte etwas mit Natur zu tun, mit Wald. Es war nicht der Duft von Tannennadeln, sondern etwas Dunkleres, Erdverbundeneres. Ihre Reaktion darauf kam unerwartet und unerwünscht. Sie versuchte sich auf das Glas direkt über der Öffnung des Trichters zu konzentrieren. Etwas Milch tropfte aus dem spitzen Ende.

„Wo kaufst du Zaubermilch?", wollte eines der Kinder wissen.

„Oh, die kann man nicht kaufen", antwortete Patrick ernst. „Ich muss sehr zeitig aufstehen und einen Zauber über eine Kuh sprechen. So, das ist jetzt gut." Patrick ließ das leere Glas in seine Tasche fallen. „Also, wenn alles gut gegangen ist …" Er stockte, runzelte die Stirn und blickte in den Trichter. „Rona, das war meine Milch!", rief er tadelnd. „Sie hätten später Ihre eigene Ration trinken können."

Als sie zum Sprechen ansetzte, riss er den Trichter auf. Automatisch stieß sie einen unterdrückten Ruf aus und wich zurück, um nicht bespritzt zu werden. Aber der Trichter war leer.

Die Kinder kreischten vor Vergnügen, während Rona Patrick anstarrte.

„Sie ist trotz allem schön", rief er seinem Publikum zu und küsste Ronas Hand. „Obwohl sie gierig ist."

„Ich selbst habe die Milch eingefüllt", erklärte sie später, als sie zu dem Aufzug gingen. „Sie tropfte durch das Papier. Ich habe es gesehen!"

Patrick schob sie in den Aufzug. „Das ist der Unterschied zwischen Schein und Sein. Faszinierend, nicht wahr, Rona?"

„Sie sind auch nicht ganz so, wie Sie erscheinen, oder?"

„Nein, wer ist das schon?"

„Sie haben innerhalb einer Stunde mehr für diese Kinder getan als ein Dutzend Ärzte. Es war vermutlich nicht das erste Mal?"

„Nein", gab er zu.

„Warum tun Sie es?" Ihr Interesse war echt.

„Krankenhäuser sind schrecklich für Kinder", antwortete er schlicht. Mehr wollte er nicht erklären.

„Heute waren die Kinder anderer Meinung."

Als sie den ersten Stock erreichten, ergriff Patrick wieder ihre Hand. „Es gibt kein schwierigeres Publikum als Kinder. Sie nehmen alles sehr genau."

Rona musste lachen. „Sie haben vermutlich recht. Welcher Erwachsene hätte schon gefragt, wo Sie Zaubermilch kaufen?" Sie warf Patrick einen schnellen Blick zu. „Ich finde, Sie haben sich sehr gut aus der Affäre gezogen."

„Ich habe darin schon etwas Übung", erwiderte er. „Kinder halten einen auf Trab. Erwachsene lassen sich viel leichter durch irgendwelches witzige Geplauder ablenken." Er blickte lächelnd auf sie hinunter. „Sogar Sie, obwohl Sie mich mit sehr fesselnden grünen Augen beobachtet haben."

Rona wandte sich an ihn, als sie auf den Parkplatz hinaustraten. „Patrick, warum haben Sie mich heute mitgenommen?"

„Ich wollte Ihre Begleitung."

„Ich verstehe Sie nicht ganz."

„Müssen Sie denn verstehen?", fragte er. Im Sonnenlicht hatte ihr Haar die Farbe von jungem Weizen. Patrick ließ seine Finger hindurchgleiten und nahm ihr Gesicht wie in der ersten Nacht zwischen seine Hände. „Immer?"

Rona klopfte das Herz im Hals. „Ja, ich denke …"

Aber Patricks Mund berührte schon Ronas Lippen, und sie konnte nicht mehr denken. Es war genau wie beim ersten Mal. Der sanfte Kuss entzog ihr den Boden unter den Füßen. Ein warmer, flüchtiger Schauder durchlief sie, als seine Finger über ihre Schläfe strichen und sich auf ihre Herzgegend legten. Leute gingen vorbei, aber Patrick und Rona achteten nicht darauf. Sie waren nur Schatten, Geister. Nur Patricks Mund und seine Hände waren wirklich.

Spürte sie einen winzigen Lufthauch, oder glitten seine Finger über ihre Haut? Flüsterte er etwas, oder war sie das selbst gewesen?

Patrick schob sie von sich. Ronas Augen waren verschleiert. Sie klärten sich langsam, als würde sie aus einem Traum erwachen. Er war noch nicht bereit, diesen Traum zu beenden, zog sie wieder an sich und ließ erneut ihre Lippen verschmelzen.

Patrick musste gegen den Wunsch ankämpfen, Rona an sich zu pressen und ihren warmen, bereitwilligen Mund wild zu erobern. Verlangen bedrängte ihn, aber er unterdrückte dieses übermächtige Gefühl.

Manchmal, wenn er in einem dunklen, luftlosen Schrank eingesperrt war, musste er gegen den Drang zur Hast ankämpfen, gegen das Verlangen, sich den Weg ins Freie zu erkämpfen. Jetzt fühlte er fast den gleichen Anflug von Panik. Was machte Rona bloß mit ihm? Die Frage drängte sich ihm auf, als er sie enger an sich zog. Patrick wusste nur, dass er sie mit einer Heftigkeit wollte, deren er sich selbst nicht für fähig gehalten hatte.

War ihre Haut auch jetzt von Satin bedeckt? Von dünnem, leichtem Satin, der ihren Körperduft angenommen hatte? Er wollte sie bei Kerzenlicht lieben oder im Sonnenschein in einem Feld. Lieber Himmel, wie sehr er sie begehrte!

„Rona, ich möchte mit dir zusammen sein." Er flüsterte die Worte an ihren Lippen und brachte sie zum Beben. „Ich muss mit dir zusammen sein. Komm mit mir!" Er hielt ihren Kopf fest zwischen seinen Händen und küsste sie noch einmal. „Jetzt, Rona! Ich möchte dich lieben."

„Patrick." Sie lehnte sich schwer gegen ihn, während sie den Kopf schüttelte. „Ich kenne dich ja nicht."

Patrick unterdrückte das plötzliche wilde Verlangen, sie zu seinem Wagen zu zerren und sie in sein Haus zu bringen – in sein Bett.

„Nein." Er sagte es genauso zu sich selbst wie zu Rona. Er schob sie von sich, hielt sie an den Schultern fest und sah ihr voll ins Gesicht. „Nein, du kennst mich nicht, und für Miss Swan ist das natürlich wichtig." Es gefiel ihm nicht, dass sein Herz heftig schlug. Ruhe und Selbstbeherrschung waren wichtige Teile seiner Arbeit und daher auch Teile von ihm. „Sobald du mich kennst, werden wir uns lieben", sagte er ruhig.

„Nein!" Ronas Abwehr kam mehr aus seinem beiläufigen Ton als aus dem Sinn seiner Worte. „Nein, Patrick, wir werden uns erst lieben, wenn ich es will. Ich verhandle über Verträge, aber nicht über mein Privatleben."

Patrick lächelte. Ihren Ärger konnte er leichter verkraften, als das mit Nachgiebigkeit der Fall gewesen wäre. Er misstraute allem, was ihm zu leicht zufiel.

„Miss Swan", murmelte er, als er ihren Arm ergriff. „Wir haben bereits einen Blick in die Karten getan."

5. KAPITEL

Rona traf allein in Las Vegas ein. Sie hatte darauf bestanden. Sobald ihre Nerven sich beruhigt hatten und sie wieder praktisch dachte, war ihr zu viel persönlicher Kontakt mit Patrick unklug erschienen. Wenn einen ein Mann mit einem Kuss dazu brachte, die Welt ringsum zu vergessen, ging man besser auf Distanz. Das war Rona Swans neue Regel.

Die meiste Zeit ihres Lebens war sie völlig von ihrem Vater dominiert worden. Sie hatte nichts ohne seine Zustimmung tun können. Er hatte ihr nicht seine Zeit gewidmet, aber seine Ansichten aufgedrängt, und seine Ansichten waren Gesetz gewesen.

Erst mit Anfang zwanzig hatte Rona begonnen, ihre eigenen Talente und ihre Unabhängigkeit zu erforschen. Der Geschmack der Freiheit war süß gewesen. Sie wollte sich nie wieder beherrschen lassen, schon gar nicht von physischem Verlangen. Sie wusste aus Erfahrung, dass man Männern nicht unbedingt trauen durfte. Warum sollte ausgerechnet Patrick eine Ausnahme darstellen?

Nachdem sie das Taxi bezahlt hatte, sah Rona sich um. Sie war zum ersten Mal in Las Vegas. Sogar um zehn Uhr morgens gab es mehr als genug zu sehen.

Der Strip erstreckte sich endlos in beiden Richtungen. Namen wie „The Dunes“, „The Sahara“ und „The MGM“ sprangen einem in die Augen. Die Hotels zogen durch fantastische Wasserfontänen, raffinierte Neonreklame und herrliche Blumen die Aufmerksamkeit auf sich.

Anzeigetafeln verkündeten berühmte Namen in riesigen Buchstaben. Stars, Stars, Stars! Die schönsten Frauen der Welt, die talentiertesten Künstler, das Farbigste, das Exotischste – hier war alles vertreten. Alles war zusammengedrängt in einem Vergnügungspark für Erwachsene, umschlossen von Wüste und eingekreist von Bergen. Die Straßen kochten bereits jetzt in der heißen Morgensonne. Nachts würden sie dann im Neonlicht erstrahlen und die Menschen in ihren Bann ziehen.

Rona drehte sich um und betrachtete das „Caesars Palace“, riesig, weiß und ausladend. Über ihrem Kopf standen in gewaltigen Buchstaben Patricks Name und die Daten seines Engagements. Was fühlte wohl ein Mann wie er, wenn er sich so aufdringlich angekündigt sah?

Sie nahm ihr Gepäck und betrat das Laufband, das sie an der glitzernden Fontäne und den italienischen Statuen vorbeitransportierte. In der Stille des Morgens hörte man das Geräusch des hochschießenden und ins Becken zurückfallenden Wassers. Rona stellte sich vor, wie laut es abends in den mit Menschen und Autos verstopften Straßen zuging.

Sobald Rona die Hotelhalle betrat, hörte sie das Surren und Klicken der Spielautomaten. Sie unterdrückte den Wunsch, einen Blick in das Kasino zu werfen, anstatt an die Rezeption zu gehen.

„Rona Swan.“ Sie stellte ihre Koffer am Fuß eines langen Pults ab. „Ich habe eine Reservierung.“

„Ja, Miss Swan.“ Der Angestellte strahlte sie an, ohne in seinen Listen nachzusehen. „Der Page kümmert sich um Ihr Gepäck!“ Er winkte einen Pagen herbei und übergab ihm einen Schlüssel. „Genießen Sie Ihren Aufenthalt, Miss Swan. Lassen Sie es uns bitte wissen, wenn wir etwas für Sie tun können.“

„Danke.“ Rona sah die Höflichkeit des Angestellten als selbstverständlich an. Sobald Leute erfuhren, dass sie Bennett Swans Tochter war, wurde sie wie eine Königin behandelt. Das war nicht neu und störte sie nur wenig.

Der Aufzug brachte sie und den respektvoll schweigenden Pagen zu der obersten Etage. Dort führte der Page sie den Gang entlang, sperrte eine Tür auf und wich zurück, um sie eintreten zu lassen.

Die erste Überraschung für Rona war, dass sie nicht in einem Zimmer, sondern in einer Suite stand. Als zweite Überraschung war die Suite bereits bewohnt. Patrick saß auf dem Sofa und hatte vor sich auf dem Tisch Papiere ausgebreitet.

„Rona, Sie sind da!“ Er stand auf, ging zu dem Pagen hinüber

und gab ihm einen Geldschein. „Danke."
„Ich danke Ihnen, Mr Atkins."
Rona wartete, bis sich die Tür hinter dem Pagen schloss. „Was machen Sie hier?", fragte sie.
„Ich habe für heute Nachmittag eine Probe angesetzt", erinnerte er sie. „Wie war Ihr Flug?"
„Gut." Sie war verärgert über seine Antwort und misstrauisch.
„Soll ich Ihnen einen Drink machen?", fragte er höflich.
„Nein, danke." Sie sah sich in dem hübsch eingerichteten Raum um, warf einen kurzen Blick aus dem Fenster und machte eine umfassende Geste. „Was zum Teufel ist das hier?"
Patrick hob bei ihrem Ton eine Augenbraue, antwortete aber sanft. „Unsere Suite."
„Oh nein!" Sie schüttelte entschieden den Kopf. „Ihre Suite!" Sie nahm ihre Koffer auf und ging zur Tür.
„Rona."
Der ruhige Klang seiner Stimme hielt sie auf und brachte ihr Temperament zum Überkochen. „Was für ein kleiner schmutziger Trick!" Sie ließ ihre Koffer fallen und drehte sich zu ihm um. „Dachten Sie wirklich, Sie könnten meine Reservierung ändern und … und …"
„Und was?", drängte er.
Sie deutete auf den Raum. „Und Sie könnten mich hier zusammen mit Ihnen einquartieren, ohne dass ich auch nur einen Ton sage? Dachten Sie wirklich, ich würde gemütlich in Ihr Bett hüpfen, nur weil Sie alles so nett arrangiert haben? Wie können Sie es wagen! Wie können Sie mir vorlügen, ich sollte mir Ihre Vorstellung ansehen, wenn Sie mich bloß brauchen, um Ihr Bett warm zu halten!"
Ihre Stimme hatte sich von leiser Anklage zu wildem Zorn gesteigert, bevor Patrick ihr Handgelenk packte. Der Druck seiner Finger warnte sie. „Ich lüge nicht", sagte er leise, aber seine Augen verdunkelten sich. „Und ich brauche keine Tricks, um eine Frau für mein Bett zu finden."

Sie versuchte nicht, sich zu befreien. Ihr Instinkt warnte sie davor, aber sie konnte ihr Temperament nicht zügeln. „Wie würden Sie dann das hier nennen?“, warf sie ihm vor.

„Ein günstiges Arrangement.“ Ärger ließ seine Stimme gefährlich kühl klingen.

„Für wen?“, fragte sie.

„Wir müssen in den nächsten Tagen über eine Reihe von Dingen sprechen.“ Er blieb besonnen, lockerte jedoch seinen Griff nicht. „Ich möchte nicht jedes Mal, wenn mir etwas einfällt, zu Ihrem Zimmer hinunterlaufen müssen. Ich bin hier, um zu arbeiten. Und das gilt auch für Sie.“

„Sie hätten mich vorher fragen sollen.“

„Das habe ich nicht getan“, entgegnete er eisig. „Und ich schlafe nicht mit einer Frau, wenn sie es nicht will, Miss Swan.“

„Ich schätze es nicht, dass Sie etwas ändern, ohne es vorher mit mir zu besprechen.“ Rona beharrte darauf, obwohl ihre Knie zitterten.

Sein Zorn wurde durch seine Zurückhaltung nicht erträglicher. „Ich habe Sie vorgewarnt, dass ich alles auf meine Art mache. Wenn Sie nervös sind, schließen Sie Ihre Tür ab.“

Der Hieb ließ sie schärfer antworten. „Das würde bei Ihnen auch viel nützen! Ein Schloss würde Sie wohl kaum abhalten.“

Seine Finger drückten kurz zu, ehe er ihr Handgelenk freigab. „Ein Schloss vielleicht nicht.“ Patrick öffnete die Tür. „Aber ein einfaches Nein würde mich abhalten.“

Patrick war weg, bevor Rona noch etwas sagen konnte. Schaudernd lehnte sie sich gegen die Tür. Erst jetzt erkannte sie, wie sehr sie sich gefürchtet hatte. Sie war an theatralische Ausbrüche oder dumpfes Schweigen von ihrem Vater her gewöhnt. Aber das hier …

Unbewusst rieb sie ihr Handgelenk. Es stimmte, dass sie Patrick nicht kannte. In ihm war mehr verborgen, als sie je gedacht hätte. Sie hatte eine seiner Schichten aufgedeckt und war nicht sicher, ob sie mit ihrer Entdeckung fertigwerden konnte.

Sie sah sich in dem Zimmer um. Vielleicht hätte sie auf ein

harmloses geschäftliches Arrangement nicht so heftig reagieren sollen. Eine Suite gemeinsam zu bewohnen, war ungefähr das Gleiche wie zwei aneinandergrenzende Räume. In diesem Fall hätte sie sich nichts dabei gedacht.

Aber Patrick Atkins hatte sich auch falsch verhalten. Sie hätten sich wegen der Suite wahrscheinlich leicht geeinigt, hätte er vorher mit ihr darüber gesprochen. Beim Verlassen der Schweiz hatte sie sich geschworen, sich nicht mehr kommandieren zu lassen.

Patricks Ausdrucksweise hatte sie ebenfalls gestört. Er schlief nicht mit einer Frau, wenn sie es nicht wollte! Sie wussten beide, dass sie ihn wollte.

Ein einfaches Nein würde ihn abhalten. Ja, dachte sie, als sie ihre Koffer aufnahm. Darauf konnte sie sich verlassen. Er würde sich nie einer Frau aufdrängen, einfach weil er es nicht nötig hatte. Wie lange würde es wohl dauern, bis sie Nein zu sagen vergaß?

Rona schüttelte den Kopf. Das Projekt war für Patrick genauso wichtig wie für sie selbst. Es war nicht gerade klug, gleich zu Beginn wegen der Zimmerverteilung zu streiten oder sich über entfernte Möglichkeiten Sorgen zu machen.

Sie begann auszupacken.

Als Rona den Saal betrat, lief die Probe bereits. Patrick stand in der Mitte der Bühne. Eine Frau war bei ihm. Trotz Jeans und weitem Pullover erkannte Rona Patricks Assistentin, eine imposante Rothaarige. Auf den Videobändern hatte sie kurze glitzernde Kostüme oder fließende Kleider getragen. Kein Magier reiste ohne eine schöne Assistentin!

Vorsicht, Rona, warnte sie sich selbst. Das geht dich nichts an. Leise ging sie weiter und setzte sich in die Mitte des Zuschauerraums. Patrick sah nicht in ihre Richtung.

Ohne dass es ihr richtig bewusst wurde, begann Rona an Kamerawinkel und Szenen zu denken.

Fünf Kameras, dachte sie, und keinen zu aufdringlichen Hintergrund. Nichts Glitzerndes durfte die Aufmerksamkeit von Patrick ablenken. Ein dunkler Hintergrund, entschied sie, würde eher den Hexenmeister oder Zauberer hervorheben als den Showman.

Völlig überraschend sank Patricks Assistentin langsam zurück, bis sie waagrecht in der Luft hing. Rona unterbrach die gedankliche Planung und sah zu. Patrick verzichtete jetzt auf Worte. Er führte nur Gesten aus, weite, fließende Gesten, die an schwarze Umhänge und Kerzenlicht denken ließen. Die Frau begann sich zu drehen, zuerst langsam, dann schneller.

Rona hatte diese Illusion auf Band gesehen, aber in Wirklichkeit war es etwas ganz anderes. Keine Kulissen lenkten von den beiden auf der Bühne ab, keine Kostüme, Musik oder blitzende Lichter, die zusätzlich Stimmung erzeugten. Rona merkte, dass sie die Luft anhielt, und zwang sich zum Ausatmen.

Die roten Locken der Frau flatterten, während sie sich drehte, ihre Augen waren geschlossen, ihr Gesicht völlig friedlich. Die Hände hielt sie sorgfältig gefaltet. Rona sah genau hin und suchte Drähte oder andere Vorrichtungen zu erkennen, wurde jedoch enttäuscht.

Sie konnte einen anerkennenden Ausruf nicht unterdrücken, als die Frau gleichzeitig zu der Drehung auch noch um die eigene Achse zu rollen begann. Der ruhige Ausdruck auf ihrem Gesicht änderte sich nicht, so als würde sie schlafen und nicht einen knappen Meter über der Bühne herumwirbeln.

Mit einer Handbewegung hielt Patrick die Bewegung an und brachte seine Assistentin wieder in die Vertikale, bis ihre Füße langsam den Boden berührten. Als er mit der Hand vor ihrem Gesicht vorbeistrich, öffnete sie lächelnd die Augen.

„Wie war es?"

Rona zuckte bei der simplen, fröhlichen Frage zusammen.

„Gut", antwortete Patrick schlicht. „Mit Musik wird es noch besser. Ich möchte rote Lichter, irgendetwas Heißes. Sachte beginnen und genau wie die Geschwindigkeit steigern." Er gab diese Befehle dem Chefbeleuchter, ehe er sich wieder an seine

Assistentin wandte. „Wir arbeiten noch weiter."

Eine Stunde lang sah Rona fasziniert und mit viel Vergnügen zu. Was für sie fehlerfrei schien, wiederholte Patrick immer wieder. Zu jeder Illusion hatte er seine eigenen Ideen für die technischen Effekte. Rona sah ein, dass seine Kreativität nicht auf die Magie beschränkt blieb. Er verstand es, Beleuchtung und Ton einzusetzen, um die Wirkung zu steigern, Akzente zu setzen und etwas hervorzuheben.

Ein Perfektionist, dachte sie. Patrick arbeitete ruhig und ohne die sprühende Dynamik, die er in einer Vorstellung ausstrahlte. Es fehlte aber auch jene sorglose Leichtigkeit, die sie an ihm während der Vorstellung für die Kinder beobachtet hatte.

Er arbeitete – nicht mehr und nicht weniger. Vielleicht war er ein Zauberer, dachte sie, aber einer, der dafür mit vielen Stunden Mühe bezahlte. Je länger sie zusah, desto mehr Respekt fühlte sie für ihn.

Rona hatte sich vorzustellen versucht, wie es sein würde, mit ihm zu arbeiten. Jetzt sah sie es mit eigenen Augen. Er war unermüdlich und in Details genauso fanatisch wie sie selbst. Sie würden miteinander streiten, sagte sie voraus und begann sich darauf zu freuen. Es musste eine umwerfende Show werden.

„Rona, würden Sie bitte heraufkommen?"

Sie fuhr zusammen, als Patrick sie rief. Rona hätte geschworen, er wisse nicht, dass sie im Saal war. Ergeben stand sie auf. Allmählich schien es, als gäbe es nichts, was er nicht wusste. Während Rona nach vorn ging, sagte Patrick etwas zu seiner Assistentin. Sie lachte kurz und herzlich und küsste ihn auf die Wange.

„Wenigstens bleibe ich diesmal in einem Stück", sagte sie zu ihm und lächelte Rona entgegen, die soeben auf die Bühne kam.

„Rona Swan", stellte Patrick vor. „Bess Frye."

Bei genauerem Hinsehen sah Rona, dass die Frau keine Schönheit war. Dafür war ihr Gesicht zu breit. Ihr leuchtend rotes Haar umrahmte in Locken ein grobknochiges Kinn. Ihre Augen waren fast rund und von einem etwas dunkleren Grün als Ronas Augen. Ihr Make-up war so ausgefallen, wie ihre Kleider durchschnittlich waren, und sie erreichte fast Patricks Größe.

„Hallo!", rief Bess freundlich und schüttelte Ronas Hand. Schwer zu glauben, dass diese stämmige Frau einen Meter über der Bühne geschwebt hatte. „Patrick hat mir alles über Sie erzählt."

„So?" Rona warf ihm einen Blick voller Unverständnis zu.

„Oh ja!" Bess stützte einen Ellbogen auf Patricks Schulter, während sie mit Rona sprach. „Patrick hält Sie für wirklich tüchtig. Er mag den Verstandestyp, aber er hat nicht erwähnt, dass Sie so hübsch sind. Wieso hast du mir nicht gesagt, dass sie so hübsch ist, Süßer?"

Rona fand schnell heraus, dass Bess immer so schnell und viel sprach.

„Dann hättest du mir vorgeworfen, ich betrachte eine Frau nur als Kulisse." Er schob die Hände in die Hosentaschen.

Bess lachte erneut herzhaft auf. „Er ist schlau", vertraute sie Rona an und zog Patrick an sich. „Sie sind also die Produzentin des Specials?"

„Ja." Rona lächelte ein wenig verwirrt von so viel übersprudelnder Freundlichkeit. „Ja, die bin ich."

„Gut! War auch Zeit, dass eine Frau die Dinge in die Hand nimmt. Ich bin in diesem Job von Männern umgeben, Süße. Wir haben nur eine Frau in der Crew. Wir zwei nehmen bald einen Drink zusammen, damit wir uns besser kennenlernen."

„Willst du einen Drink, Süße?" Rona erinnerte sich gut an den Beo. Ihr Lächeln wurde zu einem breiten Grinsen. „Sehr gern."

„So, dann sehe ich einmal nach, was Link macht, bevor mich der Boss wieder zur Arbeit ruft. Bis später!" Bess stürmte von der Bühne, ein Meter achtzig fleischgewordene Begeisterung.

Rona sah Bess nach. „Sie ist wunderbar", murmelte sie.

„Das weiß ich schon lange."

„Auf der Bühne wirkt sie so kühl und reserviert." Rona lächelte Patrick zu. „Ist sie denn schon lange bei Ihnen?"

„Ja."

Die Wärme, die Bess ausgestrahlt hatte, verschwand rasch. Rona räusperte sich und versuchte es noch einmal. „Die Probe ist gut gelaufen. Wir müssen besprechen, welche Illusionen Sie in das Special aufnehmen und welche neuen Sie noch dafür entwerfen."

„In Ordnung."

„Für das Fernsehen müssen natürlich ein paar Änderungen gemacht werden", fuhr sie fort und überging seine einsilbigen Antworten. „Aber grundsätzlich wollen Sie vermutlich eine komprimierte Version Ihrer Bühnenvorstellung bringen."

„Richtig."

In der kurzen Zeit ihrer Bekanntschaft hatte Rona herausgefunden, dass Patrick angeborene Freundlichkeit und Humor besaß. Jetzt betrachtete er sie zurückhaltend und wartete sichtlich darauf, dass sie ging. Bei diesem Mann konnte sie sich nicht wie geplant entschuldigen.

„Sie sind sicher sehr beschäftigt", sagte sie steif und wandte sich ab. Es schmerzte, dermaßen ausgeschlossen zu werden. Er hatte kein Recht, ihr wehzutun. Rona verließ die Bühne, ohne einen Blick zurückzuwerfen.

Patrick blickte ihr nach, bis sich die Saaltüren an der Hinterwand hinter ihr schlossen. Ohne den Blick abzuwenden, zerquetschte er den Ball in seiner Hand.

Mit seinen starken Fingern hätte er ihr Handgelenk brechen können, anstatt es nur zusammenzupressen. Er hätte nur nicht gern die Male auf ihrer Haut gesehen. Und er erinnerte sich nicht gern daran, wie sie ihm vorgeworfen hatte, er wolle sie mit einem Trick nehmen. Das hatte er noch nie nötig gehabt. Diese Frau würde keine Ausnahme darstellen.

Rona Swan ging ihm nicht aus dem Kopf. Als sie an diesem Morgen in die Suite gekommen war, hatte Patrick sofort die sorgfältigen Notizen vergessen, die er sich zu einer neuen Illusion gemacht hatte. In einem violetten Kostüm von einem teuren Modeschöpfer kam sie herein, und er hatte alles andere vergessen. Ihr Haar war wie beim ersten Zusammentreffen von der Fahrt zerzaust gewesen, und er hatte sich gewünscht, Rona in seinen Armen zu halten und zu fühlen, wie ihr zarter, weicher Körper mit dem seinen verschmolz.

Mit ihren Worten und dem anklagenden Blick aus ihren Augen hatte sie seinen Ärger angeheizt.

Er hätte ihr nicht wehtun dürfen. Patrick starrte auf seine Hände und fluchte. Rona war schwächer als er, und er hatte das ausgenützt. Er hatte sich von seinem Jähzorn und seiner Stärke hinreißen lassen. Vor langer, langer Zeit hatte er sich geschworen, beides nie gegen eine Frau zu richten. Keine Provokation konnte das rechtfertigen. Niemand außer ihm hatte an diesem Ausrutscher Schuld.

Er konnte sich nicht länger damit oder mit Rona aufhalten, er musste seine Arbeit fortsetzen. Er brauchte seine Konzentration. Die einzige Möglichkeit war, ihre Beziehung so zu beschränken, wie Rona es von Anfang an geplant hatte. Sie würden erfolgreich zusammenarbeiten, und das war auch schon alles. Er hatte gelernt, seinen Körper durch seinen Geist zu beherrschen. Er konnte sein Verlangen und seine Gefühle gleichermaßen kontrollieren.

6. KAPITEL

Es fiel schwer, Las Vegas zu widerstehen. In den Kasinos gab es weder Tag noch Nacht. Wegen der fehlenden Uhren und des pausenlosen Klickens der Slot-Maschinen herrschte Zeitlosigkeit. Rona sah Leute in Abendkleidung, die ihr Spiel in den Vormittag hinein fortsetzten. Sie beobachtete, wie Tausende von Dollars über die Blackjack- und Baccara-Tische wanderten. Mehr als einmal hielt sie den Atem an, wenn sich das Roulette drehte und kleine Vermögen von den Launen der Silberkugel abhingen.

Sie lernte die Varianten kennen, mit denen das Fieber auftrat: kühl, leidenschaftslos, verzweifelt, angespannt. Es gab die Frau, die einen einarmigen Banditen fütterte, und den süchtigen Würfelspieler. Zigarettenrauch hing über allen, den Gewinnern und den Verlierern. Die Gesichter wechselten, die Stimmung nicht. Die Würfel rollten immer wieder, die Slot-Maschinen klickten pausenlos.

Die Jahre in der Schweizer Schule hatten das Spielerblut abgekühlt, das Rona von ihrem Vater geerbt hatte. Jetzt fühlte Rona zum ersten Mal Erregung und den Drang, das Glück auf die Probe zu stellen. Sie widerstand und redete sich ein, dass Zusehen genügte. Viel mehr konnte sie nicht machen.

Sie sah Patrick bei den Proben auf der Bühne, ansonsten kaum. Es war erstaunlich, dass zwei Menschen eine Suite teilen und so wenig Kontakt miteinander haben konnten. Egal, wie zeitig sie aufstand, er war schon weg. Ein- oder zweimal hörte Rona das Klicken der Eingangstür, wenn sie länger im Bett blieb. Sie sprachen miteinander nur über die Änderungen seiner Bühnenschau für das Fernsehen. Ihre Unterhaltungen blieben ruhig, sachlich und auf technischer Ebene.

Patrick versucht mir auszuweichen, dachte sie am Abend vor seiner Eröffnungsvorstellung, und es gelingt ihm verdammt gut. Wenn er beweisen wollte, dass es keine persönlichen Folgen hatte, eine Suite miteinander zu teilen, so hatte er vollen Erfolg.

Das hatte sie natürlich so gewünscht, aber sie vermisste die unkomplizierte Kameradschaft. Sie vermisste sein Lächeln.

Rona beschloss, die Show von der Kulisse aus zu beobachten. Von da aus hatte sie gute Sicht und konnte Patricks Timing und Stil kontrollieren und einen Einblick in das Geschehen hinter der Bühne bekommen. Die Proben hatten ihr seine Arbeitsgewohnheiten gezeigt, und jetzt wollte sie seine Vorstellung aus möglichst geringer Entfernung sehen. Sie wollte mehr als nur Publikum und Kameras sehen.

Sie zog sich in eine Ecke zurück, um den Bühnenarbeitern nicht im Weg zu stehen. Vom ersten Applaus bei seiner Ankündigung an hatte Patrick sein Publikum fest im Griff.

Mein Gott, er ist so schön, dachte sie, während sie seinen Stil und seine Ausstrahlung studierte. Seine dynamische und dramatische Persönlichkeit allein hätte das Publikum gefesselt. Sein Charisma war keine Illusion, sondern ein Teil von ihm wie seine Haarfarbe. Er war wie üblich schwarz gekleidet und brauchte keine leuchtenden Farben, um die Blicke auf sich zu ziehen.

Patrick redete während seiner Vorstellung. Er hätte es Geplauder genannt, aber es war viel mehr. Er formte die Stimmung mit Worten und Tonfall. Er konnte die Leute umgarnen und sie vollständig verblüffen. Eine Flamme schoss aus seiner bloßen Handfläche. Ein glitzerndes Pendel schwang, frei in der Luft schwebend. Er wirkte nicht mehr bloß tüchtig wie in den Proben, sondern unsagbar geheimnisvoll.

Rona beobachtete, wie er gefesselt in einen Sack gesteckt und in einer Kiste angekettet wurde. Bess stellte sich auf die Kiste, hielt einen Vorhang hoch und zählte bis zwanzig. Als der Vorhang fiel, stand Patrick auf der Kiste und hatte das Kostüm gewechselt. Als er die Kiste und den Sack öffnete, lag Bess angekettet darinnen. Er nannte es Transportation. Rona nannte es unglaublich.

Seine Entfesselungsnummern verursachten ihr Unbehagen. Sie bekam feuchte Hände, als Freiwillige aus dem Publikum Patrick in einer stabilen Kiste einnagelten, die sie selbst untersucht hatten. Sie stellte ihn sich in der dunklen Kiste ohne Luft vor, und der Atem stockte ihr. Aber weniger als zwei Minuten später war er wieder frei.

Im Finale sperrte er Bess in einen Käfig, verhängte ihn mit einem Tuch und hob ihn unter die Decke hoch. Als er den Käfig Sekunden später wieder herunterholte, saß ein schlanker junger Panther darin.

Rona glaubte fast, dass er die Naturgesetze überschritten hatte. In dem Moment, in dem sich der Vorhang senkte, war der Panther wieder Bess, und Patrick war mehr geheimnisvoller Zauberer als Showman.

Rona wollte ihn bitten und überreden, ihr nur diese eine Illusion so zu erklären, dass sie es mit ihrem Verstand erfassen konnte. Als er von der Bühne kam und ihre Blicke sich trafen, verlor sie den Mut, ihn danach zu fragen.

Sein Gesicht war schweißnass von den Scheinwerfern und seiner eigenen Konzentration. Rona wollte ihn berühren. Zu ihrer Überraschung hatte es sie erregt, ihn in der Vorstellung zu sehen. Der Drang war ursprünglicher und stärker als alles, was sie jemals erlebt hatte. Sie stellte sich vor, wie er sie mit seinen starken, geschickten Händen packte, wie sich sein sinnlicher Mund auf den ihren senkte und sie in seine seltsame Welt entführte, in der es keine Schwerkraft gab. Wenn sie jetzt zu ihm ging und gleichzeitig anbot und forderte, würde er genauso sehnsüchtig bereit sein wie sie selbst? Würde er sie schweigend mit sich führen, um ihr seine Magie zu zeigen?

Patrick blieb vor ihr stehen, und Rona wich, über ihre Gedanken erschrocken, zurück. Es drängte sie, auf ihn zuzugehen, doch sie blieb auf Distanz.

„Sie waren wunderbar." Rona hörte selbst, wie geziert das Kompliment klang.

„Danke." Patrick sagte nicht mehr und ging an ihr vorbei.

Rona fühlte einen Schmerz an ihren Handflächen und merkte erst jetzt, dass sie die Fingernägel in ihre Haut grub. Das muss aufhören, sagte sie sich und ging ihm nach.

„Hallo, Rona!“ Bess streckte den Kopf aus ihrer Garderobe. „Wie fanden Sie die Show?“

„Sie war faszinierend.“ Rona blickte den Korridor entlang. Patrick war nicht mehr zu sehen. Vielleicht war es so am besten. „Wahrscheinlich verraten Sie mir nicht das Geheimnis des Finales?“, fragte sie.

Bess lachte. „Nicht, wenn mir mein Leben lieb ist, Süße. Kommen Sie herein und erzählen Sie mir etwas, während ich mich umziehe.“

Rona folgte und schloss die Tür hinter sich. In der Luft hing der Geruch von Schminke und Puder. „Es muss eine tolle Erfahrung sein, in einen Panther verwandelt zu werden.“

„Lieber Himmel! Patrick hat mich schon in alles verwandelt, das geht, kriecht oder fliegt. Er hat mich in Stücke geschnitten und auf Schwertspitzen balanciert. In einer Nummer ließ er mich auf einem Nagelbrett drei Meter über dem Boden schlafen.“ Während sie sprach, streifte sie ihr Kostüm mit nicht mehr Schamgefühl als eine Fünfjährige ab.

„Sie müssen ihm voll vertrauen“, bemerkte Rona, während sie sich nach einem leeren Stuhl umsah. Bess hatte ihre Sachen überall verstreut.

„Schaffen Sie sich irgendwo Platz“, schlug Bess vor und nahm einen taubenblauen Bademantel von einer Stuhllehne. „Patrick vertrauen?“, fuhr sie fort, während sie hineinschlüpfte. „Er ist der Beste.“ Sie schloss den Gürtel des Bademantels, setzte sich an den Schminktisch und begann sich abzuschminken. „Sie haben ihn bei den Proben gesehen.“

„Ja.“ Rona faltete eine zerknitterte Bluse zusammen und legte sie zur Seite. „Er stellt hohe Anforderungen.“

„Das ist nicht einmal die Hälfte. Er arbeitet seine Illusionen auf dem Papier aus und probt sie immer und immer wieder in seinem Kellerverlies durch, bevor er überhaupt daran denkt, Link oder mir etwas zu zeigen.“ Sie sah Rona mit einem stark geschminkten und einem abgeschminkten Auge an. „Die meisten Menschen wissen nicht, wie hart er arbeitet, weil er es so leicht aussehen lässt. Genau so möchte er es haben."

„Seine Entfesselungsnummern", begann Rona, während sie Bess' Kleider zusammenlegte. „Sind sie so gefährlich?"

„Einige davon mag ich nicht." Bess wischte die letzte Creme mit Papiertüchern ab. Ihr vorher exotisches Gesicht wirkte unerwartet jung und frisch. „Aus Handschellen und einer Zwangsjacke herauskommen ist eine Sache." Sie stand achselzuckend auf. „Aber ich habe es nie gemocht, wenn er seine Version von Houdinis Wasserfolter oder der Tausend-Schlösser-Nummer macht."

„Warum tut er so etwas, Bess?" Rona räumte eine Jeans beiseite, forstete weiter rastlos den Raum durch. „Seine Illusionen würden doch genügen."

„Nicht Patrick." Bess ließ den Bademantel fallen und legte einen BH an. „Die Entfesselung und die Gefahr sind wichtig für ihn. Das war schon immer so."

„Warum?"

„Weil er sich ständig testen will. Er ist nie mit den Dingen zufrieden, die er gestern getan hat."

„Sich testen", murmelte Rona. Sie hatte es selbst schon gefühlt, verstand es jedoch nicht. „Bess, wie lange sind Sie schon bei ihm?"

„Von Anfang an", erklärte Bess und zog Jeans an. „Genau von Anfang an."

„Wer ist er?", fragte Rona, ehe sie sich bremsen konnte. „Wer ist er wirklich, wenn er nicht auf der Bühne steht?"

Bess ließ ihr T-Shirt von ihrer ausgestreckten Fingerspitze baumeln und bedachte Rona plötzlich mit einem durchdringenden Blick. „Warum wollen Sie das wissen?"

„Er ..." Rona stockte, weil sie nicht wusste, was sie sagen sollte. „Ich weiß es nicht."

„Fühlen Sie etwas für ihn?"

Rona antwortete nicht sofort. Sie wollte verneinen und alles mit einem Achselzucken abtun. Warum sollte sie etwas fühlen? „Ja", hörte sie sich sagen. „Ich fühle etwas für ihn."

„Gehen wir etwas trinken“, schlug Bess vor und zog ihr T-Shirt an. „Dabei unterhalten wir uns über ein paar Dinge.“

„Champagnercocktails“, bestellte Bess, als sie sich an einen Tisch in der Bar setzten. „Ich bezahle.“ Sie steckte sich eine Zigarette an. „Sagen Sie Patrick aber nichts“, fügte sie hinzu. „Es gefällt ihm nicht, wenn jemand raucht. Er ist Gesundheitsfanatiker.“

„Link hat mir gesagt, dass er fünf Meilen am Tag läuft.“ Rona strich ihr stahlblaues leichtes Seidenkleid mit den langen Ärmeln und dem halsnahen, geraden Ausschnitt glatt.

„Eine alte Gewohnheit. Patrick bricht kaum jemals mit alten Gewohnheiten.“ Bess inhalierte seufzend den Rauch. „Er war schon immer sehr entschlossen, wissen Sie. Das merkte man schon, als er noch ein Kind war.“

„Sie haben Patrick schon als Jungen gekannt?“

„Wir sind zusammen aufgewachsen, Patrick, Link und ich.“ Bess blickte zu der Kellnerin mit ihren Cocktails auf. „Patrick spricht nicht einmal mit Link oder mir über diese Zeit. Er hat sie verdrängt – oder versucht es wenigstens.“

„Ich dachte, er wollte ein Image aufbauen.“

„Das hat er nicht nötig.“

„Nein.“ Rona sah ihr wieder in die Augen. „Vermutlich nicht. Hatte er eine schwierige Kindheit?“

„Oh Mann!“ Bess nahm einen tiefen Schluck. „Und was für eine! Er war ein wirklich schwächliches Kind.“

„Patrick?“, fragte Rona fassungslos und dachte an seinen harten, muskulösen Körper.

„Ja.“ Bess gab eine unterdrückte Kostprobe ihres herzlichen Lachens. „Schwer zu glauben, aber wahr. Er war klein für sein Alter und dürr wie eine Stange. Die größeren Kinder haben ihn gequält. Wahrscheinlich brauchten sie jemanden, an dem sie sich austoben konnten. Niemand wächst gern in einem Waisenhaus auf.“

„Waisenhaus?“ Rona studierte Bess’ offenes, freundliches Gesicht und fühlte eine Welle der Sympathie. „Ihr alle?“

„Ach was!“ Bess zuckte die Schultern über Ronas offensichtliche Bestürzung. „Es war wirklich nicht so schlimm. Essen, ein Dach überm Kopf, jede Menge Gesellschaft. Es ist nicht so wie in diesem Buch, ‚Oliver Twist‘.“

„Wann haben Sie Ihre Eltern verloren, Bess?“ Rona fragte mit mehr Interesse, als sie merkte, dass Mitgefühl unerwünscht war.

„Als ich acht war. Es war sonst niemand da, der sich um mich kümmern konnte. Mit Link war es genauso.“ Bess zeigte keine Spur von Selbstmitleid oder Bedauern. „Die Leute wollen in erster Linie Babys adoptieren. Ältere Kinder können nicht so leicht untergebracht werden.“

Rona nippte nachdenklich an ihrem Glas. „Wie war es mit Patrick?“

„Bei ihm war es anders. Er hatte Eltern. Sie wollten nicht unterschreiben. Daher konnte er nicht adoptiert werden.“

Rona hob verwirrt die Augenbrauen. „Aber wenn er Eltern hatte, was tat er dann in einem Waisenhaus?“

„Das Gericht hat ihn von daheim weggenommen. Sein Vater …“ Bess blies langsam den Rauch aus. Sie ging ein Risiko ein, wenn sie weitersprach. Wenn Patrick es herausfand, würde er nicht begeistert sein. Sie konnte nur hoffen, dass es sich auszahlte. „Sein Vater schlug seine Mutter.“

„Oh, mein Gott!“ Ronas entsetzte Augen hingen an Bess. „Und – Patrick auch?“

„Gelegentlich“, antwortete Bess ruhig. „Meistens aber die Mutter. Wenn er getrunken hatte.“

Rona fühlte einen schmerzhaften Druck in der Magengegend und nahm noch einen Schluck. Natürlich wusste sie, dass solche Dinge geschahen, aber ihre Welt war immer so abgeschirmt gewesen. Ihre Eltern mochten sich die meiste Zeit nicht um sie gekümmert haben, hatten aber nie die Hand gegen sie erhoben. Sicher, ihr Vater war manchmal Furcht einflößend gewesen, wenn er sich aufgeregt hatte, doch es war nie über eine laute Stimme und ungeduldige Worte hinausgegangen. Sie hatte nie mit körperlicher Gewalt zu tun gehabt. Obwohl sie versuchte, diese hässlichen Dinge zu begreifen, auf die Bess sich so ruhig bezog, waren sie doch zu weit entfernt.

„Sprechen Sie weiter“, bat sie schließlich. „Ich möchte Patrick verstehen. Er ist so undurchschaubar.“

Das hatte Bess hören wollen. „Patrick war fünf. Einmal schlug sein Vater seine Mutter krankenhausreif. Normalerweise sperrte er Patrick in einen Schrank, bevor er einen Tobsuchtsanfall bekam, aber diesmal nahm er sich den Jungen zuerst vor. Danach griff die Fürsorge ein. Nach dem üblichen Papierkrieg und einer Gerichtsverhandlung wurden seine Eltern für ungeeignet erklärt, und Patrick wurde in ein Waisenhaus gebracht.“

„Bess, was war mit seiner Mutter?“ Rona schüttelte den Kopf und versuchte, den Fall zu durchdenken. „Warum hat sie seinen Vater nicht verlassen und Patrick mitgenommen? Was für eine Frau würde ...“

„Ich bin keine Psychiaterin“, fiel Bess ihr ins Wort. „Soviel Patrick erfuhr, blieb sie bei seinem Vater.“

„Und gab ihr Kind auf“, murmelte Rona. „Er muss sich völlig abgelehnt, verängstigt und allein gefühlt haben.“

Was für einen Schaden richtet das in einer Kinderseele an? überlegte sie. Wie kompensiert ein Kind solche Erlebnisse? Befreite er sich aus den Ketten und Kisten und Safes, weil er als kleiner Junge in einen dunklen Schrank eingesperrt worden war? Versuchte er ständig, das Unmögliche zu tun, weil er einst so hilflos gewesen war?

„Er war ein Einzelgänger“, fuhr Bess fort und bestellte noch eine Runde. „Vielleicht haben ihn die anderen Kinder auch aus diesem Grund gequält, zumindest bis Link kam.“ Bess lächelte. Dieser Teil ihrer Erinnerungen gefiel ihr. „Niemand rührte Patrick an, wenn Link in Sicht war. Er war immer doppelt so groß wie alle anderen. Und dann dieses Gesicht!“ Sie lachte, aber es wirkte nicht gefühllos. „Als Link kam, ging zuerst kein Kind zu ihm, Patrick ausgenommen. Sie waren beide Außenseiter. Ich auch. Link hängt seither an Patrick. Ich weiß wirklich nicht, was ohne Patrick aus ihm geworden wäre. Oder aus mir.“

„Sie lieben ihn wirklich, nicht wahr?" Rona fühlte sich zu der üppigen Rothaarigen hingezogen.

„Er ist mein bester Freund", antwortete Bess einfach. „Die beiden haben mich in ihren kleinen Klub aufgenommen, als ich zehn war." Sie lächelte über den Rand des Glases hinweg. „Ich sah Link kommen und kletterte auf einen Baum. Er hat mich zu Tode geängstigt. Wir haben ihn den ‚linkischen Link' genannt."

„Kinder können grausam sein."

„Darauf können Sie wetten. Wie auch immer, als er gerade unter mir stand, brach der Ast, und ich stürzte. Link fing mich auf." Sie lehnte sich vor und stützte ihr Kinn in die Hände. „Das werde ich nie vergessen. In dem einen Moment falle ich, und im nächsten Moment hält er mich in seinen Armen. Ich habe in dieses Gesicht hochgeblickt und wollte schon Zeter und Mordio schreien, als er lachte. In diesem Moment habe ich mich in ihn verliebt."

Rona nahm rasch einen Schluck. Der träumerische Ausdruck in Bess' Augen war eindeutig. „Sie und Link?"

„Nun ja, wenigstens ich", meinte Bess bedauernd, „seit zwanzig Jahren bin ich verrückt nach dem Klotz. Er hält mich noch immer für ‚Klein-Bess'. Und das bei meinen ein Meter achtzig." Sie lächelte und blinzelte Rona zu. „Aber ich bearbeite ihn."

„Ich dachte, Sie und Patrick ...", setzte Rona an und brach ab.

„Ich und Patrick?" Bess ließ ihr dröhnendes Lachen hören, dass sich die Köpfe umwandten. „Sie machen mir Spaß! Sie kennen sich im Showgeschäft genug aus, dass Sie die Rollen besser verteilen können, Süße. Sehe ich wie Patricks Typ aus?"

„Nun, ich ..." Verwirrt suchte Rona nach Worten. „Ich habe keine Ahnung, wie sein Typ aussieht."

Bess hob lachend ihr neues Glas. „So dumm sind Sie nicht", bemerkte sie. „Jedenfalls war er immer ein ruhiges Kind, immer ... wie ist das Wort?" Ihre Stirn krauste sich in Gedanken. „Angespannt, wissen Sie? Er war jähzornig." Lächelnd rollte sie die Augen. „Am Anfang hat er für jedes blaue Auge, das er bekam, eines geschlagen. Aber als er älter wurde, hielt er sich zurück. Es war ziemlich klar, dass er nicht in die Fußstapfen seines alten Herrn treten wollte. Wenn Patrick sich entscheidet, ist das unumstößlich."

Rona erinnerte sich an die kalte Wut und begann zu verstehen.

„Ich glaube, er war neun, als er diesen Unfall hatte." Bess trank und machte ein finsteres Gesicht. „Wenigstens hat er es einen Unfall genannt. Er fiel kopfüber eine Treppe hinunter. Alle wussten, dass ihn jemand gestoßen hatte, aber er sagte nie, wer es gewesen war. Ich glaube, er wollte nicht, dass Link sich mit einem Rachefeldzug in Schwierigkeiten brachte. Bei dem Sturz verletzte er sich den Rücken. Sie dachten, er würde nie wieder gehen können."

„Oh nein!"

„Ja." Bess nahm noch einen tiefen Schluck. „Aber Patrick sagte, er werde wieder gehen und für den Rest seines Lebens täglich fünf Meilen laufen."

„Fünf Meilen", murmelte Rona.

„Er war eisern entschlossen und arbeitete bei der Therapie mit, als hinge sein Leben davon ab. Vielleicht tat es das wirklich. Er verbrachte immerhin sechs Monate im Krankenhaus."

„Ich verstehe." Rona erinnerte sich an den Tag in der orthopädischen Station, als Patrick sich den Kindern schenkte, mit ihnen sprach, sie zum Lachen brachte und ihnen seine Magie vorführte.

„Eine Krankenschwester gab ihm einen Zauberkasten. Das war der Anfang." Bess hob ihr Glas. „Ein Zauberkasten für fünf Dollar. Es war, als hätte er nur darauf gewartet oder als hätte es auf ihn gewartet. Als er entlassen wurde, konnte er Kunststücke, mit denen manche Profis Schwierigkeiten haben." Liebe und Stolz mischten sich in ihrer Stimme. „Er war ein Naturtalent."

Rona konnte ihn förmlich sehen, einen dunkelhaarigen, empfindsamen Jungen in einem weißen Krankenhausbett, wie er übte, perfektionierte und entdeckte.

Bess beugte sich lachend vor. „Als ich ihn einmal im Krankenhaus besuchte, setzte er die Bettdecke in Brand.“ Sie unterbrach sich, als Rona sie entsetzt ansah. „Ich schwöre Ihnen, ich sah es brennen. Dann hat er das Feuer mit seiner Hand ausgedrückt.“ Sie zeigte es mit ihrer Hand auf dem Tisch. „Er hat über die Stelle gestrichen, und da war nichts. Keine Glut, kein Loch, nicht einmal eine versengte Stelle. Der kleine Mistkerl hatte mich zu Tode erschreckt.“

Rona lachte trotz der Qualen, die Patrick durchgestanden hatte. Er hatte sie ja überwunden. Und er hatte schließlich gesiegt. „Auf Patrick!“, sagte sie und hob ihr Glas.

„Genau!“ Bess stieß mit ihr an, ehe sie den Champagner kippte. „Mit siebzehn ging Patrick weg. Ich habe ihn entsetzlich vermisst. Ich dachte, ich würde ihn oder Link nie wiedersehen. Das waren wohl die zwei einsamsten Jahre meines Lebens. Und dann, eines Tages, marschierte er in diesen Imbiss in Denver, in dem ich arbeitete. Ich weiß nicht, wie er mich gefunden hat. Er hat es mir nie verraten. Aber er kam herein und sagte, ich solle aufhören. Ich würde ab sofort für ihn arbeiten.“

„Einfach so?“, fragte Rona.

„Einfach so.“

„Was haben Sie gesagt?“

„Ich habe nichts gesagt. Es war ja Patrick.“ Lächelnd gab Bess der Kellnerin noch einmal ein Zeichen. „Ich habe gekündigt. Wir begannen mit der Wanderschaft. Trinken Sie aus, Süße! Sie haben einen gut.“

Rona gehorchte. Nicht jeder Mann konnte von einer starken Frau eine derartige Loyalität verlangen. „Ich höre für gewöhnlich bei zwei auf.“ Rona deutete auf den Cocktail.

„Nicht heute Abend“, kündigte Bess an. „Ich trinke immer Champagner, wenn ich sentimental werde. Sie können sich nicht vorstellen, wo wir in diesen ersten Jahren aufgetreten sind“, fuhr sie fort. „Kindergeburtstage, Herrenabende, Fabriken. Niemand kann mit einer lärmenden Menschenmenge so umgehen wie Patrick. Wenn er einen Kerl ansieht und einen Feuerball aus seiner Tasche hervorzieht, wird der Kerl ganz ruhig."

„Das kann ich mir gut vorstellen." Rona lachte über die Beschreibung. „Ich glaube, er braucht nicht einmal einen Feuerball."

„Sie sagen es", meinte Bess zufrieden. „Jedenfalls wusste er, dass er es schaffen würde, und er hat Link und mich mitgenommen. Das hatte er nicht nötig. Aber so ist er eben. Er lässt nur wenige Leute an sich heran, aber wenn er Freundschaft schließt, dann ist es für immer." Sie ließ einen Moment den Champagner in ihrem Glas kreisen. „Ich weiß, dass Link und ich niemals mit ihm Schritt halten könnten hier oben, wissen Sie?" Bess tippte sich an die Schläfe. „Aber Patrick macht das nichts aus. Wir sind seine Freunde."

„Ich denke", meinte Rona langsam, „er wählt seine Freunde sehr sorgfältig aus."

Bess schenkte ihr ein strahlendes Lächeln. „Sie sind nett, Rona. Und eine richtige Lady. Patrick ist ein Mann, der eine Lady braucht."

Rona tat verlegen so, als interessiere sie sich auf einmal intensiv für die Farbe ihres Drinks. „Warum sagen Sie das?"

„Weil er Klasse hat, schon immer gehabt hat. Er braucht eine Frau mit Klasse und eine, die so warmherzig ist wie er."

„Ist er warmherzig, Bess?" Rona hob wieder fragend die Augen. „Manchmal wirkt er so distanziert."

„Wissen Sie, woher er diese dumme Katze hat? Jemand hat sie überfahren und neben der Straße liegen lassen. Patrick kam nach einer Woche Arbeit in San Francisco zurück. Er hielt an und brachte die Katze zum Tierarzt. Um zwei Uhr nachts weckt er den Tierarzt und bringt ihn dazu, eine streunende Katze zu versorgen. Hat ihn dreihundert Dollar gekostet. Link hat es mir erzählt." Sie steckte sich noch eine Zigarette an. „Wie viele Leute kennen Sie, die das tun würden?"

Rona erwiderte ruhig ihren Blick. „Es würde Patrick nicht gefallen, dass Sie mir das alles erzählt haben, nicht wahr?"

„Nein!"

„Warum haben Sie es getan?“

Bess zeigte wieder ihr strahlendes Lächeln. „Das ist ein Trick, den ich vor Jahren von Patrick gelernt habe. Man sieht jemandem fest in die Augen und weiß mit Bestimmtheit, ob man ihm vertrauen kann.“

Rona hielt ihrem Blick stand. „Danke“, sagte sie schließlich ernst.

„Und“, fügte Bess beiläufig hinzu und trank noch mehr Champagner, „Sie lieben ihn.“

Die Antwort blieb Rona in der Kehle stecken. Sie bekam einen Hustenanfall.

„Trinken Sie aus, Süße! An der Liebe erstickt man nicht. Auf Sie!“ Sie stieß mit Rona an. „Und viel Glück für uns beide.“

„Glück?“, fragte Rona schwach.

„Bei Männern wie diesen beiden brauchen wir es.“

Diesmal winkte Rona nach einer weiteren Runde.

7. KAPITEL

Lachend durchquerte Rona mit Bess das Kasino. Der Champagner hatte ihre Stimmung beflügelt. Noch mehr aber hatte Bess sie aufgeheitert. Seit ihrer Rückkehr aus der Schule hatte Rona nur wenig Zeit auf die Pflege von Freundschaften verwendet. Dass sie so rasch eine Freundin gefunden hatte, beschwingte sie mehr als der Alkohol.

„Eine Feier?"

Sie blickten beide auf, entdeckten Patrick und machten Gesichter wie Kinder, die mit der Hand in der Keksdose erwischt worden waren. Patrick hob fragend die Augenbrauen.

Lachend lehnte sich Bess vor und küsste ihn überschwänglich. „Nur ein Gespräch unter Frauen, Süßer. Rona und ich haben herausgefunden, dass wir viel gemeinsam haben."

„Tatsächlich?", fragte er, während Rona die Hand fest auf ihren Mund presste, um ein Kichern zu unterdrücken. Offenbar hatten sie mehr getan, als nur zu sprechen.

„Ist er nicht wunderbar, wenn er so ernst und trocken ist?", fragte Bess Rona. „Das kann keiner besser als Patrick." Sie küsste ihn noch einmal. „Ich habe deine Lady nicht betrunken gemacht, vielleicht ein wenig lockerer als sonst. Außerdem ist sie schon ein großes Mädchen." Ihre Hand lag noch immer auf seiner Schulter, als sie sich umsah. „Wo ist Link?"

„Er sieht beim Roulette zu."

„Bis später!" Sie blinzelte Rona kurz zu und verschwand.

„Sie ist verrückt nach Link", erklärte Rona vertraulich.

„Ja, ich weiß."

Sie kam einen Schritt näher. „Gibt es etwas, das Sie nicht wissen, Mr Atkins?" Sie beobachtete, wie sich seine Lippen verzogen, als sie seinen Nachnamen so stark betonte. „Ich habe mich schon gefragt, ob Sie es jemals wieder für mich tun."

„Was?" Jetzt blickte er wirklich ratlos.

„Lächeln. Sie haben mir seit Tagen nicht mehr zugelächelt."

„Wirklich nicht?" Patrick konnte die aufsteigende Zärtlichkeit nicht unterdrücken, gab sich aber damit zufrieden, das Haar sanft aus ihrem Gesicht zurückzustreichen.

„Nein, kein einziges Mal. Tut es Ihnen leid?"

„Ja." Patrick legte eine Hand auf ihre Schulter und wünschte sich, Rona würde ihn nicht so ansehen. Er hatte sein Verlangen unterdrückt, während er mit ihr dieselben Räume geteilt hatte. Jetzt fühlte er inmitten des Lärms und der Menschen und Lichter sein Verlangen wachsen. Er zog seine Hand zurück. „Soll ich Sie nach oben bringen?"

„Ich spiele jetzt Blackjack", informierte sie ihn geschraubt. „Das will ich schon seit Tagen, aber ich habe immer geglaubt, Spielen sei dumm. Jetzt denke ich nicht mehr so."

Patrick hielt sie beim Arm fest, als sie zu einem der Tische gehen wollte. „Wie viel Geld haben Sie bei sich?"

„Oh, ich weiß nicht." Rona kramte in ihrer Handtasche. „Ungefähr fünfundsiebzig Dollar."

„In Ordnung." Falls sie verlor, würden fünfundsiebzig Dollar kein großes Loch in ihr Bankkonto reißen. Er ging mit ihr.

„Ich sehe schon seit Tagen zu", flüsterte sie, als sie sich an einen Zehn-Dollar-Tisch setzte. „Ich habe mir schon alles zurechtgelegt."

„Glaubt das nicht jeder?", murmelte er und stellte sich neben sie. „Geben Sie der Dame Chips für zwanzig Dollar", wies er den Geber an.

„Fünfzig", korrigierte Rona und zählte die Scheine ab.

Auf Patricks Nicken hin tauschte der Geber die Scheine gegen bunte Chips.

„Spielen Sie auch?", fragte Rona.

„Ich spiele nie."

Sie sah ihn herausfordernd an. „Wie würden Sie es nennen, in eine Packkiste eingenagelt zu werden?"

Patrick lächelte. „Das ist mein Beruf."

Sie lachte aufreizend. „Missbilligen Sie Spielen und andere Laster, Mr Atkins?"

„Nein." Er fühlte wieder einen Anflug von Verlangen und

kontrollierte es. „Aber ich möchte mein Risiko selbst festlegen."

„Ich fühle, dass ich heute Nacht Glück habe", versicherte sie.

Der Mann neben Rona trank einen Bourbon und setzte seinen Namen auf einen Schein. Er hatte soeben über zweitausend Dollar verloren. Gelassen kaufte er für weitere fünftausend Dollar Chips. Rona sah einen Diamanten an seinem kleinen Finger glitzern, als die Karten ausgeteilt wurden.

Sie hob ihre Karten vorsichtig an, sah eine Acht und eine Fünf. Eine junge Blondine in einem schwarzen Halston-Kleid nahm eine Karte und schied mit dreiundzwanzig aus. Der Mann mit dem Diamanten hatte bei achtzehn genug. Rona nahm eine Karte und freute sich über die Fünf. Sie wartete geduldig, während zwei weitere Spieler Karten nahmen.

Der Geber schlug vierzehn auf, gab sich selbst eine Karte und erreichte zwanzig. Der Mann mit dem Diamanten fluchte leise, als er weitere fünfhundert Dollar verlor.

Rona zählte im nächsten Spiel ihre Karten, nahm weitere Karten und verlor wieder. Unbeirrt wartete sie auf das dritte Spiel. Sie zog siebzehn. Bevor sie dem Geber zeigen konnte, dass sie genug hatte, verlangte Patrick durch ein Kopfnicken eine Karte.

„Einen Moment", setzte Rona an.

„Nehmen Sie sie", sagte er einfach.

Sie tat es mit einem Achselzucken und einem abfälligen Laut und erreichte zwanzig. Mit weit aufgerissenen Augen wirbelte sie auf ihrem Stuhl herum und sah Patrick an, aber er beobachtete die Karten. Der Geber blieb bei neunzehn stehen und zahlte sie aus.

„Ich habe gewonnen!", rief sie, begeistert über den Stapel Chips, die auf ihren Platz geschoben wurden. „Woher haben Sie das gewusst?"

Patrick lächelte ihr nur zu und beobachtete weiterhin die Karten.

Beim nächsten Mal zog Rona eine Zehn und eine Sechs. Sie hätte eine Karte genommen, aber Patrick berührte ihre Schulter und schüttelte den Kopf. Rona schluckte ihren Protest hinunter und hielt still. Der Geber fiel bei zweiundzwanzig aus.

Sie lachte erfreut, sah Patrick wieder prüfend an. „Wie machen Sie das?“, fragte sie. „Der Geber hat ein dreifaches Kartenspiel. Sie können sich unmöglich an alle ausgeteilten Karten erinnern oder daran, was noch übrig ist.“

Patrick sagte nichts, lächelte und schüttelte den Kopf. Dann steuerte er Rona zu einem weiteren Gewinn.

„Wollen Sie nicht auch mein Spiel begleiten?“, fragte der Mann mit dem Diamanten und warf seine Karten angewidert weg.

Rona beugte sich zu ihm. „Er ist ein Zauberer, wissen Sie. Ich nehme ihn überallhin mit.“

Die junge Blondine schob ihr Haar hinter ihr Ohr. „Ich könnte auch ein oder zwei Zaubersprüche gebrauchen.“ Sie warf Patrick einen einladenden Blick zu, der unschwer zu deuten war.

Rona fing ihren Blick auf, als die Karten ausgeteilt wurden. „Er gehört mir“, sagte sie kühl und bemerkte Patricks erstauntes Gesicht nicht. Die Blondine kümmerte sich wieder nur um ihre Karten.

Für die nächste Stunde hielt Ronas – oder Patricks – Glück. Als der Stapel Chips vor ihr beträchtlich angewachsen war, öffnete er ihre Tasche und schob die Chips hinein.

„Warten Sie! Ich habe erst angefangen!“

„Das Geheimnis des Gewinnens liegt darin, zu wissen, wann man aufhören muss“, erklärte Patrick und half ihr aus dem Stuhl. „Lösen Sie die Chips jetzt ein, Rona, bevor es Ihnen einfällt, sie beim Baccara zu verspielen.“

„Aber ich wollte doch spielen“, begann sie und warf einen Blick hinter sich.

„Nicht heute Abend.“

Mit einem tiefen Seufzer kippte sie den Inhalt ihrer Tasche auf das Pult des Kassierers. Bei den Chips lagen ein Kamm, ein Lippenstift und ein Penny, der von einem Zugrad flach gedrückt war.

„Das ist ein Glücksbringer“, erklärte sie, als Patrick die Münze untersuchte.

„Aberglaube, Miss Swan“, murmelte er. „Sie überraschen mich.“

„Das ist kein Aberglaube“, beharrte sie und stopfte die Banknoten in ihre Tasche. „Das ist ein Glücksbringer.“

„Ich verbessere mich – ein Glücksbringer also.“

„Ich mag Sie, Patrick.“ Rona hakte sich bei ihm unter. „Ich dachte, ich sollte Ihnen das sagen.“

„Stimmt das?“

„Ja“, erklärte sie entschieden. Sie konnte ihm das ruhig sagen, fand sie, als sie zu den Aufzügen gingen. Das war ungefährlich und stimmte auch. Sie würde nicht sagen, was Bess so beiläufig ausgesprochen hatte. Ihn lieben? Nein, das war ganz sicher nicht ungefährlich, und es stimmte auch nicht unbedingt. Obwohl … obwohl sie immer mehr fürchtete, dass es stimmen könnte.

„Mögen Sie mich?“ Rona drehte sich zu ihm um und lächelte, als sich die Türen des Aufzugs schlossen.

„Ja, Rona.“ Er strich mit seinen Knöcheln über ihre Wange. „Ich mag Sie.“

„Ich war nicht sicher.“ Sie trat auf ihn zu, und er fühlte einen Schauer über seine Haut laufen. „Sie waren böse auf mich.“

„Nein, war ich nicht.“

Sie blickte zu ihm auf. Patrick fühlte, wie die Luft dick wurde, so als ob sich der Deckel einer Kiste über ihm schloss. Sein Herzklopfen beschleunigte sich. Patrick brachte es mit bloßer Willenskraft fertig, dass sein Herz wieder normal schlug. Er wollte Rona nicht mehr anrühren.

Rona sah, wie seine Augen flackerten, und sie wusste auch, warum. Es war Verlangen. Auch ihr Verlangen wuchs, aber noch mehr fühlte sie den Wunsch, Patrick zu berühren, zu besänftigen und zu lieben. Sie kannte ihn jetzt, obwohl er davon keine Ahnung hatte. Sie wollte ihm etwas geben und hob die Hand, um seine Wange zu streicheln, aber Patrick hielt ihre Finger fest, als sich die Tür öffnete.

„Sie müssen müde sein", sagte er rau und zog sie auf den Korridor.

„Nein." Rona lachte in ihrem neu gewonnenen Gefühl von Macht. Patrick hatte Angst vor ihr. Sie fühlte es. Die Kombination von Champagner und Gewinnen und Wissen, wer Patrick war, ließ sie es sich selbst gegenüber eingestehen: Sie begehrte ihn.

„Sind Sie müde, Patrick?", fragte Rona, als er die Tür zu der Suite aufschloss.

„Es ist spät."

„Nein, nein, es ist nie spät in Las Vegas." Sie warf ihre Handtasche von sich und streckte sich. „Hier gibt es keine Zeit, wissen Sie das nicht? Keine Uhren." Sie hob ihr Haar an und ließ es langsam durch ihre Finger rieseln. „Wie kann es spät sein, wenn man nicht weiß, wie spät es ist?" Sie entdeckte seine Papiere auf dem Tisch und ging hin, wobei sie im Gehen die Schuhe abstreifte. „Sie arbeiten zu viel, Mr Atkins." Lachend drehte sie sich zu ihm um. „Miss Swan tut es genauso, nicht wahr?"

Ihr Haar war über ihre Schultern gefallen, ihre Wangen waren gerötet. Ihre Augen funkelten lebendig, lockend. Patrick las in ihnen, dass seine Gedanken für sie kein Geheimnis boten. Das Begehren traf ihn wie ein Schlag. Patrick sagte nichts.

„Aber Sie mögen Miss Swan", murmelte Rona. „Ich mag sie nicht immer. Kommen Sie, setzen Sie sich. Erklären Sie mir das." Rona ließ sich auf die Couch fallen und nahm eines seiner Blätter. Es war mit Zeichnungen und Notizen bedeckt, die für sie überhaupt keinen Sinn ergaben.

Patrick bewegte sich endlich. Er sagte sich, dass er es nur tat, damit Rona seine Arbeit nicht störte. „Das ist zu kompliziert." Er nahm ihr das Blatt aus der Hand und legte es auf den Tisch zurück.

„Ich habe eine sehr rasche Auffassungsgabe!" Rona zog ihn am Arm, bis er sich zu ihr setzte. Lächelnd sah sie ihn an. „Als ich zum ersten Mal in Ihre Augen sah, dachte ich, mein Herz würde stehen bleiben." Sie legte ihre Hand an seine Wange.

„Beim ersten Kuss ist es tatsächlich stehen geblieben!“

Patrick hielt ihre Hand fest. Er wusste, dass er die Grenze des Erträglichen erreicht hatte, als sie mit der anderen Hand über sein Hemd bis hinauf zu seinem Hals glitt. „Rona, Sie sollten zu Bett gehen.“

Sie hörte das Verlangen in seiner Stimme. Unter ihren Fingerspitzen schlug der Puls an seiner Kehle rasch. Ihr eigener Herzschlag begann sich anzupassen. „Noch nie hat mich jemand zuvor so geküsst“, murmelte sie und schob ihre Finger an den ersten Knopf seines Hemdes, öffnete ihn und beobachtete seine Augen. „Bei niemandem habe ich zuvor so etwas gefühlt. War das Magie, Patrick?“ Sie öffnete den zweiten und dritten Knopf.

„Nein.“ Er hob die Hand, um ihre forschenden Finger aufzuhalten, die ihn verrückt machten.

„Ich glaube, es war Magie.“ Rona veränderte ihre Haltung und nahm sein Ohrläppchen zwischen ihre Zähne. „Ich weiß, dass es Magie war.“

Ihr Flüstern und ihr Atem fachten das Feuer seines Verlangens an. Die Flammen schlugen hoch und drohten ihn zu verbrennen. Patrick packte Rona an den Schultern und wollte sie von sich schieben, aber sie nahm ihre Hände nicht von seiner nackten Brust. Mit dem Mund strich sie über seine Kehle. Seine Finger bohrten sich in ihre Schultern in dem Kampf, der in ihm tobte.

„Rona.“ Obwohl er sich konzentrierte, misslang es ihm diesmal, seinen Puls zu besänftigen. „Was soll das?“

„Ich versuche, dich zu verführen“, raunte sie und ließ ihre Lippen der Spur ihrer Finger folgen. „Wirkt es?“

Mit den Händen strich sie leicht über seine Seiten und seinen Bauch. Sie fühlte, wie er unter ihrer Berührung erzitterte, und wurde kühner.

„Ja, das wirkt sehr gut.“

Ronas heiseres, etwas spöttisches Lachen ließ sein Blut aufwallen. Obwohl er sich noch so weit in der Gewalt hatte, um sie nicht zu berühren, konnte er sie nicht mehr daran hindern, es mit ihm zu tun. Ihre Hände reizten ihn sanft, während ihre Zunge leicht über sein Ohr strich.

„Bist du sicher?“, flüsterte sie, als sie das Hemd von seinen Schultern schob. „Vielleicht mache ich etwas falsch.“ Zart strich sie mit dem Mund über sein Kinn und mit der Zunge kurz über seine Lippen. „Vielleicht willst du nicht, dass ich dich so liebkose.“ Sie strich mit einer Fingerspitze über seine Brust zu dem Bund seiner Jeans. „Oder so!“ Sie knabberte an seiner Unterlippe und sah ihm dabei in die Augen.

Nein, sie hatte sich geirrt. Seine Augen waren schwarz, schwarz und nicht grau. Verlangen trieb sie, bis sie meinte, davon verschlungen zu werden. Konnte man so heftig begehren? So sehr, dass der ganze Körper schmerzte und pochte?

„Ich habe dich begehrt, als du heute die Bühne verlassen hast“, gestand sie ihm mit heiserer Stimme. „Genau in dem Moment, in dem ich so halbwegs glaubte, du seist ein Zauberer und kein Mensch. Und jetzt ...“ Sie verschränkte ihre Hände hinter seinem Nacken. „Und jetzt, da ich weiß, dass du ein Mensch bist, begehre ich dich noch mehr.“ Sie senkte ihren Blick zu seinem Mund und hob ihn wieder zu seinen Augen. „Aber vielleicht willst du mich nicht. Vielleicht ... errege ich dich nicht.“

„Rona.“ Patrick konnte seinen Puls, seine Gedanken und seine Gefühle nicht mehr kontrollieren. „Noch eine Sekunde, und es gibt kein Zurück mehr!“

Sie lachte, schwindlig vor Aufregung, und wurde von Verlangen getrieben. „Versprochen?“

Rona ging in der Heftigkeit seines Kusses auf. Patrick presste seinen Mund auf ihre Lippen. Sie lag so schnell unter ihm, dass sie die Bewegung gar nicht mitbekommen hatte, nur seinen harten Körper plötzlich auf sich spürte. Er zerrte ungeduldig an ihrem Kleid. Zwei Knöpfe sprangen ab und landeten irgendwo auf dem Teppich, bevor sich seine Hand um ihre Brust schloss. Rona stöhnte und bog sich ihm entgegen. Sie sehnte sich nach seiner Berührung, während seine Zunge tief in das Innere ihres

Mundes eindrang und mit ihrer Zunge spielte.

Heiße Lust hielt sie umfangen. Ihre Haut brannte unter seinen Liebkosungen. Sie war nackt, ohne zu wissen, wie es dazu gekommen war, und sie spürte seinen nackten Körper, wie er sich gegen sie presste. Nur mühsam kontrolliert, fuhr er mit den Zähnen über ihre Brust. Dann strich er mit der Zunge über die harte Knospe, bis Rona sich stöhnend enger an ihn drängte.

Patrick fühlte das Hämmern ihres Pulses, während er ihr mit Mund, Zähnen und Zunge süße Qualen bereitete. Ihr Stöhnen und ihre drängenden Hände brachten ihn um den Verstand. Er war in einem Schmelzofen gefangen, aber diesmal gab es kein Entkommen. Sie würden sich miteinander vereinigen, bis nichts mehr sie trennte. Die Hitze, Ronas Duft, ihr Geschmack, all das wirbelte in seinem Kopf durcheinander. Erregung? Nein, das war mehr als Erregung. Es war Besessenheit.

Mit den Fingern umfasste er ihr Zentrum der Lust. Es war so weich, so warm und feucht, dass ihm keine Willenskraft mehr blieb.

Patrick drang mit einer Wildheit in Rona ein, die sie beide mitriss. Sie bewegte sich kraftvoll mit ihm. Er fühlte den Schmerz unglaublicher Lust und wusste, dass er der Verzauberte und nicht der Zauberer war.

Rona fühlte seinen abgehackten Atem an ihrem Hals. Sein Herz raste noch immer. Meinetwegen, dachte sie verträumt und ließ sich im Nachgenuss der Lust treiben. Er gehört mir, dachte sie wieder. Wieso hatte Bess es vor ihr gewusst? Rona schloss die Augen.

Es musste ganz deutlich in ihrem Gesicht stehen. Doch sollte sie es Patrick sagen? Abwarten, entschied Rona und strich ihm zärtlich über das Haar. Sie wollte sich Zeit lassen und an den Gedanken gewöhnen, dass sie liebte, bevor sie es aussprach. Sie hatte nicht die geringste Eile.

Rona murmelte protestierend, als Patrick sie von seinem Gewicht befreite. Langsam öffnete sie die Augen. Er starrte auf seine Hände und verwünschte sich.

„Habe ich dir wehgetan?“, fragte er in einem raschen, heftigen Gefühlsausbruch.

„Nein“, antwortete sie überrascht. „Nein, du hast mir nicht wehgetan, Patrick. Das könntest du gar nicht. Du bist ein sehr sanfter Mann.“

Patrick sah sie an, seine Augen waren dunkel, der Blick wirkte gepeinigt. Während er sie geliebt hatte, war nichts Sanftes an ihm gewesen, nur Verlangen und Verzweiflung. „Das bin ich nicht immer“, entgegnete er scharf und griff nach seiner Jeans.

„Was machst du?“

„Ich gehe zur Rezeption und lasse mir ein anderes Zimmer geben.“ Er zog sich schnell an, während sie ihn wie erstarrt dabei beobachtete. „Es tut mir leid, dass das geschehen ist. Ich hätte …“ Er stockte, als er Tränen in ihre Augen steigen sah. Sein Magen krampfte sich zusammen. „Rona, es tut mir leid.“ Er setzte sich zu ihr und wischte eine Träne mit dem Daumen weg. „Ich habe geschworen, dich nicht zu berühren. Ich hätte es nicht tun dürfen. Du hast zu viel getrunken. Ich wusste das und hätte …“

„Zum Teufel mit dir!“ Sie schlug seine Hand beiseite. „Ich habe mich geirrt. Du kannst mich doch verletzen. Nun, du brauchst dir nicht die Mühe mit einem anderen Zimmer zu machen.“ Sie griff nach ihrem Kleid. „Ich werde mir eines nehmen. Ich bleibe nicht hier, nachdem du etwas Wunderbares in einen Irrtum verwandelt hast.“ Sie sprang auf und zog und zerrte an ihrem verdrehten Kleid.

„Rona, ich …“

„Ach, halt den Mund!“ Sie sah, dass Knöpfe fehlten, warf das Kleid wieder weg und stand mit flammenden Augen stolz und nackt vor ihm. „Ich wusste genau, was ich tat, hörst du? Genau! Wenn du glaubst, dass ich mich nach ein paar Drinks einem Mann an den Hals werfe, hast du dich getäuscht. Ich wollte dich, und ich dachte, du wolltest mich auch. Wenn es ein Fehler war, dann war es deiner!“

„Für mich war es kein Fehler, Rona.“ Seine Stimme klang weicher, aber als er die Hand nach ihr ausstreckte, fuhr sie zurück.

„Ich wollte dich vielleicht zu sehr. Und ich war zu dir nicht so sanft, wie ich es gern hätte sein wollen. Ich werde nur schwer damit fertig, dass ich mich nicht zurückhalten konnte, dich zu nehmen."

Rona betrachtete ihn einen Moment und wischte die Tränen mit dem Handrücken weg. „Wolltest du dich zurückhalten?"

„Das Entscheidende ist, dass ich es versuchte und nicht schaffte. Ich habe noch nie zuvor eine Frau mit weniger …" Er zögerte, ehe er den Satz zu Ende führte, „weniger Vorsicht genommen. Du bist so zerbrechlich, Rona."

Zerbrechlich, dachte Rona erstaunt. So hatte sie noch niemand genannt. Bei einer anderen Gelegenheit hätte sie sich vielleicht darüber gefreut, aber jetzt fühlte sie, dass es nur eine Art gab, einen Mann wie Patrick zu behandeln. „Okay", sagte sie und holte tief Luft. „Du hast die Wahl."

Überrascht zog er die Augenbrauen zusammen. „Welche?"

„Du kannst dir ein anderes Zimmer nehmen oder mich noch einmal lieben." Sie trat einen Schritt auf ihn zu. „Jetzt gleich."

Er nahm die Herausforderung in ihren Augen an und lächelte. „Das ist meine einzige Wahl?"

„Ich könnte dich wieder verführen, wenn du auf unnachgiebig schalten willst", antwortete sie achselzuckend. „Es liegt an dir."

Er vergrub die Finger in ihrem Haar, als er sie an sich zog. „Und wenn wir zwei von diesen Vorschlägen verbinden?"

Rona betrachtete ihn fragend. „Welche?"

Patrick senkte seinen Mund langsam auf ihre Lippen. „Wie wäre es, wenn ich dich jetzt ins Bett bringe und du mich verführst?"

Rona ließ sich von ihm auf die Arme nehmen. „Ich bin eine vernünftige Person", stimmte sie zu, während er sie zu dem Schlafzimmer trug. „Ich bin bereit, über einen Kompromiss zu verhandeln."

„Miss Swan", murmelte Patrick. „Ich mag Ihren Stil."

8. KAPITEL

Ronas Körper schmerzte. Seufzend kuschelte sie sich tiefer in die Kissen. Es war ein angenehmer Schmerz, der sie an die letzte Nacht erinnerte, die bis in die Morgendämmerung gedauert hatte.

Sie hatte nicht gewusst, dass sie so viel Leidenschaft zu verschenken und so viel Verlangen zu stillen hatte. Sooft sie sich körperlich und geistig erschöpft gefühlt hatte, brauchte sie Patrick oder er sie nur zu berühren, damit ihre Kraft zurückkehrte – und mit ihr das unermüdliche Verlangen.

Danach waren sie eng umschlungen eingeschlafen, während der rosige Schimmer des Sonnenaufgangs in das Zimmer drang. Langsam erwachend und noch halb schlafend drehte Rona sich zu Patrick und wollte ihn wieder umarmen.

Sie war allein.

Verwirrt öffnete sie die Augen. Mit der Hand tastete sie über das Laken neben ihr. Es war kalt. Er ist weg, dachte sie benommen. Wie lange schlief sie schon allein? Ihr schläfriges Wohlbehagen war wie weggeblasen. Rona berührte wieder das Laken und streckte sich. Nein, er ist nur im anderen Zimmer, sagte sie sich. Er würde mich doch nicht allein lassen.

Das Klingeln des Telefons weckte sie endgültig.

„Ja, hallo?“, antwortete sie schon nach dem ersten Klingeln und strich mit der freien Hand die Haare aus ihrem Gesicht. Warum war es in der Suite so still?

„Miss Swan?“

„Ja, hier ist Rona Swan.“

„Anruf von Bennett Swan. Einen Moment!“

Rona setzte sich auf und zog die Decke automatisch über ihre Brüste. Verwirrt fragte sie sich, wie spät es war. Und wo war Patrick?

„Rona, gib mir einen Überblick.“

„Einen Überblick“, wiederholte sie stumm und versuchte, ihre Gedanken zu ordnen, um antworten zu können.

„Rona!“ Die Stimme ihres Vaters klang ärgerlich.

„Ja, tut mir leid.“

„Ich habe nicht den ganzen Tag Zeit.“

„Ich habe Patricks Vorstellungen täglich verfolgt“, begann sie und wünschte sich eine Tasse Kaffee und ein paar Sekunden, um sich zu sammeln. „Er hat das Technische und seine eigene Crew gut im Griff.“ Sie sah sich in dem Schlafzimmer nach einem Anzeichen von ihm um. „Gestern Abend hatte er eine perfekte Eröffnungsvorstellung. Wir haben schon einige Änderungen für das Special besprochen, aber noch ist nichts festgeschrieben. Bisher hat er neue Nummern für sich behalten.“

„Ich möchte innerhalb von zwei Wochen eine genaue Aufstellung“, erklärte ihr Vater. „Wir haben vielleicht eine Änderung im Zeitablauf. Du arbeitest das mit Patrick Atkins aus. Ich möchte eine Liste der Illusionen, die er vorschlägt, und die genaue Dauer jeder einzelnen Nummer.“

„Ich habe schon mit ihm darüber gesprochen“, antwortete Rona kühl. Sie ärgerte sich, dass sich ihr Vater in ihre Angelegenheiten einmischte. „Ich bin die Produzentin, nicht wahr?“

„Richtig“, stimmte er zu. „Ich sehe dich in meinem Büro, sobald du zurückkommst.“

Rona hörte es klicken, legte auf und seufzte erbittert. Diese Unterhaltung war typisch für Bennett Swan. Sie verdrängte das Telefongespräch aus ihrem Gedächtnis und krabbelte aus dem Bett. Patricks Bademantel lag über einem Stuhl. Rona nahm ihn und schlüpfte hinein.

„Patrick?“ Sie lief in den Wohnteil der Suite, fand ihn jedoch leer vor. „Patrick?“, rief sie wieder und trat auf einen der abgerissenen Knöpfe ihres Kleides. Zerstreut hob sie ihn auf und steckte ihn in die Tasche des Bademantels, ehe sie weiter durch die Suite ging.

Leer! Der Schmerz begann in ihrem Magen und breitete sich in ihrem ganzen Körper aus. Er hatte sie allein gelassen. Kopfschüttelnd durchsuchte Rona noch einmal die Räume. Er musste ihr eine Nachricht hinterlassen haben, warum und wohin er gegangen war. Er konnte doch nicht aufwachen und sie einfach verlassen, nicht nach der letzten Nacht.

Aber da war nichts. Rona fröstelte plötzlich.

Es ist das typische Muster in meinem Leben, dachte Rona, trat an das Fenster und starrte auf die ausgeschalteten Neonreklamen. Wenn ihr jemand etwas bedeutete, wenn sie jemandem ihre Liebe schenkte, ging er seiner eigenen Wege. Dennoch erwartete sie noch immer, dass es einmal anders sein würde. Zumindest hoffte sie es.

Als sie klein war, war es ihre Mutter gewesen, eine junge, Glamour liebende Frau, die mit Bennett Swan um die ganze Welt gejettet war. *Du bist ein großes Mädchen, Rona, und so selbstständig. Ich werde in ein paar Tagen zurück sein.*

Oder in ein paar Wochen, erinnerte sich Rona. Eine Haushälterin und andere Angestellte hatten sie stets gut versorgt. Nein, sie war nie vernachlässigt oder schlecht behandelt worden. Man hatte sie lediglich vergessen.

Später war dann ihr Vater derjenige gewesen, der hierhin und dorthin gereist war. Aber er hatte natürlich dafür gesorgt, dass sie eine solide, verlässliche Nanny hatte, der er ein beachtliches Gehalt gezahlt hatte. Dann war sie in die Schweiz geschickt worden, auf die beste Internatsschule.

Meine Tochter hat einen denkenden Kopf auf ihren Schultern sitzen. Spitzenfeld der Klasse!

An ihrem Geburtstag hatte es stets ein teures Geschenk mit einer Karte aus Tausenden von Meilen Entfernung gegeben, mit der Aufforderung, weiterhin gut zu arbeiten. Das hatte sie selbstverständlich getan. Nie hätte sie gewagt, ihren Vater zu enttäuschen.

Es ändert sich nie etwas, dachte Rona, als sie sich im Spiegel betrachtete. Rona ist stark. Rona ist praktisch. Rona braucht nichts von dem, was andere Frauen brauchen – Umarmungen, Zärtlichkeit, Romantik.

Eigentlich stimmt es doch, sagte sie sich selbst. Wie dumm, verletzt zu sein. Patrick und ich haben einander begehrt. Wir haben die Nacht zusammen verbracht. Wozu etwas romantisieren? Ich habe keinen Anspruch auf ihn. Und er hat keinen auf mich.

Rasch zog sie seinen Bademantel aus und ging unter die Dusche.

Rona stellte das Wasser fast unerträglich heiß ein und ließ es mit voller Kraft auf ihre Haut prasseln. Sie wollte nicht denken. Sie kannte sich. Wenn sie jetzt alle Gedanken ausschaltete, würde sie hinterher wissen, was zu tun war.

Die Luft im Bad war dampferfüllt, als Rona unter der Dusche hervorkam und sich abtrocknete. Ihre Bewegungen waren jetzt wieder knapp. Es gab Arbeit. Sie musste Ideen und Pläne notieren. Rona Swan, Produzentin. Darauf musste sie sich konzentrieren. Es war Zeit, nicht mehr an Menschen zu denken, die ihr nicht geben konnten oder wollten, was sie brauchte. Sie musste sich in der Branche einen Namen machen. Nur das zählte wirklich.

Als sie sich ankleidete, war sie völlig ruhig. Sie zog einen leichten weißen Pulli an, halsnah, mit einem zarten Rankenmuster und Blütenblättern in Beige- und Brauntönen. Dazu gehörte ein Rock mit Längsstreifen in den gleichen Farben. Darin wirkte sie gut gekleidet, kühl, elegant, unnahbar und geschäftsmäßig.

Träume waren für den Schlaf da, und sie war hellwach. Sie musste sich um Dutzende von Details kümmern, musste Verabredungen treffen und mit Abteilungschefs verhandeln. Entscheidungen mussten getroffen werden. Sie war schon lange genug in Las Vegas. Besser konnte sie Patricks Stil gar nicht kennenlernen. Und was für sie im Moment noch wichtiger war, sie wusste genau, was sie als Endprodukt wollte. Wieder in Los Angeles, konnte Rona ihre Ideen umsetzen. Das würde ihre erste Produktion sein, aber der Teufel sollte sie holen, wenn es auch ihre letzte war. Diesmal wollte sie etwas Eigenes erreichen, das ihren Stempel trug.

Rona griff nach ihrem Kamm und fuhr sich damit durch ihr

feuchtes Haar, als sich die Tür hinter ihr öffnete.

„Du bist also schon wach." Patrick kam lächelnd auf sie zu. Der Ausdruck in ihren Augen ließ ihn innehalten. Ärger und Schmerz gingen von ihr aus.

„Ja, ich bin wach", antwortete sie beiläufig und kämmte weiter ihr Haar. „Ich bin schon eine Weile auf. Mein Vater hat angerufen. Er wollte einen Bericht über die Fortschritte."

Patrick beobachtete sie ruhig. Ihre Gefühle waren nicht gegen ihren Vater gerichtet. „Hast du etwas beim Zimmerservice bestellt?"

„Nein."

„Du wirst Frühstück wollen", sagte er und kam einen Schritt näher. Er ging nicht weiter, da er die Barriere fühlte, die sie zwischen ihnen errichtet hatte.

„Nein, ich will nichts." Rona begann sich sorgfältig zu schminken. „Ich trinke am Flughafen Kaffee. Ich fliege heute Vormittag nach Los Angeles zurück."

Sein Magen verkrampfte sich bei ihrem beiläufigen Ton. Konnte er sich so getäuscht haben? Hatte ihr die gemeinsame Nacht so wenig bedeutet? „Heute Vormittag?", wiederholte er. „Warum?"

„Ich weiß recht gut Bescheid über deine Arbeitsweise und deine Wünsche für das Special." Sie wandte ihren Blick im Spiegel nicht von ihrem Gesicht. „Ich fange schon mit den Vorarbeiten an. Wenn du dann nach Kalifornien zurückkommst, setzen wir ein Treffen an. Ich rufe deinen Agenten an."

Patrick schluckte die Worte, die er sagen wollte, hinunter. Er legte niemandem außer sich selbst Ketten an. „Wenn du möchtest."

Ronas Finger krampften sich um das Fläschchen mit Wimperntusche, bevor sie es wegstellte. „Jeder von uns hat seinen Job. Meiner ist in Los Angeles, deiner im Moment hier." Sie drehte sich um und wollte an den Schrank gehen, aber er legte seine Hand auf ihre Schulter.

Er ließ die Hand sofort sinken, als er spürte, wie Rona sich verkrampfte. „Rona, habe ich dich verletzt?"

„Mich verletzt?", wiederholte sie und öffnete den Schrank. Ihr Ton war gleichgültig, und Patrick konnte ihre Augen nicht sehen, die sie verraten hätten. „Wie könntest du mich verletzen?"

„Ich weiß es nicht, aber auf irgendeine Weise habe ich es getan." Er drehte sie herum, sodass sie ihn ansehen musste. „Ich erkenne es in deinen Augen."

„Vergiss es", erklärte Rona. „Ich werde es vergessen." Sie wollte weggehen, aber diesmal hielt er sie fest.

„Ich kann nur etwas vergessen, wenn ich weiß, was ich vergessen soll." Obwohl seine Hände nur leicht zudrückten, schlich sich Ärger in seine Stimme ein. „Rona, was stimmt nicht?"

„Lass gut sein, Patrick."

„Nein."

Rona wollte sich losreißen, aber wieder hielt Patrick sie fest. „Du hast mich verlassen!", schrie sie ihn plötzlich an. Es brach so leidenschaftlich aus ihr heraus, dass Patrick sprachlos war. „Ich bin aufgewacht, und du warst ohne ein Wort gegangen. Ich bin keine flüchtigen Abenteuer gewöhnt."

Seine Augen leuchteten auf. „Rona ..."

„Nein, ich will nichts hören!" Sie schüttelte heftig den Kopf. „Von dir habe ich etwas anderes erwartet. Ich habe mich getäuscht, aber es ist schon in Ordnung. Eine Frau wie ich braucht nicht all die kleinen Aufmerksamkeiten. Ich bin Expertin im Überleben." Sie wand sich unter seinem Griff, kam aber von ihm nicht los. „Nicht! Lass mich! Ich muss packen!"

„Rona." Als sie sich wehrte, hielt er sie noch fester an sich gepresst. Ihr Schmerz saß tiefer und hatte nicht erst durch ihn begonnen. „Es tut mir leid."

„Du sollst mich loslassen, Patrick!"

„Wenn ich das tue, hörst du mir nicht zu." Er streichelte mit einer Hand über ihr feuchtes Haar. „Du musst mir aber zuhören."

„Es gibt nichts zu sagen."

Ihre Stimme klang erstickt, und er machte sich heftige Vorwürfe. Wie hatte er so dumm sein können? Wieso hatte er nicht erkannt, was für sie wichtig war?

„Rona, ich weiß über flüchtige Affären gut Bescheid." Patrick schob sie weit genug von sich, um ihr in die Augen zu sehen. „Die letzte Nacht war für mich ganz anders."

Wieder schüttelte sie heftig den Kopf und rang um Fassung. „Du brauchst das nicht zu sagen."

„Ich habe dir einmal gesagt, Rona, dass ich nicht lüge." Er legte seine Hände auf ihre Schultern. „Und es ist keine Lüge, wenn ich dir das versichere: Was wir beide letzte Nacht gemeinsam erlebt haben, ist für mich sehr wichtig."

„Du warst weg, als ich aufwachte." Sie schluckte heftig und schloss die Augen. „Das Bett war kalt."

„Es tut mir leid. Ich bin hinuntergegangen, um für heute Abend ein paar Dinge zu klären."

„Wenn du mich geweckt hättest ..."

„Ich dachte, du würdest nicht aufwachen, Rona", sagte er ruhig. „Die Sonne war schon aufgegangen, als du einschliefst."

„Du warst genauso lange wach wie ich." Sie wollte sich wieder abwenden. „Patrick, bitte! Lass mich los!"

Er senkte seine Arme und sah zu, wie sie Kleidungsstücke einsammelte. „Rona, ich schlafe nie länger als fünf oder sechs Stunden. Mehr brauche ich nicht." War das Panik, was er empfand, als sie eine Bluse in ihren Koffer legte? „Ich war sicher, du würdest noch schlafen, wenn ich zurückkomme."

„Ich wollte nach dir tasten", sagte sie schlicht. „Und du warst nicht da."

„Rona ..."

„Nein, es macht nichts." Sie presste kurz ihre Hände an ihre Schläfen und atmete tief aus. „Es tut mir leid. Ich führe mich wie eine Närrin auf. Du hast nichts getan, Patrick. Es liegt an mir. Ich erwarte immer zu viel. Und ich bin immer am Boden zerstört, wenn ich es nicht bekomme." Sie begann rasch wieder zu packen. „Ich wollte keine Szene machen. Vergiss es, bitte."

„Ich möchte es nicht vergessen", murmelte er.

„Ich würde mir aber weniger dumm vorkommen, falls du es könntest." Sie versuchte, ihre Stimme leicht klingen zu lassen. „Führe es einfach auf Mangel an Schlaf und eine schlechte Verfassung zurück. Ich muss ohnedies zurück. Ich habe viel Arbeit."

Patrick hatte Ronas Wünsche von Anfang an erkannt, er hatte ihre Reaktion auf Zärtlichkeit und ihre Freude über eine Blume gesehen. Sie war gefühlvoll und romantisch und bemühte sich so sehr, es nicht zu sein. Patrick verwünschte sich, als er sich vorstellte, wie sie sich gefühlt hatte, als sie das Bett nach der zusammen verbrachten Nacht leer vorgefunden hatte.

„Rona, geh nicht!" Die Bitte fiel ihm schwer. Er hatte noch nie jemanden darum gebeten.

Ihre Finger verharrten auf dem Kofferschloss, dann schloss sie den Koffer und stellte ihn auf den Boden, ehe sie sich umdrehte. „Patrick, ich bin nicht böse, ehrlich. Vielleicht ein wenig durcheinander." Sie schaffte ein Lächeln. „Ich sollte wirklich zurückfliegen und alles in Gang setzen. Es gibt vielleicht eine Änderung im Zeitablauf, und …"

„Bleib", unterbrach er sie und konnte sich nicht bremsen. „Bitte."

Rona schwieg einen Moment. Etwas in seinem Blick schnürte ihr die Kehle zu. Es kostete ihn Überwindung zu bitten, genau wie sie. „Warum?"

„Ich brauche dich." Er holte nach dem stockenden Geständnis tief Luft. „Ich möchte dich nicht verlieren, Rona."

Rona trat langsam einen Schritt auf ihn zu. „Ist das wichtig?"

„Ja. Ja, es ist wichtig."

Sie war sich einen Moment unschlüssig, was sie als Nächstes tun sollte, aber auch nicht fähig, den Raum zu verlassen. „Zeige es mir", verlangte sie.

Patrick trat auf sie zu und zog sie fest an sich. Rona schloss die Augen. Genau das hatte sie gebraucht: gehalten zu werden, einfach gehalten zu werden. Ihre Wange ruhte an seiner festen Brust. Seine Arme umfingen sie kraftvoll und trotzdem behutsam, als wäre sie sehr kostbar. Zerbrechlich hatte er sie genannt. Zum ersten Mal in ihrem Leben wollte Rona es sein.

„Oh, Patrick! Ich bin ein Idiot!"

„Nein." Er hob ihr Kinn mit einem Finger an und küsste sie. „Du bist sehr süß." Er lächelte und legte seine Stirn an die ihre. „Wirst du dich beklagen, wenn ich dich nach fünf Stunden Schlaf wecke?"

„Nie." Lachend schlang sie die Arme um seinen Hals. „Oder vielleicht ein wenig."

Sie lächelte zu ihm auf, aber seine Augen blickten plötzlich ernst. Patrick legte seine Hand in ihren Nacken, bevor er seinen Mund auf ihre Lippen senkte.

Es war wie beim ersten Mal, die Sanftheit und die federleichte Berührung, die ihr Blut in Wallung brachte. Sie war völlig hilflos, wenn Patrick sie so küsste. Dann konnte sie ihn nicht näher an sich ziehen, konnte nichts fordern. Sie musste sich ganz nach ihm richten.

Patrick wusste, dass diesmal alles von ihm ausgehen musste. Seine Hände bewegten sich sanft, als er Rona entkleidete. Er zog ihren Pulli langsam über ihre Schultern und ihren Kopf und ließ ihn auf den Boden fallen. Ein Schauer lief über ihre Haut, als seine Hände sie berührten. Er öffnete ihren Rock und ließ ihn auf den Teppich gleiten. Seine Finger spielten mit dem dünnen Streifen Seide mit Spitzen, der ihre Schenkel umschloss.

Die ganze Zeit wich sein Mund nicht von ihren Lippen. Rona hielt den Atem an und stöhnte, als seine Finger sich unter die Seide stahlen. Aber er zog sich nicht zurück, sondern schob die andere Hand zu ihrer Brust und streichelte und reizte sie, bis Rona zu zittern begann.

„Ich begehre dich", murmelte sie bebend. „Weißt du, wie sehr?"

„Ja." Patrick hauchte zarte Küsse auf ihr Gesicht. „Ja."

„Liebe mich", flüsterte Rona. „Patrick, liebe mich!"

„Das tue ich", antwortete er leise und presste seinen Mund auf die Stelle an ihrem Hals, die heftig pulsierte.

„Jetzt", verlangte sie und war zu schwach, um ihn an sich zu ziehen.

Patrick lachte rau und trug sie auf das Bett. „Sie haben mich letzte Nacht verrückt gemacht, Miss Swan, als Sie mich so berührt haben." Patrick fuhr mit einem Finger an ihrem Körper hinunter und verharrte an dem sanften Hügel zwischen ihren Beinen. Langsam, träge ließ er seinen Mund dieser Spur folgen.

In der Nacht war er wie von Sinnen gewesen, ungeduldig und gierig. Er hatte sie immer wieder leidenschaftlich genommen, aber nicht genießen können, so als wäre er am Verhungern gewesen. Obwohl er sie jetzt nicht weniger begehrte, konnte er sein Verlangen beherrschen. Er konnte sich Zeit für Feinheiten nehmen und es voll auskosten.

Ronas Glieder waren schwer. Sie konnte sich nicht bewegen, sondern musste es Patrick überlassen, sie zu berühren und zu streicheln und zu küssen, wo er wollte. Die Stärke, die sie in der letzten Nacht angetrieben hatte, war einer süßen Schwäche gewichen.

Mit seinem Mund liebkoste er ihren Bauch, während er mit den Händen ihren Körper streichelte, die Rundung ihrer Brüste nachzeichnete und ihren Hals und ihre Schultern koste. Er reizte Rona nur, anstatt sie zu nehmen, erregte, anstatt zu befriedigen.

Er nahm das Hüftband ihres Seidenhöschens zwischen seine Zähne und zog es ein Stück tiefer. Rona krümmte sich und stöhnte, als er ihren Schenkel mit Küssen bedeckte, bis sie nahe daran war, den Verstand zu verlieren. Sie hörte, wie sie seinen Namen hauchte, sanft und drängend, aber er antwortete nicht. Sein Mund stellte herrliche Dinge in ihrer Kniekehle an. Wonneschauer ließen ihren Körper beben.

Rona fühlte die erhitzte Haut seiner Brust über ihr Bein streichen, wobei sie gar nicht wusste, wann und wie Patrick sein Hemd abgestreift hatte. Nie zuvor war sie sich ihres Körpers so bewusst gewesen. Sie erfuhr, was für ein himmlisches Vergnügen eine Fingerspitze auf der Haut hervorrufen konnte.

Er lässt mich schweben, dachte Rona benebelt, obwohl sich

ihr Rücken auf das Bett presste. Er zeigte ihr nun seine Magie, aber dieser Trancezustand war keine Illusion.

Sie waren jetzt beide nackt, und ihre Körper waren miteinander verschlungen, als er seinen Mund zu ihren Lippen zurückwandern ließ. Er küsste sie so lange und tief, bis sie völlig schlaff wurde. Seine geschickten Finger erregten sie.

Ihr Atem ging stoßweise, aber Patrick wartete noch immer. Er wollte Rona zuerst alles geben, jeden Funken Lust, jedes Entzücken, das er kannte. Ihre Haut schien unter seinen Händen zu zucken. Er knabberte und sog sachte an ihren Lippen und wartete auf ihr Stöhnen, ehe sie sich ihm gänzlich überließ.

„Jetzt, Liebste?", flüsterte er und verteilte kaum fühlbare Küsse über ihr Gesicht. „Jetzt?"

Rona konnte nicht antworten. Sie fand keine Worte mehr und konnte nicht mehr denken. Genau da wollte Patrick sie haben. Er lächelte und presste seinen Mund auf ihren Hals.

„Du gehörst mir, Rona. Sag es! Du gehörst mir!"

„Ja." Es war ein kaum hörbarer Seufzer. „Ich gehöre dir. Nimm mich." Sie hörte sich selbst nicht sprechen und dachte, die Bitte wäre nur gedacht, aber als er in sie eindrang, seufzte Rona auf und bog sich ihm entgegen. Und noch immer bewegte er sich mit quälender Langsamkeit.

Das Blut dröhnte in ihren Ohren, als er die Lust zum Höhepunkt führte. Er legte seinen Mund auf ihren und sog ihren abgehackten Atem auf.

Plötzlich presste Patrick seine Lippen auf ihre. Keine Sanftheit mehr, kein leichtes Reizen. Rona stöhnte auf, als er sie mit plötzlicher Wildheit nahm. Das Feuer in ihnen schien sie beide zu verzehren. Sie waren im wahrsten Sinn des Wortes eins und blieben es, als die Ekstase sich in einem Aufbäumen entlud.

Patrick lag auf Rona. Sein Kopf ruhte zwischen ihren Brüsten. Er hörte ihren lauten, hämmernden Herzschlag, und sie hatte noch nicht zu zittern aufgehört. Ihr Arm hielt ihn umschlungen, eine Hand hatte sie noch immer in sein Haar verkrallt. Patrick wollte sich nicht bewegen. Rona sollte genau so bleiben, wie sie war – allein mit ihm, nackt, ganz ihm gehörend.

Dieses wilde, besitzergreifende Verlangen erschütterte ihn. Das war nicht seine Art, war vor Rona noch nie seine Art gewesen. Doch der Drang war zu stark, um zu widerstehen.

„Sag es mir noch einmal“, verlangte er und hob den Kopf, um in ihr Gesicht zu sehen.

Rona öffnete langsam die Augen. Sie war von Liebe benommen, von Lust gesättigt. „Was soll ich dir denn sagen?“

Er senkte wieder seinen Mund auf ihre Lippen. Seine Augen waren dunkel und blickten fordernd. „Sag mir, dass du mir gehörst, Rona.“

„Ich gehöre dir“, murmelte sie und schloss wieder die Augen. „Solange du mich willst.“ Mit einem Seufzer sank sie in den Schlaf.

Patrick runzelte bei ihrer Antwort die Stirn und wollte etwas sagen, doch ihr Atem ging langsam und gleichmäßig. Er rutschte zur Seite, streckte sich neben ihr aus und zog sie an sich.

Diesmal wollte er warten, bis Rona erwachte.

9. KAPITEL

Rona hatte nicht gewusst, dass Zeit so schnell vergehen konnte. Sie hätte sich darüber freuen sollen. Wenn Patricks Engagement in Las Vegas vorbei war, konnten sie mit der Arbeit an dem Special beginnen, und darauf wartete sie schon begierig – ihretwegen genauso wie seinetwegen. Das konnte der Wendepunkt in ihrer Karriere sein.

Dennoch wünschte sie sich, die Stunden würden nicht vorbeifliegen. Las Vegas hatte etwas Merkwürdiges an sich mit seiner fehlenden Zeit, seinen lauten, rummelplatzartigen Straßen und den glitzernden Kasinos. Bei diesem magischen Touch über der ganzen Stadt schien es nur natürlich zu sein, Patrick zu lieben und sein Leben mit ihm zu teilen. Rona war nicht sicher, ob das auch noch so einfach sein würde, wenn sie erst in die nüchterne Welt zurückkehrten.

Sie genossen beide einen Tag nach dem anderen und sprachen nicht von der Zukunft. Patricks Ausbruch von Besitzergreifung hatte sich nicht wiederholt, und Rona zerbrach sich darüber den Kopf. Fast glaubte sie, diese drängenden Worte nur geträumt zu haben: *Sag mir, dass du mir gehörst, Rona!*

Er hatte nie wieder etwas gefordert, hatte aber auch nicht von Liebe gesprochen. Er war in Worten und Blicken und Gesten sehr sanft, aber er gab sich bei ihr nie ganz frei. Auch Rona fühlte sich vor ihm nie völlig frei. Keiner von beiden fasste leicht Vertrauen.

Am Abend der Schlussvorstellung zog Rona sich sorgfältig an. Sie wünschte sich einen besonderen Abend. Ihr war nach Champagner zumute. Sie wollte sich das Getränk auf die Suite schicken lassen. Nach der Vorstellung hatten sie eine lange letzte Nacht zusammen, ehe ihre Idylle endete und der Alltag auf sie wartete.

Rona betrachtete sich kritisch im Spiegel. Das cremefarbene bodenlange Seidenkleid war viel gewagter, als es ihrem sonstigen Stil entsprach, mit engem Rockteil, breiten Schultern und langen

Ärmeln. Es wirkte ausgefallen durch die in der Taille angesetzte Schleppe aus durchscheinendem, glitzerndem, mit Arabesken verziertem Stoff in der Farbe des Kleides. Die Schleppe wehte duftig leicht um ihre Beine. Und es war gewagt durch den schmalen, aber tief zwischen ihre Brüste reichenden Ausschnitt, der erst an einer großen Schleife über ihrem Nabel endete. Patrick würde sagen, es entsprach mehr Rona als Miss Swan. Sie lachte. Er hätte recht gehabt, wie immer. Im Moment fühlte sie sich gar nicht wie Miss Swan. Morgen war noch früh genug für geschäftsmäßige Kleidung.

Sie verteilte Parfüm auf ihren Handgelenken und in dem Einschnitt zwischen ihren Brüsten.

„Rona, wenn du vor der Show Dinner willst, musst du dich beeilen. Es ist fast …" Patrick brach ab, als er in den Raum kam. Er stockte und betrachtete sie mit geweiteten Augen. „Du bist wunderschön", murmelte er und fühlte einen Schauer auf seiner Haut. „Als hätte ich dich nur geträumt."

Wenn er so sprach, wurde ihr Herz ganz weich und raste zur selben Zeit. „Ein Traum?" Rona ging zu ihm und legte ihre Arme um seinen Hals. „Was für ein Traum soll ich denn für dich sein?" Sie küsste ihn auf beide Wangen. „Willst du einen Traum für mich beschwören, Patrick?"

„Du duftest nach Jasmin." Er presste sein Gesicht gegen ihren Hals. Noch nie hatte er sich etwas oder jemanden so sehr gewünscht. „Das macht mich verrückt!"

„Der Zauber einer Frau." Rona neigte den Kopf nach hinten, ihre Augen blickten lockend. „Wie bezaubere ich den Zauberer?"

„Es wirkt."

Sie lachte tief und drängte sich ihm entgegen. „Waren die Zaubersprüche von Frauen nicht immer wirkungsvoller als die von Männern?"

„Vorsicht", flüsterte er ihr ins Ohr. „Ich bin länger im Geschäft als du." Er rieb seine Lippen leicht an ihrem Mund. „Es ist unvorsichtig, sich mit einem Magier einzulassen."

„Ich will gar nicht vorsichtig sein." Sie ließ ihre Finger über seinen Nacken und durch sein dichtes Haar gleiten. „Überhaupt nicht."

Patrick fühlte sich gleichzeitig stark und schwach. Es war immer dasselbe, wenn er Rona in den Armen hielt. Er zog sie enger an sich, nur um sie zu halten.

Rona fühlte seinen inneren Kampf und blieb passiv. Patrick hatte so viel zu geben, so viel Gefühl, das er anbieten oder zurückhalten konnte. Sie war nie sicher, wie er sich entschied. Aber ist das mit mir nicht genauso? fragte sie sich. Sie liebte ihn, war aber bislang einfach nicht fähig gewesen, die Worte laut auszusprechen.

„Kommst du heute Abend in die Kulisse?", fragte er. „Ich möchte gern wissen, dass du da bist."

„Ja." Rona lächelte zu ihm auf. Er bat so selten um etwas. „Irgendwann werde ich während deiner Vorstellung etwas entdecken. Nicht einmal deine Hand ist immer schneller als das Auge."

„Nein?" Patrick schmunzelte belustigt über ihre ungebrochene Entschlossenheit, ihn zu ertappen. „Was das Dinner angeht …" Er spielte mit der Schleife an ihrem Kleid und vergaß bei der Überlegung, was sie wohl darunter trug, den Satz zu Ende zu führen. Hätte er die Wahl gehabt, hätte das Kleid zu ihren Füßen auf dem Boden gelegen, bevor Rona Luft holen konnte.

„Was ist mit dem Dinner?", fragte sie mit einem übermütigen Funkeln in den Augen.

Es klopfte an der Tür, und Patrick fluchte unterdrückt.

„Warum verwandelst du ihn oder sie, wer immer es ist, nicht einfach in eine Kröte?", schlug Rona vor und lehnte seufzend ihren Kopf an seine Schulter. „Nein, das wäre wohl ziemlich unfreundlich."

„Mir gefällt die Idee."

Sie lachte und wich zurück. „Ich gehe öffnen. Das darf ich nicht auf mein Gewissen laden." Sie spielte mit dem obersten Knopf seines Hemdes. „Du vergisst nicht, was du sagen wolltest?"

Er lächelte. „Ich habe ein sehr gutes Gedächtnis." Er ließ sie los und sah ihr nach. Miss Swan hat dieses Kleid bestimmt nicht ausgesucht, dachte er, eher Rona.

„Päckchen für Sie, Miss Swan."

Rona nahm das neutral verpackte Päckchen und die Karte von dem Boten entgegen. „Danke." Nachdem sie die Tür geschlossen hatte, legte sie das Päckchen ab und öffnete den Umschlag. Die Nachricht war kurz und maschinengeschrieben.

Rona,
Dein Bericht in Ordnung. Erwarte bei deiner Rückkehr ausführliche Information über Atkins-Projekt. Erstes Treffen aller Beteiligten heute in einer Woche festgesetzt. Herzlichen Glückwunsch zum Geburtstag.
Dein Vater

Rona las die Karte zweimal und warf einen flüchtigen Blick auf das Päckchen. Natürlich vergisst er meinen Geburtstag nicht, dachte sie, während sie die getippten Zeilen ein drittes Mal überflog. Bennett Swan tat immer seine Pflicht. Rona fühlte aufkeimende Enttäuschung, Ärger und Nutzlosigkeit, all jene Empfindungen, die Bennett Swans einzigem Kind so vertraut waren.

Warum hat er nicht gewartet und mir persönlich etwas geschenkt? Warum hat er eine unpersönliche Nachricht geschickt, die sich wie ein Telegramm liest, und ein sicher beachtliches Geschenk, das zweifellos seine Sekretärin ausgesucht hat? Warum hat er nicht einfach einen lieben Gruß gesandt?

„Rona?" Patrick beobachtete sie von der Schlafzimmertür aus. Er hatte gesehen, wie leer der Blick ihrer Augen beim Lesen der Karte geworden war. „Schlechte Neuigkeiten?"

„Nein." Rona schüttelte rasch den Kopf und schob die Karte in ihre Handtasche. „Nein, es ist nichts. Gehen wir zum Dinner, Patrick. Ich komme schon um vor Hunger."

Lächelnd streckte sie ihm die Hand entgegen, aber der Schmerz in ihren Augen war nicht zu übersehen. Wortlos nahm

Patrick ihre Hand. Als sie die Suite verließen, warf er einen Blick auf das Päckchen, das sie nicht geöffnet hatte.

Rona beobachtete die Show von den Kulissen aus, wie Patrick es sich gewünscht hatte. Sie schloss alle Gedanken an ihren Vater aus ihrem Gedächtnis aus. Es war ihre letzte Nacht in völliger Freiheit, und Rona war entschlossen, sie sich durch nichts verderben zu lassen.

Es ist mein Geburtstag, erinnerte sie sich selbst. Ich gönne mir meine eigene private Feier. Zuerst hatte sie Patrick nichts gesagt, weil sie ihren Geburtstag völlig vergessen hatte, bis das Päckchen ihres Vaters eintraf. Und jetzt wäre es dumm gewesen, es zu erwähnen. Sie war immerhin siebenundzwanzig, zu alt, um wegen eines verstrichenen Jahres sentimental zu werden und sich hübsche Dinge zu wünschen.

„Du warst wunderbar wie immer“, versicherte Rona, als Patrick die Bühne unter donnerndem Applaus verließ. „Wann verrätst du mir endlich, wie du diese letzte Illusion machst?“

„Magie, Miss Swan, kennt keine Erklärungen.“

Sie zog ihre Augen zu schmalen Schlitzen zusammen. „Ich weiß zufällig, dass Bess jetzt in ihrer Garderobe ist und dass dieser Panther ...“

„Erklärungen enttäuschen“, unterbrach er sie. Er führte sie an der Hand in seine eigene Garderobe. „Der menschliche Verstand besteht aus Widersprüchen, Miss Swan.“

„Was du nicht sagst“, antwortete sie trocken und wusste ganz genau, dass Patrick nichts erklären würde.

Es gelang ihm, ein ernstes Gesicht zu wahren, während er das Hemd auszog. „Der menschliche Verstand will das Unmögliche glauben“, fuhr er fort und ging in das Bad seiner Garderobe. „Gleichzeitig will er es nicht. Darin liegt die Faszination. Wenn das Unmögliche nicht möglich ist, wie wurde es dann vor deinen Augen und unter deiner Nase trotzdem gemacht?“

„Genau das will ich wissen“, klagte Rona über dem Rauschen von Wasser. Als er mit einem Handtuch über der Schulter wieder hereinkam, warf sie ihm einen unnachgiebigen Blick zu. „Als deine Produzentin in diesem Special sollte ich …“

„Produzieren“, ergänzte er und zog ein frisches Hemd an. „Ich übernehme das Unmögliche.“

„Es macht einen verrückt, dass man es nicht weiß“, sagte sie düster, knöpfte ihm aber das Hemd zu.

„Ja.“ Patrick lächelte nur über ihren anklagenden Blick.

„Es ist nur ein Trick“, sagte Rona achselzuckend und hoffte, ihn zu ärgern.

„Wirklich?“ Sein Lächeln blieb zum Verrücktwerden liebenswürdig.

Rona seufzte. „Wahrscheinlich würdest du alle Arten von Folter ertragen, ohne einen Laut von dir zu geben.“

„Denkst du dabei an ganz bestimmte Arten?“

Sie lachte und presste ihren Mund auf seine Lippen. „Das ist nur der Anfang“, versprach sie drohend. „Ich werde dich mit nach oben nehmen und dich so martern, bis du sprichst.“

„Interessant.“ Patrick legte einen Arm um ihre Schultern und führte sie auf den Korridor. „Das könnte ziemlich lange dauern.“

„Ich habe es nicht eilig“, antwortete sie munter.

Sie fuhren in die oberste Etage hinauf, aber als Patrick den Schlüssel in die Tür der Suite stecken wollte, legte Rona ihre Hand auf die Seine.

„Das ist deine letzte Chance, bevor ich zu harten Methoden greife“, warnte sie. „Ich bringe dich zum Sprechen.“

Patrick lächelte bloß und stieß die Tür auf.

„Herzlichen Glückwunsch zum Geburtstag!“

Ronas Augen weiteten sich überrascht. Bess, noch immer im Kostüm, öffnete eine Flasche Champagner, während Link sein Bestes tat, um die sprudelnde Flüssigkeit in einem Glas aufzufangen. Sprachlos starrte Rona auf die beiden.

„Herzlichen Glückwunsch zum Geburtstag, Rona.“ Patrick küsste sie flüchtig.

„Aber wie …“ Sie brach ab und blickte zu ihm auf. „Woher hast du das gewusst?“

„Es geht los!“ Bess schob ein Glas Champagner in Ronas Hand und drückte Rona kurz an sich. „Trink aus, Süße! Du hast schließlich nur einmal im Jahr Geburtstag. Gott sei Dank! Der Champagner ist von mir, eine Flasche für jetzt und eine für später.“ Sie blinzelte Patrick zu.

„Danke.“ Rona blickte hilflos in ihr Glas. „Ich weiß nicht, was ich sagen soll.“

„Link hat auch etwas für dich“, erklärte Bess.

Der riesenhafte Mann scharrte unbehaglich mit den Füßen, als sich alle Blicke auf ihn richteten. „Ich habe übrigens eine Torte besorgt“, murmelte er und räusperte sich. „Bei einem Geburtstag muss man eine Torte haben.“

Rona ging an den Tisch und betrachtete die mit zarten rosa und gelben Marzipanbändern geschmückte weiße Torte mit den brennenden Kerzen. „Oh, Link! Ist die schön!“

„Du musst das erste Stück abschneiden“, murmelte er.

„Ja, sofort.“ Rona stellte sich auf die Zehen und drückte Link einen Kuss auf den Mund. „Danke, Link!“

Er wurde rot, lächelte und warf schließlich Bess einen besorgten Blick zu. „Gern geschehen.“

„Ich habe auch etwas für dich!“, rief Patrick. Rona drehte sich noch immer lächelnd zu ihm um. „Wirst du mich auch küssen?“, fragte er.

„Nachdem ich mein Geschenk bekommen habe.“

„Gierig“, befand er und überreichte ihr eine kleine hölzerne Schatulle.

Sie war alt und geschnitzt. Rona ließ ihre Finger über die Oberfläche gleiten und ertastete die Stellen, die im Laufe der Zeit durch die Benutzung glatt geworden waren. „Wunderschön“, flüsterte sie, öffnete die Schatulle und fand ein winziges silbernes Symbol als Anhänger an einer Kette. „Oh!“

„Ein Ankh“, erklärte Patrick und legte ihr die Kette um. „Ein ägyptisches Lebenssymbol – kein Aberglaube“, sagte er ernst. „Es ist ein Glücksbringer.“

„Patrick!“ Sie erinnerte sich an ihren platt gedrückten Penny

und schlang lachend die Arme um ihn. „Vergisst du nie etwas?"
„Nein! Jetzt schuldest du mir einen Kuss, wie du weißt."
Rona löste ihre Schuld ein und vergaß, dass sie nicht allein waren.
„He, wir wollen etwas von der Torte, nicht wahr, Link?" Bess legte einen Arm um seine breiten Hüften und lächelte, als Rona wiederauftauchte.
„Schmeckt die Torte auch so gut, wie sie aussieht?", überlegte Rona laut, nahm ein Messer und schnitt sie an. „Ich weiß nicht, wie lange es schon her ist, dass ich eine Geburtstagstorte gegessen habe. Hier, Link, das erste Stück ist für dich." Rona teilte aus und leckte Glasur von ihren Fingern. „Großartig", urteilte sie und schnitt ein weiteres Stück ab. „Ich weiß nicht, wie ihr meinen Geburtstag herausgefunden habt. Ich selbst habe ihn vergessen, bis …" Rona stockte und richtete sich auf. „Du hast die Karte gelesen", warf sie Patrick vor.
Er sah überzeugend harmlos drein. „Was für eine Karte?"
Sie stieß ungeduldig die Luft aus und achtete nicht darauf, dass Bess das Messer nahm und die Torte selbst aufschnitt. „Du bist an meine Handtasche gegangen und hast die Karte gelesen."
„An deine Handtasche?", wiederholte Patrick kopfschüttelnd. „Wirklich, Rona, meinst du, ich würde etwas so Unmögliches machen?"
Sie überlegte einen Moment. „Ja, das würdest du."
Bess kicherte, aber Patrick warf ihr nur einen milden Blick zu und nahm ein Stück Torte entgegen. „Ein Magier hat es nicht nötig, in Taschen zu kramen, um sich Informationen zu beschaffen."
Link lachte tief. „So wie damals in Detroit, als du diesem Kerl die Schlüssel abgenommen hast?", erinnerte er Patrick.
„Oder die Ohrringe von dieser Lady in Flatbush", warf Bess ein. „Niemand hat sanftere Finger als du, Patrick."
„Wirklich?", fragte Rona gedehnt und wandte sich wieder an ihn.
Patrick biss in ein Stück Torte und sagte nichts.

„Am Ende der Show gibt er immer alles zurück“, fuhr Bess fort. „Nur gut, dass Patrick sich nicht für ein Leben als Krimineller entschieden hat. Stellt euch vor, was los wäre, wenn er die Safes von außen anstatt von innen knacken würde.“

„Faszinierend“, meinte Rona und blickte ihn aus schmalen Augen an. „Ich möchte gern mehr darüber hören.“

„Wie war das damals, als du aus diesem kleinen Gefängnis in Wichita ausgebrochen bist, Patrick?“, fuhr Bess gehorsam fort. „Du weißt schon, als sie dich eingesperrt hatten wegen …“

„Noch etwas Champagner, Bess?“, bot Patrick an und schenkte ihr ein.

Link ließ wieder sein tiefes Lachen hören. „Ich hätte gern das Gesicht des Sheriffs gesehen, als er die leere Zelle sah, ordentlich abgeschlossen und sauber aufgeräumt.“

„Ausbruch aus dem Gefängnis“, stellte Rona fasziniert fest.

„Houdini hat es berufsmäßig gemacht.“ Patrick gab ihr ein Glas Champagner.

„Ja, aber er hat es vorher mit den Cops besprochen.“ Bess lachte über den rügenden Blick, den Patrick ihr zuwarf, und schnitt für Link noch ein Stück Torte ab.

„Taschendiebstahl, Gefängnisausbruch.“ Rona genoss das leichte Unbehagen in Patricks Augen. Es kam selten vor, dass er sich im Nachteil befand. „Gibt es noch etwas, das ich erfahren sollte?“

„Scheint so, als würdest du schon zu viel wissen“, bemerkte er.

„Ja.“ Sie küsste ihn zärtlich. „Und das ist das schönste Geburtstagsgeschenk meines Lebens.“

„Komm, Link.“ Bess hob die halb leere Champagnerflasche hoch. „Verputzen wir das hier und dein Tortenstück. Patrick soll zusehen, wie er sich da herauswindet. Patrick, du solltest Rona noch von dem Verkäufer in Salt Lake City erzählen.“

„Gute Nacht, Bess!“, sagte Patrick mit ausdrucksloser Stimme und handelte sich damit noch mehr Lachen ein.

„Noch einmal herzlichen Glückwunsch zum Geburtstag,

Rona." Bess schenkte Patrick ein strahlendes Lächeln, als sie Link aus dem Raum zog.

„Danke, Bess! Danke, Link!"

Rona wartete, bis sich die Tür schloss, ehe sie sich an Patrick wandte. „Bevor wir über den Verkäufer in Salt Lake City sprechen, warum warst du in einer kleinen Zelle in Wichita?" Ihre Augen lachten ihn über den Rand ihres Glases an.

„Ein Missverständnis."

„Das sagen alle. Vielleicht ein eifersüchtiger Ehemann?"

„Nein, ein verärgerter Hilfssheriff, der sich mit seinen eigenen Handschellen an einen Barhocker gefesselt wiederfand." Patrick zuckte die Schultern. „Er hat sich nicht dankbar gezeigt, als ich ihn befreite."

„Das kann ich mir gut vorstellen!" Rona unterdrückte ein Lachen.

„Eine kleine Wette", fügte Patrick hinzu. „Er hat verloren."

„Und anstatt zu bezahlen, hat er dich ins Gefängnis geworfen", schloss Rona.

„So ungefähr."

„Ein verzweifelter Krimineller." Rona seufzte tief auf. „Ich fürchte, ich bin dir ausgeliefert." Sie stellte ihr Glas weg und ging zu ihm. „Es war ganz reizend von dir, diese Feier für mich zu arrangieren. Danke", fügte sie leise hinzu.

Patrick strich ihr Haar zurück. „Was für ein ernstes Gesicht", murmelte er und küsste sie auf die geschlossenen Augenlider. Er dachte an den Schmerz, den sie beim Lesen der Nachricht ihres Vaters gefühlt hatte. „Willst du nicht das Geschenk von deinem Vater aufmachen, Rona?"

Sie schüttelte den Kopf und legte ihre Wange an seine Schulter. „Nein, nicht heute Nacht. Morgen. Die wirklich wichtigen Geschenke habe ich doch schon bekommen."

„Er hat dich nicht vergessen, Rona."

„Nein, er hat den Tag nie vergessen. Er ist auf seinem Kalender angekreuzt. Ach, tut mir leid." Sie schüttelte wieder den Kopf und löste sich von ihm. „Das war nicht schön. Ich habe immer zu viel verlangt. Er liebt mich, wenn auch auf seine Weise."

Patrick nahm ihre Hände. „Er kennt nur seine Weise."

Rona blickte zu ihm auf, und ihr finsteres Gesicht wich einem verstehenden Lächeln. „Ja, du hast recht. So habe ich das nie gesehen. Ich kämpfe noch immer darum, ihm zu gefallen, damit er sich eines Tages an mich wendet und sagt: ‚Rona, ich liebe dich. Ich bin stolz, dein Vater zu sein'. Es ist dumm von mir!" Sie seufzte. „Ich bin eine erwachsene Frau, aber ich warte noch immer darauf."

„Wir hören nie auf, uns das von unseren Eltern zu wünschen." Patrick zog sie fest an sich.

Rona dachte an seine Kindheit, während er über die ihre nachdachte.

„Wir wären andere Menschen, wenn sich unsere Eltern anders verhalten hätten, nicht wahr?"

„Ja", antwortete er. „Das wären wir."

Rona legte den Kopf in den Nacken und sah ihm lange forschend ins Gesicht. „Ich möchte nicht, dass du anders wärst, Patrick. Du bist genau, was ich will." Verlangend presste sie ihren Mund auf den seinen. „Bring mich ins Bett", flüsterte sie. „Und erzähl mir, woran du vor ein paar Stunden gedacht hast, bevor wir unterbrochen wurden."

Patrick hob sie auf seine Arme, und sie klammerte sich glücklich an ihn.

„Also", meinte er, als er zu dem Schlafzimmer ging. „Ich habe darüber nachgedacht, was du unter dem Kleid anhast."

Rona drückte lachend ihren Mund an seinen Hals. „Nun, da ist kaum etwas, worüber man nachdenken könnte. Wenn du es nicht glaubst, überzeuge dich selbst davon."

Im Schlafzimmer war es dunkel, als Rona zusammengerollt neben Patrick lag. Er spielte mit den Fingern in ihrem Haar. Er dachte, Rona würde schlafen. Sie war sehr still. Dass er selbst wach lag, machte nichts. Dadurch konnte er das Gefühl ihrer Haut an der seinen genießen und ihr seidig weiches Haar unter seinen Fingern. Während sie schlief, konnte er sie berühren, ohne sie zu erregen, und sich davon überzeugen, dass sie da war. Es gefiel ihm nicht, dass sie in der nächsten Nacht nicht in seinem Bett liegen würde.

„Woran denkst du?“, murmelte Rona und erschreckte ihn.

„An dich.“ Er zog sie enger an sich. „Ich dachte, du würdest schlafen.“

„Nein.“ Ihre Wimpern strichen über seine Schulter, als sie die Augen öffnete. „Ich habe über dich nachgedacht.“ Sie fuhr mit einem Finger die Linie seines Kinns entlang. „Woher hast du diese Narbe?“

Patrick antwortete nicht gleich, und Rona erkannte, dass sie ungewollt in seine Vergangenheit eingedrungen war.

„Wahrscheinlich hast du sie dir in einem Kampf mit einer Zauberin geholt“, sagte sie leichthin und wünschte, die Frage zurücknehmen zu können.

„Es war nicht ganz so romantisch. Ich bin als Kind eine Treppe hinuntergefallen.“

Sie hielt den Atem an. Sie hatte nicht erwartet, er würde freiwillig etwas von seiner Vergangenheit preisgeben, auch kein noch so kleines Detail. Sie legte den Kopf auf seine Brust. „Ich bin einmal über einen Stuhl gefallen und habe mir einen Zahn gelockert. Mein Vater war wütend, als er dahinterkam. Ich hatte Angst, der Zahn würde ausfallen und mein Vater würde mich enterben.“

„Hat er dir solche Angst eingejagt?“

„Seine Missbilligung jagte mir Angst ein. Wahrscheinlich war das dumm.“

„Nein.“ Während er zur Decke emporstarrte, strich Patrick weiter über ihr Haar. „Wir alle haben vor etwas Angst.“

„Sogar du?“, fragte sie mit einem leisen Lachen. „Ich glaube nicht, dass du vor irgendetwas Angst hast.“

„Davor, dass ich nicht mehr herauskomme, wenn ich einmal eingeschlossen bin“, murmelte er.

Überrascht blickte Rona auf und sah das Schimmern seiner

Augen in der Dunkelheit. „Meinst du deine Entfesselungsnummern?"

„Was?" Er lenkte seine Gedanken zurück zu ihr. Er hatte gar nicht gemerkt, dass er laut gesprochen hatte.

„Warum machst du diese Entfesselungsnummern, wenn du dabei ein solches Gefühl hast?"

„Meinst du denn, Angst geht weg, wenn man sie ignoriert?", fragte er. „Als ich klein war, war es ein Schrank, und ich konnte nicht heraus. Jetzt ist es ein Schrankkoffer, und ich kann mich befreien."

„Oh, Patrick!" Rona drückte ihr Gesicht gegen seine Brust. „Es tut mir so leid. Du brauchst nicht darüber zu sprechen."

Aber es drängte ihn dazu. Zum ersten Mal seit seiner Kindheit sprach er darüber. „Weißt du, ich glaube, die Erinnerung an einen Geruch hält sich länger als alles andere. Ich konnte mich immer so deutlich an den Geruch meines Vaters erinnern. Erst zehn Jahre nachdem ich ihn das letzte Mal gesehen hatte, kam ich dahinter, was es war. Er roch nach Gin. Ich hätte dir nicht sagen können, wie er aussah, aber ich erinnerte mich an diesen Geruch."

Er blickte unverwandt zur Decke, während er sprach. Rona fühlte, dass er sie vergessen hatte, als er weiter in seine eigene Vergangenheit eindrang.

„Eines Nachts im Waisenhaus, ich war ungefähr fünfzehn, war ich im Keller. Ich habe mich gern da unten umgesehen, wenn die anderen im Bett waren. Ich fand den Pförtner in einer Ecke liegend mit einer Flasche Gin. Dieser Geruch ... Ich weiß noch, dass ich einen Moment lang in Panik geriet, ohne die geringste Ahnung, warum. Aber ich ging hin und nahm die Flasche in die Hand, und dann wusste ich, dass es Gin war, der so stank. Im selben Moment hatte ich keine Angst mehr."

Patrick schwieg lange. Rona wartete. Sie wollte, dass er weitersprach, wollte ihn aber nicht dazu ermutigen.

„Er war ein sehr grausamer, sehr kranker Mann", fuhr Patrick mit leiser Stimme fort, und sie wusste, dass er jetzt wieder von seinem Vater sprach. „Jahrelang war ich sicher, dass ich die gleiche Krankheit haben müsste."

Rona hielt ihn fester und schüttelte den Kopf. „Du hast nichts Grausames an dir", flüsterte sie. „Gar nichts."

„Würdest du auch so denken, wenn ich dir sagte, woher ich komme?", fragte er. „Würdest du dich noch von mir anfassen lassen?"

Rona hob den Kopf und schluckte Tränen hinunter. „Bess hat es mir vor einer Woche erzählt", sagte sie ruhig. „Und ich bin hier bei dir." Seine Hand glitt von ihrem Haar. Er sagte nichts. „Du hast kein Recht, böse auf sie zu sein. Sie ist die treueste und liebevollste Frau, die ich je kennengelernt habe. Sie hat es mir erzählt, weil sie wusste, dass du mir etwas bedeutest und dass ich dich verstehen musste."

Er lag ganz still. „Wann?" Mehr fragte Patrick nicht.

„An dem Abend …" Rona zögerte und holte tief Luft. „Am Abend der Eröffnungsvorstellung." Sie hätte gern seinen Gesichtsausdruck gesehen, aber die Dunkelheit verhüllte ihn. „Du sagtest, wir würden einander lieben, sobald ich dich kennenlerne", erinnerte sie ihn. „Du hattest recht." Sie schluckte, weil ihre Stimme bebte. „Tut es dir leid?"

Eine Ewigkeit schien bis zu seiner Antwort zu verstreichen. „Nein." Patrick zog sie wieder auf sich. „Nein." Er küsste sie auf die Schläfe. „Wie könnte es mir leidtun, dein Geliebter zu sein?"

„Dann darf es dir auch nicht leidtun, dass ich dich jetzt kenne. Du bist der großartigste Mann, den ich je getroffen habe."

Patrick lachte teils amüsiert, teils bewegt und auch erleichtert. Die Erleichterung war sogar ganz gewaltig. Darüber musste er noch mehr lachen. „Rona, es ist so unglaublich, dass du das sagst."

Sie hob den Kopf. „Es ist absolut wahr, aber ich werde es dir nicht mehr sagen, sonst wirst du eingebildet." Sie legte ihre Hand an seine Wange. „Nur heute Nacht darfst du dich darüber freuen. Übrigens!" Sie zog ihn am Ohr. „Ich mag es, wie sich deine Augenbrauen an den Enden nach oben biegen.“ Sie küsste ihn auf den Mund und ließ ihre Lippen über sein Gesicht wandern. „Und die Art, wie du deinen Namen schreibst.“

„Wie ich – was tue?“, fragte er verständnislos.

„Auf den Verträgen“, führte Rona weiter aus und bedeckte sein Gesicht noch immer mit leichten Küssen. „Sieht fabelhaft aus.“ Sie fühlte an der Weise, wie er seine Wangen verzog, dass er lächelte. „Was magst du an mir?“

„Deinen Geschmack“, antwortete er sofort. „Er ist einmalig.“

Rona biss ihn in die Unterlippe, aber er rollte sie herum und verwandelte den Biss in einen sehr befriedigenden Kuss. „Ich wusste, dass es dich eingebildet machen würde“, meinte sie abfällig. „Ich schlafe jetzt.“

„Das glaube ich nicht“, widersprach er, ehe er sie erneut küsste.

Er behielt auch diesmal recht.

10. KAPITEL

Der Abschied von Patrick fiel Rona unbeschreiblich schwer. Sie war versucht gewesen, alle Verpflichtungen zu vergessen, all ihren Ehrgeiz aufzugeben und ihn zu bitten, sie mitzunehmen. Ihre ehrgeizigen Ziele waren leer, wenn sie nicht bei ihm war. Sie hätte ihm gesagt, dass sie ihn liebte und dass nichts zählte, wenn sie nicht zusammen waren.

Aber als sie sich auf dem Flughafen verabschiedeten, hatte Rona sich zu einem Lächeln und zu einem Abschiedskuss gezwungen. Sie musste nach Los Angeles, und er musste an die Pazifikküste nach Norden. Die Arbeit, die sie zusammengebracht hatte, trennte sie auch wieder.

Sie hatten noch immer nicht über die Zukunft gesprochen. Rona war dahintergekommen, dass Patrick nie von morgen sprach. Dass er mit ihr über seine Vergangenheit gesprochen hatte, wenn auch nur kurz, gab ihr ein Gefühl der Sicherheit. Dieser Schritt war vielleicht größer, als sie sich vorstellen konnte.

Die Zeit, dachte Rona, wird zeigen, ob unsere Liebe stärker wird oder verblasst. Jetzt kam eine Periode des Wartens. Wenn Patrick doch Bedenken und innere Widerstände hatte, würden sie jetzt in der Zeit der Trennung an die Oberfläche treten. Abwesenheit steigerte nicht immer die Liebe. Sie erlaubte auch dem Blut und dem Verstand, sich abzukühlen. Zweifel formten sich meistens dann, wenn man Zeit zum Nachdenken hatte. Wenn Patrick nach Los Angeles zu den Besprechungen kam, würde sie die Antwort haben.

Als Rona ihr Büro betrat, sah sie auf die Uhr und erkannte bedauernd, dass Zeit und Zeitpläne wieder Teil ihres Lebens waren. Sie hatte Patrick erst vor einer Stunde verlassen und vermisste ihn schon unerträglich. Dachte er an sie, gerade jetzt in diesem Moment? Wenn sie sich hart genug konzentrierte, würde er fühlen, dass sie an ihn dachte? Seufzend setzte sich Rona hinter ihren Schreibtisch. Seit sie mit Patrick zu tun hatte, war ihre Fantasie freier geworden. Manchmal glaubte sie sogar an Magie.

Was ist mit dir los, Miss Swan? fragte sie sich. Deine Beine stehen nicht auf der Erde, wo sie hingehören. Liebe, dachte sie und stützte das Kinn in ihre Hände. Wenn man verliebt ist, ist nichts unmöglich.

Wer konnte schon sagen, warum ihr Vater krank geworden war und sie zu Patrick geschickt hatte? Welche Kraft hatte ihre Hand geleitet, als sie diese schicksalhafte Karte aus dem Tarotspiel zog? Warum hatte sich die Katze im Gewitter ihr Fenster ausgesucht? Sicher gab es logische Erklärungen. Aber für eine verliebte Frau gab es keine Logik.

Es war Magie, dachte Rona lächelnd. Sie hatte es in dem Moment gefühlt, in dem sich ihre Blicke trafen. Es hatte nur einige Zeit gedauert, bis sie es akzeptiert hatte, dass es Magie war. Jetzt konnte sie nur noch abwarten, ob es hielt. Sie korrigierte sich: Sie würde dafür sorgen, dass es hielt. War dafür Geduld nötig, dann würde sie eben geduldig sein. War dafür Tatkraft nötig, dann würde sie eben tatkräftig sein. Aber sie würde dafür sorgen, dass es klappte, selbst wenn sie dafür zum ersten Mal auf dem Gebiet von Verzauberung und Magie tätig werden musste.

Kopfschüttelnd lehnte sie sich zurück. Bevor Patrick nicht wieder in ihr Leben zurückkehrte, würde gar nichts gehen. Es dauerte noch eine Woche, bis sie ihn wiedersah. Im Moment gab es Arbeit. Sie konnte keinen Zauberstab schwingen und die Tage bis zu seiner Ankunft wegwischen. Rona schlug ihre Notizen über Patrick Atkins auf und begann, sie ins Reine zu schreiben. Knapp dreißig Minuten später unterbrach sie der Summer.

„Ja, Barbara."

„Der Boss verlangt nach Ihnen."

Rona betrachtete die Berge von Papier auf ihrem Schreibtisch. „Jetzt?"

„Jetzt."

„Na gut, danke." Rona murmelte eine Verwünschung, ordnete ihre Papiere und sonderte aus, was sie mitnehmen konnte. Ihr Vater hätte ihr ein paar Stunden Zeit lassen können, um alles vorzubereiten. Aber es war eben eine Tatsache, dass er ihr bei diesem Projekt auch weiterhin über die Schulter schauen würde.

Es war für sie noch ein weiter Weg, bis sie Bennett Swan ihre Fähigkeiten bewiesen hatte. In diesem Bewusstsein schob Rona die Papiere in einen Ordner und ging zu ihrem Vater.

„Guten Morgen, Miss Swan." Bennett Swans Sekretärin blickte auf, als Rona eintrat. „Wie war Ihre Reise?"

„Es ist sehr gut gelaufen, danke!" Rona bemerkte, wie die Sekretärin kurz ihr weißes, streng geschnittenes Kleid mit den schwarzen unregelmäßigen Streifen, die wie Pinselstriche aussahen, musterte. Aber der Blick galt weniger dem Muster, auch nicht dem schärpenartigen Gürtel aus dem gleichen Material, nicht einmal dem tiefen V-Ausschnitt, sondern den dezenten, teuren, traubenförmigen Perlenohrclips.

Rona trug das Geburtstagsgeschenk ihres Vaters, weil sie wusste, dass er sich sicherlich davon überzeugen wollte, wie gut sie passten und wie sehr sie ihr gefielen.

„Mr Swan musste für einen Moment weg, aber er wird gleich wieder hier sein. Er möchte, dass Sie in seinem Büro auf ihn warten. Mr Ross ist auch schon drinnen."

„Willkommen daheim, Rona." Ned stand auf, als sie die Tür hinter sich schloss. In der Hand hielt er eine dampfende Kaffeetasse.

„Hallo, Ned. Nimmst du an dieser Besprechung teil?"

„Mr Swan möchte, dass ich mit dir an dieser Sache arbeite." Er lächelte ihr halb charmant, halb um Verzeihung bittend zu. „Hoffentlich macht es dir nichts aus."

„Natürlich nicht", antwortete sie gleichmütig, legte den Ordner weg und nahm von Ned Kaffee entgegen. „In welcher Eigenschaft?"

„Ich werde Produktionskoordinator sein", erklärte er. „Das Projekt ist immer noch dein Kind, Rona."

„Ja!" Mit dir als Aufpasser, dachte sie bitter. Ihr Vater würde weiterhin alles bestimmen.

„Wie war Las Vegas?"

„Einmalig." Rona ging an das Fenster.

„Hoffentlich hast du Zeit gehabt, um dein Glück auf die Probe zu stellen. Du arbeitest zu hart, Rona."

Sie betastete den Ankh an ihrem Hals und lächelte. „Ich habe einmal ein wenig Blackjack gespielt und gewonnen."

„Tatsache? Was für ein Glück für dich."

Sie nippte an dem Kaffee und stellte die Tasse weg. „Ich habe die Grundlagen erarbeitet, die für Patrick, ‚Swan Productions' und die Fernsehgesellschaft eine gute Basis darstellen", fuhr sie fort. „Patrick Atkins braucht keine großen Namen in seiner Show, um Einschaltquoten in die Höhe zu treiben. Mehr als ein Gaststar wäre zu viel. Wegen des Sets muss ich noch mit den Bühnenbildnern sprechen, aber ich habe schon etwas ziemlich Abgeschlossenes im Kopf. Was die Sponsoren angeht ..."

„Über das Geschäftliche können wir später sprechen", unterbrach Ned sie. Er kam auf sie zu und wickelte die Enden ihrer Haare um seine Finger. Rona hielt still und starrte aus dem Fenster. „Ich habe dich vermisst, Rona", sagte Ned sanft. „Mir kam es vor, als wärst du monatelang weg gewesen."

„Seltsam", murmelte sie und beobachtete, wie ein Flugzeug seine Bahn über den Himmel zog. „Ich hätte nie gedacht, dass eine Woche so schnell vergehen könnte."

„Darling, wie lange willst du mich noch bestrafen?" Er drückte einen Kuss auf ihr Haar.

Rona fühlte keinen Groll. Sie fühlte gar nichts.

Seltsamerweise übte sie auf Ned eine größere Anziehung aus, seit sie ihn abgewiesen hatte. Etwas an ihr war jetzt anders. Er fand nur nicht heraus, was es war. „Würdest du mir nur eine Chance geben, könnte ich alles wiedergutmachen."

„Ich bestrafe dich nicht, Ned." Rona wandte sich ihm zu. „Tut mir leid, wenn es so aussieht."

„Du bist immer noch böse auf mich."

„Nein, ich habe dir schon gesagt, dass es nicht stimmt." Seufzend beschloss sie, reinen Tisch zu machen. „Ich war wütend und verletzt, aber das hat nicht lange angehalten. Ich habe dich nie geliebt, Ned."

Er mochte die Andeutung einer Entschuldigung nicht. Es trieb ihn in die Defensive. „Wir waren gerade dabei, einander näher kennenzulernen."

Als er ihre Hände ergreifen wollte, schüttelte sie den Kopf. „Nein, ich glaube nicht, dass du mich überhaupt kennst", meinte sie ohne Zorn. „Und wenn wir ehrlich miteinander sind, so wolltest du das auch gar nicht."

„Rona, wie oft soll ich mich noch für diesen dummen Vorschlag entschuldigen?" In seiner Stimme mischten sich Schmerz und Bedauern.

„Ich will keine Entschuldigung, Ned. Ich versuche dir das zu erklären. Du hast dich getäuscht, als du glaubtest, ich könnte meinen Vater beeinflussen. Du hast mehr Einfluss auf ihn als ich."

„Rona ..."

„Nein, du hörst mir jetzt zu", beharrte sie. „Du dachtest, Bennett Swan würde auf mich hören, weil ich seine Tochter bin. Das stimmt einfach nicht. Er hört mehr auf seine Geschäftsfreunde als auf mich. Du hast deine Zeit verschwendet, als du dich um mich bemüht hast, um an ihn heranzukommen. Und abgesehen davon", fuhr sie fort, „interessiere ich mich nicht für einen Mann, der mich als Sprungbrett benutzen will. Ich bin sicher, dass wir sehr gut zusammenarbeiten werden, aber ich möchte mich mit dir nicht außerhalb des Büros zu Privatzwecken treffen."

Ned und Rona zuckten zusammen, als sich die Tür öffnete.

„Rona, Ross!" Bennett Swan ging zu seinem Schreibtisch und nahm dahinter Platz.

„Guten Morgen", grüßte Rona ein wenig verlegen, ehe sie sich setzte. Wie viel hatte er gehört? Sein Gesichtsausdruck enthüllte nichts. Rona griff nach ihrem Ordner. „Ich habe meine Ideen zu Patrick Atkins niedergeschrieben", begann sie. „Ich hatte allerdings keine Zeit für einen vollständigen Bericht."

„Gib mir, was du hast." Ihr Vater winkte Ned zu einem Stuhl und zündete eine Zigarre an.

„Patrick Atkins hat ein sehr geschlossenes Bühnenprogramm." Rona verschränkte ihre Finger, um sie ruhig zu halten. „Du hast die Bänder selbst gesehen und weißt, dass seine Darbietungen von Fingerfertigkeiten über komplizierte Illusionen bis zu Entfesselungsnummern mit zwei oder drei Minuten Dauer reichen. Während der Entfesselungsnummern bleibt er für die Kameras unsichtbar, aber das Publikum erwartet das." Sie unterbrach sich und schlug die Beine übereinander. „Natürlich wissen wir, dass es Änderungen für das Fernsehen geben muss, aber ich sehe kein Problem. Patrick ist ein äußerst kreativer Mann."

Swan stieß ein Brummen aus, das Zustimmung bedeuten konnte, und streckte die Hand nach Ronas Bericht aus. Sie stand auf, gab ihm den Ordner und setzte sich wieder. Er ist in keiner besonders guten Stimmung, stellte sie fest. Jemand hat ihn verärgert. Sie konnte dankbar sein, dass sie es nicht gewesen war.

„Das ist recht mager", bemerkte er und starrte in den Ordner.

„Heute Abend wird es mehr sein."

„Ich selbst werde nächste Woche mit Atkins sprechen", erklärte Swan, während er die Papiere durchblätterte. „Coogar wird Regie führen."

„Gut, ich werde gern mit Coogar zusammenarbeiten. Ich möchte, dass Bloomfield die Studiodekoration macht", sagte sie beiläufig und hielt den Atem an.

Swan blickte auf und fixierte sie. Für Bloomfield hatte er sich selbst vor einer Stunde entschlossen. Rona hielt dem harten Blick ihres Vaters stand, ohne mit der Wimper zu zucken. Swan konnte sich nicht entscheiden, ob er sich freuen oder darüber ärgern sollte, dass ihm seine Tochter einen Schritt voraus war.

„Ich werde darüber nachdenken", sagte er und widmete sich wieder dem Bericht. Rona stieß lautlos den angehaltenen Atem aus, um ihre innere Spannung abzubauen.

„Patrick Atkins bringt seinen eigenen musikalischen Leiter mit", fuhr sie fort und dachte an Link. „Und seine eigene Crew. Falls wir überhaupt ein Problem haben werden, dann meiner Meinung nach, wie wir ihn zu einer Zusammenarbeit mit unseren eigenen Leuten in der Vorproduktion und bei den Aufnahmen bringen. Er macht immer alles auf seine Weise."

„Damit kann man fertigwerden", entgegnete Swan. „Ross wird dein Produktionskoordinator sein."

„Ich verstehe." Rona hielt seinem Blick ruhig stand. „Ich kann gegen deine Wahl nichts einwenden, aber wenn ich Produzent dieses Projekts bin, sollte ich mein eigenes Team wählen."

„Willst du nicht mit Ross arbeiten?", fragte Swan, als wäre Ned gar nicht anwesend.

„Ich glaube, dass Ned und ich sehr gut zusammenarbeiten werden", antwortete sie sanft. „Und ich bin sicher, dass Coogar die richtigen Kameraleute kennt. Es wäre lächerlich, ihm ins Handwerk zu pfuschen. Dennoch", fügte sie mit einem Anflug von Schärfe in der Stimme hinzu, „weiß ich auch sehr gut selbst, mit wem ich an diesem Projekt am besten arbeiten kann."

Swan lehnte sich zurück und paffte an seiner Zigarre. Seine Wangen röteten sich und warnten vor seinem Zorn. „Was, zum Teufel, weißt du schon über Produktionen?", fragte er.

„Genug, um dieses Special zu produzieren und es zu einem Erfolg zu machen", erwiderte sie. „Genau, wie du es mir vor ein paar Wochen aufgetragen hast."

Swan hatte in der Zwischenzeit schon bereut, dass er sich auf Patricks Bedingungen eingelassen hatte. „Du wirst nach außen hin Produzent sein", erklärte er knapp. „Dein Name wird im Vorspann erscheinen. Aber du tust, was dir gesagt wird."

Ronas Magen krampfte sich zusammen, doch sie blieb äußerlich ruhig. „Wenn du das willst, dann zieh mich jetzt von dem Projekt ab." Sie stand langsam auf. „Aber wenn ich daran weiterarbeite, werde ich mehr tun, als nur meinen Namen im Vorspann zu lesen. Ich weiß, wie Patrick Atkins arbeitet, und ich kenne Fernsehen. Wenn dir das nicht genügt, such dir jemand anders."

„Setz dich!", schrie Bennett Swan seine Tochter an. Ned rutschte ein wenig tiefer in seinen Stuhl, aber Rona blieb stehen. „Stell mir kein Ultimatum! Ich bin seit vierzig Jahren in diesem Geschäft." Ihr Vater schlug mit der flachen Hand auf den Schreibtisch. „Vierzig Jahre! Du kennst also das Fernsehen!“, sagte er zornig. „Eine Liveshow ist etwas anderes als ein verdammter Vertrag. Ich kann es mir nicht leisten, dass ein hysterisches kleines Mädchen fünf Minuten vor Sendebeginn zu mir gelaufen kommt, weil es einen Fehler in der Technik gibt.“

Rona schluckte ihren heiß aufwallenden Zorn hinunter und antwortete kalt: „Ich bin kein hysterisches kleines Mädchen, und ich bin noch nie wegen irgendetwas zu dir gelaufen.“

Er starrte sie benommen an. Sein Gewissen meldete sich, und das brachte seinen Ärger erst recht zur Explosion. „Du wirst dich bei dieser Sache nicht ins tiefe Wasser wagen, sondern dir gerade die Füße nass machen“, fauchte er und schlug den Ordner zu. „Und du wirst sie dir nass machen, weil ich es sage. Du wirst meinen Rat annehmen, wenn ich ihn dir gebe.“

„Deinen Rat?“, konterte Rona. Ihre Augen funkelten von widerstreitenden Emotionen, aber ihre Stimme klang fest. „Ich habe deinen Rat immer respektiert, aber heute habe ich noch keinen gehört, nur Befehle. Ich will von dir keinen Gefallen.“ Sie drehte sich um und ging zur Tür.

„Rona!“, rief er in unbändiger Wut. Niemand, absolut niemand kehrte Bennett Swan den Rücken zu. „Komm zurück und setz dich, kleine Lady!“

„Ich bin nicht deine kleine Lady!“, erwiderte sie und wirbelte herum. „Ich bin deine Angestellte.“

Betroffen starrte er sie an. Was konnte er darauf antworten? Er deutete ungeduldig auf einen Stuhl. „Setz dich“, sagte er noch einmal, aber sie blieb an der Tür stehen. „Setz dich, setz dich“, wiederholte er, mehr verbittert als wütend.

Rona kam zurück und setzte sich gelassen.

„Nehmen Sie Ronas Notizen und arbeiten Sie die Finanzen aus“, wies er Ned an.

„Ja, Sir.“ Ned nahm den Ordner und zog sich, dankbar für seine Entlassung, zurück.

Swan wartete, bis sich die Tür geschlossen hatte, ehe er seine Tochter ansah. „Was willst du?“, fragte er sie zum ersten Mal in seinem Leben. Diese Tatsache wurde ihnen beiden im selben Moment bewusst.

Rona nahm sich die Zeit, ihre beruflichen und persönlichen Gefühle voneinander zu trennen. „Ich will denselben Respekt, den du jedem anderen Produzenten zollst."

„Du hast keine Erfahrung", zeigte er auf.

„Nein", stimmte sie zu. „Und ich werde nie welche haben, wenn du mir die Hände bindest, bevor es richtig losgegangen ist."

Swan seufzte, betrachtete seine erloschene Zigarre und warf sie in den Aschenbecher. „Die Fernsehgesellschaft bietet uns einen sehr verlockenden Sendetermin an. Dritter Sonntag im Mai, neun bis zehn Ostküstenzeit."

„Dann hätten wir nur zwei Monate Zeit!"

Er nickte. „Sie wollen es noch vor der Sommersaison senden. Wie schnell kannst du arbeiten?"

Rona lächelte. „Schnell genug. Ich will Elaine Fisher als Gaststar."

Swan betrachtete sie aus schmalen Augen. „Ist das alles?", fragte er trocken.

„Nein, aber das ist ein Anfang. Sie ist talentiert, schön und bei Frauen genauso beliebt wie bei Männern. Außerdem hat sie Erfahrung mit der Arbeit in Klubs und live auf einer Bühne", hob sie hervor, als ihr Vater die Stirn runzelte und schwieg. „Ihre arglosen, weit aufgerissenen Augen sind der perfekte Kontrast zu Patricks Raffinessen."

„Sie dreht gerade in Chicago."

„Der Film ist nächste Woche abgedreht." Rona lächelte ihm kühl zu. „Und sie steht bei ‚Swan' unter Vertrag. Selbst wenn ihr Film um ein oder zwei Wochen überzieht, macht das nichts", fügte sie hinzu, als er schwieg. „Wir brauchen sie in Kalifornien höchstens ein paar Tage. Patrick trägt die Show."

„Sie hat schon andere Verpflichtungen", bemerkte ihr Vater.

„Sie wird die Termine einschieben!"

„Ruf ihren Agenten an."

„Das werde ich tun.“ Rona stand auf. „Ich werde ein Treffen mit Coogar ansetzen und mich wieder bei dir melden.“ Sie stockte, gab einem Impuls nach, umrundete den Schreibtisch und blieb neben ihm stehen. „Ich habe dich jahrelang bei der Arbeit beobachtet. Ich erwarte nicht, dass du zu mir das gleiche Vertrauen hast wie zu dir selbst oder zu jemandem mit Erfahrung. Und wenn ich Fehler mache, möchte ich nicht, dass sie unter den Tisch gekehrt werden. Aber wenn ich gute Arbeit leiste, und das werde ich, möchte ich sicherstellen, dass es meine eigene Leistung ist und ich nicht nur im Vorspann genannt werde!“

„Es ist deine Show“, sagte er einfach.

„Ja.“ Rona nickte. „Genau. Dieses Projekt ist aus mehreren Gründen wichtig für mich. Ich kann nicht versprechen, keine Fehler zu machen, aber ich kann dir versprechen, dass sich niemand mehr anstrengen wird als ich.“

„Lass dich nicht von Coogar herumstoßen“, murmelte er nach kurzem Schweigen. „Er treibt Produzenten gern zum Wahnsinn.“

Rona lächelte. „Ich kenne die Geschichten, keine Angst.“ Sie wollte erneut gehen, erinnerte sich, zögerte kurz, beugte sich herunter und hauchte einen Kuss auf seine Wange. „Danke für die Ohrringe. Sie sind schön.“

Swan warf einen Blick auf die Clips. Der Juwelier hatte seiner Sekretärin versichert, dass sie ein angemessenes Geschenk und eine gute Investition waren. *Was habe ich auf der Karte geschrieben, die ich ihr geschickt habe?* überlegte er. Er verspürte Gewissensbisse, weil er sich nicht erinnern konnte, und beschloss, sich von seiner Sekretärin eine Kopie geben zu lassen.

„Rona.“ Swan ergriff die Hand seiner Tochter. Er sah, wie sie innehielt, überrascht aufblickte, und starrte auf seine Finger. Er hatte vorhin ihre ganze Unterhaltung mit Ned gehört und sich maßlos darüber geärgert, wie offen sie mit Ned über ihn, ihren Vater, gesprochen hatte. Es hatte ihm gar nicht gefallen. Und jetzt war seine Tochter richtiggehend betroffen, weil er ihre

Hand ergriffen hatte. Er fühlte sich frustriert.

„Ist es dir in Las Vegas gut ergangen?", fragte er, weil er nicht wusste, was er sonst sagen sollte.

„Ja." Unsicher wechselte sie wieder zum Geschäftlichen. „Es war gut, dass ich dort war. Dadurch, dass ich Patrick bei der Arbeit so genau beobachtet habe, bin ich jetzt bestens informiert, viel besser als nur von den Bändern. Und ich habe die Leute kennengelernt, die mit ihm zusammenarbeiten. Das ist bestimmt kein Nachteil, wenn sie mit mir arbeiten müssen." Sie warf noch einen verwirrten Blick auf ihre Hände, die in den Händen ihres Vaters lagen. War ihr Vater vielleicht krank? Sie betrachtete prüfend sein Gesicht. „Morgen … morgen habe ich für dich einen viel ausführlicheren Bericht."

Swan ließ sie aussprechen. „Rona, wie alt bist du gestern geworden?" Er beobachtete sie genau. Ihre Augen wurden ausdruckslos.

„Siebenundzwanzig", antwortete sie tonlos.

Siebenundzwanzig! Mit einem tiefen Seufzer gab er ihre Hände frei. „Mir sind wohl ein paar Jahre entgangen", murmelte er. „Triff deine Verabredung mit Coogar", sagte er und blätterte in den Papieren auf seinem Schreibtisch. „Schick mir ein Memo, sobald du mit Elaine Fishers Agent Kontakt aufgenommen hast."

„In Ordnung."

Über den Rand der Papiere hinweg betrachtete Swan seine Tochter, als sie zur Tür ging. Nachdem sie den Raum verlassen hatte, lehnte er sich in seinem Sessel zurück.

Er fand es erschütternd, dass er alt wurde.

11. KAPITEL

Als Produzentin sah sich Rona genauso viel Papierkram gegenüber wie zuvor, als sie Verträge ausgehandelt hatte. Die Tage verbrachte sie hinter ihrem Schreibtisch, am Telefon oder in fremden Büros. Es war harte, strapaziöse Arbeit mit wenig Glamour. Die Stunden dehnten sich, die Probleme waren endlos. Dennoch fand sie Geschmack daran. Letztlich war sie eben die Tochter ihres Vaters.

Bennett Swan hatte ihr nicht freie Hand gegeben, aber der Streit am Morgen ihrer Rückkehr nach Los Angeles hatte sein Gutes. Ihr Vater hörte jetzt auf sie. Meistens fand sie bei ihm ein überraschend offenes Ohr für ihre Vorschläge. Er legte nicht willkürlich sein Veto ein, wie sie befürchtet hatte, sondern änderte nur gelegentlich etwas. Swan kannte das Geschäft von allen Seiten. Rona hörte auf ihn und lernte.

Ihre Tage waren erfüllt und chaotisch. Ihre Nächte waren leer. Rona hatte gewusst, dass Patrick sie nicht anrufen würde. Das war nicht seine Art. Bestimmt war er in seinem Arbeitsraum im Keller, plante, übte und verbesserte. Vermutlich merkte er nicht einmal, wie die Zeit verging.

Natürlich könnte ich ihn anrufen, dachte Rona, während sie in ihrem Apartment rastlos auf und ab lief. Es hätte unzählige Vorwände dafür gegeben. Da gab es die Änderung im Aufzeichnungsplan. Das war ein guter Grund, obwohl sie wusste, dass Patrick schon durch seinen Agenten informiert worden war. Und da gab es wenigstens ein Dutzend unbedeutendere Punkte, über die sie vor ihrem Zusammentreffen in der nächsten Woche sprechen konnten.

Rona betrachtete nachdenklich das Telefon, schüttelte dann den Kopf. Sie wollte mit ihm nicht über das Geschäft sprechen.

Patrick ging die Wasserillusion zum dritten Mal durch. Sie war fast perfekt, aber fast war niemals gut genug. Nicht zum ersten Mal dachte er daran, dass das Kameraauge unendlich schärfer als das menschliche Auge war. Jedes Mal, wenn er sich selbst auf Band gesehen hatte, waren ihm Fehler aufgefallen. Es spielte für Patrick keine Rolle, dass nur er wusste, wo sie zu suchen waren. Für ihn zählte lediglich, dass sie da waren. Er wiederholte die Illusion noch einmal.

In seinem Arbeitsraum war es still. Er wusste, dass Link oben am Piano saß, aber die Klänge drangen nicht bis hier herunter. Patrick hätte auch nichts gehört, wenn das Piano im selben Raum gestanden hätte. Er beobachtete kritisch in einem bodenlangen Spiegel, wie Wasser in Form einer durch keinen Behälter gehaltenen Säule schimmerte. Der Spiegel zeigte ihn, wie er diese Wassersäule an beiden Enden hielt, während Wasser von Handfläche zu Handfläche strömte. Wasser war nur eines der vier Elemente, die er in Ronas Special beherrschen wollte.

Er hielt das Special mehr für Ronas als für sein Projekt. Und er dachte an sie, wenn er eigentlich an seine Arbeit denken sollte. Mit einer anmutigen Bewegung seiner Hände ließ Patrick das Wasser zurück in einen Glaskrug fließen.

Ein Dutzend Mal war er nahe daran gewesen, Rona anzurufen. Einmal hatte um drei Uhr nachts seine Hand schon auf der Wählscheibe gelegen. Nur ihre Stimme – er hatte nur ihre Stimme hören wollen. Er hatte die Nummer nicht zu Ende gewählt, weil er sich an seinen Schwur erinnerte, niemals jemandem Verpflichtungen aufzuerlegen. Wenn er sie anrief, bedeutete es, dass er sie anzutreffen erwartete. Doch Rona war frei und konnte tun, was sie wollte. Er hatte keinen Anspruch auf sie oder auf sonst jemanden. Sogar sein Vogel war immer frei und nie in einen Käfig eingesperrt.

Er hatte in seinem Leben nie jemandem angehört. Früher hatten Sozialarbeiter ihm Verhaltensmaßregeln und Mitleid gezeigt, aber letztlich war er nur einer von vielen Namen auf ihrer Liste gewesen. Der Staat hatte sich darum gekümmert, dass er anständig untergebracht wurde und gemäß den Gesetzen anständig für ihn gesorgt wurde. Dieselben Gesetze banden ihn an zwei Menschen, die ihn nicht wollten, die ihn aber auch nicht freigaben.

Selbst wenn er Menschen liebte, wie Link und Bess, nahm er zwar Gefühle an, verlangte jedoch keine Bindungen. Vielleicht entwickelte er deshalb immer kompliziertere Entfesselungsnummern. Mit jeder Entfesselung bewies er, dass niemand für immer festgehalten werden konnte.

Dennoch dachte er an Rona, wenn er eigentlich arbeiten sollte.

Patrick griff nach den Handschellen und betrachtete sie. Wie perfekt sie an Ronas Handgelenke gepasst hatten! Damals hatte er sie in seinen Armen gehalten. Gedankenverloren ließ er eine Schelle um sein rechtes Handgelenk schnappen und spielte mit der anderen. Er stellte sich vor, dass Ronas Hand darin gefangen war.

Will ich das? fragte er sich. Möchte ich sie an mich fesseln? Er erinnerte sich daran, wie warm sie war, wie er schon nach einer einzigen Berührung nicht mehr von ihr loskam. Wer würde denn an wen gefesselt sein? Verärgert befreite sich Patrick so rasch von der Handschelle, wie er sie angelegt hatte.

„Nichts als Ärger, nichts als Ärger!", krächzte Merlin auf seiner Stange.

Amüsiert blickte Patrick zu ihm hinüber. „Wahrscheinlich hast du recht", murmelte er und ließ die Handschellen von einem Finger baumeln. „Aber du konntest ihr doch auch nicht widerstehen, oder?"

„Abrakadabra!"

„Richtig! Abrakadabra", stimmte Patrick geistesabwesend zu. „Aber wer hat wen verhext, du kluges Federvieh?"

Rona wollte gerade in die Wanne steigen, als es an der Tür klopfte. „Verdammt!" Verärgert über die Störung, schlüpfte sie wieder in ihren goldgelben Bademantel, ging an die Tür und überlegte, wie sie den Besucher loswurde, ehe ihr Badewasser kalt war.

„Patrick!"

Er beobachtete, wie sich ihre Augen erstaunt weiteten. Dann sah er zu seiner Erleichterung die Freude. Rona warf sich ihm in die Arme.

„Bist du es wirklich?“, fragte sie, bevor sich ihre Lippen auf seinen Mund pressten. Ihre Sehnsucht war genauso groß wie seine. „Fünf Tage“, murmelte Rona und klammerte sich an ihn. „Weißt du, wie viele Stunden fünf Tage haben?“

„Hundertzwanzig.“ Patrick schob sie ein Stück von sich und betrachtete sie lächelnd. „Wir sollten lieber hineingehen. Deine Nachbarn finden das hier sehr unterhaltend.“

Rona zog ihn hinein und schloss die Tür, indem sie Patrick dagegendrückte. „Küss mich“, forderte sie. „Fest! Fest genug, um hundertzwanzig Stunden nachzuholen.“

Sein Mund legte sich besitzergreifend auf ihren. Sie fühlte seine Zähne über ihre Lippen streichen, als er sie stöhnend an sich presste. Patrick versuchte, an seine Stärke und ihre Zerbrechlichkeit zu denken, aber ihre Zunge lockte, und ihre Hände reizten ihn. Ihr heiseres, erregtes Lachen machte ihn wild. Nichts hatte sich verändert.

„Oh ja, du bist es wirklich.“ Seufzend legte sie ihren Kopf an seine Schulter. „Du bist es wirklich.“

Aber bist du es? dachte er, ein wenig benommen von dem Kuss.

Rona drückte ihn noch einmal an sich und wich zurück. „Was machst du hier, Patrick? Ich habe dich nicht vor Montag oder Dienstag erwartet.“

„Ich wollte dich sehen“, sagte er einfach und legte seine Hand an ihre Wange. „Dich berühren.“

Rona hielt seine Hand fest und presste sie an ihre Lippen. Ein stilles Feuer breitete sich in ihr aus. „Du hast mir gefehlt“, flüsterte sie, während ihre Augen an ihm hingen. „So gefehlt!“

„Ich wusste nicht, ob du frei bist.“

„Patrick“, sagte sie sanft und legte ihre Hände auf seine Brust. „Glaubst du wirklich, ich möchte mit einem anderen Mann zusammen sein?“

Er blickte schweigend auf Rona hinunter, aber sie fühlte unter ihrer Hand seinen beschleunigten Herzschlag. „Du störst meine Arbeit“, sagte er endlich.

Verwirrt neigte sie den Kopf zur Seite. „Ich? Wie denn?"

„Du beherrschst meine Gedanken, wenn es nicht sein sollte."

„Tut mir leid." Ihr Lächeln verriet deutlich, dass es ihr nicht leidtat. „Habe ich deine Konzentration gestört?"

„Ja."

Ihre Hände strichen über seinen Hals. „Das ist aber ganz schlimm." Ihre Stimme klang leicht spöttisch und verführerisch. „Was machen wir denn dagegen?"

Als Antwort zog Patrick sie auf den Boden. Die Bewegung war so schnell, so unerwartet, dass Rona leise aufschrie, aber sein Mund erstickte den Laut. Bevor sie Luft holen konnte, riss er ihr schon den Bademantel vom Leib. Patrick zog sie so rasch in den Strudel der Leidenschaften, dass sie machtlos ihrem Verlangen nachgeben musste.

Innerhalb von Sekunden war er nackt, ließ ihr aber keine Zeit, seinen Körper zu erforschen. In einer einzigen fließenden Bewegung rollte Patrick sie auf sich, hob sie an, als wäre sie schwerelos, und senkte sie auf sich, sodass er tief in sie eindrang.

Rona stöhnte lustvoll auf. Ihr schwindelte von der Schnelligkeit. Ihre Haut war feucht vor innerer Hitze. Ihre Augen weiteten sich in unbeschreiblicher Lust. Sie sah Patricks schweißbedecktes Gesicht, die geschlossenen Augen. Sie hörte sein Keuchen, während er seine schlanken Finger gegen ihre Hüften presste und ihre Bewegungen den seinen anpasste. Dann schob sich ein Film über ihre Augen, ein weißer Nebel, der ihren Blick verschleierte. Sie presste ihre Hände auf seine Brust, um nicht vornüberzufallen. Aber sie fiel doch, ganz langsam, völlig ausgepumpt und leer.

Als der Nebel verschwand, fand Rona sich in Patricks Armen, sein Gesicht in ihrem Haar vergraben. Ihre feuchten Körper waren miteinander verschmolzen.

„Jetzt weiß ich, dass du auch wirklich bist", murmelte Patrick und suchte ihren Mund. „Wie fühlst du dich?"

„Benommen", antwortete sie atemlos. „Einfach wunderbar."

Patrick lachte, stand auf und zog sie in seine Arme. „Ich bringe dich ins Bett und liebe dich noch einmal, bevor du dich erholst."

„Mhm, ja." Rona küsste seinen Hals. „Ich sollte zuerst das Wasser aus der Wanne lassen."

Patrick stutzte und lächelte. Während Rona schläfrig in seinen Armen hing, ging er durch das Apartment, bis er das Bad fand. „Warst du in der Wanne, als ich klopfte?"

„Fast." Rona drängte sich seufzend an ihn. „Ich wollte den Störenfried loswerden. Ich war sehr verärgert."

Patrick drehte rasch das heiße Wasser voll auf. „Ist mir gar nicht aufgefallen."

„Hast du nicht gemerkt, wie sehr ich dich loswerden wollte?"

„Manchmal habe ich ein sehr dickes Fell", gestand er. „Das Wasser ist wahrscheinlich schon etwas ausgekühlt."

„Möglich", stimmte sie zu.

„Du hast ziemlich viel Badeschaum genommen."

„Mhm! Oh!" Rona riss die Augen auf, als sie plötzlich in die Wanne gesenkt wurde.

„Kühl?" Patrick betrachtete sie lächelnd.

„Nein." Rona drehte das dampfend in die Wanne strömende Wasser ab. Sie ließ ihre Augen über ihn gleiten, seinen hohen, schlanken Körper, die festen Muskeln und schmalen Hüften. Sie neigte den Kopf und spielte mit einem Finger in dem Badeschaum. „Möchtest du mir Gesellschaft leisten?", lud sie ihn höflich ein.

„Der Gedanke kam mir in der Tat."

„Bitte sehr!" Sie machte eine einladende Handbewegung. „Sei mein Gast. Ich war sehr unaufmerksam und habe dir nicht einmal einen Drink angeboten." Sie lächelte ihm übermütig zu. „Wie konnte ich nur so überaus ungastlich dir gegenüber sein?"

Das Wasser stieg, als Patrick sich in die Wanne setzte. Er saß am Fußende mit dem Gesicht zu Rona. „Ich trinke selten", erinnerte er sie.

„Ja, ich weiß." Sie nickte ihm knapp zu. „Du rauchst nicht, trinkst selten, fluchst so gut wie nie. Sie sind ein Musterbeispiel an Tugend, Mr Atkins."

Er schleuderte eine Schaumflocke nach ihr.

Rona wischte den Schaum von ihrer Wange. „Wie auch immer, ich wollte mit dir die Entwürfe für das Set besprechen. Möchtest du die Seife?"

„Danke, Miss Swan." Er nahm die Seife von ihr entgegen. „Du wolltest mit mir über das Set sprechen?"

„Oh ja, ich glaube, die Entwürfe werden dir gefallen, obwohl du vielleicht einige kleinere Änderungen willst." Sie veränderte ihre Haltung und seufzte, als ihre Beine die seinen streiften. „Ich habe Bloomfield gesagt, dass ich etwas Fantasievolles, Mittelalterliches möchte, aber nicht zu überladen."

„Keine Ritterrüstungen?"

„Nein, nur die Atmosphäre, etwas Stimmungsvolles, wie …" Sie brach ab, als er ihren Fuß in die Hand nahm und einseifte.

„Ja?", drängte er.

„Eine vorherrschende Farbe", sagte sie, während sanfte Lustwellen durch ihr Bein strömten. „Gedämpfte Farben, ungefähr wie in deinem Wohnzimmer."

Patrick massierte ihre Wade. „Nur ein Set?"

Rona zitterte in dem dampfenden Wasser, als er seine seifigen Finger an ihrem Bein höher schob. „Ja, ich dachte … mmmh … ich dachte, als Grundstimmung …"

Er strich mit seinen Händen langsam an ihren Beinen herauf und herunter und beobachtete ihr Gesicht. „Was für eine Grundstimmung?" Mit einer Hand seifte er ihre Brüste in kreisenden Bewegungen ein, während er mit der anderen ihren Oberschenkel massierte.

„Sex", antwortete Rona heiser. „Du wirkst auf der Bühne sehr sexy."

„Tatsächlich?", fragte Patrick amüsiert.

„Ja, dramatisch und auf eher kühle Art sexy. Wenn ich dir bei der Vorstellung zusehe …" Sie verstummte und rang nach Luft. Der schwere Duft des Badeschaums hüllte sie ein. Das Wasser schwappte unter ihren Brüsten, dicht unterhalb Patricks raffiniert streichelnder Hand. „Deine Hände …", brachte sie hervor, von heißer, kaum erträglicher Lust geschüttelt.

„Was ist mit ihnen?“, fragte er und drang mit einem Finger in sie ein.

„Magie!“, murmelte sie bebend. „Patrick, ich kann nicht sprechen, wenn du so etwas mit mir machst. Es ist reine Magie.“

„Soll ich aufhören?“

Sie sah ihn nicht mehr an. Ihre Augen waren geschlossen. Er beobachtete ihr Gesicht, während er sie nur mit seinen Fingerspitzen erregte.

„Nein.“ Rona fand unter Wasser seine Hand und presste sie gegen ihren Körper.

„Du bist so schön, Rona.“ Das Wasser schlug Wellen, als er sich vorbeugte, um zuerst ihre Brüste und danach ihren Mund zu küssen. „So weich! Ich habe dich vor mir gesehen, wenn ich nachts allein war. Ich habe mir vorgestellt, dich so zu berühren. Ich konnte nicht von dir fernbleiben.“

„Das sollst du auch nicht.“ Ihre Hände tauchten in sein Haar und zogen seinen Mund fester an ihre Lippen. „Geh nicht wieder weg. Ich habe schon so lange auf dich gewartet.“

„Fünf Tage“, murmelte er, als er ihre Beine auseinanderdrängte.

„Mein ganzes Leben lang.“

Bei ihren Worten regte sich tief in ihm etwas. Die Leidenschaft ließ jedoch nicht zu, dass er es näher erforschte. Er musste sie jetzt lieben, das war alles.

„Oh, Patrick“, murmelte Rona benommen. „Wir sinken.“

„Dann halte einfach die Luft an“, empfahl er und nahm sie.

„Mein Vater will sicher mit dir sprechen“, sagte Rona am nächsten Morgen, als Patrick auf ihren Parkplatz vor ‚Swan Productions‘ fuhr. „Und du wirst vermutlich mit Coogar sprechen wollen.“

„Seit ich hier bin“, gab Patrick zu und schaltete die Zündung aus. „Aber ich bin deinetwegen gekommen.“

Lächelnd beugte sich Rona zu ihm und küsste ihn. „Ich bin

so glücklich, dass du hier bist. Kannst du übers Wochenende bleiben, oder musst du zurück?"

Er schob eine Locke hinter ihr Ohr. „Wir werden sehen."

Sie stieg aus dem Wagen. Eine günstigere Antwort durfte sie nicht erwarten. „Natürlich, das erste Treffen aller Beteiligten ist erst für die nächste Woche vorgesehen, aber sie werden sich bestimmt auf dich einstellen." Sie betraten das Gebäude. „Ich werde die Leute von meinem Büro aus anrufen."

Rona führte ihn rasch die Korridore entlang, nickte oder antwortete, wenn jemand sie grüßte. Sie war streng berufsmäßig, stellte er fest, seit sie das Haupttor des Firmengeländes hinter sich gelassen hatten.

„Ich weiß nicht, wo Bloomfield heute ist", fuhr sie fort, als sie im Aufzug den Knopf für das richtige Stockwerk drückte. „Aber wenn er nicht zu erreichen ist, kann ich die Skizzen holen und mit dir durchsprechen." Sie begann die Termine des Tages auf Patrick abzustimmen. „Wir beide können natürlich über die offiziellen Termine hinaus zusammenbleiben. Wir …"

„Möchten Sie heute Abend mit mir essen, Miss Swan?"

Rona stockte, als er sie lächelnd ansah. Der Ausdruck in seinen Augen machte es ihr schwer, sich an ihre Pläne für diesen Tag zu erinnern. Sie konnte nur noch an die letzte Nacht denken. „Das ließe sich in meinem Terminplan unterbringen, Mr Atkins", murmelte sie, als sich die Aufzugstüren öffneten.

„Siehst du auf deinem Terminkalender nach?", fragte er und küsste ihre Hand.

„Ja." Rona hielt die Türen an, die sich wieder schlossen. „Und sieh mich heute nicht mehr so an", flüsterte sie atemlos. „Ich kann sonst überhaupt nichts mehr tun."

„Ach, tatsächlich?" Patrick ließ sich von ihr auf den Korridor ziehen. „Das wäre doch eine angemessene Rache dafür, dass du mich die ganze Zeit an meiner Arbeit gehindert hast."

Rona führte ihn entnervt in ihr Büro. „Wenn wir diese Show über die Bühne bringen wollen …", setzte sie an.

„Nun, ich habe volles Vertrauen zu der tüchtigen und zuverlässigen Miss Swan“, meinte Patrick leichthin. Er setzte sich.

„Es wird nicht leicht sein, mit dir zu arbeiten, nicht wahr?“, fragte sie.

„Sehr wahrscheinlich.“

Rona zog die Nase kraus, nahm den Telefonhörer ab und drückte eine Reihe von Tasten. „Rona Swan“, meldete sie sich und vermied es, Patrick anzusehen. „Ist er frei?“

„Einen Moment, Miss Swan.“

Gleich darauf hörte sie ihren Vater ungeduldig antworten: „Mach es kurz, ich bin beschäftigt.“

„Tut mir leid, dich zu stören“, sagte sie automatisch. „Patrick Atkins ist in meinem Büro. Vielleicht möchtest du ihn sehen.“

„Was macht er hier?“, fragte Swan und sprach weiter, ehe Rona antworten konnte. „Bring ihn zu mir.“ Er legte auf, ohne auf ihre Zustimmung zu warten.

„Er möchte dich jetzt sehen“, sagte Rona, legte den Hörer auf den Apparat und erhob sich.

Patrick nickte und stand gleichzeitig mit ihr auf. Die Kürze des Telefongesprächs hatte ihm viel verraten. Minuten später in Swans Büro lernte er noch eine Menge dazu.

„Mr Atkins!“ Swan stand auf und kam mit ausgestreckter Hand um seinen riesigen Schreibtisch herum. „Was für eine angenehme Überraschung. Ich habe Sie nicht vor nächster Woche erwartet.“

„Mr Swan.“ Patrick drückte die dargebotene Hand und stellte fest, dass Swan für seine Tochter nicht einmal einen Gruß übrighatte.

„Bitte, setzen Sie sich. Was kann ich Ihnen anbieten? Kaffee?“

„Nein, danke, nichts.“

„‚Swan Productions‘ ist sehr erfreut, dass Sie für uns arbeiten, Mr Atkins.“ Swan setzte sich wieder hinter seinen Schreibtisch. „Wir werden für dieses Special viel Energie aufwenden. Promotion und Presse sind schon in Bewegung gesetzt worden.“

„Ich habe darüber gehört. Rona hält mich auf dem Laufenden.“

„Natürlich." Swan nickte seiner Tochter knapp zu. „Wir werden in Studio fünfundzwanzig aufnehmen. Rona kann dafür sorgen, dass Sie es heute besichtigen können, wenn Sie wollen, und alles andere, was Sie sehen möchten." Er warf seiner Tochter einen kurzen Blick zu.

„Ja, natürlich", erwiderte sie. „Ich dachte, dass Mr Atkins mit Coogar und Bloomfield sprechen möchte, falls sie zu erreichen sind."

„Sorge dafür", befahl er und schickte sie weg. „Also, Mr Atkins, ich habe einen Brief von Ihrem Agenten bekommen. Wir müssen ein paar Punkte besprechen, bevor Sie die künstlerischen Mitarbeiter der Gesellschaft treffen."

Patrick wartete, bis Rona die Tür hinter sich geschlossen hatte. „Ich beabsichtige, mit Rona zu arbeiten, Mr Swan. Ich habe mit Ihnen unter dieser Bedingung abgeschlossen."

„Natürlich", antwortete Swan, aus dem Gleichgewicht geworfen. Für gewöhnlich wurde dem Künstler geschmeichelt, um sein Interesse zu wecken. „Ich kann Ihnen versichern, dass Rona hart an Ihrer Sache gearbeitet hat."

„Daran zweifle ich nicht."

Swan sah ruhig in die abschätzenden Augen des Magiers. „Rona produziert das Special auf Ihr Verlangen hin."

„Ihre Tochter ist eine sehr interessante Frau, Mr Swan." Patrick wartete einen Moment, als sich Swans Augen zusammenzogen. „Auf beruflicher Ebene habe ich volles Vertrauen in ihre Fähigkeiten", fuhr er fort. „Sie ist entschieden und aufmerksam und nimmt ihre Arbeit äußerst ernst."

„Freut mich, dass Sie mit ihr zufrieden sind." Swan war nicht sicher, was hinter Patricks Worten steckte.

„Wer mit ihr nicht zufrieden ist, muss schon sehr dumm sein", konterte Patrick und fuhr fort, ehe Swan reagieren konnte: „Finden Sie Talent und berufliches Können nicht sehr schön, Mr Swan?"

Swan betrachtete Patrick einen Moment und lehnte sich in seinem Stuhl zurück. „Ich wäre nicht der Chef von ‚Swan Productions‘, würde ich nicht so denken“, antwortete er trocken.

„Dann verstehen wir uns“, sagte Patrick sanft. „Und welche Punkte wollten Sie nun mit mir klären?“

Erst um Viertel nach fünf konnte Rona das Treffen zwischen Bloomfield und Patrick arrangieren. Sie war den ganzen Tag herumgehetzt, hatte Blitzbesprechungen angesetzt und ihre für diesen Tag vorgesehene Arbeit erledigt. Sie hatte keinen Moment Zeit für ein Tête-à-Tête mit Patrick gefunden. Als sie jetzt, von Bloomfields Büro kommend, den Korridor entlanggingen, stieß sie langsam den Atem aus.

„So, das dürfte es dann gewesen sein. Nichts bringt die Leute offenbar mehr ins Schleudern als das unerwartete Auftauchen eines Magiers. So abgebrüht Bloomfield auch ist, ich glaube, er hat nur darauf gewartet, dass du ein Kaninchen aus deinem Hut ziehst.“

„Ich hatte keinen Hut“, bemerkte Patrick.

„Wäre das für dich ein Hindernis?“ Rona lachte und sah auf ihre Uhr. „Ich muss eben noch in mein Büro, ein paar Dinge ordnen, mich mit meinem Vater in Verbindung setzen und ihn informieren, dass der Künstler gut behandelt wurde, dann …“

„Nein.“

„Nein?“ Rona blickte überrascht auf. „Wolltest du noch etwas sehen? War mit den Skizzen etwas nicht in Ordnung?“

„Nein“, sagte Patrick noch einmal. „Du gehst nicht in dein Büro zurück, um ein paar Dinge zu ordnen und dich mit deinem Vater in Verbindung zu setzen.“

Lachend ging Rona weiter. „Es dauert nicht lange, höchstens zwanzig Minuten.“

„Sie haben einem Dinner mit mir zugestimmt, Miss Swan“, erinnerte er sie.

„Sobald ich meinen Schreibtisch aufgeräumt habe.“

„Das kannst du am Montagmorgen machen. Gibt es etwas Dringendes?“

„Nun, nein, aber …“ Sie verstummte, als sie etwas an ihrem

Handgelenk fühlte, und starrte auf die Handschelle. „Patrick, was machst du da?“ Rona zog an ihrem Arm, der jedoch fest an seinen gekettet war.

„Ich gehe mit dir essen.“

„Patrick, nimm mir das Ding ab!“, verlangte sie amüsiert.

„Später“, versprach er, bevor er sie zu dem Aufzug zog. Er wartete dort ruhig, während zwei Sekretärinnen ihn, die Handschellen und Rona entgeistert betrachteten.

„Patrick“, raunte Rona ihm zu. „Nimm mir das Ding sofort ab. Sie starren uns an.“

„Wer?“

„Patrick, ich meine es ernst!“ Sie stöhnte leise auf, als sich die Aufzugtüren öffneten und den Blick auf mehrere Mitarbeiter von ‚Swan Productions‘ freigaben. Patrick betrat die Kabine und ließ ihr keine Wahl, als ihm zu folgen. „Dafür wirst du mir bezahlen“, murmelte sie.

„Sagen Sie, Miss Swan“, sagte Patrick freundlich und sehr laut, „ist es immer so schwierig, Sie zum Einhalten einer Verabredung zu bringen?“

Rona murmelte etwas Unverständliches und starrte geradeaus. Unverändert an Patrick gefesselt, überquerte sie mit ihm den Parkplatz.

„Also gut, der Spaß ist vorbei“, drängte sie. „Nimm mir die Dinger ab! Ich habe mich in meinem Leben noch nie so geschämt! Hast du eine Ahnung, wie …“

Aber ihr hitziger Vorwurf wurde von seinen Lippen erstickt. „Das will ich schon den ganzen Tag über tun“, sagte Patrick und küsste sie wieder, ehe sie antworten konnte.

Rona versuchte ihren Ärger aufrechtzuerhalten. Sein Mund war so sanft, seine Hand auf ihrem Rücken so zart! Sie schmiegte sich enger an ihn, aber als sie die Arme um seinen Nacken legen wollte, hinderten sie die Handschellen daran.

„Nein“, sagte sie fest. „Du wirst dich nicht aus der Affäre ziehen.“ Sie wich zurück und war bereit, gegen ihn zu wüten, doch er lächelte sie an. „Zum Teufel mit dir, Patrick“, sagte sie seufzend. „Küss mich noch einmal."

Er küsste sie sanft. „Sie sind sehr aufregend, wenn Sie wütend sind, Miss Swan", flüsterte er.

„Ich war wütend", murmelte sie und erwiderte seinen Kuss. „Und ich bin wütend. Und ich werde ewig wütend bleiben."

„Und sehr aufregend." Er zog sie weiter zu seinem Wagen.

„Ja, und?" Sie hielt ihre zusammengebundenen Handgelenke hoch und warf ihm einen fragenden Blick zu. Patrick öffnete die Wagentür und machte eine einladende Handbewegung. „Patrick!" Rona zerrte empört an der Fessel. „Nimm die Dinger ab! So kannst du nicht fahren."

„Doch, du musst hinüberrutschen." Er schob sie in den Wagen.

Rona saß für einen Moment auf dem Fahrersitz und starrte Patrick zornig an. „Das ist absurd."

„Ja", stimmte er zu. „Und es gefällt mir. Rutsch!"

Rona überlegte, ob sie sich weigern sollte, aber dann hätte er sie einfach auf den Beifahrersitz gehoben. Sie schaffte es selbst mit viel Schwierigkeiten und wenig Anmut.

Patrick lächelte ihr noch einmal zu, als er den Motor startete. „Leg deine Hand auf den Schalthebel, dann klappt es fein."

Rona gehorchte. Seine Hand lag auf der ihren, als er den Wagen zurücksetzte. „Wie lange sollen wir noch diese Dinger tragen?"

„Interessante Frage. Ich habe mich noch nicht entschieden." Er verließ den Parkplatz und fuhr Richtung Norden.

Rona schüttelte den Kopf und musste lachen. „Hättest du mir gesagt, dass du so hungrig bist, wäre ich friedlich mitgegangen."

„Ich bin nicht hungrig", meinte er beiläufig. „Ich dachte, wir halten unterwegs und essen eine Kleinigkeit."

„Unterwegs?", wiederholte Rona erstaunt. „Unterwegs wohin?"

„Nach Hause."

Ein Blick ins Freie zeigte ihr, dass er Los Angeles in der entgegengesetzten Richtung zu ihrem Apartment verließ. „Zu dir nach Hause?“, fragte sie ungläubig. „Patrick, das sind von hier hundertfünfzig Meilen.“

„Ungefähr“, bestätigte er. „Du wirst nicht vor Montag in Los Angeles gebraucht.“

„Montag! Willst du sagen, dass wir übers Wochenende zu dir fahren? Aber ich kann nicht!“ Sie war außer sich. „Ich kann nicht einfach in den Wagen steigen und für das Wochenende wegfahren.“

„Warum nicht?“

„Nun, ich …“ Bei ihm klang es so vernünftig, dass sie nach einem Haken suchen musste. „Ich habe nichts anzuziehen, das ist das eine. Und …“

„Du brauchst keine Kleider.“

Das ließ sie erst einmal verstummen. Rona starrte ihn eine Weile mit einer Mischung aus Erregung und Panik an. „Das ist Kidnapping.“

„Irgendwelche Einwände?“, fragte er mit einem kurzen Blick.

„Ich lasse es dich am Montag wissen“, erklärte sie und lehnte sich auf ihrem Sitz zurück, um ihre Entführung zu genießen.

12. KAPITEL

Rona erwachte in Patricks Bett. Helles Sonnenlicht strömte in den Raum. In der Morgendämmerung hatte Patrick sie geweckt und ihr zugeraunt, dass er nach unten arbeiten ging. Rona tastete nach seinem Kissen, zog es an sich und blieb noch einige Minuten im Bett liegen.

Was für ein überraschender Mann er doch ist, dachte sie. Nie hätte sie von ihm erwartet, dass er sie, mit Handschellen an ihn gekettet, mit nicht mehr als den Kleidern am Leib in ein gemeinsames Wochenende verschleppte. Sie hätte eigentlich empört sein sollen.

Rona vergrub ihr Gesicht in seinem Kissen. Wie hätte sie das gekonnt? Wie grollte man einem Mann, der einem mit einem Blick oder einer Berührung zeigte, dass man gebraucht und begehrt wurde?

Rona streckte sich genüsslich und nahm ihre Uhr von dem Nachttischchen. Halb zehn! Wie konnte es schon so spät sein? Patrick schien sie erst vor Minuten verlassen zu haben. Sie sprang aus dem Bett und jagte unter die Dusche. Sie hatten nur zwei gemeinsame Tage, die sie nicht mit Schlafen verschwenden wollte.

Als Rona mit einem Handtuch um den Körper gewickelt in das Schlafzimmer zurückkam, betrachtete sie zweifelnd ihre Kleider. Es war ganz bestimmt etwas daran, von einem sagenhaften Magier entführt zu werden, aber es war wirklich schlimm, dass er sie nichts hatte einpacken lassen. Ergeben zog sie über der Bluse ihre hochgeschlossene dunkelblaue Kostümjacke mit den schmalen roten Karostreifen und den langen Ärmeln und ihren Rock an. Patrick musste ihr einfach etwas zum Anziehen besorgen, aber im Moment ging es auch so.

Etwas betroffen stellte Rona fest, dass sie nicht einmal ihre Handtasche dabeihatte. Sie lag noch in der untersten Schreibtischschublade in ihrem Büro in Los Angeles. Als sie sich im Spiegel betrachtete, zog sie die Nase kraus. Ihr Haar war zerzaust, ihr Gesicht ungeschminkt. Nicht einmal Kamm und Lippenstift, dachte sie und seufzte. Patrick musste sich etwas einfallen lassen. Sie dachte darüber nach, während sie hinunterging.

Als sie den Fuß der Treppe erreichte, wollte Link gerade gehen. „Guten Morgen“, grüßte sie und wusste nicht, was sie noch sagen sollte. Er war am Vorabend bei ihrer Ankunft nicht zu sehen gewesen.

„Hallo!“ Er lachte ihr entgegen. „Patrick hat gesagt, dass du hier bist.“

„Ja, ich … Er hat mich für das Wochenende zu sich eingeladen.“ So ließ es sich vermutlich am einfachsten ausdrücken.

„Ich bin froh, dass du hier bist. Er hat dich vermisst.“

Ihre Augen leuchteten auf. „Ich habe ihn auch vermisst. Wo ist er?“

„Er telefoniert, in der Bibliothek.“ Link zögerte und wurde ein wenig rot.

Lächelnd nahm sie die letzte Stufe. „Was ist los, Link?“

„Ich – hm –, ich habe das Lied beendet, das dir gefallen hat.“

„Das ist wunderbar. Ich möchte es gern hören.“

„Die Noten liegen auf dem Piano.“ Schrecklich verlegen betrachtete er seine Schuhe. „Du kannst es später spielen, wenn du möchtest.“

„Wirst du nicht hier sein?“ Sie hätte am liebsten seine Hand wie die eines kleinen Jungen genommen, fühlte aber, dass es ihn nur noch verlegener gemacht hätte. „Ich habe dich noch nie spielen hören.“

„Nein, ich …“ Seine Wangen färbten sich noch dunkler, und er warf ihr einen schnellen Blick zu. „Bess und ich … also, sie will nach San Francisco fahren.“ Er räusperte sich. „Sie fährt so gern mit den Cablecars.“

„Das ist aber nett, Link.“ Impulsiv beschloss Rona, Bess ein wenig zu helfen. „Sie ist schon ein tolles Mädchen, nicht wahr?“

„Oh, sicher. Keine ist wie Bess“, stimmte er bereitwillig zu und starrte wieder auf seine Schuhe.

„Sie denkt genauso über dich.“

Seine Augen blickten Rona kurz an, richteten sich dann über

ihre Schultern hinweg auf einen Punkt an der Wand. „Glaubst du?“

„Oh ja.“ Obwohl sie ein Lächeln kaum noch unterdrücken konnte, sprach Rona ernst weiter. „Sie hat mir erzählt, wie sie dich kennengelernt hat. Ich fand es schrecklich romantisch.“

Link lachte nervös. „Sie war wahnsinnig hübsch. Auch heute drehen sich die Männer nach ihr um, wenn wir über die Straße gehen.“

„Das kann ich mir vorstellen“, meinte Rona und gab ihm einen Anstoß. „Aber ich glaube, dass sie für Musiker schwärmt. Für Klavierspieler“, fügte sie hinzu, als er sie wieder ansah. „Klavierspieler, die schöne romantische Lieder schreiben. Man sollte keine Zeit verschwenden, meinst du nicht?“

Link starrte sie an, als versuche er, ihre Worte zu zerpflücken. „Wie? Oh ja.“ Er runzelte die Stirn und nickte. „Ja, du hast recht. Ich sollte Bess jetzt abholen und sie nicht länger warten lassen.“

„Das halte ich für eine sehr gute Idee.“ Jetzt nahm sie doch seine Hand und drückte sie kurz. „Viel Vergnügen!“

„Okay.“ Er lächelte und ging zur Tür. Mit der Hand an der Klinke sah er über die Schulter zurück. „Rona, mag Bess wirklich Klavierspieler?“

„Ja, Link, wirklich.“

Er lächelte wieder und öffnete die Tür. „Auf Wiedersehen.“

„Auf Wiedersehen, Link. Grüß Bess von mir.“

Als sich die Tür schloss, blieb Rona noch eine Weile stehen. Was für ein reizender Mann, dachte sie und hielt Bess den Daumen. Sie wären ein großartiges Paar, wenn sie nur erst über das Hindernis der Schüchternheit hinwegkamen. Nun, dachte Rona, ich habe mein Bestes getan in meinem ersten Versuch als Heiratsvermittlerin. Alles Weitere lag bei den beiden.

Durch den Korridor gelangte Rona zu der offenen Tür der Bibliothek. Sie hörte Patricks gedämpfte Stimme, deren bloßer Klang sie innerlich aufwühlte. Er war hier bei ihr, und sie waren allein.

Als sie in die offene Tür trat, trafen sich ihre Blicke. Patrick lächelte und setzte sein Gespräch fort, winkte sie aber herein.

„Ich schicke Ihnen noch die exakten schriftlichen Erläuterungen“, sagte er und beobachtete Rona, wie sie zu einem Bücherbrett ging. Wieso erregte ihn jedes Mal ihr Anblick, sogar in ihrer nüchternen Berufskleidung? „Nein, ich brauche alles fertig in drei Wochen. Mehr Zeit kann ich Ihnen nicht lassen. Ich muss selbst noch damit arbeiten, bevor ich es sicher benutzen kann.“

Rona drehte sich um und stützte sich auf die Seitenlehne eines Sessels. Sie beobachtete Patrick. Er trug Jeans und ein kurzärmeliges Sweatshirt, und sein Haar war zerzaust, als wäre er mit den Fingern durchgefahren. Wie er so in einen weichen Sessel zurückgesunken saß, erschien er ihr attraktiver und entspannter als sonst. Die Energie war noch immer vorhanden, diese gespannte Energie, die ihn auf der Bühne und privat umgab. Aber in diesem Haus fühlte er sich lockerer als irgendwo sonst.

Er gab weiter seine Anweisungen, doch Rona sah, wie er sie kurz musterte. Eine übermütige Idee durchzuckte sie. Vielleicht konnte sie so seine Ruhe erschüttern.

Sie stand träge auf, ging wieder durch den Raum und streifte dabei ihre Schuhe ab, nahm ein Buch aus dem Regal, blätterte es durch und stellte es zurück.

„Sie müssen mir alles hierher liefern“, erklärte Patrick und sah, wie Rona ihre Jacke auszog und über eine Sessellehne hängte. „Ja, genau das will ich. Wenn Sie …“ Er brach ab, als sie ihre Bluse aufknöpfte. Sie blickte auf, als er stockte, und lächelte ihm zu. „Wenn Sie mich anrufen, sobald Sie …“ Die Bluse glitt auf den Boden. Rona öffnete den Reißverschluss ihres Rocks. „Sobald Sie …“ Patrick hatte Schwierigkeiten, sich daran zu erinnern, was er sagen wollte. „Die … äh … Wenn Sie alle Teile haben, sorge ich für den Transport.“

Nachdem Rona sich ihres Rocks entledigt hatte, löste sie ihre Strümpfe.

„Nein, das wird nicht … wird nicht nötig sein.“

Sie strich ihr Haar zurück und warf Patrick ein aufreizendes Lächeln zu.

„Ja", murmelte er in das Telefon. „Ja, sehr gut."

Rona ließ die Strümpfe auf den Rock fallen und richtete sich auf. Mit einem Finger zog sie an der kleinen Schleife, die ihr Unterkleid über den Brüsten hielt. Sie hielt ihren Blick auf seine Augen gerichtet und lächelte wieder, als er auf ihren Finger starrte.

„Was?" Patrick schüttelte den Kopf. Die Stimme seines Gesprächspartners war für ihn nur ein undeutliches Summen im Ohr. „Was?", fragte er noch einmal, als Rona das Unterkleid sehr langsam auszog. „Ich melde mich wieder." Er ließ den Hörer auf den Apparat fallen.

„Schon fertig?", fragte sie und ging auf ihn zu. „Ich wollte mit dir über meine Garderobe sprechen."

„Mir gefällt, was du da anhast." Er zog sie zu sich in den Sessel und küsste sie auf den Mund.

Unter seinem wilden Verlangen erschlaffte sie. „War das ein wichtiger Anruf?", fragte sie, als seine Lippen zu ihrem Hals wanderten. „Ich wollte dich wirklich nicht stören."

„Und wie du stören wolltest!" Er tastete nach ihrer Brust und stöhnte, als er seine Hand daraufpresste. „Himmel, du machst mich verrückt! Rona …" Seine Stimme klang heiser vor Hektik, als er sie auf den Boden zog. „Jetzt!"

„Ja", murmelte sie, als er auch schon in sie eindrang.

Bebend lag er auf ihr. Sein Atem ging stoßweise. Niemand, dachte er, niemand hat jemals meine Kontrolle dermaßen zerstört. Es war erschreckend. Ein Teil von ihm wollte weggehen, nur um zu beweisen, dass er überhaupt noch weggehen konnte. Aber er blieb, wo er war.

„Gefährlich", flüsterte er ihr ins Ohr und ließ seine Zungenspitze über den Rand ihrer Ohrmuschel gleiten. Er hörte sie seufzen. „Du bist eine gefährliche Frau."

„Mmm, wie das?"

„Du kennst meine Schwäche, Rona Swan. Vielleicht bist du meine Schwäche. Meine größte und allgegenwärtige Schwäche."

„Ist das schlimm?", flüsterte sie.

„Ich weiß es nicht." Er hob den Kopf ein stückweit und starrte auf sie hinunter. „Ich weiß es wirklich nicht."

Rona strich zärtlich sein Haar aus seiner Stirn. „Heute ist das nicht wichtig. Heute gibt es nur uns beide."

Er blickte sie lange und genauso intensiv an wie beim allerersten Mal. „Je mehr ich mit dir zusammen bin, desto mehr gibt es nur uns beide."

Rona lächelte, zog ihn wieder an sich und umschlang ihn mit ihren Armen. „Als du mich das erste Mal geküsst hast, ist die ganze Welt für mich verschwunden. Ich habe mir eingeredet, dass du mich hypnotisiert hast."

Patrick lachte und streichelte ihre Brust. Ihre Knospen waren noch versteift, und sie erschauerte unter seiner Berührung. „Ahnst du überhaupt, wie sehr ich mich in jener Nacht danach gesehnt habe, mit dir ins Bett zu gehen?" Er rieb seinen Daumen träge über ihre Brustspitze und lauschte auf ihren schneller werdenden Atem. „Ich konnte nicht arbeiten, ich konnte nicht schlafen. Ich lag da und dachte daran, wie du in diesem Nichts von Satin ausgesehen hast."

„Ich habe dich begehrt", sagte Rona heiser, als neue Leidenschaft in ihr aufzüngelte. „Ich war schockiert, dass ich dich begehrte, obwohl ich dich erst seit ein paar Stunden kannte."

„Ich hätte dich gern in jener Nacht so geliebt wie jetzt." Patrick küsste sie so lange, bis ihre Lippen heiß und weich und nachgiebig wurden. Er vergrub seine Hände in ihrem Haar, strich es gleich darauf aus ihrem Gesicht, während seine Zunge sanft in ihren Mund eindrang.

Er schien sie endlos zu küssen. Sie stöhnten leise, als sich ihre Lippen trennten und wieder trafen, immer wieder, heftig, zärtlich und unerträglich süß. Er streichelte ihre Schultern, während der Kuss noch länger dauerte und sich die ganze Welt auf seine Lippen beschränkte.

Wo immer er sie auch mit den Händen streichelte, sein Mund lag auf ihren Lippen. Rona krallte sich an seinen Schultern fest, grub ihre Fingernägel in seine Haut und merkte es nicht einmal. Ihr einziger Gedanke war, den Kuss ewig dauern zu lassen.

Er wusste, dass ihr Körper völlig ihm gehörte. Auf den leichtesten Druck hin öffneten sich ihre Schenkel für ihn. Mit einer Fingerspitze fuhr er an ihrer Schenkelinnenseite hinauf und hinunter und genoss ihre seidige Haut und ihr Zittern. Nur kurz strich er über die Mitte zwischen ihren Schenkeln, während er zu ihrem anderen Schenkel fuhr, und die ganze Zeit spielte er mit ihren Lippen.

Rona murmelte wie im Fieberwahn seinen Namen und jagte damit neue Schauer über seine Haut. Er strich über ihre sanft gerundeten Hüften und die Seiten ihres Oberkörpers. Ihre Arme waren glatt wie Satin. Es bereitete ihm grenzenloses Vergnügen, sie nur zu berühren. Sie gehörte ihm! Er musste seinen übermächtigen Wunsch kontrollieren, sie rasch zu nehmen. An seinem Kuss erkannte Rona sein tiefes Verlangen und seine unendliche Zärtlichkeit.

Sogar als er in sie glitt, genoss Patrick weiter ihren Mund. Er nahm sie langsam und ließ ihrem Verlangen Zeit zum Wachsen, indem er seine eigene Leidenschaft zurückdrängte, bis es ihm nicht länger mehr möglich war.

Ihre Lippen waren noch immer miteinander verschmolzen, als Rona im Höhepunkt des Genießens aufstöhnte.

Keine andere außer ihr, dachte er benommen, während er heftig atmend den Duft ihres Haars einsog. Keine andere außer ihr.

Ronas Arme umschlangen ihn, um ihn festzuhalten. Er wusste, dass er gefangen war.

Stunden später schob Rona zwei Steaks in den Grill. Sie trug jetzt eine von Patricks Jeans, in der Taille von einem Gürtel gehalten und die Beine ein paarmal umgeschlagen, um den Größenunterschied zwischen ihnen auszugleichen. Das Sweatshirt schlenkerte um ihre Hüften. Rona schob die Ärmel bis über die Ellbogen zurück, während sie Patrick bei der Vorbereitung des Dinners half.

„Kochst du so gut wie Link?“, fragte sie und sah zu, wie er Croûtons zu dem Salat tat, den er angerichtet hatte.

„Nein, leider nicht. Wenn Sie gekidnappt werden, Miss Swan,

können Sie kein Gourmetessen erwarten."

Rona stellte sich hinter ihn und schlang ihre Arme um seine Hüften. „Wirst du ein Lösegeld verlangen?" Seufzend presste sie ihre Wange gegen seinen Rücken. Nie zuvor in ihrem Leben war sie glücklicher gewesen.

„Vielleicht. Aber erst, wenn ich mit dir fertig bin."

Sie kniff ihn hart, aber er zuckte nicht einmal. „Du Laus", sagte sie liebevoll, schob ihre Hände unter sein Hemd und fuhr über seine Brust. Jetzt fühlte sie, wie er erschauerte.

„Du lenkst mich ab, Rona."

„Das hoffe ich doch. Das ist nämlich gar nicht so einfach, weißt du das?"

„Du hattest bisher aber eine beachtliche Glückssträhne", bemerkte er, während sie über seine Schultern strich.

„Kannst du deine Schultern wirklich auskugeln, um aus einer Zwangsjacke zu schlüpfen, Patrick?", überlegte sie laut, als sie die Stärke und Festigkeit seiner Muskeln fühlte.

Amüsiert würfelte er Käse für den Salat. „Wo hast du das gehört?"

„Ach, irgendwo", antwortete sie vage. Sie wollte nicht zugeben, dass sie alles verschlungen hatte, was über ihn geschrieben worden war. „Ich habe auch gehört, dass du über deine Muskeln totale Kontrolle besitzt." Die Muskeln spannten sich unter ihren forschenden Fingern an.

„Hast du auch gehört, dass ich nur bestimmte Kräuter und Wurzeln esse, die ich bei Vollmond gesammelt habe?" Er schob ein Käsestückchen in seinen Mund, bevor er sich umdrehte und Rona in seine Arme zog. „Oder dass ich die magischen Künste in Tibet studiert habe, als ich zwölf war?"

„Ich habe gelesen, dass du von Houdinis Geist geleitet wurdest", konterte sie.

„Wirklich? Den Artikel muss ich übersehen haben. Sehr schmeichelhaft."

„Dir machen diese lächerlichen Dinge Spaß, die man über dich schreibt, nicht wahr?"

„Natürlich." Er küsste sie auf die Nase. „Andernfalls wäre es um meinen Humor traurig bestellt."

„Und wenn Tatsachen und Erfindung so miteinander vermischt sind, weiß niemand, was wahr und was gelogen ist und wer du bist."

„Das kommt hinzu." Er wickelte eine ihrer Locken um seinen Finger. „Je mehr über mich gedruckt wird, Rona, desto mehr bin ich in meinem Privatleben ungestört."

„Und dein Privatleben ist wichtig für dich."

„Wenn man so aufwächst wie ich, lernt man es schätzen."

Rona presste ihr Gesicht gegen seine Brust und klammerte sich an ihn. Patrick legte seine Hand unter ihr Kinn und hob es an. In ihren Augen schimmerten schon Tränen.

„Rona", sagte er behutsam. „Du brauchst kein Mitleid mit mir zu haben."

„Nein." Sie schüttelte den Kopf und verstand seine Abneigung gegen Mitgefühl. Bei Bess war es genauso gewesen. „Ich weiß das, aber es ist schwierig, kein Mitleid mit einem kleinen Jungen zu haben."

Lächelnd fuhr er mit seinem Finger über ihre Lippen. „Er war sehr zäh, der kleine Junge." Er schob sie von sich. „Du solltest die Steaks umdrehen." Und damit war dieses Thema für ihn erledigt.

Rona kümmerte sich um das Fleisch. Sie wusste, dass er das Thema fallen lassen wollte. Wie konnte sie ihm klarmachen, dass sie jedes Detail seines Lebens wissen wollte, alles, was ihn ihr näherbrachte? Aber vielleicht war es falsch, an die Vergangenheit zu rühren, solange sie fürchtete, an die Zukunft zu rühren.

„Wie willst du die Steaks?", fragte sie, als sie sich zu dem Grill hinunterbeugte.

„Medium." Er interessierte sich mehr für ihren Anblick, den sie im Vorneigen bot. „Link hat für den Salat sein eigenes Dressing vorbereitet. Es ist ganz ausgezeichnet."

„Wo hat er kochen gelernt?" Sie drehte das zweite Steak um.

„Es war einfach nötig", erzählte Patrick. „Er isst gern. Als wir anfangs noch herumzogen, war alles sehr knapp. Es stellte sich heraus, dass Link mit einer Dose Suppe viel besser umgehen konnte als Bess oder ich."

Rona wandte sich lächelnd um. „Du weißt doch, dass sie heute nach San Francisco gefahren sind?"

„Ja." Er runzelte die Stirn. „Und?"

„Er ist genauso verrückt nach ihr wie sie nach ihm."

„Das weiß ich auch."

„Nach so vielen Jahren hättest du eigentlich die Dinge ins Rollen bringen können", stellte sie fest und fuchtelte mit der Küchengabel herum. „Immerhin sind sie deine Freunde."

„Genau aus diesem Grund mische ich mich nicht ein", sagte er sanft. „Was hast du getan?"

„Nun, ich habe mich nicht eingemischt", antwortete sie. „Ich habe ihm nur einen sehr sanften Stoß in die richtige Richtung gegeben. Ich habe erwähnt, dass Bess eine Vorliebe für Klavierspieler hat."

„Verstehe."

„Er ist so schüchtern!", rief sie aus. „Er wird das Rentenalter erreichen, bevor er endlich genug Schneid hat, um zu ... zu ..."

„Um zu was?", fragte Patrick lächelnd.

„Einfach alles", stellte Rona fest. „Und sieh mich nicht so boshaft an!"

„Tue ich das?"

„Das weißt du sehr gut! Außerdem ..." Sie stieß einen kleinen Schrei aus und ließ die Küchengabel klirrend fallen, als etwas an ihren Knöcheln vorbeistrich.

„Das ist nur Circe." Patrick lachte, als Rona erleichtert aufseufzte. „Sie riecht das Fleisch." Er hob die Gabel auf und spülte sie, während sich die Katze an Ronas Bein rieb und liebevoll schnurrte. „Sie wird ihr Bestes geben, um dich davon zu überzeugen, dass sie einen Anteil verdient."

„Deine Haustiere scheinen mich gern zu erschrecken."

„Bedaure." Aber er lächelte und wirkte gar nicht bedauernd.

Rona stemmte die Hände in die Hüften. „Du möchtest mich gern zähneklappernd sehen!"

„Ich möchte dich gern sehen", antwortete er einfach, lachte und nahm sie in die Arme. „Und ich muss zugeben, dass es aufreizend ist, wie du meine Kleider trägst, während du barfuß durch die Küche tappst."

„Oh", meinte sie. „Das Höhlenmensch-Syndrom."

„Oh nein, Miss Swan." Er knabberte an ihrem Hals. „Ich bin dein Sklave."

„Wirklich?" Rona überdachte die interessanten Möglichkeiten, die sich aus dieser Erklärung ergaben. „Dann deck den Tisch", wies sie ihn an. „Ich verhungere."

Sie aßen bei Kerzenlicht. Rona schmeckte überhaupt nichts von dem Essen. Sie war zu sehr von Patrick erfüllt. Es gab Wein, angenehm und mild, aber es hätte Wasser sein können. Es wäre nicht anders gewesen. Sie hatte sich nie weiblicher gefühlt als in dem zu weiten Sweatshirt und der Jeans. Seine Augen versicherten ihr pausenlos, dass sie schön, interessant, begehrenswert war. Es war, als hätten sie sich nie geliebt, als wären sie nie intim gewesen, so sehr bemühte er sich um sie.

Mit einem Blick, einem leisen Wort oder einer Berührung ihrer Hände brachte er sie innerlich zum Glühen. Immer wieder gefiel es ihr und überwältigte es sie sogar, wie viel Romantik in Patrick steckte. Er wusste, dass sie unter allen Umständen bei ihm bleiben würde, und dennoch machte er ihr den Hof. Blumen, Kerzenschein und zärtliche Worte nahmen Rona gefangen. Sie verliebte sich erneut.

Noch lange nach Beendigung des Essens blieben sie sitzen. Der Wein wurde warm, die Kerzen brannten herunter. Patrick war damit zufrieden, Rona in dem flackernden Licht zu betrachten und sich von ihrer sanften Stimme einhüllen zu lassen. Sein Verlangen konnte er damit stillen, dass er seine Finger bloß über ihren Handrücken gleiten ließ. Er wollte nichts mehr, als mit ihr zusammen zu sein.

Leidenschaft würde später kommen, das wusste er, in der Nacht, in der Dunkelheit, wenn sie neben ihm lag. Aber im Moment genügte es, sie lächeln zu sehen.

„Wartest du im Wohnzimmer auf mich?“, murmelte er und küsste einzeln ihre Finger.

„Gut, dann fange ich mit dem Spülen an.“

„Nein, ich kümmere mich darum.“ Patrick drehte ihre Hand und presste seine Lippen auf ihre Handfläche. „Warte auf mich!“

Ihre Knie zitterten, aber sie stand auf, als er sie auf die Füße zog. Sie konnte ihren Blick nicht von ihm wenden. „Es dauert nicht lange?“

„Nein!“ Er strich mit den Händen an ihren Armen hinunter. „Es wird nicht lange dauern, Liebling.“ Sanft küsste er sie.

Rona ging wie benommen in das Wohnzimmer. Nicht der Kuss, sondern das einfache Kosewort ließ ihr Herz hämmern. Nach allem, was sie miteinander erlebt hatten, schien es unmöglich, dass dieses eine Wort ihren Puls zum Rasen brachte, aber Patrick ging mit Worten vorsichtig um.

Und es ist eine Nacht, wie für Verzauberung geschaffen, dachte sie, als sie das Wohnzimmer betrat. Eine Nacht für Liebe und Romantik. Sie ging an das Fenster, um zum Himmel emporzusehen. Es war sogar Vollmond, als wüsste der Mond, dass es so sein musste. Es war so still, dass sie das Donnern der Wellen an der Klippe hörte.

Wir sind auf einer Insel, stellte Rona sich vor, auf einer kleinen, windumtosten Insel irgendwo auf dem dunklen Meer. Und die Nächte sind lang. Es gibt kein Telefon, keinen Strom. Impulsiv wandte sie sich von dem Fenster ab und begann, die im Raum verteilten Kerzen anzuzünden. Das Kaminfeuer war schon vorbereitet. Sie brauchte nur noch ein Streichholz daranzuhalten. Das trockene Holz fing knackend Feuer.

Sie stand auf und sah sich im Raum um. Das Licht war genau, wie sie es wollte, schwebend und mit fließenden Schatten. Das erzeugte einen Hauch von Rätselhaftigkeit und reflektierte ihre Gefühle Patrick gegenüber.

Rona blickte an sich hinunter und strich über das Sweatshirt. Hätte sie doch bloß etwas Hübsches zum Anziehen gehabt, etwas Weißes und Anschmiegsames. Aber vielleicht war Patricks

Fantasie genauso aktiv wie ihre eigene.

Musik, dachte sie plötzlich und sah sich um. Sicher hatte er eine Stereoanlage, aber sie hatte keine Ahnung, wo. Einer Idee folgend, ging sie an das Piano.

Links Noten lagen bereit. Im Feuerschein und dem Licht der Kerzen an dem Piano sah Rona die Noten deutlich genug. Sie setzte sich und begann zu spielen. Schon nach wenigen Sekunden war sie von der Melodie gefangen.

Patrick stand in der Tür und betrachtete sie. Obwohl ihre Augen auf die Noten gerichtet waren, schien sie zu träumen. Er hatte sie noch nie so gesehen, gefangen in ihren eigenen Gedanken. Um ihre Stimmung nicht zu zerstören, blieb er stehen. Er hätte ihr ewig so zusehen können.

Im Kerzenschein wirkte ihr Haar wie Nebel, der um ihre Schultern spielte. Ihre Haut war hell. Nur ihre Augen schimmerten dunkel und von der Musik bewegt. Der Geruch von Holzrauch und schmelzendem Wachs zog ihm entgegen. An diesen Moment würde er sich für den Rest seines Lebens erinnern. Jahre um Jahre mochten vergehen, aber er musste nur die Augen schließen, um Rona genau so zu sehen, die schwebenden Klänge zu hören und die brennenden Kerzen zu riechen.

„Rona." Patrick wollte ihren Namen nicht laut aussprechen und hatte ihn auch nur geflüstert, aber sie wandte ihm den Kopf zu.

Sie lächelte, doch das flackernde Licht glitzerte in ihren Tränen. „Es ist so schön."

„Ja." Patrick wagte kaum zu sprechen. Ein Wort, eine falsche Bewegung konnte die Stimmung zerschlagen. Außerdem mochte alles, was er sah und fühlte, nur eine Illusion sein. „Bitte, spiel es noch einmal."

Auch nachdem sie begonnen hatte, kam er nicht näher. Das Bild sollte genau so bleiben, wie es war. Ihre Lippen waren ein wenig geöffnet. Er meinte, sie zu schmecken, während er an der Tür stand. Er wusste, wie sich ihre Wange anfühlte, so als hätte er sie mit seiner Hand berührt. Sie würde lächelnd und mit dieser unvergleichlichen Wärme in ihren Augen zu ihm aufblicken.

Die Kerzenflammen brannten ruhig. Ein Holzscheit verrutschte lautlos im Kamin. Und dann beendete Rona ihr Spiel.

Sie sah ihn an. Patrick ging zu ihr.

„Ich habe dich nie mehr begehrt“, flüsterte er sanft. „Und ich habe nie diese Angst verspürt, dich zu berühren.“

„Angst?“ Sie hatte ihre Finger noch leicht auf den Tasten liegen. „Warum?“

„Würde ich dich berühren wollen, könnten meine Hände durch dich hindurchgreifen. Vielleicht bist du nur ein Traum.“

Rona ergriff seine Hand und presste sie an ihre Wange. „Es ist kein Traum“, murmelte sie. „Für keinen von uns.“

Ihre Haut fühlte sich unter seinen Fingern warm und real an. Er wurde von einer Welle unglaublicher Zärtlichkeit getroffen. Patrick nahm ihre andere Hand, als wäre sie aus Porzellan. „Wenn du einen Wunsch hättest, Rona, nur einen einzigen, was würdest du dir wünschen?“

„Dass du heute Nacht, nur heute Nacht an nichts anderes und niemand anderen als an mich denkst.“

Ihre Augen waren in dem schwachen Licht hell und leuchtend. Patrick zog Rona auf die Beine und nahm ihr Gesicht in seine Hände. „Du verschwendest deine Wünsche für etwas, Rona, das dir schon gehört.“ Er küsste ihre Schläfen, dann ihre Wangen, dass ihr Mund vor Sehnsucht bebte.

„Ich will deine Gedanken ausfüllen“, sagte sie mit schwankender Stimme. „Ich will sie so ausfüllen, dass kein Raum mehr für anderes bleibt. Heute Nacht soll nur ich in deinen Gedanken sein, und morgen …“

„Ssst.“ Er brachte sie mit einem so leichten Kuss zum Schweigen, dass es nur ein Vorgeschmack auf Kommendes war. „Es gibt niemanden außer dir, Rona.“ Mit den Lippen strich er sachte über ihre geschlossenen Augen. „Komm zu Bett“, murmelte er. „Ich werde es dir zeigen.“

Er nahm sie an der Hand, ging durch den Raum und löschte die Kerzen. Eine nahm er mit, damit ihr flackerndes Licht ihnen den Weg zeigte.

13. KAPITEL

Rona und Patrick mussten sich wieder trennen. Rona wusste, dass es im Zuge der Vorbereitungen des Specials nötig war. Wenn sie sich einsam fühlte, musste sie sich nur an die letzte magische Nacht erinnern, die sie zusammen verbracht hatten. Daran konnte sie sich festhalten, bis sie einander wiedersahen.

In den nächsten Wochen trafen sie sich ein paarmal, allerdings rein beruflich. Er kam zu Besprechungen oder in einer eigenen Angelegenheit, über die er sich ausschwieg. Rona wusste noch immer nichts über seine geplanten Hilfsmittel. Er gab ihr lediglich eine Liste der Illusionen, die er vorführen wollte, ihre Dauer und eine schwache Andeutung über ihren Ablauf.

Rona fand das frustrierend. Dafür konnte sie sich über sonst nichts beklagen. Das Set entstand allmählich nach den Grundsätzen, auf die sie sich mit Bloomfield und Patrick geeinigt hatte. Elaine Fisher wurde für den Gastauftritt unter Vertrag genommen. Rona hatte sich bei allen harten und emotionsgeladenen Besprechungen durchgesetzt. Patrick hatte es ebenfalls geschafft, wie sie sich amüsiert erinnerte.

Mit einem langen Schweigen und einem oder zwei ruhigen Worten konnte er mehr sagen als ein Dutzend hektischer, streitsüchtiger Abteilungsleiter. Er hörte sich ihre Forderungen und Klagen mit unerschütterlicher Freundlichkeit an und erreichte hinterher doch, was er wollte.

Er lehnte ein Drehbuch für die Show ab. Einfach so. Er sagte Nein. Und er blieb dabei, weil er wusste, dass er recht hatte. Er brachte seine eigene Musik mit, seinen eigenen musikalischen Leiter und seine eigene Bühnenmannschaft. Nichts brachte ihn davon ab, seine Leute in Schlüsselpositionen einzusetzen. Sechs Kostümvorschläge lehnte er mit einem ungerührten Kopfschütteln ab.

Patrick tat alles auf seine Weise und fügte sich nur, wenn es ihm passte. Dennoch beklagten sich Ronas künstlerische Mitarbeiter nur wenig über ihn, so heftig sie sich manchmal auch gebärdeten. Er gewinnt sie mit seinem Charme, stellte Rona fest. Er konnte mit Leuten umgehen. Mit einem einzigen Blick konnte er die Leute an sich ziehen oder gefrieren lassen.

Bess hatte die letzte Entscheidung über ihre Garderobe. Patrick erklärte bloß, dass sie selbst am besten wisse, was ihr stand. Er weigerte sich zu proben, bevor das Set fertig war. Bis dahin unterhielt er die Bühnenarbeiter mit Fingerfertigkeiten und verschiedenen Kartentricks. Er verstand es, die Kontrolle zu behalten, ohne Staub aufzuwirbeln.

Rona hatte allerdings Schwierigkeiten, ihre Aufgaben trotz der Beschränkungen zu erfüllen, die Patrick ihr und ihren Mitarbeitern auferlegte. Sie versuchte mit ihm zu verhandeln, zu streiten und ihn anzuflehen. Sie erreichte nichts.

„Patrick." Rona überfiel ihn förmlich in einer Probenpause. „Ich muss mit dir sprechen."

„Hm?" Er beobachtete, wie seine Leute Fackeln für die nächste Nummer aufstellten. „Genau acht Zoll auseinander", wies er sie an.

„Patrick, es ist wichtig."

„Ich höre."

„Du kannst Ned nicht während der Proben vom Set aussperren", sagte sie und zupfte an seinem Ärmel, um seine Aufmerksamkeit voll auf sich zu lenken.

„Doch, ich kann. Ich habe es schon getan. Hat er es dir nicht gesagt?"

„Ja, er hat es mir gesagt." Sie seufzte verzweifelt. „Patrick, als Produktionskoordinator hat er eine Berechtigung, hier zu sein."

„Er steht mir im Weg." Er wandte sich an die Arbeiter. „Sorgt dafür, dass zwischen den Reihen genügend Platz bleibt!"

„Patrick!"

„Was denn?", fragte er freundlich und wandte sich zu ihr. „Habe ich Ihnen schon gesagt, dass Sie heute entzückend aussehen, Miss Swan?" Mit Daumen und Zeigefinger fuhr er über den Aufschlag ihrer cremefarbenen, mit stilisierten Blättern bedruckten Bluse, die sie zu einem klein karierten schwarzen und weißen Rock trug. „Das sieht hübsch aus."

„Hör zu, Patrick, du musst meinen Leuten etwas mehr Platz lassen." Sie versuchte, das Lächeln in seinen Augen zu übersehen, und fuhr fort: „Deine Crew ist sehr tüchtig, aber in einer so großen Produktion müssen mehr Leute arbeiten. Deine Leute kennen deine Arbeit, aber sie kennen das Fernsehen nicht."

„Deine Leute dürfen nicht meine Hilfsmittel sehen, Rona, oder überall herumlaufen, während ich meine Sachen aufbaue."

„Lieber Himmel, sollen sie einen Blutschwur leisten, dass sie deine Geheimnisse nicht verraten?", fragte sie und fuchtelte nervös mit ihrem Clipboard. „Wir könnten einen Termin für den nächsten Vollmond vereinbaren."

„Gute Idee, aber ich weiß nicht, wie viele deiner Leute mitmachen würden. Dein Produktionskoordinator jedenfalls nicht", fügte er lächelnd hinzu. „Ich glaube nicht, dass er gern sein eigenes Blut sehen möchte."

Rona hob die Augenbraue. „Bist du eifersüchtig?"

Er lachte so fröhlich, dass sie ihn schlagen wollte. „Sei nicht albern! Der ist doch wohl kaum eine Bedrohung."

„Darauf kommt es nicht an", murmelte sie verstimmt. „Er ist in seinem Job sehr gut, kann ihn aber kaum durchführen, wenn du nicht vernünftig bist."

„Rona", sagte er und wirkte ehrlich überrascht. „Ich bin immer vernünftig. Was soll ich denn machen?"

„Du sollst Ned seine Pflichten erfüllen lassen. Und du sollst meine Leute ins Studio lassen."

„Sicher", stimmte er zu. „Aber nicht, wenn ich probe."

„Patrick", sagte sie gefährlich leise. „Du bindest mir die Hände. Du musst für das Fernsehen bestimmte Konzessionen machen."

„Das ist mir bewusst, Rona, und das werde ich auch." Er küsste sie auf die Augenbraue. „Sobald ich bereit bin. Nein", fuhr er fort, bevor sie etwas sagen konnte, „du musst mich mit meiner eigenen Crew arbeiten lassen, bis ich sicher bin, dass alles glattläuft."

„Und wie lange wird das dauern?“ Sie wusste, dass er sie für sich gewann, wie er das bei allen getan hatte, vom Regisseur Coogar abwärts.

„Noch ein paar Tage.“ Er ergriff ihre freie Hand. „Deine wichtigsten Leute sind ja auf jeden Fall hier.“

„Also gut“, gab sie seufzend nach. „Aber am Ende der Woche muss die Beleuchtercrew bei den Proben sein. Das ist wichtig.“

„Einverstanden.“ Er schüttelte ihr ernsthaft die Hand. „Noch etwas?“

„Ja.“ Rona straffte die Schultern und sah ihn gelassen an. „Der erste Block ist zehn Sekunden zu lang. Du musst ihn ändern, damit er zu den vorgesehenen Werbeeinschaltungen passt.“

„Nein, du musst die vorgesehenen Werbeeinschaltungen ändern.“ Er gab ihr einen leichten Kuss, ehe er wegging.

Bevor sie ihm etwas hinterherschreien konnte, entdeckte Rona an ihrem Blusenaufschlag eine Rosenknospe. Freude mischte sich mit Zorn, bis es zu spät zum Schreien war.

„Er ist schon was, nicht wahr?“, vernahm sie eine Stimme.

Rona drehte sich zu Elaine Fisher um. „Allerdings“, stimmte sie zu. „Ich hoffe, Sie sind mit allem zufrieden, Miss Fisher“, fuhr sie fort und lächelte der kleinen, kindlich wirkenden Blondine zu. „Ist Ihre Garderobe in Ordnung?“

„Sehr hübsch.“ Elaine zeigte ihr gewinnendes Lächeln. „Allerdings ist an meinem Spiegel eine Glühbirne durchgebrannt.“

„Ich kümmere mich darum.“

Elaine beobachtete Patrick und lachte perlend. „Ich muss Ihnen gestehen, ich hätte nichts dagegen, ihn in meiner Garderobe zu finden.“

„Ich fürchte, das kann ich für Sie nicht arrangieren, Miss Fisher“, erwiderte Rona knapp.

„Ach, meine Liebe, das könnte ich schon ganz allein für mich arrangieren, wenn es nicht wegen der Art wäre, wie er Sie ansieht.“ Sie blinzelte Rona freundlich zu. „Sollten Sie natürlich nicht interessiert sein, könnte ich versuchen, ihn zu trösten.“

Es war nicht leicht, dem Charme der Schauspielerin zu widerstehen. „Das wird nicht nötig sein", erwiderte Rona lächelnd. „Es ist die Aufgabe des Produzenten, den Künstler bei Laune zu halten!"

„Eigentlich bin ich auch Künstler und müsste bei Laune gehalten werden." Sie ließ Rona stehen und ging zu Patrick. „Bereit?"

Während Rona den beiden bei der Arbeit zusah, erkannte sie, dass ihr Instinkt ins Schwarze getroffen hatte. Sie passten perfekt zusammen. Elaines blonde Schönheit und ihr harmloser Charme maskierten hervorragendes Talent und Sinn für Komödie. Sie war das genaue Gegengewicht zu Patrick, auf das Rona gehofft hatte.

Rona wartete und hielt den Atem an, als die Fackeln brannten. Zum ersten Mal sah sie die ganze Illusion. Die Flammen brannten für einen Moment hoch und strahlten blendendes Licht aus, ehe Patrick die Hände ausbreitete und das Licht besänftigte. Dann wandte er sich an Elaine.

„Verbrenn mir nicht die Klamotten", ächzte sie. „Die sind nur geliehen!"

Rona kritzelte auf ihren Block, diese Bemerkung in der Nummer zu belassen, als Patrick Elaine bereits schweben ließ. Sekunden später hing sie schon über den Flammen.

„Es läuft gut", bemerkte Bess, die plötzlich bei Rona auftauchte.

„Ja, trotz aller Probleme, die er verursacht, kann es bei ihm gar nicht anders gehen", erwiderte Rona lächelnd. „Er lässt nie locker."

„Mir brauchst du nichts zu erzählen." Bess beobachtete ihn eine Weile schweigend. Dann drückte sie Ronas Arm. „Ich halte es nicht mehr aus", sagte sie leise, um die Probe nicht zu stören. „Ich muss es dir sagen."

„Was denn?"

„Ich wollte es Patrick zuerst sagen, aber …" Sie lächelte von einem Ohr zum anderen. „Link und ich …"

„Oh, ich gratuliere!" Rona umarmte sie.

Bess lachte. „Du hast mich doch gar nicht aussprechen lassen."
„Du wolltest mir sagen, dass ihr heiraten werdet."
„Nun ja, aber ..."
„Gratuliere", sagte Rona noch einmal. „Wann ist es geschehen?"
„Praktisch jetzt." Bess wirkte ein wenig benommen und kratzte sich am Kopf. „Ich habe mich in meiner Garderobe fertig gemacht, als er klopfte. Er ist nicht hereingekommen, sondern blieb in der Tür stehen und hat mit den Füßen gescharrt. Du kennst das ja. Und dann auf einmal hat er mich gefragt, ob ich heiraten möchte." Bess schüttelte lachend den Kopf. „Ich war so überrascht, dass ich ihn fragte, wen."
„Oh, Bess, nein!"
„Doch, das habe ich gefragt. Na ja, man erwartet eben nach zwanzig Jahren diese Frage nicht mehr."
„Armer Link", murmelte Rona lächelnd. „Was hat er gesagt?"
„Er stand bloß da, starrte mich an und wurde rot, und dann sagte er: ‚Na ja, mich, denke ich doch.'" Sie lachte leise. „Es war wirklich romantisch."
„Ich finde es reizend", versicherte Rona. „Ich freue mich so für dich."
„Danke." Nach einem tiefen Seufzer sah sie wieder zu Patrick. „Sag Patrick nichts, okay? Ich finde, Link soll es ihm erzählen."
„Ich werde nichts sagen", versprach Rona. „Werdet ihr bald heiraten?"
Bess lächelte ihr grimmig zu. „Darauf kannst du wetten, Süße. Wie ich das sehe, sind wir schon seit zwanzig Jahren verlobt, und das ist lang genug." Sie zerknüllte den Saum ihres Sweatshirts zwischen den Fingern. „Wir werden wahrscheinlich warten, bis das Special gesendet wird, und dann den Sprung wagen."
„Werdet ihr bei Patrick bleiben?"
„Sicher!" Sie betrachtete Rona fragend. „Wir sind ein Team. Natürlich werden Link und ich bei mir wohnen, aber wir würden

auf keinen Fall nicht mehr mitmachen."

„Bess", begann Rona langsam. „Ich wollte dich etwas fragen. Es geht um die Schlussnummer." Sie warf Patrick einen besorgten Blick zu. „Er ist in diesem Punkt so verschwiegen. Er sagt nur, dass es eine Entfesselungsnummer ist, die vier Minuten und zehn Sekunden dauert. Was weißt du darüber? Ich brauche mehr Einzelheiten."

Bess zuckte unruhig die Schultern. „Er ist darüber so verschwiegen, weil er noch nicht alle Probleme ausgeschaltet hat."

„Was für Probleme?", drängte Rona.

„Ich weiß es nicht wirklich, außer ..." Sie zögerte, zwischen Zweifeln und Loyalität hin- und hergerissen. „Außer, dass Link die Nummer nicht mag."

„Warum nicht?" Rona legte ihre Hand auf Bess' Arm. „Ist sie gefährlich? Wirklich gefährlich?"

„Sieh mal, Rona, alle Entfesselungsnummern können gefährlich sein, wenn es sich nicht bloß um Handschellen und eine Zwangsjacke handelt. Aber er ist der Beste." Sie beobachtete, wie Patrick Elaine auf den Boden sinken ließ. „Er braucht mich gleich."

„Bess!" Rona hielt den Arm der Rothaarigen fest. „Sag mir, was du weißt!"

„Rona." Bess blickte seufzend auf sie hinunter. „Ich weiß, was du für ihn fühlst, aber ich kann nicht. Patricks Arbeit ist Patricks Arbeit."

„Ich verlange nicht von dir, dass du den Ehrenkodex der Magier brichst", sagte Rona ungeduldig. „Er muss mir ohnedies sagen, was für eine Illusion es ist."

„Dann wird er es dir auch sagen." Bess tätschelte ihre Hand, ging dann jedoch ohne eine weitere Erklärung weg.

Die Probe dauerte länger, wie bei Patrick fast immer. Nach einer Produktionsbesprechung am späten Nachmittag beschloss Rona, in seiner Garderobe auf ihn zu warten. Das Problem mit der Schlussnummer hatte den ganzen Tag an ihr genagt. Der besorgte Ausdruck in Bess' Augen hatte ihr gar nicht gefallen.

Patrick hatte eine große, bequeme Garderobe. Der Teppich war dick, das Sofa schwer und breit genug, um zu einem Bett aufgeklappt zu werden. Es gab einen großen Fernseher, eine perfekte Stereoanlage und eine bestens eingerichtete Bar, die Patrick nie benutzte. An den Wänden hingen einige sehr gute Lithografien. Diese Art von Garderoben reservierte Swan für die ganz besonderen Künstler. Rona bezweifelte, dass Patrick sich täglich länger als dreißig Minuten darin aufhielt.

Rona durchstöberte den Kühlschrank und fand Orangensaft. Mit dem kühlen Drink ließ sie sich auf das Sofa sinken und nahm ein Buch vom Tisch. Es gehörte Patrick, noch ein Werk über Houdini. Geistesabwesend blätterte sie es durch, bis ihr Interesse erwachte.

Als Patrick eintrat, fand er sie auf dem Sofa zusammengerollt und in der Mitte des Buches.

„Forschungsarbeit?"

Rona blickte auf. „Konnte er wirklich all diese Dinge?", fragte sie. „Ich meine, Nadeln schlucken und ein Garnknäuel und dann einen fertig gestrickten Streifen aus dem Mund ziehen? Das hat er doch nicht wirklich getan?"

„Doch." Patrick zog sein Hemd aus.

Rona betrachtete ihn angespannt. „Kannst du das denn auch?"

Er lächelte nur. „Ich kopiere nie Illusionen. Wie war dein Tag?"

„Fein! Hier steht, dass einige Leute dachten, er habe in seiner Haut eine Tasche gehabt."

Jetzt lachte Patrick. „Meinst du nicht, dass du inzwischen meine Hauttasche schon gefunden hättest, falls ich eine hätte?"

Rona legte das Buch beiseite und stand auf. „Ich möchte mit dir sprechen."

„In Ordnung." Patrick zog sie in die Arme und bedeckte ihr Gesicht mit Küssen. „In ein paar Augenblicken. Es waren drei lange Tage ohne dich."

„Du warst derjenige, der immer wegging", erinnerte sie ihn

und fing seinen wandernden Mund mit ihren Lippen ein.

„Ich musste ein paar Details klären. Hier kann ich nicht ernsthaft arbeiten."

„Dafür hast du dein Verlies", murmelte sie und fand wieder seinen Mund.

„Richtig. Gehen wir heute Abend essen. Ein Lokal mit Kerzen und dunklen Ecken."

„Mein Apartment hat Kerzen und dunkle Ecken", murmelte sie an seinen Lippen. „Dort sind wir allein."

„Du könntest dann wieder versuchen, mich zu verführen, Rona."

Rona lachte und vergaß, worüber sie mit ihm hatte sprechen wollen. „Ich werde dich verführen."

„Sie sind vorlaut geworden, Miss Swan." Er schob sie von sich. „Ich bin nicht immer so leicht zu haben."

„Ich liebe Herausforderungen."

Er rieb seine Nase an der ihren. „Hat dir die Blume gefallen?"

„Ja, danke." Sie schlang ihre Arme um seinen Nacken. „Sie hat mich daran gehindert, dich anzubrüllen."

„Ich weiß. Du findest es schwierig, mit mir zu arbeiten."

„Außerordentlich. Und solltest du dein nächstes Special von jemand anderem produzieren lassen, werde ich jede einzelne deiner Illusionen sabotieren."

„Na, dann muss ich dich behalten und mich schützen."

Seine Lippen berührten sanft ihren Mund, und der Ansturm der Liebe traf sie mit solcher Kraft und so plötzlich, dass Rona sich an ihn klammerte.

„Patrick." Sie wollte es schnell sagen, bevor die alte Furcht sie daran hinderte. „Patrick, lies meine Gedanken." Die Augen fest geschlossen, barg sie ihr Gesicht an seiner Schulter. „Kannst du meine Gedanken lesen?"

Über Ronas drängenden Ton verwirrt, schob Patrick sie von sich, um sie zu betrachten. Sie öffnete ihre Augen weit, und er las in ihnen, dass sie ein wenig Angst hatte und etwas benommen war. Und er sah noch etwas, das sein Herz schneller schlagen ließ.

„Rona?“ Patrick legte eine Hand an ihre Wange. Er fürchtete, dass er nur etwas sah, das er unbedingt sehen wollte. Und er fürchtete auch, es könnte wahr sein.

„Ich habe Angst“, flüsterte sie. „Ich finde keine Worte. Kannst du sie nicht lesen?“ Ihre Stimme bebte. Sie biss sich auf die Lippe. „Wenn du es nicht kannst, würde ich das verstehen. Das muss aber ja nichts ändern.“

Ja, er sah die Worte, doch sie täuschte sich. Einmal ausgesprochen, würde sich alles ändern. Er hatte nicht gewollt, dass es geschah, aber irgendwie hatte er gewusst, dass sie beide zu diesem Punkt gelangen würden. Er hatte es in dem Moment gewusst, in dem sie an jenem ersten Tag die Treppe zu seinem Arbeitsraum heruntergekommen war. Sie war die Frau, die alles verändern würde. Über welche Kräfte er auch immer verfügte, sie würden zum Teil ihr gehören, sobald er drei Worte gesagt hatte. In der Welt der Illusionen war das der einzig wahre Zauber.

„Rona.“ Er zögerte einen Moment, aber was bereits da war, ließ sich nicht aufhalten. „Ich liebe dich.“

Sie stieß den Atem erleichtert aus. „Oh, Patrick, ich hatte solche Angst, dass du es nicht erkennen wolltest.“ Sie umarmten einander und klammerten sich aneinander fest. „Ich liebe dich so sehr, so sehr.“ Sie seufzte. „Das ist gut, nicht wahr?“

„Ja.“ Er fühlte, wie ihr Herzschlag mit seinem im Takt schlug. „Ja, es ist gut.“

„Ich wusste nicht, dass ich so glücklich sein könnte. Ich wollte es dir schon früher sagen“, murmelte sie gegen seinen Hals. „Aber ich hatte solche Angst. Jetzt erscheint es mir dumm und unwichtig.“

„Wir hatten beide Angst.“ Er zog sie näher, aber es war noch nicht nahe genug. „Wir haben Zeit verschwendet.“

„Aber du liebst mich“, flüsterte sie. Sie wollte nur die Worte noch einmal hören.

„Ja, Rona, ich liebe dich.“

„Gehen wir nach Hause, Patrick.“ Sie fuhr mit ihren Lippen an seinem Kinn entlang. „Gehen wir! Ich begehre dich.“

„Oh nein! Jetzt gleich.“

Rona warf den Kopf zurück und lachte. „Jetzt? Hier?“

„Hier und jetzt“, bestätigte er und genoss das teuflische Aufblitzen in ihren Augen.

„Jemand könnte hereinkommen.“ Sie wich vor ihm zurück.

Wortlos wandte Patrick sich zur Tür und schloss ab. „Das glaube ich nicht.“

„Oh.“ Rona biss sich auf die Lippe und versuchte, nicht zu lächeln. „Sieht so aus, als würdest du über mich herfallen.“

„Du könntest um Hilfe rufen“, schlug er vor und schob die Jacke von ihren Schultern.

„Hilfe“, sagte sie leise, während er ihre Bluse aufknöpfte. „Ich glaube nicht, dass mich jemand gehört hat.“

„Dann werde ich vermutlich über dich herfallen.“

„Oh, gut“, flüsterte Rona. Ihre Bluse glitt auf den Boden.

Sie berührten einander und lachten mit der unbekümmerten Freude von Verliebten. Sie küssten und umklammerten sich, als gäbe es kein Morgen. Sie murmelten sanfte Worte und seufzten vor Lust. Sogar als allmählich die Leidenschaft von ihnen Besitz ergriff, blieb ihnen ihre unschuldige Freude erhalten.

Er liebt mich, dachte Rona und strich mit ihren Händen über seinen kraftvollen Rücken. Er gehört mir. Sie beantwortete glühend seinen Kuss.

Sie liebt mich, dachte Patrick und fühlte ihre Haut unter seinen Fingern brennen. Sie gehört mir. Er suchte ihren Mund und kostete ihn aus.

Sie gaben einander und nahmen voneinander, bis sie eins waren. Sie erlebten wachsende Leidenschaft, unendliche Zärtlichkeit und eine neue Freiheit. Als die Lust vorüber war, konnten sie noch lachen, berauscht von dem Bewusstsein, dass es für sie erst der Anfang war.

„Weißt du“, murmelte Rona, „ich dachte, dass eigentlich der Produzent den Künstler zur Couch schleppt.“

„Hast du das nicht ohnedies getan?“ Patrick ließ ihre Haare wie einen rauschenden Wasserfall durch seine Finger gleiten.

Leise lachend küsste Rona ihn auf die Stirn. „Du solltest es für deinen Einfall halten." Sie richtete sich auf und griff nach ihrer Bluse.

Patrick setzte sich hinter ihr auf und ließ eine Fingerspitze über ihr Rückgrat gleiten. „Willst du weg?"

„Sehen Sie, Patrick Atkins, Sie bekommen Ihre Probeaufnahmen." Sie quietschte auf, als er sie in die Schulter biss. „Versuchen Sie nicht, meine Meinung zu ändern", sagte sie, ehe sie außer Reichweite glitt. „Ich bin mit Ihnen fertig."

„Ja?" Patrick lehnte sich zurück und stützte sich auf seinen Ellbogen, während er ihr beim Ankleiden zusah.

„Nur, bis wir zu Hause sind." Rona zog ihre Strümpfe an und betrachtete seinen nackten Körper. „Du solltest dich anziehen, ehe ich meine Meinung ändere. Wir werden sonst noch über Nacht hier eingesperrt."

„Ich könnte uns jederzeit hinauslassen."

„Es gibt Alarmanlagen."

Er lachte. „Also, Rona, wirklich!"

Sie schoss ihm einen Blick zu. „Wahrscheinlich ist es sehr gut, dass du kein Verbrecher geworden bist."

„Es ist einfacher, für das Aufbrechen von Schlössern Geld zu verlangen. Die Menschen finden es immer faszinierend, zu bezahlen und zu sehen, ob es funktioniert." Lächelnd setzte er sich auf. „Sie schätzen es nicht, wenn man es gratis macht."

„Bist du je auf ein Schloss gestoßen, das du nicht öffnen konntest?", fragte sie neugierig.

Patrick griff nach seinen Kleidern. „Wenn ich genug Zeit habe, kann ich jedes Schloss öffnen."

„Ohne Werkzeug?"

„Es gibt Werkzeuge, und es gibt Werkzeuge", antwortete er geheimnisvoll.

Rona runzelte die Stirn. „Ich muss noch einmal nach dieser Tasche in deiner Haut suchen."

„Jederzeit", stimmte er sofort zu.

„Du könntest so nett sein und mir nur beibringen, wie man

aus diesen Handschellen herauskommt."

„Oh nein!" Er schüttelte den Kopf und schlüpfte in seine Jeans. „Die kann ich vielleicht noch brauchen."

Rona tat, als wäre sie gar nicht interessiert, und knöpfte ihre Bluse zu. „Ach, richtig, ich wollte mit dir über das Finale sprechen."

Patrick holte ein frisches Hemd aus dem Schrank. „Was ist damit?"

„Das will ich eben wissen", meinte sie. „Was planst du genau?"

„Es ist eine Entfesselung." Er zog das Hemd an.

„Ich muss mehr wissen, Patrick. Die Show steigt in zehn Tagen."

„Ich arbeite noch daran."

Rona trat auf ihn zu. „Nein, das ist keine Ein-Mann-Produktion. Ich bin die Produzentin, Patrick. Du wolltest es so. Also, ich kann mit einigen deiner Launen bezüglich der Mitarbeiter umgehen." Sie übersah seine Verärgerung. „Aber ich muss genau wissen, was gesendet wird. Du kannst mich nicht knapp zwei Wochen vor der Sendung im Dunkeln lassen."

„Ich werde aus einem Safe ausbrechen", sagte er einfach und gab Rona ihren Schuh.

„Aus einem Safe ausbrechen! Da ist doch noch mehr, Patrick. Ich bin nicht dumm."

„Meine Hände und Füße werden zuerst gefesselt."

Rona bückte sich nach ihrem zweiten Schuh. Sein Zögern rief bei ihr echte Angst hervor. „Sprich weiter, Patrick!"

Er schwieg, bis er sein Hemd zugeknöpft hatte. „Es ist ein Spiel mit einer Schachtel in einer Schachtel in einer Schachtel. Ein alter Trick."

Ihre Angst wuchs. „Drei Safes? Einer im anderen?"

„Stimmt. Jeder ist größer als der andere."

„Sind die Safes luftdicht?"

„Ja."

Rona überlief ein eisiger Schauer. „Ich mag das nicht."

Er betrachtete sie mit einem ruhigen, abschätzenden Blick.

„Du musst es nicht mögen, Rona, aber du brauchst dir auch keine Sorgen zu machen."

Rona schluckte und wusste, dass es wichtig war, jetzt nicht die Nerven zu verlieren. „Da ist noch mehr, nicht wahr? Ich weiß es!"

„Der letzte Safe hat ein Zeitschloss", sagte Patrick ausdruckslos. „Ich habe es schon früher geschafft."

„Ein Zeitschloss?" Ein eisiger Hauch strich über ihren Rücken. „Nein, das kannst du nicht machen! Das ist doch verrückt!"

„Bestimmt nicht verrückt", erwiderte er. „Ich habe Monate darauf angewendet, die Technik und das Timing auszuarbeiten."

„Timing?"

„Ich habe für drei Minuten Luft."

Drei Minuten, dachte sie und kämpfte um ihre Selbstbeherrschung. „Und wie lange dauert die ganze Nummer?"

„Im Moment etwas mehr als die besagten drei Minuten."

„Etwas mehr", wiederholte Rona betäubt. „Etwas mehr! Was ist, wenn etwas schiefgeht?"

„Ich habe nicht die Absicht, etwas schiefgehen zu lassen. Ich bin es immer und immer wieder durchgegangen, Rona."

Sie drehte sich weg und wirbelte wieder zu ihm herum. „Ich werde das nicht erlauben! Das kommt nicht infrage. Nimm die Nummer mit dem Panther für das Finale, aber nicht das."

„Ich nehme die Entfesselung, Rona." Seine Stimme klang sehr ruhig und endgültig.

„Nein!" In Panik packte sie seine Arme. „Ich streiche es! Die Nummer ist gestorben, Patrick. Du kannst eine deiner anderen Illusionen nehmen oder eine neue erfinden, aber diese ist gestrichen."

„Du kannst sie nicht streichen." Sein Tonfall veränderte sich nicht, während er auf sie hinunterblickte. „Ich habe die letzte Entscheidung. Lies den Vertrag."

Sie erbleichte und wich zurück. „Zum Teufel, ich schere mich nicht um den Vertrag. Ich kenne ihn. Ich selbst habe ihn aufgesetzt!"

„Dann weißt du, dass du die Entfesselung nicht streichen kannst", sagte er ruhig.

„Ich lasse es dich nicht machen." Tränen stiegen ihr in die Augen, aber sie blinzelte und drängte sie zurück. „Du kannst das nicht machen."

„Es tut mir leid, Rona."

„Ich finde einen Weg, um die Show platzen zu lassen." Sie atmete heftig vor Wut und Angst und Hoffnungslosigkeit. „Ich finde eine Möglichkeit, um den Vertrag zu brechen."

„Vielleicht." Er legte seine Hände auf ihre Schultern. „Ich werde die Entfesselung trotzdem machen, Rona, und zwar nächsten Monat in New York."

„Mein Gott, Patrick!" Verzweifelt klammerte sie sich an seine Arme. „Du könntest dabei sterben. Das ist es nicht wert. Warum musst du so etwas versuchen?"

„Weil ich es kann, Rona. Versteh doch, das ist meine Arbeit."

„Ich verstehe, dass ich dich liebe. Zählt das nicht?"

„Du weißt, dass es zählt", sagte er heiser. „Du weißt auch, wie sehr."

„Nein, das weiß ich nicht." Hektisch riss sie sich von ihm los. „Ich weiß nur, dass du es machen wirst, ganz gleich, wie sehr ich dich auch bitte. Du erwartest, dass ich danebenstehe und zusehe, wie du dein Leben für Beifall und einen Pressebericht riskierst."

„Es hat nichts mit Beifall oder Presseberichten zu tun." In seinen Augen erschienen die ersten Anzeichen von Ärger. „Du solltest mich besser kennen."

„Nein, nein, ich kenne dich nicht", rief sie verzweifelt. „Wie soll ich verstehen, dass du unbedingt so etwas machen willst? Das ist für die Show und deine Karriere nicht nötig!"

Er kämpfte um eine ruhige Antwort. „Es ist für mich nötig."

„Warum?", fragte sie wild. „Warum ist es nötig, dein Leben zu riskieren?"

„Das ist deine Sicht der Dinge, Rona, nicht meine. Das gehört zu meiner Arbeit und zu mir." Er unterbrach sich, kam aber nicht zu ihr. „Das musst du akzeptieren, wenn du mich akzeptierst."

„Das ist nicht fair."

„Vielleicht nicht", stimmte er zu. „Es tut mir leid."

Rona schluckte und kämpfte die Tränen zurück. „Was bedeutet das für uns?"

Patrick sah sie unverwandt an. „Das hängt von dir ab."

„Ich werde nicht zusehen." Sie wich an die Tür zurück. „Ich werde es nicht tun. Ich werde nicht mein Leben lang darauf warten, dass du einmal zu weit gehst. Ich kann nicht." Mit zitternden Fingern tastete sie nach dem Schlüssel. „Zum Teufel mit deiner Magie", schluchzte sie, als sie aus der Tür rannte, ohne sich nochmals umzudrehen.

Nachdem sie Patrick verlassen hatte, ging Rona geradewegs in das Büro ihres Vaters. Zum ersten Mal in ihrem Leben trat sie ein, ohne anzuklopfen. Ärgerlich über die Störung, unterbrach Bennett Swan, was er soeben am Telefon sagte, und sah ihr finster entgegen. Einen Moment betrachtete er sie. So hatte er Rona noch nie gesehen, bleich, zitternd, die Augen groß und von zurückgehaltenen Tränen schimmernd.

„Ich melde mich wieder", murmelte er und legte auf. Sie stand noch immer an der Tür, und Swan wusste ausnahmsweise nicht, was er sagen sollte. „Was ist los?", fragte er schließlich und räusperte sich.

Rona lehnte sich gegen die Tür, bis sie ihren Beinen wieder vertrauen konnte. Sie kämpfte um Haltung und kam an den Schreibtisch ihres Vaters. „Ich muss … Ich will, dass du das Atkins-Special absetzt."

„Was?" Er sprang auf und funkelte sie an. „Was, zum Teufel, soll das? Wenn du unter dem Druck in die Knie gehst, lasse ich dich ersetzen. Ross kann es übernehmen. Verdammt!" Er schlug mit der Hand auf den Schreibtisch. „Ich hätte dich gar nicht erst damit beauftragen sollen." Er griff schon zum Telefon.

„Bitte!" Ronas ruhige Stimme hielt ihn auf. „Ich bitte dich, uns aus dem Vertrag freizukaufen und die Show zu löschen."

Swan wollte bereits eine Schimpftirade loslassen, betrachtete ihr Gesicht noch einmal genauer und ging an die Bar. Wortlos goss er einen ordentlichen Schuss Cognac in einen Schwenker. Verdammt! Das Mädchen sorgte dafür, dass er sich wie ein plumper Ochse vorkam. „Hier“, sagte er rau, als er ihr den Schwenker in die Hand drückte. „Setz dich und trink das!“

Er wusste nichts mit seiner Tochter anzufangen, die am Boden zerstört und hilflos wirkte. Er klopfte ihr unbeholfen auf den Rücken und kehrte hinter seinen Schreibtisch zurück.

„Also.“ In seinem Sessel fühlte er sich eher als Herr der Lage. „Was ist denn überhaupt los? Ärger bei den Proben?“ Er hoffte, sein Lächeln würde verständnisvoll wirken. „Du bist lange genug im Geschäft, um zu wissen, dass das zum Spiel gehört.“

Rona holte tief Luft und stürzte den Cognac hinunter. Sie ließ ihn durch die Schichten von Angst und Elend brennen. Ihr nächster Atemzug war schon ruhiger. Sie sah erneut ihren Vater an. „Patrick plant für das Finale eine Entfesselung.“

„Ich weiß“, antwortete er ungeduldig. „Ich habe das Skript gesehen.“

„Sie ist zu gefährlich.“

„Gefährlich?“ Swan verschränkte seine Hände auf dem Schreibtisch. Damit konnte er fertigwerden. „Rona, der Mann ist ein Profi. Er weiß, was er tut.“ Swan drehte sein Handgelenk so, dass er auf seine Uhr sehen konnte. Er gestand seiner Tochter fünf Minuten zu.

„Das ist aber etwas anderes“, hakte sie nach. Um nicht loszuschreien, spannte sie fest die Finger um den Schwenker. Ihr Vater würde niemals auf Hysterie reagieren. „Sogar seine eigenen Leute mögen die Nummer nicht.“

„Also gut, was plant er?“

Rona nahm noch einen Schluck Cognac. „Drei Safes“, begann sie. „Immer einer im anderen. Der letzte …“ Sie stockte für einen Moment. „Der letzte Safe hat ein Zeitschloss. Sobald Patrick in den ersten Safe eingeschlossen wird, hat er nur für drei Minuten Luft. Er hat … aber er hat mir vorhin gesagt, dass die Nummer deutlich länger dauert.“

„Drei Safes“, überlegte Swan und schürzte die Lippen. „Eine Sensation. Das wäre wirklich ein absoluter Knüller.“

Rona knallte ihr Glas auf den Tisch. „Besonders, wenn er erstickt. Das treibt vielleicht die Einschaltquote hoch! Sie können ihm posthum den Emmy verleihen!“

Swan zog drohend die Brauen zusammen. „Beruhige dich, Rona.“

„Ich werde mich nicht beruhigen.“ Sie sprang auf. „Das dürfen wir nicht zulassen. Wir müssen den Vertrag lösen.“

„Kann ich nicht.“ Swan tat den Vorschlag mit einem Achselzucken ab.

„Willst du nicht“, verbesserte Rona ihn wütend.

„Will ich nicht“, bestätigte Swan im gleichen Ton. „Zu viel steht auf dem Spiel.“

„Alles steht auf dem Spiel!“, schrie Rona ihn an. „Ich liebe ihn!“

Swan blickte seine Tochter entgeistert an. In ihren Augen standen Tränen der Verzweiflung. Wieder fühlte er sich hilflos. „Rona.“ Er seufzte und griff nach einer Zigarre. „Setz dich.“

„Nein!“ Sie riss ihm die Zigarre aus den Fingern und schleuderte sie durch den Raum. „Ich setze mich nicht! Ich beruhige mich nicht! Ich bitte dich um Hilfe. Warum siehst du mich nicht an?“, verlangte sie in wütender Verzweiflung. „Sieh mich richtig an!“

„Ich sehe dich an“, fauchte er sie verteidigungsbereit an. „Und ich bin gar nicht zufrieden. Setz dich jetzt hin und hör mich an!“

„Nein, ich habe dir genug zugehört und genug versucht, dich zufriedenzustellen. Ich habe alles getan, was du je von mir verlangt hast, aber es war nie genug. Ich kann nicht dein Sohn sein. Das kann ich nicht ändern.“ Sie bedeckte ihr Gesicht mit den Händen und brach völlig zusammen. „Ich bin nur deine Tochter, und ich brauche deine Hilfe!“

Bennett Swan war sprachlos. Ronas Tränen entmachteten ihn. Er konnte sich nicht daran erinnern, dass sie jemals geweint hatte, ganz sicher nicht so leidenschaftlich. Er stand umständlich auf und tastete nach seinem Taschentuch.

„Na, na." Er schob ihr das Tuch zwischen die Finger und überlegte, was er jetzt tun sollte. „Ich war immer ..." Er räusperte sich und sah sich hilflos im Raum um. „Ich war immer stolz auf dich, Rona." Als sie daraufhin noch verzweifelter weinte, steckte er die Hände in seine Hosentaschen und verfiel in Schweigen.

„Es spielt keine Rolle." Ihre Stimme klang durch das Taschentuch gedämpft. Sie fühlte sich wegen ihrer Worte und Tränen beschämt. „Es spielt keine Rolle mehr."

„Ich würde dir helfen, wenn ich könnte", murmelte er endlich. „Ich kann Patrick nicht aufhalten. Selbst wenn ich die Show absetzen und mit den Klagen fertigwerden könnte, die Patrick Atkins und der Sender gegen mich erheben würden, würde er die verdammte Nummer trotzdem bringen."

Angesichts der nackten Tatsachen wandte Rona sich von ihm ab. „Es muss etwas geben ..."

Swan rutschte unbehaglich auf seinem Sessel hin und her. „Liebt er dich?"

Rona wischte die Tränen weg. „Es spielt keine Rolle, was er für mich fühlt. Ich kann ihn nicht aufhalten."

„Ich werde mit ihm sprechen."

Sie schüttelte matt den Kopf. „Nein, das würde nichts helfen. Es tut mir leid." Sie wandte sich wieder an ihren Vater. „Ich hätte nicht herkommen sollen. Ich habe nicht richtig nachgedacht." Sie knüllte das Taschentuch zusammen. „Tut mir leid, dass ich mich so aufgeführt habe."

„Rona, ich bin dein Vater."

Sie sah ihn daraufhin mit ausdruckslosen Augen an.

„Ja." Er räusperte sich und wusste nicht, was er mit seinen Händen tun sollte. „Ich will nicht, dass du dich dafür entschuldigst, weil du zu mir gekommen bist!" Er berührte ihren Arm. „Ich werde tun, was ich kann, um Atkins zu überreden, diese Illusion auszulassen, wenn du das willst."

Rona seufzte tief, ehe sie sich setzte. „Danke, aber du hast recht. Er wird es auf jeden Fall ein anderes Mal versuchen. Er selbst hat es mir gesagt. Ich werde nur einfach nicht damit fertig."

„Soll Ross übernehmen?"

Sie presste die Finger an ihre Augen. „Nein, ich werde beenden, was ich begonnen habe."

„Gutes Mädchen", meinte er zufrieden. Er suchte die passenden Worte. „Du und der Magier. Planst du ... ich meine, soll ich mit ihm über seine Absichten sprechen?"

Rona hätte nicht gedacht, jetzt noch lächeln zu können. „Nein, das ist nicht nötig." Sie sah die Erleichterung ihres Vaters und stand auf.

„Rona." Swan wusste nicht so recht, wie er sich ausdrücken sollte. „Komm, wir beide gehen essen."

Wann hatte er sie zum letzten Mal ausgeführt? Ein Bankett bei einer Preisverleihung? Eine geschäftliche Party? „Essen?"

„Ja." Swans Stimme wurde schärfer, als er den gleichen Gedankenpfad verfolgte wie Rona. „Ein Mann kann seine Tochter zum Essen ausführen, nicht wahr?" Er legte seinen Arm um ihre Hüften und führte sie zur Tür.

14. KAPITEL

Mr Atkins ist hier, Mr Swan", meldete am nächsten Morgen Swans Sekretärin. „Schicken Sie ihn herein." Swan ging Patrick entgegen und begrüßte ihn. „Danke für Ihr Kommen."

„Mr Swan."

„Bennett, bitte", sagte Swan und zog Patrick zu einem Stuhl.

„Bennett", stimmte Patrick zu.

Swan setzte sich ihm gegenüber. „Ist alles in Ordnung?"

Patrick hob eine Augenbraue. „Ja."

Swan nahm sich eine Zigarre. Der Mann ist zu kühl, dachte er grimmig. „Coogar meint, dass die Proben glattlaufen. Das macht ihm Sorgen." Swan lächelte. „Abergläubischer Bastard!"

„Er ist ein guter Regisseur."

„Der beste!" Swan zündete die Zigarre an. „Wir machen uns Sorgen wegen Ihres Finales. Das hier ist Fernsehen, wissen Sie. Vier Minuten zehn Sekunden ist für eine Nummer etwas lang."

„Es ist nötig." Patricks Hände lagen auf den Armlehnen des Sessels. „Rona hat es Ihnen sicher gesagt."

Swans Augen begegneten seinem direkten Blick. „Ja, Rona hat es mir gesagt. Sie kam gestern Abend zu mir. Sie war außer sich."

„Ich weiß. Es tut mir leid."

„Patrick, wir sind vernünftige Menschen. Einige Änderungen ..."

„Ich ändere meine Illusionen nicht."

„Kein Vertrag ist in Stein gemeißelt", drohte Swan.

„Brechen Sie ihn", meinte Patrick. „Das bringt Ihnen mehr Schwierigkeiten als mir. Letztlich würde ich nichts ändern."

„Verdammt! Mann, das Mädchen ist verzweifelt!" Swan schlug mit der Faust auf den Tisch. „Sie liebt Sie! Was werden Sie machen?"

Patrick ignorierte den Knoten in seinem Magen. „Fragen Sie mich als Ronas Vater oder als der Herrscher von ‚Swan Productions'?"

Swan zögerte einen Moment. „Als ihr Vater“, entschied er.

„Ich liebe Rona.“ Patrick hielt Swans Blick ruhig stand. „Wenn sie mich will, werde ich mein Leben mit ihr verbringen.“

„Und wenn sie nicht will?“

Patricks Augen verschleierten sich. Er schwieg.

Swan erkannte seinen Vorteil. „Eine verliebte Frau ist nicht immer vernünftig“, sagte er mit einem onkelhaften Lächeln. „Ein Mann muss einfach gewisse Konzessionen machen.“

„Es gibt kaum etwas, das ich nicht für Rona tun würde“, erwiderte Patrick. „Aber ich kann mich nicht selbst ändern.“

„Wir sprechen über eine Nummer.“ Swan verlor allmählich die Geduld.

„Nein, wir sprechen über meine Art zu leben. Ich könnte diese Entfesselungsnummer streichen, aber irgendwann müsste ich es wieder tun und dann wieder. Wenn Rona die jetzige nicht akzeptieren kann, wie will sie eine spätere akzeptieren können?“

„Sie werden sie verlieren“, warnte Swan.

Patrick stand auf. „Vielleicht hatte ich sie nie.“ Er konnte mit dem Schmerz fertigwerden, dachte er. „Rona muss sich entscheiden“, fuhr er ruhig fort. „Und ich muss ihre Entscheidung akzeptieren.“

Swan stand ebenfalls auf. „Ich will verdammt sein, wenn Sie für mich wie ein verliebter Mann klingen!“

Patrick musterte ihn mit einem langen, kalten Blick, der Swan schlucken ließ. „In einem Leben voller Illusionen“, sagte er rau, „ist Rona für mich das einzig Wirkliche.“ Er drehte sich um und verließ den Raum.

Die Sendung sollte um 18.00 Uhr Westküstenzeit beginnen. Um 16.00 Uhr hatte Rona sich mit allen möglichen Leuten herumgeschlagen, von einem aufgebrachten Requisiteur bis zu einem nervösen Haarkünstler. Eine Livesendung trieb die abgebrühtesten Veteranen zum Wahnsinn. Wie sich ein fatalistischer Bühnenarbeiter ausdrückte: „Was überhaupt schiefgehen kann, wird schiefgehen.“ Genau das wollte Rona aber nicht hören.

Aber die Hektik hinderte sie wenigstens daran, sich in einer Ecke zu verkriechen und zu weinen. Sie wurde gebraucht. Wenn ihr nur ihre Karriere blieb, musste sie das Beste geben.

Seit zehn Tagen mied sie Patrick, indem sie gefühlsmäßig Abstand hielt. Sie mussten manchmal zusammentreffen, aber nur als Produzent und Star. Er versuchte nicht, den Riss zwischen ihnen zu schließen.

Die drei Safes waren geliefert worden. Rona hatte sich dazu gezwungen, sie zu inspizieren. Der kleinste war nur neunzig Zentimeter hoch und sechzig Zentimeter breit.

Patrick hatte plötzlich hinter ihr gestanden. Rona hatte das Verlangen, die Liebe und die Hoffnungslosigkeit gefühlt, die von ihm ausging, ehe sie sich zurückgezogen hatte. Weder mit einem Wort noch mit einer Geste hatte er sie gebeten zu bleiben.

Mit verkrampftem Magen und steinernem Gesicht wartete Rona im Regieraum, während der Regieassistent den Countdown zählte.

Es begann …

Patrick war auf der Bühne, kühl, kontrolliert. Das Set war perfekt, nicht überladen und mysteriös beleuchtet. Ganz in Schwarz gekleidet, war Patrick auch ohne Zauberstab und Spitzhut ein Magier des zwanzigsten Jahrhunderts.

Wasser floss zwischen seinen Handflächen hin und her, Flammen schossen aus seinen Fingerspitzen. Rona sah zu, wie er Bess auf der Spitze eines Säbels balancierte und sie wie einen Kreisel wirbeln ließ, bis er den Säbel wegzog und sie sich frei in der Luft drehte.

Elaine trieb über den brennenden Fackeln, während das Publikum den Atem anhielt. Patrick schloss sie in eine durchsichtige Glaskugel, bedeckte diese mit einem roten Seidentuch und ließ sie drei Meter über der Bühne schweben. Die Kugel schwankte sanft zu Links Musik. Als Patrick sie herunterholte und das Tuch wegzog, hatte Elaine sich in einen weißen Schwan verwandelt.

Seine Illusionen waren waghalsig, spektakulär und einfach

schön. Er beherrschte die Elemente, brach die Naturgesetze und verblüffte alle.

„Läuft ja traumhaft“, hörte Rona jemanden aufgeregt sagen. „Dafür kriegen wir doch glatt ein paar Emmys. Dreißig Sekunden, Kamera zwei. Himmel, der Bursche ist fabelhaft.“

Rona verließ den Regieraum und ging in die Kulisse. Die Scheinwerfer verstrahlten Hitze, aber ihre Haut war eisig. Sie beobachtete eine Abwandlung der Transportation, die er in Las Vegas gebracht hatte.

Er sah nicht in ihre Richtung, aber Rona fühlte, dass er wusste, wo sie war. Er musste es wissen, weil alle ihre Gedanken auf ihn gerichtet waren.

„Läuft gut, nicht wahr?“

Rona blickte auf und sah Link neben sich. „Ja, perfekt.“

„Der Schwan hat mir gefallen. Hübsch.“

„Ja.“ Kurz und einsilbig war Ronas Antwort.

„Du solltest in Bess' Garderobe gehen und dich hinsetzen“, schlug er vor und wünschte, sie wäre nicht so blass. „Du könntest den Fernseher einschalten und zusehen.“

„Nein. Nein, ich bleibe.“

Patrick hatte einen Tiger auf der Bühne, ein schlankes, rastlos auf und ab schleichendes Raubtier in einem vergoldeten Käfig. Er bedeckte den Käfig mit einem Tuch, zog es weg. Elaine saß in dem Käfig. Der Tiger war verschwunden. Rona wusste, dass es die letzte Nummer vor der Entfesselung war. Sie holte tief Luft.

„Link.“ Sie tastete nach seiner Hand, brauchte einen Halt.

„Er wird es schaffen, Rona.“ Er drückte ihre Finger. „Patrick ist der Beste. Nur er schafft das.“

Der kleinste Safe wurde auf die Bühne gebracht. Die Tür stand weit offen, während er herumgedreht wurde, um seine Stabilität zu zeigen. Rona verspürte eisige Furcht. Sie hörte nicht Patricks Erklärungen für das Publikum, während er von einem Captain des „Los Angeles Police Department“ an Händen und Füßen gefesselt wurde. Ihr Blick blieb an seinem Gesicht haften. Sie wusste, dass er in seinen Gedanken bereits in dem Safe eingeschlossen war. Er begann im Geiste bereits, sich einen Weg ins Freie zu bahnen. Daran klammerte sie sich genauso fest wie an Links Hand.

Patrick passte kaum in den ersten Safe. Seine Schultern stießen an die Seitenwände.

Er kann sich da drinnen nicht bewegen, dachte sie mit einem Anflug von Panik. Als die Tür geschlossen wurde, tat sie einen Schritt auf die Bühne zu. Link hielt sie an den Schultern fest.

„Das geht nicht, Rona."

„Mein Gott, er kann sich nicht bewegen. Er kann nicht atmen!" Mit wachsendem Entsetzen sah sie, wie der zweite Safe gebracht wurde.

„Er hat schon die Handschellen abgestreift", sagte Link beschwichtigend, obwohl es ihm auch nicht gefiel, wie der Safe mit Patrick hochgehoben und in dem zweiten eingeschlossen wurde. „Jetzt öffnet er die erste Tür", sagte er, um sich selbst genau wie Rona zu trösten. „Er arbeitet schnell. Du weißt es doch. Du hast ihn gesehen."

„Oh nein!" Der Anblick des dritten Safes steigerte ihre Angst fast ins Unerträgliche. Sie fühlte sich benommen und wäre geschwankt, wenn Link sie nicht gestützt hätte. Der größte Safe verschluckte die beiden anderen und Patrick darin. Der Safe wurde geschlossen und verriegelt. Das Zeitschloss wurde auf Mitternacht eingestellt. Es gab absolut keine Möglichkeit mehr, bis 12 Uhr nachts an den „Inhalt" heranzukommen.

„Wie lange?", flüsterte Rona. Sie starrte auf den Safe, ließ den schimmernden, komplizierten Zeitmechanismus nicht aus den Augen. „Wie lange ist Patrick schon drinnen?"

Link fühlte Schweiß über seinen Rücken strömen. „Er hat noch reichlich Zeit."

Er wusste, die Safes passten so genau ineinander, dass die Türen nur so weit geöffnet werden konnten, dass ein Kind gerade noch herauskriechen konnte. Er hatte keine Ahnung, wie Patrick seinen Körper dermaßen krümmen und falten konnte. Aber er hatte es mehrmals erlebt, dass Patrick es schaffte. Anders als Rona hatte Link unzählige Male gesehen, wie Patrick die Entfesselungsnummer geübt hatte. Der Schweiß lief ihm trotzdem über den Rücken.

Die Luft wurde dünn. Rona konnte sie kaum noch in ihre Lungen ziehen. So ist das in dem Safe, dachte sie benommen. Keine Luft, kein Licht. „Die Zeit, Link!" Sie zitterte jetzt wie Espenlaub.

Der riesengroße Mann hörte zu beten auf. „Zwei Minuten und fünfzig Sekunden", antwortete er. „Es ist schon fast überstanden. Er arbeitet bereits an dem letzten Safe."

Rona krampfte die Hände zusammen und zählte im Geist die Sekunden mit. In ihren Ohren dröhnte es, und sie biss sich in die Lippen. Sie war in ihrem Leben noch nie in Ohnmacht gefallen, aber sie wusste, dass sie gefährlich nahe davorstand. Als sich ihre Sicht verschleierte, kniff sie ihre Augen fest zusammen, um sie wieder zu klären. Sie konnte nicht atmen. Patrick hatte keine Luft mehr, und sie auch nicht. Inmitten aufsteigender Hysterie glaubte sie zu ersticken, so sicher, wie Patrick jetzt in den drei Safes erstickte ...

Dann sah sie, wie sich die Tür öffnete, hörte das einstimmige erleichterte Aufatmen des Publikums und dann den donnernden Applaus. Patrick stand auf der Bühne, schweißüberströmt und nach Luft ringend.

Rona schwankte gegen Link, als sich Dunkelheit über die Scheinwerfer senkte. Sie verlor nur für Sekunden das Bewusstsein und kam wieder zu sich, als Link sie rief.

„Rona! Rona, es geht ihm gut! Er ist raus! Er ist okay!"

Sie klammerte sich an Link und schüttelte den Kopf, um ihre Gedanken zu klären. „Ja, er ist heraus." Sie warf noch einen Blick auf Patrick, drehte sich um und lief davon.

Sobald die Kameras abblendeten, ging Patrick von der Bühne. „Wo ist Rona?", fragte er Link.

„Sie ist weg!" Link sah Schweiß über Patricks Gesicht strömen. „Sie war ziemlich besorgt. Ich glaube, sie ist einen Moment ohnmächtig geworden." Er reichte ihm ein Handtuch.

Patrick wischte sich den Schweiß nicht ab und lächelte nicht, wie sonst nach einer gelungenen Entfesselungsnummer. „Wohin ist sie gegangen?“

„Ich weiß es nicht. Sie ist einfach weggelaufen.“

Wortlos ging Patrick Rona suchen. Nur sie zählte jetzt.

Rona ließ sich in der heißen Sonne braten. Sie hatte eine Woche auf der Jacht ihres Vaters verbracht. Swan hatte sie auf ihre Bitte hin wortlos fahren lassen. Er hatte alles für sie arrangiert und sie selbst zum Flughafen gebracht, zum ersten Mal überhaupt.

Seit Tagen war sie nun hier auf St. Croix. Die Jacht lag vor Anker. Rona war nur mit den Kleidern angekommen, die sie am Leib getragen hatte. Alles andere hatte sie auf der Insel gekauft. Eine Woche lang sprach sie mit niemandem und war einfach wie vom Erdboden verschwunden.

Sie wusste, dass ihr irgendwann die richtige Antwort einfallen würde, falls sie sich nicht zum Nachdenken zwang. Bis dahin wartete sie.

Patrick mischte in seinem Arbeitsraum die Tarotkarten. Er musste sich entspannen.

Nach dem Special hatte er Rona nirgendwo gefunden. Daraufhin hatte er eine seiner Grundregeln gebrochen und war in ihre Wohnung eingedrungen. Dort hatte er bis zum nächsten Morgen auf sie gewartet. Sie war nicht gekommen. Link hatte Patricks ungezügelte Zornesausbrüche schweigend ertragen, einen Zorn, den Patrick sich früher nie erlaubt hatte.

Er hatte Tage gebraucht, um zu sich zu kommen. Er arbeitete nicht mehr. Er hatte keine Kraft. Sobald er sich konzentrierte, sah er Rona vor sich. Er wusste, dass er bald wieder seinen Rhythmus bekommen musste, sonst war er erledigt.

Link und Bess machten Flitterwochen in den Bergen. Er war allein und musste sein leeres Leben wieder ausfüllen. Doch auch das machte ihm Angst. Er war nicht sicher, ob er noch Magie besaß.

Patrick konzentrierte sich auf die Karten, blickte auf und sah sie …

Er starrte auf die Vision. Rona war ihm bisher nicht so deutlich erschienen. Er hörte sogar ihre Schritte, als sie auf die Bühne zukam. Ihr Duft erreichte ihn zuerst und ließ sein Blut kochen. Fast teilnahmslos fragte er sich, ob er verrückt wurde.

„Hallo, Patrick." Rona sah, wie er zusammenzuckte, als hätte sie ihn aus einem Traum gerissen.

„Rona?"

„Die Haustür war nicht abgeschlossen. Ich bin einfach hereingekommen. Hoffentlich macht es dir nichts."

Er starrte sie schweigend an, als sie zur Bühne hochstieg.

„Ich habe dich bei der Arbeit gestört, nicht wahr?"

Er legte die Karten weg. „Arbeit? Nein, nein, geht schon in Ordnung."

„Es dauert nicht lange", sagte Rona lächelnd. Sie hatte ihn noch nie verwirrt gesehen und war sicher, ihn auch nie wieder so zu sehen. „Wir müssen über einen neuen Vertrag sprechen."

„Vertrag?", wiederholte er, unfähig, seinen Blick abzuwenden.

„Ja, deshalb bin ich hier."

„Verstehe." Er wollte sie berühren, ließ seine Hände jedoch auf dem Tisch liegen. Er würde nicht berühren, was ihm nicht mehr gehörte. „Du siehst gut aus. Wo warst du?" Er wollte nicht mehr sagen, weil er fürchtete, gefährlich nahe an eine Anklage heranzukommen.

Rona lächelte nur. „Ich war weg." Sie kam einen Schritt näher. „Hast du an mich gedacht?"

Patrick wich zurück. „Ja, ich habe oft an dich gedacht."

„Oft?", wiederholte sie ruhig und kam näher.

„Nicht, Rona!" Seine Stimme klang abwehrend scharf, während er weiter zurückwich.

„Ich habe oft an dich gedacht", fuhr sie fort, als hätte er nichts gesagt. „Ständig, obwohl ich versucht habe, es nicht zu tun. Braust du auch Liebestränke, Patrick? Hast du einen an mir ausprobiert?" Sie kam noch einen Schritt näher. „Ich habe mich bemüht, dich zu hassen, und noch mehr bemüht, dich zu vergessen. Dein Zauber ist zu stark."

Ihr Duft wirbelte durch seine Sinne und Gedanken, bis er ganz von ihr erfüllt war. „Rona, ich bin nur ein Mann, und du bist meine Schwäche. Tu das nicht." Patrick schüttelte den Kopf und raffte seine letzten Reserven an Selbstbeherrschung zusammen. „Ich muss arbeiten!"

Rona warf einen Blick auf den Tisch. „Das muss warten. Weißt du, wie viele Stunden eine Woche hat?", fragte sie lächelnd.

„Nein. Hör auf, Rona!" Das Blut dröhnte in seinem Kopf. Sein Verlangen wurde überwältigend.

„Hundertachtundsechzig", flüsterte sie. „Wir müssen eine Menge nachholen."

„Wenn ich dich berühre, lasse ich dich nicht mehr gehen."

„Und wenn ich dich berühre?" Sie legte ihre Hand auf seine Brust.

„Nicht", warnte er ruhig. „Du solltest gehen, solange du noch kannst."

„Du wirst diese Entfesselungsnummer wieder machen, nicht wahr?"

„Ja, ja, verdammt noch mal!" Es kribbelte ihn in den Fingerspitzen vor Verlangen, sie zu berühren. „Rona, um Himmels willen, geh!"

„Du wirst es wieder machen", fuhr sie fort. „Und andere, vielleicht noch gefährlichere oder wenigstens noch entsetzlicher anzusehende Nummern, weil das deinem Wesen entspricht. Hast du mir das nicht gesagt?"

„Rona ..."

„Und diesen Mann liebe ich", sagte sie ruhig. „Ich weiß nicht, warum ich dachte, ich könnte oder sollte dich ändern. Ich habe dir einmal gesagt, du seist genau das, was ich wollte, und das war die Wahrheit. Aber ich musste wahrscheinlich erst lernen, was das bedeutet. Willst du mich noch, Patrick?"

Er antwortete nicht, aber sie sah das Aufleuchten in seinen Augen. „Ich kann gehen und ein sehr ruhiges, anspruchsloses

Leben führen." Rona tat den letzten Schritt auf ihn zu. „Willst du, dass ich das tue? Habe ich dich so sehr verletzt, dass du mir ein Leben voll unerträglicher Langeweile wünschst? Bitte, Patrick", murmelte sie. „Willst du mir nicht verzeihen?"

„Es gibt nichts zu verzeihen." Er wurde schwach unter dem Blick ihrer Augen, ganz gleich, wie sehr er sich auch dagegen wehrte. „Rona, um alles in der Welt!" Verzweifelt stieß er ihre Hand weg, die sie auf seine Brust gelegt hatte, um seinen Herzschlag zu fühlen. „Siehst du denn nicht, was du mit mir machst?"

„Ja, und ich bin froh. Ich hatte Angst, du könntest mich wirklich zurückweisen." Sie atmete erleichtert auf. „Ich bleibe, Patrick. Dagegen kannst du gar nichts machen." Sie schlang die Arme um seinen Nacken. Ihr Mund war nur einen Hauch entfernt. „Sag mir noch einmal, dass ich gehen soll."

„Nein." Patrick zog Rona an sich. „Ich kann nicht." Er umschloss ihren Mund mit seinen Lippen. Kraft floss in ihn zurück, heiß und schmerzhaft. Er presste Rona enger an sich und fühlte, wie ihr Mund auf seinen wilden Kuss reagierte. „Es ist zu spät", murmelte er. „Viel zu spät." Erregung brannte in ihm. Er konnte sie gar nicht nahe genug an sich drücken. „Ich könnte dich jetzt nicht mehr durch diese Tür gehen lassen, Rona. Verstehst du das?" Noch nie hatte er so ernst gesprochen.

„Ja. Ja, ich verstehe das." Sie legte den Kopf zurück, um in seine Augen zu sehen. „Aber die Tür wird auch für dich geschlossen sein. Ich werde dafür sorgen, dass du dieses Schloss nicht öffnen kannst."

„Keine Entfesselungsnummer, Rona. Nicht für uns." Er legte seinen Mund wieder auf den ihren, in einem heißen und verzweifelten Kuss. Er fühlte, wie Rona ihm nachgab, als er sie an sich drückte. Ihre Hände lagen stark und fest an seinem Körper. „Ich liebe dich, Rona", flüsterte er, während er ihr Gesicht und ihren Hals mit Küssen bedeckte. „Ich liebe dich. Ich habe alles verloren, als du mich verlassen hast."

„Ich werde dich nie wieder verlassen." Sie nahm sein Gesicht zwischen ihre Hände, um seine wandernden Lippen aufzuhalten. „Meine Bitte war falsch. Es war falsch, wegzulaufen. Ich hatte nicht genug Vertrauen."

„Und jetzt?"

„Ich liebe dich, Patrick, so, wie du bist."

Er zog sie wieder fest an sich und presste seinen Mund an ihren Hals. „Wunderschöne Rona! So klein, so weich! Himmel, wie ich dich begehre! Komm mit mir nach oben, komm ins Bett! Ich möchte dich richtig lieben."

Ihr Puls jagte bei den leisen, deutlichen Worten, die er an ihrem Hals hauchte. Rona holte tief Luft, legte ihre Hände auf seine Schultern und wich zurück. „Da ist noch diese Sache mit dem Vertrag."

„Zum Teufel mit Verträgen", murmelte er und versuchte sie wieder an sich zu ziehen.

„Oh nein!" Rona trat von ihm zurück. „Ich möchte das vorher regeln."

„Ich habe deinen Vertrag schon unterschrieben", erinnerte er sie ungeduldig. „Komm her!"

„Da ist jetzt ein neuer", erklärte sie ungerührt. „Ein Exklusivvertrag auf Lebenszeit."

Er runzelte die Stirn. „Rona, ich werde mich doch nicht für den Rest meines Lebens an ‚Swan Productions' binden."

„Nicht an ‚Swan Productions'", entgegnete sie. „An Rona Swan."

Die ärgerliche Antwort, die ihm auf der Zunge lag, kam nicht über seine Lippen. Der Ausdruck seiner Augen wechselte, wurde angespannt und eindringlich. „Was für ein Vertrag?"

„Ein Zweipersonenvertrag mit einer Exklusivitätsklausel und einer lebenslangen Laufzeit." Rona schluckte. Sie verlor etwas von dem Selbstvertrauen, das sie so weit getrieben hatte.

„Weiter!"

„Sofortige Gültigkeit mit der Abmachung, eine gesetzlich bindende Zeremonie bei nächstmöglicher Gelegenheit folgen zu lassen." Sie verschränkte ihre Finger. „Dazu kommt eine Klausel über mögliche Nachkommenschaft." Sie sah, wie Patrick die Augenbrauen hob. Er sagte jedoch nichts. „Über die Anzahl besagter Nachkommenschaft kann verhandelt werden.“

„Verstehe“, sagte er nach einem Moment. „Gibt es eine Konventionalstrafe?“

„Ja. Wenn du versuchst, den Vertrag zu brechen, bin ich berechtigt, dich umzubringen.“

„Sehr vernünftig. Ihr Vertrag ist sehr verlockend, Miss Swan. Was bekomme ich dafür?“

„Mich.“

„Wo muss ich unterschreiben?“, fragte er und nahm sie wieder in seine Arme.

„Genau hier.“ Sie stieß seufzend den Atem aus, als sie ihm ihr Gesicht entgegenhob. Der Kuss war sanft und vielversprechend. Stöhnend presste Rona sich fester an ihn.

„Diese Zeremonie, Miss Swan.“ Patrick knabberte an ihrer Lippe, während er sie mit den Händen zu streicheln begann. „Was verstehen Sie unter der nächstmöglichen Gelegenheit?“

„Morgen Nachmittag.“ Rona lachte und löste sich noch einmal aus seinen Armen. „Du glaubst doch nicht im Ernst, dass ich dir Zeit lasse, nach einem Notausstieg zu suchen?“

„Ich habe meinen Meister gefunden.“

„Absolut“, stimmte sie zu und nickte. „Ich habe ein paar Tricks auf Lager.“ Sie nahm die Tarotkarten und überraschte Patrick, indem sie sie mit einigem Erfolg auffächerte. Sie hatte es endlos geübt.

„Sehr gut.“ Patrick lächelte und kam zu ihr. „Ich bin beeindruckt.“

„Du hast noch gar nichts gesehen“, versprach sie. „Zieh eine Karte“, befahl sie mit lachenden Augen. „Irgendeine Karte!“

– ENDE –

Nora Roberts

Das Schloss in Frankreich

Roman

Aus dem Amerikanischen von
Chris Gatz

1. KAPITEL

Die Bahnfahrt schien nicht enden zu wollen, und Shirley war erschöpft. Die letzte Auseinandersetzung mit Tony bedrückte sie. Hinzu kamen der lange Flug von Washington nach Paris und die beschwerlichen Stunden in dem stickigen Zug. Sie musste die Zähne zusammenbeißen, um nicht laut aufzustöhnen. Ich bin schlimm dran, fand sie.

Diese Reise hatte sie nach einem der häufigen Wortgefechte mit Tony angetreten, denn ihre Beziehung war ohnehin schon wochenlang getrübt gewesen. Sie hatte darauf beharrt, sich keine Ehe aufzwingen zu lassen, und so war es immer wieder zu kleinen Streitereien gekommen. Doch Tony hatte auf einer Heirat bestanden, und seine Geduld war nahezu unerschöpflich. Als sie ihn allerdings von ihren Reiseplänen unterrichtet hatte, war der Konflikt zwischen ihnen offen ausgebrochen.

„Du kannst dich doch nicht einfach nach Frankreich davonmachen, um irgendeine mutmaßliche Großmutter zu besuchen, von deren Existenz du bis vor wenigen Wochen nicht die leiseste Ahnung hattest." Tony schritt auf und ab. Erregt fuhr er sich mit der Hand durch das wellige blonde Haar.

„Es handelt sich um die Bretagne", belehrte Shirley ihn. „Und es spielt überhaupt keine Rolle, wann ich ein Lebenszeichen von meiner Großmutter erhielt. Wichtig ist nur, dass sie mir geschrieben hat."

„Diese alte Dame teilt dir also mit, dass sie mit dir verwandt sei und dich kennenlernen möchte, und gleich machst du dich auf die Reise." Er war außer sich.

Trotz ihrer Angriffslust widersetzte sie sich seinen Vernunftgründen mit einer ruhigen Antwort: „Tony, vergiss nicht, dass sie die Mutter meiner Mutter ist. Die einzige lebende Verwandte. Ich möchte sie unbedingt sehen."

„Die alte Frau lässt vierundzwanzig Jahre nichts von sich hören, und nun plötzlich diese feierliche Einladung." Tony durchquerte weiter das große Zimmer mit der hohen Decke, ehe er sich zu Shirley umdrehte. „Weshalb, um alles in der Welt, haben deine Eltern nie von ihr gesprochen? Und warum hat sie erst deren Tod abgewartet, bevor sie sich mit dir in Verbindung setzte?“

Shirley wusste, dass er sie nicht verletzen wollte, das lag nicht in seiner Natur. Als Rechtsanwalt, der ständig mit Fakten und Zahlen umging, ließ er sich eher von seinem Verstand leiten. Darüber hinaus ahnte er nichts von dem bohrenden Schmerz, der sie seit dem plötzlichen Tod ihrer Eltern vor zwei Monaten unablässig quälte. Obwohl ihr klar war, dass er ihr nicht zu nahe treten wollte, wurde sie wütend. Ein Wort gab das andere, bis Tony aus dem Zimmer stürmte und sie zornig zurückließ.

Während der Zug durch die Bretagne fuhr, gestand Shirley sich ihre Zweifel ein. Warum hatte ihre Großmutter, diese unbekannte Gräfin Frangoise de Kergallen, sich fast ein Vierteljahrhundert in Schweigen gehüllt? Weshalb hatte ihre bezaubernde, faszinierende Mutter niemals Angehörige in der entlegenen Bretagne erwähnt? Selbst ihr freimütiger, offenherziger Vater hatte die verwandtschaftliche Beziehung jenseits des Atlantiks verschwiegen.

Shirley ließ ihre Gedanken zurückwandern. Sie und ihre Eltern waren einander so nahe und hatten viel gemeinsam unternommen. Bereits im Kindesalter begleitete sie ihre Eltern auf Empfänge bei Senatoren, Kongressabgeordneten und Botschaftern.

Ihr Vater, Jonathan Smith, war ein gefragter Künstler. Seine erlesenen Porträts bereicherten den Privatbesitz der Washingtoner Gesellschaft, die sein Talent mehr als zwanzig Jahre lang beanspruchte. Als Mensch wie auch als Künstler war er sehr beliebt, und der sanfte, graziöse Charme seiner Frau Gabrielle trug dazu bei, dass das Ehepaar hohe gesellschaftliche Anerkennung in der Hauptstadt genoss.

Als Shirley heranwuchs, zeichnete sich auch ihre natürliche künstlerische Begabung ab. Ihr Vater war grenzenlos stolz. Sie malten gemeinsam, zunächst als Lehrer und Schülerin, später als ebenbürtige Partner. Ihre gegenseitige Freude an der Kunst brachte sie einander immer näher.

Die kleine Familie lebte idyllisch in einem eleganten Bürgerhaus in Georgetown, bis Shirleys fröhliche Welt auseinanderbrach, denn das Flugzeug, das ihre Eltern nach Kalifornien bringen sollte, stürzte ab. Der Gedanke, dass sie tot waren und sie selbst noch lebte, war kaum erträglich. Die hohen Räume würden nie mehr widerhallen von der dröhnenden Stimme ihres Vaters und dem sanften Lachen ihrer Mutter. Das Haus war leer und barg nur noch Schatten der Erinnerung.

Während der ersten Wochen konnte Shirley den Anblick von Leinwand und Pinsel nicht ertragen, und sie mied das Atelier in der dritten Etage, wo sie und ihr Vater so viele Stunden verbracht hatten und ihre Mutter sie daran zu erinnern pflegte, dass selbst Künstler essen müssten.

Als sie schließlich allen Mut zusammennahm und den sonnendurchfluteten Raum betrat, empfand sie anstelle unerträglichen Kummers einen seltsam versöhnlichen Frieden. Das Tageslicht erfüllte den Raum mit Wärme, und die Erinnerung an ihr glückliches Leben von früher schien hier noch wach. Sie besann sich wieder auf ihr Dasein und die Malerei. Tony war ihr auf liebenswürdige Weise behilflich, die Leere auszufüllen. Dann kam jener Brief.

Inzwischen hatte sie Georgetown und Tony verlassen, auf der Suche nach der unbekannten Familie in der Bretagne. Der ungewöhnliche, formelle Brief, der sie aus der vertrauten Umgebung von Washingtons pulsierenden Straßen in die ungewohnte bretonische Landschaft geleitete, war sicher in der weichen Ledertasche an ihrer Seite verstaut. Diese Zeilen drückten keinerlei Zuneigung aus, sondern lediglich Tatsachen und eine Einladung, die eher einem königlichen Befehl glich.

Shirley lächelte leicht verstimmt darüber. Doch ihre Neugier auf nähere Informationen über ihre Familie war größer als ihr Verdruss über den Kommandoton. Impulsiv und zugleich wohl überlegt arrangierte sie die Reise, verschloss das geliebte Haus in Georgetown und ließ Tony hinter sich.

Protestierend schrillte der Zug, während er die Station Lannion erreichte. Prickelnde Erregung verscheuchte die Reisemüdigkeit, als Shirley ihr Handgepäck nahm und auf den Bahnsteig hinaustrat. Zum ersten Mal sah sie das Geburtsland ihrer Mutter. Fasziniert blickte sie um sich und nahm die herbe Schönheit und die weichen, schmelzenden Farben der Bretagne in sich auf.

Ein Mann beobachtete, wie sie konzentriert und lächelnd um sich schaute. Überrascht hob er die dunklen Augenbrauen. Er nahm sich Zeit, Shirley zu betrachten: Sie war groß, ihre Figur gertenschlank, und sie trug ein tiefblaues Reisekostüm. Der flauschige Rock umschmeichelte die schönen langen Beine. Eine weiche Brise glitt sanft durch ihr sonnenhelles Haar und über das schmale, ovale Gesicht. Er bemerkte die großen bernsteinfarbenen Augen, die von dichten, dunklen Wimpern eingerahmt waren. Ihre Haut wirkte unbeschreiblich geschmeidig, glatt wie Alabaster, empfindlich wie eine zarte Orchidee. Er würde sehr bald feststellen, dass Erscheinungsbilder dieser Art häufig trügerisch sind.

Er näherte sich ihr langsam, beinahe widerstrebend. „Sind Sie Mademoiselle Shirley Smith?“ Er sprach Englisch mit einem leichten französischen Akzent.

Shirley zuckte bei dem Klang seiner Stimme zusammen. Sie war so in das Landschaftsbild versunken, dass sie seine Anwesenheit nicht bemerkt hatte. Sie strich eine Haarlocke aus dem Gesicht, wandte den Kopf und sah in die dunkelbraunen Augen des ungewöhnlich großen Mannes.

„Ja.“ Sie wunderte sich über die eigenartige Anziehungskraft seines Blicks. „Kommen Sie von Schloss Kergallen?“

Er zog eine Braue hoch. „Allerdings. Ich bin Christophe de Kergallen. Die Gräfin beauftragte mich, Sie abzuholen.“

„De Kergallen?“, wiederholte sie erstaunt. „Also noch ein weiterer geheimnisvoller Verwandter?“

Seine vollen, sinnlichen Lippen bogen sich kaum merklich. „Mademoiselle, wir sind sozusagen Cousin und Cousine."

„Verwandte also."

Sie schätzten einander ab wie zwei Degenfechter vor dem ersten Gang.

Tiefschwarzes Haar fiel auf seinen Kragen, und die unbewegten Augen hoben sich fast ebenso dunkel von seiner bronzefarbenen Haut ab. Seine Gesichtszüge waren wie gemeißelt. Seine aristokratische Ausstrahlung wirkte gleichermaßen anziehend und abstoßend auf Shirley. Am liebsten hätte sie ihn sofort mit einem Bleistift auf einem Zeichenblock festgehalten.

Er ließ sich von ihrem langen, prüfenden Blick nicht beirren und hielt ihm mit kühlen, reservierten Augen stand. „Ihre Koffer werden später ins Schloss gebracht." Er nahm ihr Handgepäck vom Bahnsteig auf. „Kommen Sie jetzt mit mir. Die Gräfin wartet bereits auf Sie."

Er führte sie zu einer schimmernden schwarzen Limousine, half ihr auf den Beifahrersitz und verstaute ihre Taschen im Kofferraum. Dabei verhielt er sich so kühl und unpersönlich, dass Shirley gleichzeitig verärgert und neugierig war. Schweigend fuhr er los, während sie sich zur Seite wandte und ihn betrachtete.

„Und wie kommt es, dass wir Cousin und Cousine sind?" Sie fragte sich, wie sie ihn nennen sollte. Monsieur? Christophe?

„Ihr Großvater, der Gatte der Gräfin, starb, als Ihre Mutter noch ein Kind war." Sein Ton klang so höflich und leicht gelangweilt, dass sie ihm am liebsten geraten hätte, sich nur ja nicht zu überanstrengen. „Einige Jahre später heiratete die Gräfin meinen Großvater, den Grafen de Kergallen, dessen Frau gestorben war und ihm einen Sohn hinterlassen hatte. Das war mein Vater." Er wandte den Kopf und warf ihr einen kurzen Blick zu. „Ihre Mutter und mein Vater wuchsen wie Geschwister im Schloss auf. Als mein Großvater starb, heiratete mein Vater, erlebte noch meine Geburt und kam dann bei einem Jagdunfall ums Leben. Meine Mutter grämte sich drei Jahre lang um ihn, bis auch sie starb."

Seine Erzählung klang so unbeteiligt, dass Shirley nur wenig

Mitgefühl für das früh verwaiste Kind empfand. Sie beobachtete erneut sein falkenähnliches Profil.

„Somit wären Sie der derzeitige Graf de Kergallen und mein angeheirateter Cousin."

Wiederum ein kurzer, nachlässiger Blick: „So ist es."

„Diese beiden Tatsachen beeindrucken mich maßlos", erwiderte sie sarkastisch.

Seine Braue hob sich erneut, als er Shirley anschaute, und einen Moment lang glaubte sie, dass seine kühlen, dunklen Augen lachten. Doch dann verwarf sie den Gedanken, weil dieser Mann neben ihr bestimmt niemals lachte.

„Kannten Sie meine Mutter?", fragte sie, um das Schweigen zu beenden.

„Ja. Ich war acht Jahre alt, als sie das Schloss verließ."

„Warum ist sie fortgegangen?"

Er blickte sie klar und unnachgiebig an, ehe er seine Aufmerksamkeit wieder auf die Straße lenkte.

„Die Gräfin wird Ihnen berichten, was sie für notwendig hält."

„Was sie für notwendig hält?", sprudelte Shirley hervor, verärgert über die Zurechtweisung. „Damit wir uns recht verstehen, Cousin: Ich beabsichtige, herauszufinden, warum meine Mutter die Bretagne verließ und mir zeit meines Lebens die Existenz meiner Großmutter vorenthalten hat."

Langsam zündete Christophe sich ein Zigarillo an und ließ den Rauch gelassen ausströmen. „Ich kann Ihnen nichts weiter dazu sagen."

„Das heißt, Sie wollen mir nichts weiter sagen."

Er hob die breiten Schultern, und sie schaute wieder durch die Windschutzscheibe. Dabei entging ihr sein leicht amüsiertes Lächeln.

Der Graf und Shirley setzten die Fahrt überwiegend schweigsam fort. Gelegentlich erkundigte Shirley sich nach der Landschaft, durch die sie fuhren, und Christophe antwortete einsilbig, wenn auch höflich, ohne die geringste Absicht, die Konversation weiter auszudehnen. Die goldene Sonne und ein klarer Himmel genügten, um sie die Anstrengung der Reise vergessen zu lassen, aber seine Zurückhaltung forderte sie heraus.

Nachdem er sie wieder einmal mit zwei Silben beehrt hatte, bemerkte sie betont liebenswürdig: „Als bretonischer Graf sprechen Sie ein erstaunlich gutes Englisch."

Gönnerhaft entgegnete er: „Auch die Gräfin beherrscht die englische Sprache, Mademoiselle. Die Dienstboten sprechen jedoch nur Französisch oder Bretonisch. Sollten Sie Schwierigkeiten haben, werden die Gräfin oder ich Ihnen behilflich sein."

Shirley blickte ihn von der Seite an, hochmütig und geringschätzig. „Das ist nicht notwendig, Graf. Ich spreche fließend Französisch."

„Bon, umso besser. Das vereinfacht Ihren Aufenthalt."

„Ist es noch weit bis zum Schloss?" Shirley fühlte sich erhitzt, zerknittert und müde. Die endlose Reise und die Zeitverschiebung gaben ihr das Gefühl, tagelang in einem schaukelnden Fuhrwerk verbracht zu haben, und sie sehnte sich nach einer soliden Badewanne mit warm schäumendem Wasser.

„Wir befinden uns schon seit geraumer Zeit auf Kergallen, Mademoiselle. Das Schloss ist nicht mehr weit entfernt."

Das Auto fuhr langsam auf eine Anhöhe zu. Shirley schloss die Augen wegen des drückenden Kopfwehs und wünschte sehnlichst, dass ihre mysteriöse Großmutter in einem weniger komplizierten Ort lebte, zum Beispiel in Idaho oder New Jersey. Als sie die Augen wieder öffnete, lösten sich Schmerzen und Müdigkeit wie Nebel in heißer Sonne auf.

„Halten Sie an", rief sie und legte unwillkürlich eine Hand auf Christophes Arm.

Das Schloss stand hoch, stolz und einsam auf der Anhöhe: ein weitläufiges steinernes Gebäude aus einem früheren Jahrhundert, mit Wachtürmen, Schießscharten und einem spitz zulaufenden Ziegeldach, das sich warm und grau vom hellblauen Himmel abhob. Die unzähligen hohen Fenster standen dicht beieinander und reflektierten das Sonnenlicht in allen nur erdenklichen Farben. Shirley verliebte sich auf Anhieb in das vertrauenerweckende und wunderschöne alte Schloss.

Christophe beobachtete, wie sich Überraschung und Freude in ihrem offenen Gesicht abwechselten, während ihre Hand noch immer weich und leicht auf seinem Arm lag. Eine einzelne Locke war ihr in die Stirn gefallen. Er wollte sie zurückstreichen, unterließ es dann aber.

Shirley war in den Anblick des Schlosses versunken. Sie malte sich schon die Winkel aus, die sie zeichnerisch festhalten würde. Dabei stellte sie sich den Festungsgraben vor, der einst wahrscheinlich das Schloss umgeben hatte.

„Es ist traumhaft", sagte sie schließlich und sah ihren Begleiter an. Hastig zog sie ihre Hand von seinem Arm zurück. „Wie im Märchen. Ich höre die Trompetenklänge, sehe die Ritter in ihren Rüstungen und die Damen in schwebenden Gewändern und hohen, spitzen Hüten. Gibt es hier auch einen Drachen?" Sie lächelte ihn an.

„Höchstens Marie, die Köchin." Einen Augenblick lang fiel seine kühle, höfliche Maske ab. Mit einem schnellen Blick erfasste sie das entwaffnende Lächeln, das ihn jünger und zugänglicher machte.

Er ist also doch ein wenig menschlich, entschied sie. Als ihr Puls sich beschleunigte, gestand sie sich ein, dass er, wenn schon menschlich, umso gefährlicher war. Ihre Augen trafen sich, und sie hatte das eigenartige Gefühl, völlig allein mit ihm zu sein. Georgetown schien am Ende der Welt zu liegen.

Doch der charmante Begleiter fiel gleich wieder in die Rolle des förmlichen Fremden zurück: Christophe setzte die Fahrt schweigend fort, verschlossen und kühl nach dem kurzen, freundlichen Zwischenspiel.

Sei vorsichtig, ermahnte Shirley sich. Deine Fantasie spielt dir einen Streich. Dieser Mann ist nicht für dich geschaffen. Aus irgendeinem unbekannten Grund mag er dich nicht einmal, und trotz eines einzigen flüchtigen Lächelns bleibt er ein gefühlloser, herablassender Aristokrat.

Christophe brachte das Auto an einer weiten, gewundenen

Auffahrt zum Stehen. Sie bogen in einen gepflasterten Hof ein, an dessen Mauern Phlox wucherte. Schwungvoll verließ er den Wagen, und Shirley tat es ihm gleich, ehe er ihr behilflich sein konnte. Sie war so entzückt von der märchenhaften Umgebung, dass sie sein Stirnrunzeln über ihre Eigenmächtigkeit überhaupt nicht bemerkte.

Er nahm ihren Arm und führte sie die Steinstufen hinauf zu einer schweren Eichentür. Er zog an dem schimmernden Griff, neigte leicht den Kopf und forderte sie auf, einzutreten.

Der Fußboden der riesigen Eingangshalle war spiegelglänzend poliert und mit erlesenen handgeknüpften Teppichen belegt. An den getäfelten Wänden hingen farbenfrohe, unglaublich alte Tapisserien. Die Balkendecke und ein Jagdtisch aus Eichenholz waren mit anheimelnder Alterspatina überzogen. Eichenstühle mit handgearbeiteten Sitzen und der Duft frischer Blumen belebten den Raum, der ihr merkwürdig bekannt vorkam. Ihr schien, als hätte sie gewusst, was sie beim Betreten dieses Schlosses erwartete, und die Halle hieß sie willkommen.

„Ist irgendetwas nicht in Ordnung?" Christophe bemerkte ihren verwirrten Gesichtsausdruck.

Sie schüttelte den Kopf. „Seltsam, es ist, als hätte ich dies alles schon einmal gesehen, und zwar mit Ihnen." Sie atmete tief und bewegte unruhig die Schultern. „Es ist wirklich sehr eigentümlich."

„Also hast du sie endlich hierhergebracht, Christophe."

Shirley sah, wie ihre Großmutter auf sie zukam.

Die Gräfin de Kergallen war groß und fast ebenso schmal wie Shirley. Ihr Haar leuchtete weiß und umrahmte das scharfe, kantige Gesicht, dessen Haut den Altersfältchen trotzte. Die Augen unter den wunderschön geschwungenen Brauen waren stechend blau. Sie hielt sich königlich aufrecht wie eine Frau, die weiß, dass sechzig Lebensjahre ihre Schönheit nicht zu schmälern vermochten.

Diese Dame ist eine Gräfin vom Scheitel bis zur Sohle, dachte Shirley.

Die Gräfin betrachtete Shirley bedächtig und intensiv, und nach einem kurzen Aufleuchten war das Gesicht gleich wieder unbeweglich und beherrscht. Sie streckte ihre schön geformte, mit Ringen geschmückte Hand aus.

„Willkommen im Schloss Kergallen, Shirley Smith. Ich bin Gräfin Frangoise de Kergallen."

Shirley umfasste die Hand und fragte sich absonderlicherweise, ob sie sie küssen und einen Knicks machen müsste. Der Handschlag war kurz und formell: keine liebevolle Umarmung, kein Willkommenslächeln. Sie verbarg ihre Enttäuschung und entgegnete ebenso zurückhaltend: „Danke, Madame. Ich freue mich, hier zu sein."

„Sie sind sicherlich erschöpft nach Ihrer Reise. Ich werde Ihnen Ihr Zimmer zeigen. Wahrscheinlich möchten Sie sich ausruhen, ehe Sie sich zum Abendessen umkleiden."

Shirley folgte ihr eine breite, geschwungene Treppe hinauf. Auf dem Absatz blickte sie sich nach Christophe um, der sie beobachtete. Er dachte überhaupt nicht daran, den Blick von ihr abzuwenden. Shirley drehte sich schnell um und eilte der Gräfin hinterher.

Sie gingen einen langen, engen Flur hinunter. Messingleuchter waren in regelmäßigen Abständen in die Wände eingelassen, anstelle von ehemaligen Fackeln, vermutete Shirley. Als die Gräfin vor einer Tür anhielt, sah sie sich noch einmal um, nickte kurz, öffnete die Tür und bat Shirley, einzutreten.

Das Zimmer war weiträumig, doch trotzdem anheimelnd. Die Kirschholzmöbel glänzten. Ein Himmelbett dominierte diesen Raum, der seidene Überwurf erzählte eine lange Geschichte von zeitraubenden Nadelstichen. Ein steinerner Kamin befand sich dem Bett gegenüber. Sein dekorativ ziseliertes Sims war mit Dresdner Porzellanfiguren verziert, die der große gerahmte Spiegel darüber zurückwarf. Das Ende des Raums war gerundet und verglast. Ein gepolsterter Sessel am Fenster lud zu einer Ruhepause und zu einem Blick auf die atemberaubende Aussicht ein.

Shirley war von diesem Zimmer und seiner besonderen Atmosphäre fasziniert. „Es gehörte meiner Mutter, nicht wahr?"

Wiederum leuchteten die Augen der Gräfin kurz auf, wie eine verlöschende Kerze. „Ja. Gabrielle richtete es ein, als sie eben erst sechzehn Jahre alt war."

„Ich danke Ihnen, dass Sie es mir überlassen haben, Madame." Selbst die kühle Antwort beeinträchtigte nicht die Wärme des Raums. Shirley lächelte: „Ich werde meiner Mutter während meines Aufenthalts hier sehr nahe sein."

Die Gräfin nickte nur und drückte einen kleinen Knopf in der Nähe des Bettes. „Catherine wird Ihnen das Bad bereiten. Ihre Koffer werden bald ankommen, und dann wird sie sich um das Auspacken kümmern. Wir speisen um acht Uhr, es sei denn, Sie wollen jetzt eine kleine Erfrischung zu sich nehmen."

„Nein, danke, Gräfin", erwiderte Shirley und fühlte sich wie ein Logiergast in einem sehr gut geführten Hotel. „Acht Uhr ist gerade recht."

Die Gräfin wandte sich zur Tür. „Catherine wird Ihnen den Salon zeigen, sobald Sie sich etwas ausgeruht haben. Um halb acht werden Cocktails serviert. Wenn Sie etwas benötigen, brauchen Sie nur zu läuten."

Nachdem die Tür sich hinter der Gräfin geschlossen hatte, atmete Shirley tief ein und ließ sich auf das Bett fallen.

Warum bin ich nur hierhergekommen? Sie schloss die Augen und fühlte sich plötzlich sehr einsam. Ich hätte in Georgetown bleiben sollen, bei Tony, in der vertrauten Umgebung. Was suche ich eigentlich hier? Sie seufzte tief auf, kämpfte gegen die aufkeimende Niedergeschlagenheit an und sah sich erneut in dem Raum um. Das Zimmer meiner Mutter, erinnerte sie sich und glaubte, ihre besänftigenden Hände zu spüren. Wenigstens dies hier begreife ich.

Shirley trat ans Fenster und beobachtete, wie sich der Tag im Zwielicht auflöste. Die Sonne blitzte ein letztes Mal auf, ehe sie unterging. Eine Brise bewegte die Luft und vereinzelte Wolken, die träge über den dunkelnden Himmel zogen.

Ein Schloss auf einem Hügel in der Bretagne. Bei dem Gedanken daran schüttelte sie den Kopf, kniete sich auf den Fenstersessel und beobachtete den Anbruch des Abends. Wie passte Shirley Smith hierher? Wo war ihr Platz? Sie zog die Stirn kraus über die plötzliche Erkenntnis: Irgendwie gehöre ich hierher, zumindest ein Teil von mir. Ich fühlte es in dem Augenblick, als ich die überwältigenden Steinmauern sah, und dann wieder in der Eingangshalle. Sie unterdrückte ihre Gefühle und dachte über ihre Großmutter nach.

Sie war nicht gerade angetan von der Begegnung, entschied Shirley kläglich. Oder vielleicht beruhte ihr kaltes, distanziertes Verhalten nur auf europäischer Förmlichkeit. Vermutlich hätte sie mich nicht eingeladen, wenn sie mich nicht auch wirklich kennenlernen wollte. Wahrscheinlich erwartete ich mehr, weil ich mir etwas anderes vorgestellt hatte. Geduld war noch nie meine Stärke, und so muss ich mich jetzt wohl dazu zwingen. Wäre die Begrüßung am Bahnhof doch nur etwas zuvorkommender verlaufen. Beklommen dachte sie erneut an Christophes Benehmen.

Ich könnte schwören, dass er mich am liebsten gleich wieder mit dem Zug zurückgeschickt hätte, als er mich sah. Und dann die verletzende Unterhaltung im Wagen. Was für ein enttäuschender Mann, das Abbild eines bretonischen Grafen. Vielleicht liegt es daran, dass er mich so sehr beeindruckt hat. Er unterscheidet sich in allem von den Männern, die ich vorher kannte: elegant und gleichzeitig vital. Seine Kultiviertheit verbirgt Kraft und Männlichkeit. Stärke, das Wort blitzte in ihren Gedanken auf, und sie zog die Brauen dichter zusammen. Ja, er ist stark und selbstbewusst, gestand sie sich widerwillig ein.

Für einen Künstler wäre er ein ideales Modell. Er interessiert mich als Malerin, redete sie sich ein, nicht als Frau. Eine Frau müsste verrückt sein, um sich gefühlsmäßig von solch einem Mann beeindrucken zu lassen. Völlig von Sinnen, bestärkte sie sich innerlich.

2. KAPITEL

Der goldgerahmte frei stehende Spiegel reflektierte Shirleys Ebenbild: eine schlanke blonde Frau. Das fließende, hochgeschlossene Gewand aus altrosa Seide ließ Arme und Schultern frei und unterstrich die zarte Hautfarbe. Shirley betrachtete ihre Bernsteinaugen und seufzte auf. Gleich musste sie hinuntergehen, um erneut ihrer Großmutter und ihrem Cousin zu begegnen: der aristokratisch zurückhaltenden Gräfin und dem förmlichen, merkwürdig feindseligen Grafen.

Ihre Koffer waren angekommen, während sie das Bad genoss, das das dunkelhaarige bretonische Zimmermädchen eingelassen hatte. Catherine packte die Kleider aus, zunächst etwas scheu, doch dann hellauf begeistert über die schönen Sachen. Sie brachte sie in dem breiten Kleiderschrank und in einer antiken Kommode unter. Ihr natürliches, freundliches Wesen unterschied sich auffällig von den Umgangsformen ihrer Herrschaft.

Shirleys Versuch, sich in den kühlen Leinenlaken des großen Himmelbetts auszuruhen, scheiterte an ihrer inneren Unruhe. Die seltsame Vertrautheit des Schlosses, der steife, formelle Empfang der Großmutter und die Anziehungskraft des abweisenden Grafen machten sie nervös und unsicher. Hätte sie sich doch nur von Tony überzeugen lassen, dann wäre sie in der vertrauten Umgebung geblieben.

Sie atmete tief, reckte die Schultern und hob das Kinn. Schließlich war sie kein naives Schulmädchen mehr, das sich von Schlössern und übertriebenen Förmlichkeiten einschüchtern ließ. Sie war Shirley Smith, die Tochter von Jonathan und Gabrielle Smith, und sie würde den Kopf hochhalten und es mit Grafen und Gräfinnen aufnehmen.

Catherine klopfte leise an die Tür, und Shirley folgte ihr in gespieltem Selbstvertrauen den langen Gang entlang und die gewundene Treppe hinunter.

„Guten Abend, Mademoiselle Smith.“ Christophe begrüßte

sie am Fuß der Treppe mit der gewohnten Förmlichkeit. Catherine zog sich schnell und bescheiden zurück.

„Guten Abend, Graf", erwiderte Shirley ebenso unpersönlich, als sie sich erneut gegenüberstanden.

Der schwarze Abendanzug verlieh seinen adlerhaften Zügen ein geheimnisvolles Aussehen. Die dunklen Augen leuchteten beinahe pechschwarz, und die bronzefarbene Haut hob sich glänzend von dem schwarzen Stoff und dem blendend weißen Hemd ab. Sollte er von Piraten abstammen, dann hatten sie jedenfalls viel Geschmack besessen und mussten bei ihren seeräuberischen Unternehmungen über die Maßen erfolgreich gewesen sein, vermutete Shirley, als er sie lange ansah.

„Die Gräfin erwartet uns im Salon." Unerwartet charmant, bot er ihr den Arm.

Die Gräfin beobachtete sie, als sie das Zimmer betraten: den hochgewachsenen, stolzen Mann und die schlanke, goldhaarige Frau an seiner Seite. Ein auffallend schönes Paar, überlegte sie. Jedermann würde sich nach ihnen umdrehen. „Guten Abend, Shirley und Christophe." Sie trug ein königliches saphirblaues Gewand und ein funkelndes Diamantcollier. „Meinen Aperitif, bitte, Christophe. Und was trinken Sie, Shirley?"

„Wermut, wenn ich bitten darf, Madame", lächelte sie verbindlich.

„Ich hoffe, Sie haben sich gut ausgeruht", bemerkte die Gräfin, als Christophe ihr das kleine Kristallglas reichte.

„Wirklich sehr gut, Madame." Sie wandte sich ein wenig ab, um den Dessertwein entgegenzunehmen. „Ich …" Sie verschluckte die geistlosen Worte, die sie sich zurechtgelegt hatte, weil ihr Blick von einem Porträt gefesselt wurde. Sie drehte sich vollends um und betrachtete es.

Eine hellblonde Frau mit zarter Hautfarbe schaute sie an. Das Gesicht war ihr eigenes Ebenbild. Abgesehen von der Länge des goldenen Haars, das bis auf die Schultern fiel, und den tiefblauen statt bernsteinfarbenen Augen gab das Porträt Shirley wieder: das ovale Gesicht, feinfühlig, mit geheimnisvollen Linien, der volle, geschwungene Mund und die zerbrechliche, fliehende Schönheit ihrer Mutter, in Ölfarben vor einem Vierteljahrhundert festgehalten.

Das war das Werk ihres Vaters. Shirley erkannte es sofort. Da war kein Irrtum möglich. Pinselführung und Farbgebung verrieten die individuelle Technik von Jonathan Smith so sicher wie die kleine Signatur am unteren Rand. Ihre Augen füllten sich mit Tränen, doch sie unterdrückte den bedrohlichen Schleier. Beim Anblick des Porträts fühlte sie einen Augenblick lang die Gegenwart ihrer Eltern, die Wärme und Zuneigung, auf die sie mittlerweile zu verzichten gelernt hatte.

Sie betrachtete das Gemälde eingehend, um sich noch mehr mit dem Werk ihres Vaters auseinanderzusetzen: die Falten des perlmutthellen Gewands, die Rubine an den Ohren, ein scharfer Farbkontrast, der sich in dem Ring auf ihrem Finger wiederholte.

„Ihre Mutter war eine sehr schöne Frau", bemerkte die Gräfin nach geraumer Zeit, und Shirley antwortete wie abwesend, noch gefangen von den Augen ihrer Mutter, die Liebe und Glück ausstrahlten.

„Das stimmt. Es ist erstaunlich, wie wenig sie sich verändert hat, seitdem mein Vater dieses Bild malte. Wie alt war sie damals?"

„Kaum zwanzig", erwiderte die Gräfin knapp. „Sie haben die Arbeit Ihres Vaters also sofort erkannt."

„Aber selbstverständlich." Shirley wandte sich um und lächelte herzlich und aufrichtig. „Als seine Tochter und Kunstgefährtin erkenne ich seine Werke ebenso schnell wie seine Handschrift."

Sie betrachtete das Porträt noch einmal und bewegte lebhaft die feingliedrige Hand. „Das Bild entstand vor fünfundzwanzig Jahren, und es erfüllt diesen Raum hier immer noch mit Wärme und Leben."

„Die Ähnlichkeit mit Ihrer Mutter ist in der Tat stark ausgeprägt", bemerkte Christophe. Er stand dicht beim Kaminsims, nahm einen Schluck aus seinem Glas und fesselte ihre Aufmerksamkeit, als wollte er ihre Hände ergreifen. „Ich war ganz überwältigt, als Sie aus dem Zug stiegen."

„Nur die Augen unterscheiden sich voneinander", konstatierte die Gräfin, ehe Shirley eine passende Bemerkung einflechten konnte. „Sie hat die Augen ihres Vaters geerbt."

Ihre Stimme klang bitter, daran bestand kein Zweifel. Shirley drehte sich zu ihr um: „Ja, Madame, ich habe die Augen meines Vaters. Macht Ihnen das etwas aus?"

Die Gräfin hob abweisend die ausdrucksvollen Schultern und nippte an ihrem Glas, ohne die Frage zu beantworten.

„Sind meine Eltern sich hier im Schloss begegnet?" Shirley bemühte sich um Geduld. „Warum sind sie fortgegangen und nie wieder zurückgekehrt? Weshalb haben sie mir nie etwas von Ihnen erzählt?" Sie blickte von ihrer Großmutter zu Christophe: in zwei kühle, ausdruckslose Gesichter. Die Gräfin hatte eine Barriere errichtet, und Shirley wusste, dass Christophe sie nicht einreißen durfte. Er würde ihr nichts von dem sagen, was sie wissen wollte. Nur die Frau könnte ihre Fragen beantworten. Sie wollte noch etwas sagen, doch eine Bewegung der ringgeschmückten Hand schnitt ihr das Wort ab.

„Darüber werden wir später sprechen." Es klang wie eine königliche Verordnung. Die Gräfin erhob sich: „Jetzt werden wir erst einmal zu Abend essen."

Das Speisezimmer war sehr geräumig wie alles in diesem Schloss. Steile Balken trugen die Decke wie in einer Kathedrale, und die dunkel getäfelten Wände waren von hohen Fenstern unterbrochen, eingerahmt von blutroten Samtvorhängen. Ein Kamin, so groß, dass man aufrecht darin stehen konnte, nahm eine ganze Wand ein. Angezündet muss er ein schreckenerregender Anblick sein, dachte Shirley. Ein schwerer Leuchter erhellte den Raum. Seine Kristalle funkelten in Regenbogenfarben auf das dunkle, massive Eichenholz.

Als Vorspeise gab es eine reichhaltige Zwiebelsuppe nach

bester französischer Art. Währenddessen tauschten die drei Personen Höflichkeiten aus. Shirley schaute hin und wieder Christophe an und war gegen ihren Willen von seinem stattlichen Aussehen beeindruckt.

Er kann mich einfach nicht leiden, entschied sie nachdenklich. Er mochte mich schon nicht, als er mich auf der Bahnstation sah. Warum nur? Resigniert widmete sie ihre Aufmerksamkeit dem Lachs in Sahnesoße. Vielleicht mag er Frauen im Allgemeinen nicht.

Als sie zu ihm hinübersah, blickte er sie so durchdringend an, dass sie einen elektrischen Schlag zu spüren glaubte. Nein, berichtigte sie sich schnell, entzog sich seinem Blick und betrachtete den klaren Weißwein in ihrem Kelch, er ist kein Frauenfeind. Diese Augen wissen viel und sind erfahren. Auf Tony habe ich nie auf diese Weise reagiert. Sie hob errötend ihr Glas und probierte den Wein.

„Stephan", kommandierte die Gräfin, „schenken Sie Mademoiselle noch etwas Wein nach."

Der an den eilfertigen Diener gerichtete Befehl der Gräfin riss Shirley aus ihren Betrachtungen. „Nein, danke. Ich bin vollauf zufrieden."

„Als Amerikanerin sprechen Sie ein sehr gutes Französisch", bemerkte die alte Dame. „Ich bin froh, dass Sie eine gute Erziehung genossen haben, selbst in jenem barbarischen Land."

Ihr geringschätziger Ton war derart anmaßend, dass Shirley nicht wusste, ob sie beleidigt oder belustigt auf die Missachtung ihrer Nationalität reagieren sollte. Trocken erwiderte sie: „Madame, das barbarische Land heißt Amerika und ist mittlerweile nahezu zivilisiert. Inzwischen vergehen buchstäblich Wochen, ohne dass es zu Übergriffen der Indianer kommt."

Das stolze Haupt hob sich majestätisch. „Kein Grund für Unverschämtheiten, Mademoiselle."

„Wirklich?", lächelte Shirley arglos. Als sie das Weinglas hob, bemerkte sie erstaunt, dass Christophe sich königlich zu amüsieren schien.

„Von Ihrer Mutter haben Sie das sanfte Aussehen geerbt", flocht die Gräfin ein, „doch von Ihrem Vater die vorlaute Offenherzigkeit."

„Danke." Shirley begegnete den scharfen blauen Augen mit einem zustimmenden Nicken. „Beides zählt."

Bis zum Ende der Mahlzeit erschöpfte die Unterhaltung sich wieder in Belanglosigkeiten. Die Pause glich einem Waffenstillstand, und Shirley fragte sich noch immer nach dem Grund für den Kriegsausbruch. Sie begaben sich wieder in den Salon, wo Christophe es sich in einem mächtigen Polstersessel gemütlich machte und einen Cognac genoss, während die Gräfin und Shirley Kaffee aus hauchdünnen Porzellantassen tranken.

„Jacques le Goff, der Verlobte von Gabrielle, begegnete Jonathan Smith in Paris", begann die Gräfin ohne Überleitung. Shirley setzte die Tasse ab und richtete die Augen auf das energische Gesicht. „Er war vom Talent Ihres Vaters ziemlich beeindruckt und beauftragte ihn, Gabrielles Porträt als Hochzeitsgeschenk zu malen."

„Meine Mutter war mit einem anderen Mann verlobt, ehe sie meinen Vater heiratete?"

„Ja. Eine Absprache, die zwischen den beiden Familien seit Jahren bestand. Gabrielle gab ihr Einverständnis. Jacques war ein guter Mann, mit solidem gesellschaftlichem Hintergrund."

„Demnach wollten sie eine Vernunftehe eingehen?"

Die Gräfin wischte Shirleys Missfallen mit einer knappen Geste hinweg. „Das ist ein alter Brauch, und wie ich schon sagte, war Gabrielle durchaus damit einverstanden. Jonathan Smiths Ankunft im Schloss veränderte alles. Wäre ich mehr auf der Hut gewesen, hätte ich die Gefahr erkannt, die Blicke besser gedeutet, die sie miteinander austauschten, und Gabrielles Erröten, wenn sein Name ausgesprochen wurde."

Françoise de Kergallen seufzte tief und blickte auf das Porträt ihrer Tochter. „Niemals kam mir der Gedanke, dass Gabrielle ihr Wort brechen und der Familie Schande bereiten würde. Sie war immer eine liebenswerte, gehorsame Tochter, aber Ihr Vater setzte sich über ihre Pflichten hinweg." Die blauen Augen wechselten vom Porträt zum lebenden Abbild über. „Ich wusste nicht, was sich zwischen den beiden abspielte. Im Gegensatz zu früher vertraute sie sich mir nicht mehr an, um meinen Rat einzuholen. An dem Tag, als das Porträt vollendet war, wurde Gabrielle im Garten ohnmächtig. Als ich darauf bestand, einen Arzt für sie zu holen, sagte sie, dass es nicht notwendig wäre. Sie war nicht krank, sondern erwartete ein Kind."

Die Gräfin sprach nicht mehr weiter. Schweigen lag wie ein schwerer Schatten über dem Raum.

„Madame", unterbrach Shirley die Stille, „wenn Sie glauben, meine Feinfühligkeit auf die Probe stellen zu können, weil ich vor der Heirat meiner Eltern ins Leben gerufen worden bin, muss ich Sie enttäuschen. Ich finde es belanglos. Die Zeit der Vorurteile ist vorüber, jedenfalls in meinem Land. Meine Eltern liebten sich. Ob sie diese Liebe nun vollendeten, bevor oder nachdem sie heilige Eide geschworen hatten, geht mich nichts an."

Die Gräfin lehnte sich in ihrem Stuhl zurück, verschränkte die Finger und sah Shirley scharf an. „Sie sind sehr freimütig, nicht wahr?"

„Das stimmt. Trotzdem bin ich bei aller Aufrichtigkeit nicht ungerecht."

„Das ist richtig", gab Christophe leise zu.

Die weißen Brauen der Gräfin wölbten sich leicht, ehe sie sich wieder Shirley zuwandte. „Ihre Mutter war einen Monat lang verheiratet, ehe sie schwanger wurde." Es war eine Feststellung. Ihr Gesichtsausdruck veränderte sich nicht im Geringsten.

„Sie hatten sich heimlich trauen lassen, in irgendeiner kleinen, weiter entfernten Dorfkapelle, mit der Absicht, das Geheimnis zu hüten, bis Ihr Vater in der Lage war, Gabrielle mit nach Amerika zu nehmen."

„Ich verstehe." Shirley lehnte sich lächelnd zurück. „Meine Existenz löste die Unannehmlichkeiten bedeutend früher aus als erwartet. Aber was taten Sie, Madame, als Sie herausfanden, dass Ihre Tochter verheiratet war und das Kind eines unbedeutenden Künstlers zur Welt bringen würde?"

„Ich verstieß sie und forderte sie beide auf, mein Haus zu verlassen. Von dem Tag an hatte ich keine Tochter mehr." Sie sprach schnell, als wollte sie sich einer nicht mehr erträglichen Bürde entledigen.

Shirley entfuhr ein leiser Klagelaut, und ihre Augen flüchteten zu Christophe, der sich jedoch hinter einer leeren Maske verschanzte. Sie erhob sich langsam, spürte einen wilden Schmerz, wandte ihrer Großmutter den Rücken zu und betrachtete das sanfte Lächeln auf dem Porträt ihrer Mutter.

„Es überrascht mich nicht, dass meine Eltern Sie aus ihrem Leben getilgt und von mir ferngehalten haben." Sie drehte sich wieder zu der Gräfin um, deren Gesicht teilnahmslos blieb. Nur die bleichen Wangen zeugten von innerer Bewegung. „Es tut mir leid für Sie, Madame. Sie haben sich um ein großes Glück betrogen, denn Sie haben sich in die Einsamkeit geflüchtet. Meine Eltern teilten miteinander eine tiefe, alles umfassende Liebe, während Sie sich stolz und gekränkt abkapselten. Meine Mutter hätte Ihnen vergeben. Das wissen Sie sehr gut, sofern Sie sie kannten. Mein Vater hätte Ihnen um meiner Mutter willen verziehen, denn er konnte ihr nie etwas abschlagen."

„Mir verziehen?" Die bleichen Wangen der Gräfin röteten sich, Zorn bebte in ihrer sonst so beherrschten Stimme. „Habe ich etwa die Vergebung eines gewöhnlichen Diebes nötig und einer Tochter, die ihr Erbe verraten hat?"

Shirleys helle Augen sprühten heiß wie goldene Flammen. Sie verbarg jedoch ihre Erregung und fragte frostig: „Dieb? Madame, wollen Sie damit sagen, dass mein Vater Sie bestohlen hat?"

„Ja, das hat er getan." Die Stimme war ebenso hart und fest wie die Augen. „Es genügte ihm nicht, mir meine Tochter zu stehlen, die ich mehr liebte als mein Leben. Zu seiner Beute zählte auch eine Madonna von Raphael, die sich seit Generationen im

Besitz meiner Familie befand. Beide unbezahlbar, beide unersetzbar, beide an einen Mann verloren, den ich törichterweise in meinem Haus willkommen hieß und dem ich vertraute."

„Ein Raphael?" Verwirrt strich Shirley sich über die Schläfe. „Sie wollen andeuten, dass mein Vater einen Raphael gestohlen hätte? Das kann doch nicht Ihr Ernst sein."

„Ich deute überhaupt nichts an", berichtigte die Gräfin und hob den Kopf wie eine Königin, die ein Urteil verkündet. „Ich stelle fest, dass Jonathan Smith meine Tochter Gabrielle und die Madonna geraubt hat. Er war sehr klug. Er kannte meine Absicht, das Gemälde dem Louvre zu schenken, und bot mir an, es zu reinigen. Ich glaubte ihm." Das kantige Gesicht war wieder grimmig. „Er nutzte mein Vertrauen aus, verblendete meine Tochter gegenüber ihrer Pflichterfüllung und verließ das Schloss mit den beiden Kostbarkeiten."

„Das ist eine Lüge", ereiferte sich Shirley. Zorn überwältigte sie mit der Kraft einer Flutwelle. „Mein Vater hätte niemals gestohlen, nie im Leben. Wenn Sie Ihre Tochter verloren haben, dann aufgrund Ihres Hochmuts und Ihrer Blindheit."

„Und der Raphael?" Die Frage klang nachgiebig, aber sie erfüllte den Raum und hallte von den Wänden wider.

„Ich weiß nicht, was mit Ihrem Raphael geschehen ist." Shirley blickte von der unbeugsamen Frau auf den teilnahmslosen Mann und fühlte sich sehr verlassen. „Mein Vater hat ihn nicht mitgenommen, er war kein Dieb. Sein Leben lang ist er ehrlich gewesen." Sie durchquerte den Raum, unterdrückte den Zwang, zu schreien und den Schutzwall äußerer Gelassenheit niederzureißen. „Wenn Sie schon so sicher waren, dass er sich Ihr kostbares Gemälde angeeignet hatte, warum haben Sie ihn dann nicht hinter Schloss und Riegel gebracht? Weshalb haben Sie keine Anklage erhoben?"

„Wie ich schon sagte, war ihr Vater sehr klug", erwiderte die Gräfin. „Er wusste, dass ich Gabrielle niemals in einen solchen Skandal verwickeln würde, gleichgültig, wie sehr sie mich verraten hatte. Ob nun mit oder ohne meine Zustimmung: Er war ihr Ehemann, der Vater des Kindes, das sie unter dem Herzen trug. Er wiegte sich in Sicherheit."

Shirley zügelte ihren Zorn und wandte sich mit ungläubigem Gesicht um: „Sind Sie etwa der Meinung, dass er sie aus Sicherheitsgründen geheiratet hat? Sie haben keine Vorstellung von dem, was sie besaßen. Er liebte meine Mutter mehr als sein Leben, mehr als hundert Gemälde von Raphael."

Die alte Dame unterbrach Shirley, als hätte sie ihr nicht zugehört: „Sobald ich den Raphael vermisste, forderte ich von Ihrem Vater eine Erklärung. Ihre Eltern bereiteten gerade ihre Abreise vor. Während ich ihn des Diebstahls beschuldigte, tauschten sie einen bezeichnenden Blick aus: dieser Mann, dem ich vertraut hatte, und meine eigene Tochter. Ich erkannte, dass er das Gemälde entwendet hatte, und Gabrielle wusste, dass er ein Dieb war, doch sie nahm Partei für ihn gegen mich. Sie verriet sich selbst, ihre Familie und ihr Land." Die letzten Worte flüsterte sie nur noch, und ihr strenges Gesicht zuckte schmerzlich auf.

„Ich finde, das Thema sollte für heute abgeschlossen werden", schaltete Christophe sich ein. Er erhob sich, füllte aus einer Karaffe Cognac in ein Glas und reichte es der Gräfin, mit einigen Worten in Bretonisch.

„Sie haben es nicht mitgenommen." Shirley trat einen Schritt auf die Gräfin zu, während Christophe eine Hand auf ihren Arm legte.

„Wir wollen heute nicht mehr darüber sprechen."

Sie befreite sich aus seinem Griff und funkelte ihn zornig an. „Sie haben nicht darüber zu entscheiden, wann ich rede. Ich dulde nicht, dass mein Vater als Dieb gebrandmarkt wird. Sagen Sie mir doch, Graf, wo ist denn jetzt dieses Bild, wenn er es an sich genommen hat. Was hat er damit getan?"

Christophes Braue hob sich, und er sah sie fest an. Sein Blick drückte allzu deutlich aus, was er meinte. Shirleys Gesichtsfarbe wechselte, ihr Mund öffnete sich hilflos, ehe sie ihre Wut hinunterschluckte und sich zur Ruhe zwang.

„Wäre ich ein Mann, würden Sie dafür büßen müssen, dass Sie meine Eltern und mich beschuldigen."

„Nun, Mademoiselle", erwiderte er und nickte leicht, „dann habe ich ja Glück gehabt, dass Sie kein Mann sind."

Shirley entzog sich seinem spöttischen Tonfall und wandte sich wieder der Gräfin zu, die ihre Meinungsverschiedenheit schweigend mit angehört hatte. „Madame, wenn Sie mich in der Annahme hierherkommen ließen, dass ich über den Verbleib Ihres Raphael Bescheid wüsste, werden Sie tief enttäuscht sein. Ich weiß nichts. Umgekehrt muss ich gegen meine eigene Enttäuschung ankämpfen, weil ich mit der Hoffnung zu Ihnen kam, eine Familienbeziehung zu finden, eine Verbindung zu meiner Mutter. Sie, Madame, und ich müssen lernen, mit unseren Enttäuschungen zu leben." Sie verließ den Salon mit einem kurzen Abschiedsgruß.

Shirley versetzte ihrer Schlafzimmertür einen erlösenden Stoß. Dann zog sie die Koffer vom Kleiderschrank und ließ sie auf das Bett fallen.

Wild entschlossen entfernte sie die ordentlich aufgehängten Kleider aus ihrem Heiligtum und stopfte sie in die Koffer: ein buntes, verwegenes Durcheinander.

„Bleiben Sie draußen", rief sie heftig, als es an der Tür klopfte. Dann drehte sie sich um und bedachte Christophe mit einem tödlich verletzenden Blick, weil er ihren Befehl missachtet hatte.

Er beobachtete sie nachdenklich beim Packen, ehe er die Tür leise hinter sich schloss. „Sie verlassen uns also, Mademoiselle?"

„Sie haben es erraten." Sie warf eine hellrosa Bluse auf den Kleiderberg auf ihrem Bett und würdigte ihn weiterhin keines Blickes.

„Ein weiser Entschluss. Es wäre besser gewesen, wenn Sie nicht gekommen wären."

„Besser?", wiederholte sie und versuchte, ihren Ärger zu unterdrücken. „Besser für wen?"

„Für die Gräfin."

Sie ging langsam auf ihn zu, sah ihn kämpferisch an und verwünschte seine überlegene Körpergröße. „Die Gräfin hat mich eingeladen, hierherzukommen. Das heißt, sie beorderte mich. Das entspricht wohl mehr den Tatsachen. Was erlauben Sie sich eigentlich, mit mir zu sprechen, als hätte ich geheiligten Grund und Boden niedergetrampelt? Ich wusste ja nicht einmal, dass diese Frau existierte, bis ihr Brief bei mir eintraf, und ich war in meiner Unwissenheit sehr glücklich."

„Die Gräfin hätte Sie Ihrem Glück überlassen sollen, das wäre klüger gewesen."

„Gestatten Sie, Graf, das ist maßlos übertrieben. Aber wenigstens verstehen Sie, dass ich meinen Lebensweg auch ohne bretonische Beziehungen finden werde." Sie wollte, dass er ging, und tobte sich an den unschuldigen Kleidungsstücken aus.

„Vielleicht wird sich die Auseinandersetzung in Grenzen halten, sofern unsere Bekanntschaft von kurzer Dauer ist."

„Sie wollen, dass ich dieses Haus verlasse, nicht wahr? Gut, je schneller, desto besser. Glauben Sie mir, Graf de Kergallen, ich übernachte lieber am Straßenrand, als Ihre gnädige Gastfreundschaft in Anspruch nehmen zu müssen. Hier", sie warf ihm einen weiten, blumengemusterten Rock zu, „warum helfen Sie mir nicht beim Packen?"

Er bückte sich, um den Rock aufzuheben, und legte ihn auf einen weich gepolsterten Stuhl. „Ich werde Catherine rufen." Sein ernster, höflicher Tonfall veranlasste Shirley, sich nach einem solideren Gegenstand umzusehen, den sie ihm entgegenschleudern konnte. „Sie brauchen offenbar Unterstützung."

„Wagen Sie ja nicht, mir jemanden zu schicken", rief sie mit einem Blick zur Tür. Er sah sie prüfend an und fügte sich dem Befehl.

„Wie Sie wünschen, Mademoiselle. Der Zustand Ihrer Garderobe geht nur Sie etwas an."

Seine unbeirrte Förmlichkeit reizte sie, ihn weiter herauszufordern. „Ich werde mich selbst um mein Gepäck kümmern, Cousin, sobald ich mich zur Abreise entschließe." Absichtlich langsam wandte sie sich wieder um und zog ein Kleidungsstück aus dem Gepäck. „Vielleicht ändere ich meine Meinung und bleibe doch noch ein oder zwei Tage. Mir kam zu Ohren, dass die bretonische Landschaft äußerst reizvoll sein soll."

„Es ist Ihr gutes Recht, hierzubleiben, Mademoiselle." Der kaum merkliche ärgerliche Ton seiner Stimme entlockte Shirley ein siegesgewisses Lächeln. „Ich würde jedoch unter den gegebenen Umständen davon abraten."

„Ach, tatsächlich?" Anmutig bewegte sie die Schultern und sah ihn herausfordernd an. „Gerade das ist ein weiterer Anlass, hierzubleiben." Sie las von seinen dunklen, erzürnten Augen ab, dass ihn ihre Worte und Taten beeindruckten. Sein Ausdruck blieb jedoch weiterhin gelassen und selbstbeherrscht, und sie fragte sich, wie er sich verhalten mochte, wenn er seinem Temperament einmal die Zügel schießen ließ.

„Tun Sie, was Ihnen beliebt, Mademoiselle." Überraschenderweise trat er auf sie zu und umfasste ihren Hals. Bei der Berührung spürte sie, dass sein Temperament doch nicht so tief unter der Oberfläche verborgen war, wie sie vermutet hatte. „Vielleicht wird Ihr Besuch aber unbequemer, als Sie es wünschen."

„Ich werde sehr gut mit Unbequemlichkeiten fertig." Sie versuchte, sich ihm zu entziehen, doch er hielt sie mit kaum wahrnehmbarer Anstrengung fest.

„Das ist schon möglich. Aber intelligente Menschen meiden im Allgemeinen Unbequemlichkeiten." Christophes Höflichkeit war noch arroganter als sein Lächeln. Shirley richtete sich steif auf und bemühte sich erneut, ihn abzuschütteln. „Ich wollte damit ausdrücken, dass Sie über Intelligenz verfügen, Mademoiselle, wenn nicht gar über Weisheit."

Entschlossen, sich nicht von der langsam aufsteigenden Furcht überwältigen zu lassen, beherrschte Shirley ihre Stimme. „Meinen Entschluss, Sie zu verlassen oder hierzubleiben, brauche ich nicht mit Ihnen zu diskutieren. Ich werde eine Nacht darüber schlafen und morgen früh die erforderlichen Vorbereitungen treffen. Natürlich können Sie mich inzwischen auch an eine Mauer in Ihrem Kerker ketten."

„Eine interessante Möglichkeit." Er lächelte spöttisch und amüsiert zugleich und presste leicht ihre Finger zusammen, ehe er sie endlich losließ. „Ich werde noch darüber nachdenken." Er ging zur Tür und verneigte sich kurz, als er den Knauf umdrehte. „Und treffen Sie morgen früh die notwendigen Entscheidungen."

Enttäuscht über ihre Niederlage, schleuderte Shirley einen Schuh gegen die sich hinter ihm schließende holzgetäfelte Tür.

3. KAPITEL

Shirley wachte aus tiefem Schlaf auf. Sie öffnete die Augen und sah sich verwundert in dem sonnigen Zimmer um, ehe sie begriff, wo sie sich befand. Sie setzte sich auf und lauschte. Die Stille wurde nur gelegentlich von einem Vogelzwitschern unterbrochen. Sie stand in völligem Gegensatz zu dem geschäftigen, pulsierenden Leben der Stadt, das Shirley nur zu gut kannte, und sie genoss sie.

Die kleine verzierte Uhr auf dem Kirschholzschreibtisch zeigte an, dass es noch nicht sechs geschlagen hatte. Deshalb lehnte Shirley sich wieder in die luxuriösen Kissen und Laken zurück und schwelgte in träumerischen Gedanken. Aufgewühlt von den Vermutungen und Anschuldigungen ihrer Großmutter, hatte die lange Reise sie dennoch so erschöpft, dass sie sofort fest eingeschlafen war, ausgerechnet in dem Bett, das einst ihrer Mutter gehört hatte. Jetzt schaute sie zur Decke hinauf und ließ die Geschehnisse des vergangenen Abends noch einmal an sich vorüberziehen.

Die Gräfin war verbittert. Die Tünche äußerer Gelassenheit konnte die Bitterkeit oder – wie Shirley vermutete – den Schmerz nicht verbergen. Diesen Schmerz hatte sie trotz ihres Zorns wahrgenommen. Obwohl die Gräfin ihre Tochter verbannt hatte, bewahrte sie ihr Porträt auf. Vielleicht offenbarte dieser Widerspruch, dass ihr Herz doch nicht so hart war wie ihr Stolz. Auch das Zimmer ihrer Tochter hatte sie in seinem ursprünglichen Zustand belassen.

Christophes Verhaltensweise hingegen entflammte erneut ihren Ärger. Es schien, als behandelte er sie wie ein voreingenommener Richter, der sein Urteil ohne Verhör fällte. Gut, beschloss sie, ich habe auch meinen Stolz, und ich werde mich nicht ducken und unterwerfen, wenn der Name meines Vaters in den Schmutz gezogen wird. Ich beherrsche dieses Spiel kalter Höflichkeit ebenso gut. Ich werde nicht nach Hause kriechen wie ein verletztes Hündchen, sondern einfach hierbleiben.

Sie verfolgte das strahlende Sonnenlicht und atmete tief auf. „Das ist ein neuer Tag, Mutter", sagte sie laut. Sie schlüpfte aus dem Bett und ging zum Fenster hinüber. Der Garten unter ihr breitete sich aus wie ein kostbares Geschenk. „Ich werde einen Spaziergang in deinem Garten machen, Mutter, und danach werde ich dein Haus skizzieren." Sie zog sich ihren Morgenmantel über und seufzte. „Vielleicht werden die Gräfin und ich dann besser miteinander auskommen."

Sie wusch sich schnell und zog ein pastellfarbenes Sommerkleid an, das die Arme und Schultern frei ließ. Alles war ruhig im Schloss, als sie in die Halle hinunterging und in die Wärme des Sommermorgens hinaustrat.

Seltsam, überlegte sie und schlug einen großen Bogen. Kein anderes Gebäude weit und breit, weder Autos noch Menschen. Die Luft war frisch und duftete mild. Sie sog sie tief atmend ein und ging in den Garten.

Bei näherer Betrachtung bot er noch mehr Überraschungen als von ihrem Schlafzimmerfenster aus. Üppige Blüten leuchteten in unglaublicher Farbenpracht, die Düfte mischten sich und verschmolzen exotisch, durchdringend und süß zugleich. Viele Pfade führten an den wohlgepflegten Blumenrabatten vorbei, glänzende Bodenfliesen spiegelten die Morgensonne wider und hielten sie auf ihrer gleißenden Oberfläche fest. Sie wählte einen Pfad nach ihrem Geschmack und verfolgte ihn langsam und zufrieden. Sie genoss die Einsamkeit. Ihre künstlerische Mentalität schwelgte in den überwältigenden Farben und Formen.

„Guten Tag, Mademoiselle." Eine tiefe Stimme unterbrach die Lautlosigkeit, und Shirley drehte sich um, aufgeschreckt in ihren einsamen Betrachtungen. Christophe kam langsam näher, groß und hager, und seine Bewegungen erinnerten sie an einen arroganten russischen Tänzer, der ihr einmal auf einer Party in Washington begegnet war. Graziös, selbstbewusst und sehr männlich.

„Guten Tag, Graf." Sie ließ sich nicht zu einem Lächeln herab, begrüßte ihn jedoch mit zurückhaltender Freundlichkeit. Salopp trug er ein lederfarbenes Hemd und geschmeidige braune Jeans.

Er begab sich an ihre Seite und sah sie mit dem gewohnten durchdringenden Blick an. „Sie scheinen eine Frühaufsteherin zu sein. Ich hoffe, Sie haben gut geschlafen."

„Sehr gut, danke", erwiderte sie, aufgebracht darüber, dass sie nicht allein gegen Abneigung anzukämpfen hatte, sondern auch gegen eine seltsame Zuneigung. „Ihre Gärten sind wunderschön und verlockend."

„Ich habe eine Schwäche für alles, was schön und verlockend ist." Er heftete seine Augen direkt auf sie, bis sie atemlos den Blick von ihm abwandte.

„Oh, hallo." Sie hatten sich französisch unterhalten, doch beim Anblick des Hundes, der Christophe auf den Fersen folgte, sprach sie wieder englisch. „Wie heißt er?" Sie bückte sich und kraulte sein dickes, weiches Fell.

„Korrigan." Er sah auf ihren Kopf hinunter, dessen hellblonde Locken in der strahlenden Sonne wie ein Heiligenschein glänzten.

„Korrigan", wiederholte sie begeistert und vergaß ihren Ärger über seinen Herrn. „Was ist das für eine Rasse?"

„Ein Bretonischer Spaniel."

Korrigan erwiderte Shirleys Zuneigung, indem er ihre Wangen zärtlich ableckte. Ehe Christophe dem Hund Einhalt gebieten konnte, lachte sie und verbarg ihr Gesicht an dem weichen Hals des Tieres.

„Das hätte ich wissen müssen. Ich hatte früher einmal einen Hund. Er ist mir einfach zugelaufen." Sie blickte auf und lächelte, als Korrigan ihr mit feuchter Zunge seine Liebe bekundete. „Hauptsächlich förderte ich sein Selbstvertrauen. Ich taufte ihn Leonardo, doch mein Vater nannte ihn den Schrecklichen, und dieser Name blieb haften. Weder Waschen noch Bürsten änderten etwas an seinem schäbigen Aussehen."

Als sie sich erheben wollte, streckte Christophe die Hand aus, um ihr aufzuhelfen. Sein Griff war fest und beunruhigend. Sie wollte sich möglichst schnell von ihm befreien, und so machte sie sich scheinbar gleichgültig von ihm los und setzte ihren Spaziergang fort. Herr und Hund begleiteten sie.

„Ihre Angriffslust hat sich abgekühlt, wie ich sehe. Ich war überrascht, dass sich ein derartig gefährliches Temperament in einer so verletzlichen Muschel verbirgt."

„Es tut mir leid, aber Sie irren sich." Sie drehte sich um und blickte ihn kurz, aber direkt an. „Nicht in Bezug auf mein Temperament, sondern auf meine Empfindlichkeit. Tatsächlich stehe ich mit beiden Beinen fest in der Welt und bin so leicht nicht aus dem Gleichgewicht zu bringen."

„Wahrscheinlich mussten Sie noch keine Niederlage erleiden", erwiderte er. Sie widmete ihre Aufmerksamkeit einem herrlich blühenden Rosenbusch. „Haben Sie sich inzwischen entschieden, längere Zeit hierzubleiben?"

„Ja. Obwohl ich überzeugt bin, dass Ihnen das nicht recht ist."

Beredt hob er die Schultern. „Aber natürlich, Mademoiselle. Sie dürfen gern so lange hierbleiben, wie es Ihnen beliebt."

„Ihre Begeisterung überwältigt mich."

„Wie bitte?"

„Ach, nichts." Sie atmete tief ein und sah ihn herausfordernd an. „Sagen Sie mir, Monsieur, mögen Sie mich nicht, weil Sie glauben, mein Vater wäre ein Gauner gewesen, oder gilt Ihre Abneigung mir persönlich?"

Sein kühler, abschätzender Gesichtsausdruck veränderte sich nicht, als er sie anblickte. „Ich bedaure, dass Sie diesen Eindruck von mir gewonnen haben. Mademoiselle, mein Verhalten scheint nicht korrekt zu sein. Künftig werde ich mich höflicher benehmen."

„Sie sind zuweilen so ekelhaft höflich, dass man es schon als Unhöflichkeit auslegen könnte." Sie verlor die Selbstkontrolle und stampfte unbeherrscht mit dem Fuß auf.

„Ist Unhöflichkeit vielleicht mehr nach Ihrem Geschmack?" Seine Augenbrauen hoben sich, während er ihren Zornesausbruch völlig ungerührt beobachtete.

„Ach, nein." Verärgert wandte sie sich ab, um eine Rose zu pflücken. „Sie machen mich rasend. Verflixt!" Ein Dorn hatte sie in den Daumen gestochen. „Jetzt sehen Sie selbst, was Sie mit mir anrichten." Sie führte den Daumen zum Mund und funkelte Christophe an.

„Verzeihen Sie, bitte." Er sah sie spöttisch an. „Das war sehr unhöflich von mir."

„Sie sind arrogant, herablassend und langweilig." Shirley schob die Locken zurück.

„Und Sie sind kratzbürstig, verwöhnt und widerspenstig", erwiderte er, während er sie fest anblickte und die Arme über der Brust kreuzte. Sie sahen sich einen Augenblick lang unverwandt an, seine höfliche Maske fiel ab, und sie entdeckte einen unbarmherzig aufregenden Mann unter der kühlen, geschliffenen Oberfläche.

„Es scheint so, als hätten wir nach dieser kurzen Bekanntschaft eine hohe Meinung voneinander gewonnen." Sie schob wieder einige Locken aus dem Gesicht. „Wenn wir uns noch länger kennen, werden wir uns unsterblich ineinander verlieben."

„Eine interessante Folgerung, Mademoiselle." Er verneigte sich leicht und kehrte zum Schloss zurück.

Shirley fühlte sich plötzlich verlassen. „Christophe", rief sie ihm impulsiv hinterher, weil sie den Konflikt zwischen ihnen klären wollte.

Er wandte sich um, hob fragend die Brauen, und sie ging auf ihn zu. „Könnten wir nicht Freunde sein?"

Er hielt ihren Blick fest, so lange, tief und intensiv, dass sie meinte, er hätte ihre Seele erkannt. „Nein, Shirley, ich fürchte, wir werden niemals nur Freunde sein."

Sie beobachtete, wie er groß und geschmeidig davonging, der Spaniel dicht hinter ihm.

Eine Stunde später versammelten sich Shirley, ihre Großmutter und Christophe beim Frühstück. Die Gräfin fragte sie, wie sie die Nacht verbracht hätte. Die Unterhaltung verlief korrekt, jedoch völlig belanglos, und Shirley glaubte, dass die alte Dame die Spannung des letzten Abends wieder ausgleichen wollte. Vielleicht ist es unangebracht, sich über Frühstücksbrötchen zu ereifern, dachte Shirley. Wie zivilisiert wir uns doch benehmen. Sie unterdrückte ein ironisches Lächeln und stellte sich auf die Verhaltensweise ihrer Tischnachbarn ein.

„Sie haben sicher den Wunsch, das Schloss zu besichtigen, nicht wahr?" Die Gräfin setzte das Sahnekännchen ab, und ihre gepflegt manikürte Hand rührte den Kaffee um.

„Ja, Madame, mit Vergnügen." Shirley lächelte erwartungsvoll. „Später würde ich gern die Außenansicht zeichnen, aber zunächst möchte ich einmal die Räume kennenlernen."

„Aber natürlich. Christophe", wandte sie sich an den braun gebrannten Mann, der nachlässig seinen Kaffee trank, „wir sollten Shirley heute Morgen durch das Schloss führen."

„Nichts lieber als das, Großmutter." Er stellte seine Tasse auf den Porzellanuntersatz zurück. „Nur bin ich leider heute Morgen nicht abkömmlich. Wir erwarten den importierten Bullen, und ich muss seinen Transport beaufsichtigen."

„Ach, immer dieses Zuchtvieh", seufzte die Gräfin und hob die Schultern. „Du mühst dich viel zu sehr damit ab."

Es war die erste spontane Bemerkung überhaupt, und Shirley griff sie automatisch auf. „Züchten Sie demnach Vieh?"

„Ja", bestätigte Christophe und nickte ihr zu. „Viehzucht ist die Hauptaufgabe des Landguts."

„Tatsächlich?", entgegnete sie mit gespielter Überraschung. „Es ist schwer vorstellbar, dass die Kergallens sich mit derart irdischen Dingen abplagen. Ich habe geglaubt, dass sie sich nur in ihre Sessel zurücklehnen und ihre Dienstboten zählen."

Er verzog etwas die Lippen und nickte leicht. „Das geschieht einmal im Monat. Dienstboten neigen zu verheerender Fruchtbarkeit."

Sie lachte ihn an. Als Antwort lächelte er ihr kurz zu. Diese schnelle Reaktion löste ein warnendes Signal bei ihr aus, und sie beugte sich über ihren Kaffee.

Schließlich war es die Gräfin, die Shirley bei der Besichtigung des lang gestreckten Schlosses begleitete. Dabei ließ sie es sich nicht nehmen, geschichtliche Einzelheiten über die beeindruckenden Räume zu erzählen.

Das Schloss war im späten siebzehnten Jahrhundert erbaut worden. Trotz seiner dreihundertjährigen Vergangenheit galt es nach bretonischem Maßstab nicht als alt. Das Schloss und die dazugehörigen Ländereien waren von Generation zu Generation auf den ältesten Sohn übergegangen. Obwohl einige Modernisierungen vorgenommen wurden, blieb es im Grunde genommen unverändert, seit der erste Graf de Kergallen seine Braut über die Zugbrücke geleitet hatte. Für Shirley hatte das Schloss seinen zeitlosen Zauber bewahrt, und die unmittelbare Zuneigung und Begeisterung, die sie beim ersten Anblick empfunden hatte, wuchsen nur noch bei der näheren Betrachtung.

In der Porträtgalerie begegnete ihr zwischen den jahrhundertealten Gemälden Christophes dunkel faszinierendes Abbild. Trotz des Wandels von Generation zu Generation waren der Stolz erhalten geblieben, die aristokratische Haltung und der schwer fassbare geheimnisvolle Ausdruck. Da war ein Vorfahr aus dem achtzehnten Jahrhundert, dessen Ähnlichkeit mit Christophe so verblüffend war, dass sie etwas näher trat, um ihn eingehender zu betrachten.

„Interessieren Sie sich für Claude, Shirley?“ Die Gräfin folgte ihrem Blick. „Christophe ähnelt ihm sehr, nicht wahr?“

„Ja, es ist bemerkenswert.“ Die Augen waren ihrer Ansicht nach viel zu selbstsicher und lebendig, und falls sie sich nicht täuschte, hatte sein Mund viele Frauen gekannt.

„Man sagt, er sei ein wenig unzivilisiert gewesen“, meinte sie leicht bewundernd. „Zum Zeitvertreib soll er geschmuggelt haben. Er war ein Seemann. Außerdem soll er sich, als er einmal in England war, in eine dort ansässige Dame verliebt haben. Zu ungeduldig, um ihr formell und altmodisch den Hof zu machen, entführte er sie und brachte sie hierher ins Schloss. Er heiratete sie natürlich, und dort können Sie sie sehen.“ Sie wies auf das

Porträt eines etwa zwanzigjährigen englischen Mädchens mit honigfarbenem Teint. „Sie sieht nicht gerade unglücklich aus."

Mit diesem Kommentar schritt sie zum Flur und überließ Shirley dem lächelnden Anblick der gestohlenen Braut.

Der Ballsaal präsentierte sich riesig groß, die weit entfernte Außenwand war mit bleigefassten Fenstern versehen, die den Raum noch mehr ausdehnten. Eine andere Wand war komplett verspiegelt und reflektierte die glänzenden Prismen von dreiarmigen Leuchtern, die ihr Licht versprühen würden wie Sterne von einer hochgewölbten Decke. Steiflehnige Régence-Stühle mit eleganten Polsterüberzügen standen in Reih und Glied für die Gäste da, die es bevorzugten, den tanzenden Paaren bei ihrem Vergnügen auf dem hochpolierten Parkett zuzusehen.

Die Gräfin führte Shirley hinunter zu einem anderen engen Gang mit steilen Stufen, die sich spiralenförmig von den obersten Streben abhoben. Obwohl der Raum, den sie betraten, leer war, jubelte Shirley entzückt auf, als wäre er mit Schätzen überladen. Er war groß, lichtdurchflutet und völlig kreisförmig angelegt. Die hohen Fenster gestatteten den Sonnenstrahlen freien Zutritt zu jedem einzelnen Winkel. Sie stellte sich vor, dass sie hier mühelos und glücklich stundenlang in der Einsamkeit malen würde.

„Ihr Vater hat diesen Raum als Atelier benutzt." Die Stimme der Gräfin war wieder förmlich. Shirley kehrte in die Gegenwart zurück und wandte sich ihrer Großmutter zu.

„Madame, wenn Sie wünschen, dass ich einige Zeit in diesem Haus verbringe, müssen wir uns einigen. Sollte das nicht möglich sein, bleibt mir nichts anderes übrig, als Sie zu verlassen." Ihre Stimme klang fest, beherrscht, höflich und ernst, doch die Augen verrieten den Mut, zu kämpfen. „Ich habe meinen Vater und meine Mutter gleichermaßen geliebt und dulde den Ton nicht, in dem Sie über ihn sprechen."

„Ist es in Ihrem Land üblich, mit älteren Menschen in dieser Weise zu reden?" Erregt hob sie die königliche Hand.

„Das betrifft nur mich, Madame", erwiderte sie und stand aufrecht, mit hocherhobenem Kopf im strahlenden Sonnenlicht. „Ich teile auch keineswegs die Meinung, dass Alter immer mit Weisheit einhergeht. Zudem heuchle ich Ihnen gegenüber keine Lippenbekenntnisse, während Sie den Mann beschuldigen, den ich mehr als alle anderen geliebt und respektiert habe."

„Vielleicht wäre es ratsam, nicht mehr über Ihren Vater zu sprechen, solange Sie bei uns weilen." Dieser Vorschlag war ein unmissverständlicher Befehl, und Shirley sträubte sich heftig dagegen.

„Ich beabsichtige aber, über ihn zu sprechen, Madame. Ich möchte unbedingt herausfinden, was mit der Madonna von Raphael geschehen ist, und den Makel bereinigen, der aufgrund Ihrer Beschuldigung auf dem Namen meines Vaters lastet."

„Und wie stellen Sie sich das vor?"

„Ich weiß es nicht", schleuderte sie ihr entgegen, „doch ich werde es tun." Sie durchquerte das Zimmer und spreizte unbewusst die Hände. „Vielleicht ist das Bild im Schloss versteckt, oder aber irgendjemand anders hat es entwendet." Sie drehte sich in plötzlichem Zorn zu der alten Dame um. „Vielleicht haben Sie es verkauft und belasteten meinen Vater mit dem Verdacht."

„Das ist eine Beleidigung", erwiderte die Gräfin, und ihre blauen Augen sprühten wütend.

„Sie bezeichnen meinen Vater als Gauner und wagen zu behaupten, dass ausgerechnet ich Sie beleidige?" Zutiefst erbost standen sie sich gegenüber. „Ich kannte Jonathan Smith, Gräfin, Sie hingegen kenne ich nicht."

Schweigend betrachtete die Gräfin die zornige junge Frau. Sie wurde nachdenklich. „Das ist wahr", nickte sie. „Sie kennen mich nicht, und ich kenne Sie nicht. Da wir einander fremd sind, darf ich Ihnen nicht die Schuld aufbürden. Darüber hinaus kann ich Ihnen nicht zum Vorwurf machen, was geschehen ist, ehe Sie geboren wurden." Sie trat zu einem der Fenster und schaute wortlos hinaus. „Ich habe meine Meinung über Ihren Vater nicht geändert", sagte sie schließlich.

Dann drehte sie sich wieder um und erhob die Hand, um

Shirley an einer Antwort zu hindern. „Aber ich war ungerecht, was seine Tochter betrifft. Auf meine Bitte hin kamen Sie als Fremde in mein Haus, und ich habe Ihnen einen unwürdigen Empfang bereitet. Dafür möchte ich mich bei Ihnen entschuldigen.“ Ihre Lippen umspielte ein kleines Lächeln. „Wenn es Ihnen recht ist, werden wir so lange nicht mehr von der Vergangenheit sprechen, bis wir uns besser kennen.“

„Einverstanden, Madame.“ Shirley empfand, dass sowohl die Bitte als auch die Entschuldigung als sogenannter Ölzweig des Friedens gelten sollten.

„Sie haben ein weiches Herz, verbunden mit einem stark ausgeprägten Verstand.“ Die Stimme der Gräfin klang anerkennend. „Das ist eine gute Verbindung. Aber außerdem haben Sie ein überschäumendes Temperament, nicht wahr?“

„Das stimmt.“

„Christophe neigt ebenfalls zu plötzlichen Temperamentsausbrüchen und tiefen Verstimmungen.“ Überraschend wechselte die Gräfin das Thema. „Er ist stark und eigensinnig. Was er braucht, ist eine Frau, die ebenso stark ist wie er, darüber hinaus jedoch ein weiches Herz hat.“

Shirley nahm die doppelsinnige Feststellung verwirrt zur Kenntnis. „Eine solche Frau wünsche ich ihm“, begann sie. Doch dann verengten sich ihre Augen, und ein leiser Zweifel beschlich sie. „Madame, was haben Christophes Bedürfnisse mit mir zu tun?“

„Er hat ein Alter erreicht, in dem ein Mann eine Frau braucht. Und Sie haben bereits das Alter überschritten, in dem die meisten bretonischen Frauen wohlverheiratet sind und eine Familie heranziehen.“

„Ich bin doch nur Halbbretonin“, verteidigte sie sich. „Sie glauben doch nicht etwa, dass Christophe und ich …? Ach nein, das wäre allzu komisch.“ Sie lachte auf, und der volle, warme Ton hallte in dem leeren Raum wider. „Madame, es tut mir leid, Sie enttäuschen zu müssen, aber der Graf macht sich nichts aus mir. Von Beginn an mochte er mich nicht, und ich muss Ihnen gestehen, dass er mir auch nicht besonders liegt."

„Was hat das damit zu tun?" Die Gräfin wischte mit einer knappen Handbewegung die Worte fort.

Shirley hörte auf zu lachen und schüttelte ungläubig den Kopf, zumal ihr ein Verdacht kam. „Haben Sie schon mit ihm darüber gesprochen?"

„So ist es", sagte die Gräfin leichthin.

Shirley schloss die Augen, überwältigt von Demütigung und Zorn. „Kein Wunder, dass er mich auf Anhieb nicht leiden konnte. Ihr Ansinnen und seine Meinung über meinen Vater sind ein zu krasser Gegensatz." Sie wandte sich von ihrer Großmutter ab, drehte sich dann aber doch wieder um. In ihren Augen blitzte Empörung. „Sie überschreiten Ihre Grenzen, Gräfin. Die Zeiten, als Ehen noch abgesprochen wurden, sind längst vorbei."

„Sie Kindskopf. Christophe ist viel zu selbstständig, um sich etwas diktieren zu lassen, und das Gleiche trifft auf Sie zu. Aber" – ein verhaltenes Lächeln huschte über das kantige Gesicht – „Sie sind sehr schön, und Christophe ist ein attraktiver, ansehnlicher Mann. Vielleicht wird die Natur – oder wie nennt man das? – ihren Lauf nehmen."

Shirley blickte in das ruhige, unergründliche Gesicht.

„Kommen Sie." Die Gräfin eilte zur Tür. „Es gibt noch viel zu sehen."

4. KAPITEL

Der Nachmittag war warm, und Shirley brütete vor sich hin. Die Empörung über ihre Großmutter schlug jetzt auf Christophe über, und je mehr sie darüber nachdachte, desto zorniger wurde sie.

Ein unerträglicher, eingebildeter Aristokrat, fauchte sie. Ihr Bleistift ging schnell und sicher über den Block, als sie die Wachtürme zeichnete. Ich würde lieber den Hunnenkönig Attila heiraten, als mich auf diesen eigensinnigen Menschen einzulassen. Madame, meine Großmutter, stellte sich wahrscheinlich Dutzende von kleinen Grafen und Gräfinnen vor, die artig im Hof miteinander spielten und aufwuchsen, um die herrschaftliche Linie in bestem bretonischen Stil fortzusetzen.

Was für ein bezaubernder Ort, um Kinder großzuziehen, dachte sie plötzlich und ließ den Zeichenstift ruhen. Dabei wurden ihre Augen weicher. Er ist so sauber, ruhig und wunderschön. Sie hörte einen tiefen Seufzer und blickte auf. Als sie bemerkte, dass sie ihn selbst ausgestoßen hatte, runzelte sie ärgerlich die Stirn. Gräfin Shirley de Kergallen, sagte sie leise, das fehlt mir gerade noch.

Sie nahm eine Bewegung wahr, drehte sich um und sah, wie Christophe sich im Gegenlicht näherte. Er überquerte den Rasen mit langen, selbstsicheren Schritten, im spielerischen Rhythmus von Gliedern und Muskeln. Er geht so, als gehörte ihm die Welt, dachte sie halb bewundernd, halb verstimmt. Als er ihr gegenüberstand, trug die Verstimmung den Sieg davon.

„Was suchen Sie hier?", fuhr sie ihn unvermittelt an. Sie erhob sich von dem weichen Grasbüschel und stellte sich wie ein Racheengel vor ihn hin, rosig und kämpferisch.

Christophe blieb kühl und bedacht.

„Fühlen Sie sich gestört, Mademoiselle?"

Seine eisige Stimme entfachte ihren Zorn nur noch mehr, und sie verlor die Beherrschung. „Ja, Sie stören mich. Das wissen Sie sehr genau. Warum, in aller Welt, haben Sie mir denn nichts von der lächerlichen Idee der Gräfin gesagt?"

„Ach, jetzt verstehe ich." Er lächelte ironisch. „Also, Großmutter unterrichtete Sie von ihren Plänen über unser künftiges Eheglück. Und wann, meine Liebe, werden wir unser Heiratsaufgebot bestellen?"

„Sie eingebildeter ...", sprudelte sie hervor, unfähig, eine passende Beschuldigung zu finden. „Tun Sie mit Ihrem Heiratsaufgebot, was Sie wollen. Ich verzichte auf Sie, darauf können Sie Gift nehmen."

„Gut", nickte er. „Dann sind wir uns endlich einmal einig. Ich habe nicht die geringste Absicht, mich an ein gehässiges Gör zu binden."

„Sie sind der abscheulichste Mann, dem ich jemals begegnet bin." Ihr Temperamentsausbruch stand in krassem Gegensatz zu seinem kühlen Verhalten. „Ich kann Ihren Anblick nicht ertragen."

„Dann haben Sie also beschlossen, Ihren Besuch abzubrechen und nach Amerika zurückzureisen?"

Sie hob das Kinn und schüttelte langsam den Kopf. „Im Gegenteil, Graf, ich werde hierbleiben. Dafür habe ich Beweggründe, die wichtiger sind als meine Abneigung gegen Sie."

Er sah sie prüfend an. „Es scheint ganz so, als hätte die Gräfin es sich etwas kosten lassen, um Sie auf ihre Seite zu ziehen."

Shirley blickte ihn bestürzt an, bis sie den Sinn seiner Worte begriff. Sie erbleichte, ihre Augen verdüsterten sich, sie holte aus und schlug ihm ins Gesicht. Dann machte sie auf dem Absatz kehrt und lief zum Schloss.

Harte Hände packten ihre Schultern, rissen sie herum, pressten sie dicht an den festen, hochaufgerichteten Körper, und raue Lippen umschlossen ihren Mund mit einem brutalen, strafenden Kuss.

Es war wie ein elektrischer Schlag, als flammte ein gleißendes Licht auf, um dann gleich wieder zu verlöschen. Einen Augenblick lang lehnte sie sich völlig kraftlos an Christophe. Ihr Atem gehörte ihr nicht mehr. Sie erkannte plötzlich, dass er selbst davon Besitz ergriff, dann versuchte sie, sich zu wehren. Hilflos und ohnmächtig ballte sie die Faust, aus Angst, sie könnte sich für immer in der unbekannten Dunkelheit verlieren.

Er hielt sie umschlungen, zog ihre weiche, schlanke Gestalt an sich, und sie verschmolzen leidenschaftlich ineinander. Eine Hand glitt ihren Hals entlang, um ihren Kopf festzuhalten, die andere umarmte ihre Taille.

Alle Gegenwehr war vergeblich, sie unterstrich nur noch seine überlegene Kraft. Ihre Lippen öffneten sich dem wachsenden gewaltsamen Angriff, der intim und doch erbarmungslos war. Sein verführerischer Duft nach Moschus stimulierte ihre Sinne, lähmte ihren Willen. Dumpf kam ihr die Bemerkung ihrer Großmutter über den längst verstorbenen Grafen zum Bewusstsein, dem Christophe so sehr ähnelte. Unzivilisiert, hatte sie gesagt. Unzivilisiert.

Er löste sich von ihrem Mund, umfasste wieder ihre Schultern und schaute ihr in die verwirrten Augen. Einen Augenblick lang herrschte Schweigen.

„Woher nahmen Sie das Recht zu dieser Unverschämtheit?“, fragte sie fassungslos. Sie betastete ihren Kopf, wie um der Verwirrung Einhalt zu gebieten.

„Ich hatte nur die Wahl zwischen einem Kuss und einer Ohrfeige, Mademoiselle.“ Sein Gesichtsausdruck verriet, dass er immer noch mehr ein Pirat als ein Aristokrat war. „Unglücklicherweise habe ich einen Widerwillen dagegen, eine Frau zu schlagen, selbst wenn sie es verdient.“

Shirley wandte sich von ihm ab, weil verräterische Tränen in ihren Augen brannten, die eigentlich fortschwimmen wollten. „Beim nächsten Mal schlagen Sie mich. Das ist mir lieber.“

„Wenn Sie noch einmal Ihre Hand gegen mich erheben, meine werte Cousine, werde ich mehr als nur Ihren Stolz verletzen.“

„Sie haben es nicht anders verdient“, verteidigte sie sich scharf, doch ihre Augen, die wie ein goldenes Lichtermeer funkelten, straften ihre Worte Lügen. „Wie kommen Sie eigentlich dazu, mich unredlicher Geldannahme zu bezichtigen, nur um hierzubleiben? Ist Ihnen jemals in den Sinn gekommen, dass ich tatsächlich die Großmutter kennenlernen wollte, die mir mein Leben lang aus dem Weg gegangen ist? Haben Sie darüber nachgedacht, dass ich endlich den Ort sehen wollte, an dem meine Eltern sich begegneten und ineinander verliebten? Dass ich hierbleiben und die Unschuld meines Vaters nachweisen muss?"

Tränen rollten über Shirleys weiche Wangen, und sie schämte sich ihrer Schwäche. „Es tut mir nur leid, dass ich nicht noch härter zugeschlagen habe. Was hätten Sie denn getan, wenn Sie beschuldigt würden, wie ein Erpresser Geld angenommen zu haben?"

Er beobachtete, wie eine Träne über ihre samtige Haut rann, und lächelte leicht. „Ich hätte den Kerl geprügelt, aber ich glaube, dass Ihre Tränen eine wirkungsvollere Strafe sind als eine geballte Faust."

„Ich benutze Tränen nicht als Waffe." Sie wischte sie mit dem Handrücken fort und wünschte sehnlichst, sie könnte ihnen Einhalt gebieten.

„Gerade deswegen sind sie umso beeindruckender." Mit dem Finger entfernte er vorsichtig einen Tropfen aus ihrem Elfenbeingesicht. Der Farbkontrast zwischen seiner Hand und ihrer Haut verlieh ihr ein empfindsames, verletzliches Aussehen. Schnell zog er die Hand fort und verfiel in einen beiläufigen Tonfall. „Meine Worte waren ungerecht, und deswegen bitte ich Sie um Verzeihung. Wir beide haben unsere Strafe erhalten, und so sind wir mittlerweile – wie drücken Sie es noch aus? – quitt."

Er bedachte sie mit seinem seltenen charmanten Lächeln. Sie war hingerissen davon, weil es sein Gesicht so vorteilhaft veränderte. Sie lächelte ihm ebenfalls zu, und es war, als durchbräche ein plötzlicher Sonnenstrahl den Regenschleier. Er gab einen kleinen ungeduldigen Laut von sich, als bereute er den Zwischenfall, nickte leicht, wandte sich um und schlenderte fort. Shirley sah ihm nach.

Während des Abendessens verlief die Unterhaltung erneut äußerst förmlich, als hätten die erstaunliche Auseinandersetzung und die stürmische Begegnung auf dem Schlossgelände überhaupt nicht stattgefunden. Shirley wunderte sich über das Verhalten ihrer Tischnachbarn, als sie sich in aller Gemütsruhe über die Langusten in Cremesoße unterhielten. Sie spürte noch den Druck von Christophes Lippen auf ihrem Mund. Andernfalls hätte sie geglaubt, ihrer Einbildungskraft erlegen zu sein. Es war ein atemberaubender Kuss gewesen, der den Wunsch nach Erwiderung auslöste und ihre kühle Zurückhaltung weit mehr aufwühlte, als sie sich eingestand. Es hat alles nichts zu bedeuten, versuchte sie sich einzureden und widmete sich eingehend der delikaten Languste auf ihrem Teller. Sie war schon vorher geküsst worden und würde auch weiterhin geküsst werden. Keinesfalls würde sie einem launischen Tyrannen erlauben, sich auf diese Art mit ihr zu beschäftigen. Sie entschied sich, in dem Spiel der Förmlichkeit um sie herum eine ebenbürtige Rolle zu spielen, nippte an ihrem Glas und lobte den Wein.

„Schmeckt er Ihnen?“ Christophe fiel in ihren unbekümmerten Ton ein. „Es ist der schlosseigene Muscadet. Jedes Jahr produzieren wir eine kleine Menge zu unserem eigenen Vergnügen und für die unmittelbare Nachbarschaft.“

„Er schmeckt köstlich“, erwiderte Shirley. „Wie aufregend, Wein von Ihren eigenen Reben zu genießen. So etwas Erlesenes habe ich noch nie getrunken.“

„Der Muscadet ist der einzige Wein der Bretagne“, schaltete die Gräfin sich ein. „Wir sind vorwiegend eine Provinz der Meeresfrüchte und Spitzen.“

Shirley strich mit einem Finger über das schneeweiße Tuch, das den Eichentisch zierte. „Bretonische Spitze. Ich finde sie hinreißend. Sie sieht so zart aus und wird mit den Jahren immer schöner.“

„Wie eine Frau“, sagte Christophe leise.

„Aber darüber hinaus gibt es ja nun auch noch die Viehzucht.“ Shirley haschte nach diesem unverfänglichen Thema, um ihre momentane Verwirrung zu verbergen.

„Ach, die Viehzucht." Seine Lippen zuckten ein wenig, und Shirley hatte den unangenehmen Eindruck, dass er sich seiner Wirkung auf sie vollauf bewusst war.

„Da ich von Jugend auf in der Stadt gelebt habe, weiß ich natürlich nicht Bescheid darüber." Sie stockte ein wenig, weil seine Augen sie aus der Fassung brachten. „Ich bin überzeugt, dass die Tiere sehr malerisch wirken, wenn sie auf den Feldern grasen."

„Sie müssen die bretonische Landschaft unbedingt kennenlernen", unterbrach die Gräfin. „Wollen Sie vielleicht morgen einen Ausflug machen und die Ländereien besichtigen?"

„Das würde mir großes Vergnügen bereiten, Madame. Es wäre eine angenehme Abwechslung zu den Bürgersteigen und Regierungsgebäuden."

„Ich würde Sie gern begleiten, Shirley." Christophes Angebot überraschte sie. Als sie sich ihm wieder zuwandte, spiegelte ihr Gesicht ihre Gedanken wider. Er lächelte und neigte den Kopf. „Verfügen Sie über die passende Kleidung?"

„Passende Kleidung?", wiederholte sie verlegen.

„Aber natürlich." Er schien ihren wechselnden Gesichtsausdruck zu genießen, und sein Lächeln vertiefte sich. „Ihr Geschmack in Bezug auf Kleidung ist hervorragend, doch mit einem Gewand wie diesem sollten Sie besser kein Pferd reiten."

Sie blickte auf ihr sanft fließendes schilfgrünes Kleid und dann wieder in sein amüsiertes Gesicht. „Ein Pferd?" Sie runzelte die Brauen.

„Es ist unmöglich, die Ländereien mit einem Auto zu besichtigen, meine Kleine. Dazu ist ein Pferd besser geeignet."

Während er sie anlachte, richtete sie sich würdevoll auf. „Es tut mir leid, aber ich kann nicht reiten."

„Das ist ja unmöglich", rief die Gräfin ungläubig. „Gabrielle war eine hervorragende Reiterin."

„Vielleicht ist die Reitkunst nicht erblich, Madame." Shirley amüsierte sich über den verständnislosen Gesichtsausdruck der

Gräfin. „Ich verstehe absolut nichts vom Reiten. Nicht einmal ein Karussellpony habe ich in der Gewalt."

„Ich werde Sie unterrichten." Christophes Worte glichen eher einer Feststellung als einem Wunsch, und sie wandte sich ihm wieder zu. Ihre Heiterkeit wich einer hoheitsvollen Geste.

„Ich weiß Ihr Angebot zu würdigen, Monsieur, aber ich habe nicht die Absicht, mich unterrichten zu lassen. Machen Sie sich keine Mühe."

„Trotzdem sollten Sie es tun." Er hob sein Weinglas. „Halten Sie sich bitte um neun Uhr für die erste Unterrichtsstunde bereit."

Sie musterte ihn, erstaunt über seine Eigenmächtigkeit. „Aber ich sagte Ihnen doch gerade …"

„Seien Sie pünktlich, chérie", warnte er sie betont gleichgültig und erhob sich. „Es ist bestimmt angenehmer für Sie, zu den Stallungen zu gehen, als an Ihren goldenen Haaren dorthin gezogen zu werden." Er lächelte, als reizte ihn die letztere Möglichkeit. „Gute Nacht, Großmutter", fügte er herzlich hinzu, ehe er das Zimmer verließ. Shirley kochte vor Zorn, aber ihre Großmutter war offensichtlich zufrieden.

„Das ist eine Anmaßung", sprudelte sie hervor, als sie ihre Stimme wieder in der Gewalt hatte. Ärgerlich schaute sie die alte Dame an: „Wenn er glaubt, dass ich ihm lammfromm gehorche und …"

„Es wäre ganz vernünftig, ihm zu gehorchen, ob nun lammfromm oder nicht", unterbrach die Gräfin. „Wenn Christophe sich erst einmal etwas in den Kopf gesetzt hat …" Mit einem kleinen, bedeutungsvollen Achselzucken überließ sie den Rest des Satzes Shirleys Vorstellungsvermögen. „Sie haben doch Hosen mitgebracht, nehme ich an. Catherine wird Ihnen morgen früh die Reitstiefel Ihrer Mutter bringen."

„Madame, ich habe nicht die geringste Absicht, morgen früh ein Pferd zu besteigen." Shirley betonte jedes einzelne Wort.

„Seien Sie nicht albern, Kind." Die schlanke, ringgeschmückte Hand griff nach dem Weinglas. „Christophe ist durchaus imstande, seine Drohung wahr zu machen. Er ist ein sehr starrköpfiger Mann." Sie lächelte, und zum ersten Mal empfand Shirley echte Wärme für sie. „Vielleicht noch dickköpfiger, als Sie es sind."

Leise schimpfend zog Shirley sich die derben Stiefel ihrer Mutter über. Sie glänzten sauber und schwarz und passten ihr wie angegossen.

Es scheint, als hättest du dich gegen mich verschworen, schalt sie, innerlich völlig verzweifelt, ihre Mutter. Als es an ihrer Tür pochte, rief sie beiläufig: „Herein!" Doch es war nicht etwa die kleine Dienstbotin Catherine, die die Tür öffnete, sondern Christophe. Er war nachlässig elegant mit rehbraunen Reithosen und einem weißen Leinenhemd bekleidet.

„Was wünschen Sie?", grollte sie und zwängte sich in den zweiten Stiefel.

„Vor allem möchte ich wissen, ob Sie tatsächlich pünktlich sind, Shirley", erwiderte er leicht lächelnd. Dabei wanderten seine Augen über ihr rebellisches Gesicht und den schlanken, geschmeidigen Körper in dem glitzerbedruckten T-Shirt und den eng anliegenden Jeans.

Sie wehrte sich innerlich gegen seinen Blick und die Art und Weise, wie er jedes einzelne Merkmal ihrer äußeren Erscheinung in sich aufnahm. „Ich bin bereit, Graf, doch ich fürchte, dass ich keine sehr gelehrige Schülerin sein werde."

„Warten Sie ab, chérie." Er betrachtete sie nachdenklich. „Sie scheinen durchaus imstande zu sein, einigen einfachen Instruktionen zu folgen."

Ihre Augen wurden schmal. „Ich bin einigermaßen intelligent, danke für Ihr Kompliment. Aber ich denke nicht daran, mich von Ihnen einschüchtern zu lassen wie von einem Bulldozer."

„Pardon?" Er sah sie verblüfft und zugleich selbstgefällig an.

„Ich werde mich noch vieler gewöhnlicher Ausdrucksformen bedienen müssen, um Sie endgültig zur Verzweiflung zu treiben."

Hochmütig schweigend begleitete Shirley Christophe zu den

Ställen, mit absichtlich schnellen Schritten, um sich seinem Tempo anzupassen. Sie wollte ihm nicht wie ein gehorsames Hündchen hinterherlaufen. Als sie das Nebengebäude erreichten, führte ihnen ein Stallknecht zwei Pferde vor, die bereits aufgezäumt und gesattelt waren.

Der Rappe glühte tiefschwarz, der Falbe war cremefarben. Besorgt stellte Shirley fest, dass beide Tiere unglaublich groß waren, blieb plötzlich stehen und betrachtete sie zweifelnd. In Wirklichkeit würde er mich nicht an den Haaren herbeizerren, dachte sie vorsichtig. Laut fragte sie: „Wenn ich jetzt auf dem Absatz kehrtmachte, was würden Sie dann tun?"

„Ich würde Sie nur wieder zurückholen, meine Kleine." Er schien diese Frage bereits erwartet zu haben.

„Der Rappe ist offensichtlich Ihr Pferd, Graf", sagte sie leichthin, um ihre wachsende Panik zu unterdrücken. „Ich sehe schon das Bild vor mir, wie Sie bei hellem Mondschein über Land reiten und der Säbel an Ihrer Hüfte schimmert."

„Sie haben viel Fantasie, Mademoiselle." Er nickte, übernahm die Zügel des Falben von einem Stallburschen und führte ihr das Reitpferd vor. Unwillkürlich trat sie einen Schritt zurück und schluckte tief.

„Ich nehme an, dass ich ihn jetzt besteigen soll."

„Sie", korrigierte er und verzog leicht den Mund.

Sie funkelte ihn ärgerlich und nervös an, beschämt von ihrer Furcht. „Ihr Geschlecht kümmert mich herzlich wenig." Sie betrachtete das ruhige Tier. „Sie ist ja riesig groß." Ihre Stimme klang um mehrere Grade ängstlicher, als ihr recht war.

„Babette ist ebenso sanftmütig wie Korrigan", beruhigte Christophe sie unvermutet geduldig. „Sie mögen doch Hunde, nicht wahr?"

„Ja, aber …"

„Sie ist sehr gutartig, finden Sie nicht?" Er nahm ihre Hand und führte sie an Babettes Nüstern. „Sie hat ein weiches Herz und möchte jedem gefallen."

Ihre Hand war gefangen zwischen der samtigen Haut des

Pferdes und Christophes festem Griff. Diese Berührung empfand Shirley als seltsam wohltuend. Erleichtert gestattete sie ihm, ihre Hand über das Fell der Stute zu führen. Sie drehte den Kopf um und lächelte ihm über die Schulter hinweg zu.

„Sie fühlt sich sympathisch an", begann sie, doch als die Stute durch die weit geöffneten Nüstern schnaubte, fuhr sie erschrocken zurück und taumelte an Christophes Brust.

„Seien Sie nicht so nervös, chérie." Er lachte leise auf und umfasste ihre Taille, um sie zu beruhigen. „Sie sagt Ihnen doch nur, dass sie Sie mag."

„Aber damit hat sie mich etwas erschreckt", verteidigte Shirley sich leicht verärgert, und sie entschied, dass es jetzt geschehen müsste oder niemals. Sie wollte ihm sagen, dass sie zum Aufsteigen bereit sei, doch er hielt sie weiter fest, und sie blickte wortlos in seine rätselhaften Augen.

Sie fühlte, wie ihr Herz einen atemberaubenden Augenblick lang stillzustehen schien, um dann plötzlich wild zu klopfen. Einen Moment glaubte sie, dass er sie wieder küssen würde, und zu ihrer Überraschung und Verwirrung stellte sie fest, dass sie mehr als alles andere in der Welt seine Lippen auf ihrem Mund fühlen wollte. Stattdessen sah er sie nachdenklich an und gab sie kurz darauf frei.

„Lassen Sie uns beginnen." Kühl und selbstbeherrscht übernahm er die Rolle des Lehrers.

Ehrgeiz packte Shirley: Sie wollte eine Meisterschülerin werden. Sie schluckte ihre Furcht hinunter und erlaubte Christophe, ihr beim Aufsitzen behilflich zu sein. Überrascht stellte sie fest, dass der Erdboden doch nicht so weit von ihr entfernt war, wie sie zunächst angenommen hatte, und sie folgte aufmerksam Christophes Instruktionen. Sie gehorchte ihm aufs Wort und konzentrierte sich auf seine Anweisungen, mit der Absicht, sich nicht mehr zu blamieren.

Shirley beobachtete, wie Christophe seinen Hengst beneidenswert anmutig und behände bestieg. Der temperamentvolle Rappe passte perfekt zu dem dunklen, sehnigen Mann. Sie überlegte kummervoll, dass nicht einmal Tony, als er noch Feuer und Flamme für sie war, sie so beeindruckt hatte wie dieser wildfremde Graf.

Ich darf mich nicht von ihm beeindrucken lassen, wies sie sich wütend zurecht. Er ist viel zu unberechenbar, und mit einer Spur von Einsicht erkannte sie, dass er sie verletzen könnte wie kein Mann je zuvor. Außerdem, dachte sie mit einem Blick auf die Mähne des Falben, mag ich seine überhebliche, herrschsüchtige Art nicht.

„Haben Sie beschlossen, ein Schläfchen zu halten?" Christophes spöttelnde Stimme brachte Shirley mit einem Ruck in die Gegenwart zurück. Sie begegnete seinen lachenden Augen, und zu ihrer Bestürzung errötete sie tief. „Vorwärts, chérie." Er quittierte die Veränderung ihrer Gesichtsfarbe leicht ironisch, dirigierte sein Pferd von den Stallungen fort und ritt langsam davon.

Shirley und Christophe ritten Seite an Seite, und nach einer Weile entspannte Shirley sich auf ihrem Sattel. Sie gab Christophes Anweisungen an die Stute weiter, die gefällig gehorchte. Shirleys Selbstbewusstsein wuchs, und sie gestattete sich einen Blick auf die Landschaft. Dabei genoss sie die Liebkosung der Sonne auf ihrem Gesicht und den sanften Rhythmus des Pferdes.

„Jetzt werden wir traben", befahl Christophe plötzlich. Shirley drehte den Kopf zur Seite und sah ihn ernst an.

„Vielleicht ist mein Französisch doch nicht so gut, wie ich meinte. Sagten Sie traben?"

„Ihr Französisch ist ausgezeichnet, Shirley."

„Ich bin mit der Schaukelei vollkommen zufrieden", erwiderte sie mit einer nachlässigen Gebärde. „Ich habe es durchaus nicht eilig."

„Sie müssen sich der Bewegung des Pferdes anpassen", belehrte er sie, ohne Rücksicht auf ihre Feststellung. „Richten Sie sich bei jedem zweiten Schritt auf. Pressen Sie die Absätze leicht gegen die Flanken."

„Bitte, hören Sie mir zu ..."

„Haben Sie Angst?“, stichelte er.

Statt ihm zu antworten, richtete Shirley den Kopf auf und tat, was er gesagt hatte.

So muss es sich anfühlen, wenn man einen dieser verflixten Pressluftbohrer betätigt, mit denen nach wie vor die Straßen aufgerissen werden, dachte sie atemlos und prallte auf den Sattel der trabenden Stute zurück.

„Richten Sie sich bei jedem zweiten Schritt auf“, mahnte Christophe. Sie war von ihrer misslichen Lage zu sehr in Anspruch genommen, um das breite Lächeln zu bemerken, das seine Worte begleitete. Nach weiteren linkischen Versuchen gelang es ihr, sich den Bewegungen des Pferdes anzupassen.

„Wie geht es?“, fragte er, als sie Seite an Seite den Feldweg entlangtrabten.

„Jetzt, da meine Knochen nicht mehr so klappern, geht es einigermaßen. Es macht mir tatsächlich Freude.“

„Gut. Dann können wir ja galoppieren“, entschied er leichthin, und sie warf ihm einen vernichtenden Blick zu.

„Wirklich, Christophe, wenn Sie mich schon umbringen wollen, dann versuchen Sie es doch auf die einfache Weise: mit Gift oder einem sauberen Dolchstoß.“

Er warf den Kopf zurück und lachte. Der volle Klang erfüllte den ruhigen Morgen. Als er sich umwandte und sie anlächelte, glaubte Shirley, die Welt müsse versinken. Ihr Herz war verloren, trotz der Warnungen ihres Verstandes.

„Also vorwärts, meine Liebe.“ Seine Stimme klang leichtsinnig, sorglos und ansteckend.

„Pressen Sie Ihre Absätze gegen die Flanken. Dann werde ich Sie lehren, wie man fliegt.“

Ihre Füße gehorchten automatisch, die Stute reagierte darauf und fiel in einen weichen, leichten Galopp. Der Wind spielte mit Shirleys Haaren und berührte ihre heißen Wangen. Es kam ihr so vor, als ritte sie auf einer Wolke dahin.

Sie wusste nur nicht, ob der Wind sie trieb oder ob die Liebe sie so leicht machte.

Auf Christophes Befehl zog Shirley die Zügel an. Die Stute verlangsamte ihr Tempo vom Galopp zum Trab und schließlich zum Schritt, bis sie haltmachte.

Shirley sah zum Himmel hinauf und atmete tief und zufrieden ein, ehe sie sich ihrem Begleiter zuwandte. Wind und Erregung hatten ihre Wangen rosig gefärbt, ihre Augen strahlten offen und golden, und ihre Haare waren zerzaust, eine widerspenstige Glorиole ihres Glücks.

„Genießen Sie diesen Ausflug, Mademoiselle?"

Sie lächelte ihn beseligt an, überglücklich im Gefühl ihrer Liebe. „Was soll die Frage? Soll ich Ihnen Ihre Vermutung nur bestätigen? Es ist jedenfalls alles in bester Ordnung."

„Aber nein, chérie. Ich habe Ihnen die Frage gestellt, weil es ein Vergnügen ist, wenn ein Schüler so schnelle und gute Fortschritte macht." Er erwiderte ihr Lächeln und hob damit die unsichtbare Barriere zwischen ihnen auf. „Sie bewegen sich völlig natürlich im Sattel. Vielleicht ist dieses Talent doch erblich."

„Die Ehre gebührt meinem Lehrer."

„Ihr französisches Erbe kommt zum Vorschein, Shirley, aber Ihre Technik braucht noch etwas Schliff."

„Damit ist es wohl nicht so weit her, was?" Sie schüttelte das zerzauste Haar zurück und seufzte tief. „Ich glaube, das schaffe ich nie, weil zu viel puritanisches Blut von den Vorfahren meines Vaters in mir fließt."

„Puritanisch?" Christophes tiefes Lachen hallte in der Morgenstille wider. „Chérie, kein Puritaner hatte jemals so viel Feuer wie Sie."

„Ich betrachte das als Kompliment, obwohl ich ernsthaft glaube, dass es nicht so gemeint war." Sie drehte sich um und blickte von der Hügelkuppe hinunter in das weit gedehnte Tal.

„Oh, wie bezaubernd."

Die Szenerie in der Ferne glich einer Postkarte: Auf den sanften Hängen weidete Vieh, blitzsaubere Hütten lagen im Hintergrund. Noch weiter entfernt gewahrte sie ein winziges, wie von einer Riesenhand hingezaubertes Spielzeugdorf mit einer weißen Kirche, deren Turmspitze himmelwärts ragte.

„Was für ein schöner Anblick. Hier scheint die Zeit stehen geblieben zu sein.“ Ihre Augen wanderten zu dem grasenden Vieh zurück. „Gehört es Ihnen?“ Sie streckte die Hand aus.

„Ja.“

„Dann ist dies hier also alles Ihr Eigentum?“ Sie war überwältigt.

„Es ist nur ein Teil unserer Ländereien.“ Gleichmütig hob er die Schultern.

Wir sind so lange geritten, überlegte Shirley, und noch immer befinden wir uns auf seinem Besitztum. Wer weiß, wie weit es sich in die anderen Richtungen ausdehnt. Warum kann er nicht einfach ein ganz gewöhnlicher Mann sein? Sie wandte den Kopf wieder um und beobachtete sein falkenähnliches Profil. Aber er ist nun einmal kein gewöhnlicher Mann, rief sie sich zur Ordnung. Er ist der Graf de Kergallen, Gebieter über alles, was in Reichweite liegt, und daran muss ich mich stets erinnern. Sie blickte wieder zum Tal zurück und wurde nachdenklich. Ich will mich nicht in ihn verlieben. Sie schluckte die plötzliche Trockenheit in der Kehle hinunter und wählte sorgfältig die nächsten Worte, gegen die Stimme ihres Herzens ankämpfend.

„Es muss wundervoll sein, so viel Schönheit zu besitzen.“

„Man kann Schönheit nicht besitzen, Shirley, sondern sie nur hegen und pflegen.“

Sie focht gegen die Wärme an, die seine weichen Worte in ihr entfachten, und heftete weiterhin die Augen auf das Tal. „Tatsächlich? Ich glaubte, dass die Aristokraten solche Dinge als selbstverständlich hinnehmen.“

Sie machte eine weite, ausladende Handbewegung. „Schließlich ist das Ihr gutes Recht.“

„Sie mögen Aristokraten nicht, Shirley, aber auch in Ihren Adern fließt aristokratisches Blut.“ Ihr verblüffter Gesichtsausdruck veranlasste ihn zu einem leichten Lächeln. Seine Stimme klang zurückhaltend: „Ja, der Vater Ihrer Mutter war ein Graf, wenngleich sein Besitz während des Krieges geplündert wurde.

Der Raphael war eine der wenigen Kostbarkeiten, die Ihre Großmutter rettete, als sie flohen."

Wieder dieser verflixte Raphael, dachte Shirley düster. Christophe war ärgerlich.

Das schloss sie aus dem harten Gesichtsausdruck, und sie fühlte sich seltsam befriedigt. Es war leichter für sie, ihre Gefühle für ihn zu bezwingen, wenn sie miteinander auf Kriegsfuß standen.

„Demnach bin ich zur Hälfte ein Mädchen vom Land und zur Hälfte eine Aristokratin." Ihre Schultern bewegten sich abweisend. „Damit wir uns recht verstehen, lieber Cousin: Ich bevorzuge die ländliche Hälfte meiner Abstammung. Das blaue Blut überlasse ich Ihrer Familie."

„Sie sollten sich besser daran erinnern, dass wir nicht blutsverwandt sind, Mademoiselle." Christophes Stimme klang verhalten. Als Shirley ihm in die schmalen Augen sah, spürte sie eine leise Furcht aufsteigen.

„Die Kergallens sind berüchtigt dafür, sich zu nehmen, was sie begehren, und ich bin keine Ausnahme. Geben Sie acht auf Ihre schimmernden Augen."

„Die Warnung ist überflüssig, Monsieur. Ich kann sehr gut allein auf mich aufpassen."

Er lächelte vertrauenerweckend. Das war entmutigender als eine wütende Antwort. Dann dirigierte er sein Pferd zurück zum Schloss. Der Rückritt verlief schweigend. Nur gelegentlich gab Christophe Anweisungen. Er und Shirley hatten die Klingen erneut gekreuzt, und Shirley musste zugeben, dass er ihren Hieb mühelos pariert hatte.

Als sie wieder bei den Ställen angelangt waren, saß Christophe federnd ab, übergab einem Stallknecht die Zügel und half Shirley vom Pferd, noch ehe sie ihm nacheifern konnte.

Trotzig ignorierte sie die Steifheit ihrer Gelenke, als sie sich vom Rücken der Stute löste und Christophe ihre Taille umfasste. Dort verhielten seine Hände einen Augenblick lang, und er sah ihr tief in die Augen, ehe er seinen Griff lockerte, der sich unter dem leichten Stoff ihrer Bluse wie Feuer anfühlte.

„Nehmen Sie jetzt ein heißes Bad“, befahl er. „Danach werden Sie sich nicht mehr so steif fühlen.“

„Sie haben eine bemerkenswerte Fähigkeit, Befehle zu erteilen, Monsieur.“

Seine Augen wurden schmal, ehe er den Arm mit unglaublicher Schnelligkeit um sie legte. Er zog sie nahe an sich heran und presste einen harten, drängenden Kuss auf ihre Lippen. Sie konnte sich nicht dagegen wehren oder protestieren, sondern erwiderte ihn leidenschaftlich.

Es schien eine Ewigkeit zu dauern, dass er sie seinem Willen unterwarf und immer tiefer in den Kuss eintauchen ließ, der ein neues, noch nie empfundenes Bedürfnis in ihr erweckte. Sie opferte ihren Stolz der Liebe und lieferte sich ihrem Verlangen aus. Die Welt schien sich aufzulösen, die sanfte bretonische Landschaft schmolz wie ein Aquarell im Regen, und sie spürte nichts anderes mehr als warme Haut und Lippen, die ihre Selbstaufgabe herausforderten. Seine Hand berührte ihre schmale Hüfte und schließlich ihren Rücken mit derart gebieterischer Gewalt, dass sie erschauerte.

Liebe. Bei diesem Wort wirbelten ihre Gedanken. Liebe bedeutete Spaziergänge in weichem Regen, ruhige Abende an einem knisternden Kaminfeuer. Wie war es nur möglich, dass diese Liebe einem hartnäckig tosenden, ungestümen Sturm glich, der nur Schwäche, Atemlosigkeit und Verletzlichkeit hinterließ?

Wie war es nur möglich, dass man sich nach dieser Schwäche sehnte wie nach dem Leben selbst? War es bei ihrer Mutter ebenso gewesen? War es dies, worauf ihr träumerischer Augenausdruck beruhte?

Wird Christophe mich niemals wieder loslassen? fragte sie sich verzweifelt, und ihre Arme umschlangen sehnsüchtig seinen Hals. Ihre Selbstkontrolle war schwächer als das körperliche Verlangen nach ihm.

„Mademoiselle“, spöttelte er leise, löste sich von ihren Lippen und streichelte sanft ihren Nacken. „Sie verfügen über eine bemerkenswerte Fähigkeit, Bestrafungen herauszufordern. Ich muss Sie dringendst ersuchen, sich mir künftig nicht mehr zu widersetzen."

Er drehte sich um und schlenderte lässig davon. Nur einmal beugte er sich nieder, um Korrigan zu begrüßen, der ihm treu auf den Fersen folgte.

5. KAPITEL

Shirley und die Gräfin nahmen das Mittagsmahl auf der Terrasse ein. Berauschender Blumenduft erfüllte die Luft. Shirley lehnte den angebotenen Wein ab und bat stattdessen um Kaffee. Gelassen hielt sie dem kritischen Blick der Gräfin stand.

Jetzt hält sie mich zweifellos für eine Spießerin. Sie unterdrückte ein Lächeln und genoss das starke schwarze Getränk zusammen mit dem köstlichen Garnelengericht.

„Ich bin überzeugt, dass Sie Ihren Ausritt genossen haben", stellte die Gräfin fest, nachdem sie sich belanglos über Essen und Wetter unterhalten hatten.

„Tatsächlich, Madame. Und zwar zu meiner größten Überraschung. Ich wollte nur, dass ich schon eher reiten gelernt hätte. Ihre bretonische Landschaft ist überwältigend schön."

„Christophe ist zu Recht stolz auf sein Land." Die Gräfin prüfte den hellen Wein in ihrem Glas. „Er liebt es, wie ein Mann eine Frau liebt: mit aller Leidenschaft. Obgleich das Ewigkeitswert hat, braucht ein Mann eine Ehefrau. Die Erde ist nur eine frostige Geliebte."

Shirley wunderte sich über die Offenherzigkeit ihrer Großmutter, die plötzlich alle Zurückhaltung aufgab. Sie zuckte die Schultern mit einer typisch französischen Gebärde. „Ich bin sicher, dass Christophe nur wenig Mühe hat, warmblütige Geliebte zu finden." Er braucht vermutlich nur mit den Fingern zu schnippen, und sie fallen ihm dutzendweise in die Arme, fügte sie lautlos hinzu, fast erschrocken über ihre stechende Eifersucht.

„Allerdings." Die Augen der Gräfin leuchteten amüsiert auf. „Wie könnte es auch anders sein?" Widerwillig schluckte Shirley diese Bemerkung hinunter, während die alte Dame ihr Weinglas hob. „Aber Männer wie Christophe benötigen nach einer gewissen Zeit eher Beständigkeit als Abwechslung. Sie ahnen ja gar nicht, wie sehr er seinem Großvater ähnelt." Mit einem schnellen Blick erfasste Shirley, dass ein weicher Ausdruck das kantige Gesicht veränderte. „Sie sind wild, diese Kergallens, herrschsüchtig und anmaßend männlich. Die Frauen, denen sie ihre Liebe schenken, durchleben Himmel und Hölle mit ihnen." Die blauen Augen lächelten erneut. „Ihre Frauen müssen stark sein, oder sie werden niedergetreten. Und sie müssen klug sein, um zu wissen, wann sie schwach sein können."

Shirley hatte ihrer Großmutter aufmerksam zugehört. Sie schüttelte den Bann ab und schob den Teller zur Seite, weil ihr der Appetit auf Garnelen vergangen war. Sie nahm den Gesprächsfaden auf, um ein für alle Mal ihre Einstellung kundzutun: „Madame, ich habe nicht die Absicht, am Wettbewerb um den Grafen teilzunehmen. Soweit ich es beurteilen kann, passen wir nicht im Geringsten zueinander." Sie erinnerte sich plötzlich an den verführerischen Druck seiner Lippen, an das fordernde Drängen seines Körpers, und sie erbebte. Sie schaute ihre Großmutter an und schüttelte entrüstet den Kopf. „Nein." Sie dachte nicht weiter darüber nach, ob sie nun zu ihrem Herzen sprach oder zu der Frau ihr gegenüber, sondern stand auf und eilte ins Schloss zurück.

Der Vollmond war am sternenübersäten Himmel aufgegangen, und sein silbernes Licht flutete durch die hohen Fenster, als Shirley aufwachte. Sie fühlte sich elend, schmerzbetäubt und angewidert. Obwohl sie sich schon früh unter dem Vorwand starker Kopfschmerzen zurückgezogen hatte, um dem Mann zu entfliehen, der unentwegt ihre Gedanken beanspruchte, schlief sie nicht sofort ein. Und nun, nach nur wenigen Stunden der Ruhe, war sie hellwach. Sie wälzte sich in dem übergroßen Bett und stöhnte leise, weil ihr Körper revoltierte.

Jetzt bezahle ich den Preis für das kleine Abenteuer am Morgen. Sie wand sich vor Schmerzen und setzte sich mit einem tiefen Seufzer auf. Vielleicht hilft mir ein heißes Bad, hoffte sie im Stillen. Viel lahmer kann ich davon ja auch nicht werden. Sie erhob sich. Die Beine und Schultern protestierten heftig gegen diese Bewegung. Sie zog sich gar nicht erst den Morgenmantel über, der am Fuß des Bettes ausgebreitet lag, sondern tastete sich durch den matt erleuchteten Raum zum angrenzenden Badezimmer. Dabei stieß sie heftig mit einem zierlichen Louis-seize-Stuhl zusammen.

Sie schimpfte ärgerlich über den zusätzlichen Schmerz, rieb sich das Bein, rückte den Stuhl wieder zurecht und lehnte sich daran. „Was gibt es?", rief sie unwillig, als es an der Tür pochte.

Sie raffte sich auf, und Christophe trat ein, nachlässig in einen königsblauen Morgenmantel gekleidet. Er betrachtete sie eingehend. „Haben Sie sich verletzt, Shirley?" Sie brauchte ihn nicht erst anzusehen. Sein Spott war unüberhörbar.

„Ich habe mir nur ein Bein gebrochen", fauchte sie. „Machen Sie sich keine Mühe."

„Darf ich mir wenigstens die Frage erlauben, warum Sie hier im Dunkeln herumtappen?" Er lehnte sich gegen den Türrahmen, kühl, völlig gelassen, und seine Überlegenheit machte Shirley nur noch zorniger.

„Ich werde Ihnen genau sagen, weshalb ich hier im Dunkeln herumstolpere, Sie selbstgefälliges Ungeheuer", sagte sie erzürnt. „Ich wollte mich in der Badewanne ertränken, um mich dem Elend zu entziehen, in das Sie mich heute gestürzt haben."

„Wieso ich?", fragte er unschuldig, während er den Blick über sie gleiten ließ. Ihre Gestalt wirkte schlank und golden im schimmernden Mondlicht. Ihr hauchzartes Nachtgewand ließ die langen, schön geformten Beine und die makellose Alabasterhaut frei. Sie war zu aufgebracht, um auf seinen abschätzenden Blick zu reagieren. Und sie bemerkte nicht, dass das Mondlicht durch ihr Gewand sickerte und ihre Körperformen hervorhob.

„Ja, Sie", schleuderte sie ihm entgegen. „Sie haben mich heute Morgen auf Trab gebracht. Und jetzt rächt sich jeder einzelne Muskel an mir." Stöhnend rieb sie mit der Handfläche über den schmalen Rücken. „Wahrscheinlich werde ich niemals wieder aufrecht gehen können."

„Ach."

„Wie viel doch eine einzige Silbe auszudrücken vermag." Sie

blickte ihn fest, mit aller ihr zur Verfügung stehenden Würde an. „Könnten Sie das noch einmal wiederholen?“

„Armer Liebling“, murmelte er mit übertriebener Sympathie. „Es tut mir ja so leid.“ Er reckte sich und ging auf sie zu. Da wurde sie sich ihrer sparsamen Bekleidung bewusst, und ihre Augen öffneten sich weit.

„Christophe, ich …“ Mehr brachte sie nicht heraus. Denn seine Hände berührten ihre nackten Schultern, und die Worte, die sie eigentlich noch sagen wollte, endeten in einem Seufzer, während seine Finger die verkrampften Muskeln massierten.

„Sie haben ganz neue Muskeln entdeckt, nicht wahr? Und das ist nicht gerade angenehm. Beim nächsten Mal wird es leichter für Sie sein.“ Er führte sie zum Bett und drückte ihre Schultern hinab, sodass sie sich widerspruchslos hinsetzte und den festen Druck seiner Hände auf ihrem Nacken und auf ihren Schultern genoss. Er ließ sich hinter ihr nieder, und seine schmalen Finger fuhren ihren Rücken entlang und massierten den Schmerz wie durch einen Zauber hinweg.

Shirley seufzte erneut und drängte sich unwillkürlich dichter an ihn. „Sie haben wunderbare Hände“, flüsterte sie. Sie spürte wohltuende Mattigkeit, als die Schmerzen sich auflösten und warmes Wohlbehagen sie durchflutete. „Herrlich starke Finger. Gleich werde ich zu schnurren anfangen wie eine Katze.“

Sie bemerkte nicht, dass die sanfte Entspannung einer leichten Erregung wich, dass die unpersönliche Massage sich zu einer nachdrücklichen Liebkosung verwandelte, aber ihr schwindelte plötzlich in der Hitze.

„Es geht mir schon viel besser“, stotterte sie und wollte sich ihm entwinden, doch seine Hände umschlangen schnell ihre Taille und hielten sie fest umschlungen, während seine Lippen ihren weichen, empfindsamen Hals suchten und einen sanften Kuss daraufhauchten. Sie erbebte. Dann versuchte sie, sich wie ein verängstigtes Reh zu befreien, doch ehe es ihr gelang, drehte er ihren Kopf zu sich herum, seine Lippen legten sich auf ihren Mund und versiegelten jeden Protest.

Aller Widerstand erstickte im Keim, ihre Erregung loderte wie eine Flamme, und sie schlang die Arme um seinen Hals, als er sie niederdrückte. Sein Mund schien ihre Lippen verschlingen zu wollen, hart und siegesbewusst. Seine Hände verfolgten die Linien ihres Körpers, als hätte er sie schon unzählige Male besessen. Ungeduldig streifte er die dünnen Träger von ihren Schultern. Er suchte und fand ihre seidenweiche Brust. Seine Berührung entfachte einen Sturm des Verlangens in Shirley. Seine Begierde wuchs. Unaufhaltsam streiften seine Hände die raschelnde Seide ab, und seine Lippen verließen ihren Mund, um ihren Hals mit unstillbarem Hunger zu überwältigen.

„Christophe", stöhnte sie in dem Bewusstsein, dass sie unfähig war, gegen ihn und ihre eigene Schwäche anzukämpfen. „Christophe, bitte, ich kann mich hier nicht gegen Sie wehren. Ich würde niemals gewinnen."

„Wehren Sie sich nicht gegen mich, meine Schöne", flüsterte er. „Dann werden wir beide gewinnen."

Sein Mund legte sich wieder auf ihre Lippen. Weich und entspannt erweckte er ihre Begierde und das Gefühl der Schwerelosigkeit. Langsam erkundete er ihr Gesicht, berührte die Kurven ihrer Wangen, liebkoste ihren empfindsam geöffneten Mund, ehe er ihren Körper weiter eroberte. Eine Hand umfasste besitzergreifend ihre Brust, die Finger zeichneten ihre Linie nach, bis ein dumpf pochender Schmerz sie durchfuhr. Sie stöhnte auf, und ihre Hände suchten nach den angespannten Muskeln seines Rückens, als wollte sie seine Macht über sie bestätigen.

Seine wie unbeteiligt scheinenden Erkundungen wurden wieder heftiger, als hätte ihre Ergebenheit das Feuer seiner Leidenschaft noch stärker entflammt. Seine Hände strichen über ihre sanfte Haut, sein Mund ergriff Besitz von ihren Lippen, versetzte ihre Sinne in Aufruhr und forderte nicht nur Unterwerfung, sondern ebenbürtige Leidenschaft.

Shirley seufzte auf, als Christophes Lippen ihren Hals hinunterwanderten, um die warme Vertiefung zwischen ihren Brüsten zu küssen.

Ein letzter Funke von Klarheit sagte ihr, dass sie am Rand eines Abgrundes stand.

Ein weiterer Schritt vorwärts würde sie in eine unendliche Leere stürzen.

„Christophe, bitte." Sie zitterte, obwohl sie von seiner Hitze ganz benommen war. „Sie machen mir Angst, und ich selbst mache mir Angst. Ich bin … ich bin noch nie mit einem Mann zusammen gewesen."

Er hielt inne, und tiefes Schweigen umfing sie, als er den Kopf hob und auf sie niederblickte. Strahlendes Mondlicht ruhte auf ihrem hellen Haar, das zerzaust auf dem schneeweißen Kissen lag, und ihre Augen waren verschleiert von plötzlich erwachter Leidenschaft und Furcht.

Mit einem kurzen rauen Laut gab er sie frei. „Ihre Verzögerungstaktik ist unglaublich, Shirley."

„Es tut mir leid." Sie setzte sich auf.

„Weswegen entschuldigen Sie sich?" Unter der Oberfläche eisiger Ruhe war Ärger spürbar. „Wegen Ihrer Unschuld, oder aber weil Sie mir beinahe erlaubt hätten, sie Ihnen zu nehmen?"

„Das ist eine niederträchtige Bemerkung", fuhr sie ihn an und rang nach Atem. „Dies alles geschah so schnell, dass ich gar nicht zur Besinnung kam. Wäre ich darauf vorbereitet gewesen, hätten Sie sich mir niemals in dieser Weise genähert."

„Wirklich nicht?"

Er richtete sie auf, bis sie auf dem Bett vor ihm kniete und wieder an seiner Brust lag.

„Jetzt sind Sie vorbereitet. Glauben Sie etwa, dass ich Sie nicht augenblicklich besitzen könnte und Sie es freiwillig geschehen ließen?"

Er blickte auf sie nieder, seine Stimme klang anmaßend und erzürnt. Sie konnte nicht antworten, denn sie wusste, dass sie seiner Selbstherrlichkeit und ihrem heftigen Verlangen ausgeliefert war. Die riesigen Augen in ihrem blassen Gesicht glänzten vor Furcht und Arglosigkeit. Ärgerlich schob er sie von sich fort.

„Verflixt noch mal! Sie sehen mich mit den Augen eines

Kindes an, und ihr Körper verhüllt makellos Ihre Unschuld. Eine gefährliche Maskerade."

Er ging zur Tür und blickte noch einmal zurück, um die leicht bekleidete Gestalt zu betrachten, die sich in dem riesigen Bett sehr klein ausnahm. „Schlafen Sie gut, meine Schöne", spottete er. „Sollten Sie wieder einmal die Möbel anrempeln wollen, wäre es angebracht, die Tür zu verschließen. Beim nächsten Mal werde ich Sie nicht so ohne Weiteres verlassen."

Beim Frühstück erwiderte Christophe freundlich Shirleys kühlen Gruß. Er blickte sie kurz an und zeigte keine Spur von Verstimmung über die vergangene Nacht. Widersinnigerweise war sie über seinen Gleichmut etwas verärgert. Er plauderte mit der Gräfin und wandte sich nur dann an Shirley, wenn es unumgänglich war, und das in einem überaus höflichen Ton.

„Du hast doch nicht vergessen, dass Geneviève und Yves heute Abend mit uns speisen werden?", wandte sich die Gräfin an Christophe.

„Aber nein, Großmutter." Er stellte die Tasse auf den Unterteller zurück. „Es ist mir ein Vergnügen, sie einmal wiederzusehen."

„Ich glaube, dass Sie ihre Gesellschaft als sehr angenehm empfinden werden, Shirley." Die Gräfin richtete die klaren blauen Augen auf ihre Enkelin. „Geneviève ist etwa ebenso alt wie Sie, vielleicht ein Jahr jünger. Sie ist eine liebenswerte, wohlerzogene junge Frau. Und ihr Bruder Yves ist sehr charmant und attraktiv." Sie lächelte leicht. „In seiner Gesellschaft werden Sie sich bestimmt nicht langweilen. Findest du nicht auch, Christophe?"

„Ich bin davon überzeugt, dass Shirley sich mit Yves gut unterhalten wird."

Shirley sah Christophe kurz an. Sein Tonfall war irgendwie lebhafter als gewöhnlich. Doch er trank ruhig seinen Kaffee, und so glaubte sie, sich geirrt zu haben.

„Die Dejots sind alte Freunde der Familie." Die Gräfin lenkte

Shirleys Aufmerksamkeit wieder auf sich. „Ich bin sicher, dass Sie sich freuen werden, Bekannten Ihres eigenen Alters zu begegnen, nicht wahr? Geneviève kommt häufig zu Besuch ins Schloss. Als Kind trabte sie hinter Christophe her wie ein folgsames Hündchen. Allerdings ist sie inzwischen kein Kind mehr." Sie blickte den Mann am Kopfende des Eichentisches bedeutungsvoll an. Shirley zwang sich, unbeteiligt auszusehen.

„Geneviève hat sich von einem linkischen Kind mit Rattenschwänzen zu einer eleganten, wunderhübschen Frau gemausert." Seine Stimme klang unüberhörbar herzlich.

Wie gut für sie, dachte Shirley und rang nach einem interessierten Lächeln.

„Sie wird bestimmt eine vorzügliche Ehefrau", weissagte die Gräfin.

„Sie besitzt eine sanfte Schönheit und natürliche Anmut. Wir müssen sie überreden, für Sie Klavier zu spielen, Shirley. Sie ist nämlich eine hoch talentierte Pianistin."

Wieder ein tugendhaftes Vorbild, überlegte Shirley und war bitter eifersüchtig auf die Beziehung zwischen Geneviève und Christophe. Dann zwang sie sich zu einigen zuvorkommenden Worten: „Ich freue mich sehr darüber, Ihre Freunde kennenzulernen, Madame." Schweigend schwor sie sich, die vollkommene Geneviève mit Nichtachtung zu strafen.

Der goldene Morgen verstrich friedlich. Stille ruhte auf dem Garten, wo Shirley zeichnete. Sie hatte einige Worte mit dem Gärtner gewechselt, ehe sie sich beide ihrer Arbeit widmeten. Sie beobachtete ihn interessiert und skizzierte ihn, wie er sich über die Büsche beugte, die verwelkten Blüten stutzte und mit seinen farbenfrohen, duftenden Freunden schwatzte, sie gelegentlich ausschimpfte und auch lobte.

Sein Gesicht war zeitlos, verwittert und charaktervoll. Erstaunlich blaue Augen hoben sich von der rötlichen Gesichtsfarbe ab. Der breitrandige Hut auf seinem stahlgrauen Haarschopf war schwarz, Samtbänder fielen auf den Rücken. Er trug eine ärmellose Weste und abgetragene Kniehosen. Sie staunte über seine Beweglichkeit in den klobigen Holzschuhen.

Sie war so tief darin versunken, seine kleine Welt mit dem Bleistift festzuhalten, dass sie die Schritte auf den Steinfliesen hinter sich überhörte. Christophe beobachtete eine Weile, wie sie sich über ihre Arbeit beugte.

Die graziöse Schwingung ihres Nackens erinnerte ihn an einen stolzen weißen Schwan, der über einen kühlen, klaren See glitt. Erst als sie den Bleistift hinter das Ohr schob und sich abwesend über das Haar fuhr, räusperte er sich.

„Die Zeichnung von Gaston ist Ihnen fabelhaft gelungen, Shirley." Amüsiert zog er die Brauen hoch, weil sie aufsprang und die Hand an die Brust presste.

„Ich wusste nicht, dass Sie hier sind." Sie verwünschte ihre atemlose Stimme und den jagenden Puls.

„Sie waren tief in Ihre Arbeit versunken." Nachlässig setzte er sich neben sie auf die weiße Marmorbank. „Ich wollte Sie nicht stören."

Selbst in tausend Kilometern Entfernung würden Sie mich noch stören, ergänzte sie in Gedanken. Höflich erwiderte sie: „Danke. Sie sind sehr rücksichtsvoll." Abwehrend widmete sie ihre Aufmerksamkeit dem Spaniel zu ihren Füßen. „Oh, Korrigan, wie geht's?" Sie kraulte seine Ohren, und er bedeckte ihre Hand mit liebevollen Küssen.

„Korrigan ist ganz hingerissen von Ihnen." Christophe betrachtete ihre schlanken Finger. „Normalerweise verhält er sich zurückhaltender, aber es scheint, dass Sie sein Herz erobert haben." Korrigan ließ sich zutraulich auf ihren Füßen nieder und leckte ihr die Hand.

„Ein sehr feuchter Verehrer." Sie zog die Hand zurück.

„Ein geringfügiger Preis für so viel Liebe." Er nahm ein Taschentuch, umfasste ihre Hand und trocknete sie ab. Ein starker Strom durchzuckte ihre Fingerspitzen, den Arm und ließ prickelnd Hitze in ihr aufsteigen.

„Das ist nicht notwendig. Ich habe hier einen alten Lappen."

Sie wies auf ihren Kasten mit Kreide und Bleistiften und versuchte, die Finger aus seiner Hand zu lösen.

Seine Augen wurden schmal, sein Griff fester, und sie fühlte sich überrumpelt von diesem kurzen, schweigenden Kampf. Mit einem entrüsteten Seufzer ließ sie zu, dass er ihre Hand festhielt.

„Setzen Sie sich immer und überall durch?“ Ihre Augen verdunkelten sich in unterdrücktem Zorn.

„Aber natürlich“, erwiderte er mit unerschütterlichem Selbstvertrauen. Er ließ ihre Hand los und betrachtete Shirley abschätzend. „Ich habe den Eindruck, dass Sie gewöhnlich ebenfalls tun, was Sie wollen, Shirley Smith. Wäre es nicht interessant, zu beobachten, wer während Ihres Besuchs den Sieg davonträgt?“

„Vielleicht sollten wir die Ergebnisse auf einer Tafel festhalten“, schlug sie etwas frostig vor. „Dann gibt es wenigstens keinen Zweifel darüber, wer der Gewinner ist.“

Er lächelte sie nachdenklich und lässig an. „Darüber besteht überhaupt kein Zweifel.“

Ehe sie antworten konnte, tauchte die Gräfin auf. Shirley versuchte, heiter auszusehen, um die alte Dame von jedem Verdacht abzulenken.

„Ein herrlicher Morgen, meine Lieben.“ Die Gräfin begrüßte sie mit einem mütterlichen Lächeln, das ihre Enkelin erstaunte. „Sie genießen also den schönen Garten. Um diese Tageszeit ist er am friedlichsten.“

„Er ist bezaubernd, Madame“, stimmte Shirley zu. „Es kommt mir so vor, als gäbe es keine andere Welt mehr außer den Farben und Düften dieses einsamen Fleckchens Erde.“

„So ist es mir auch oft ergangen. Ich kann die Stunden nicht mehr zählen, die ich jahrelang an dieser Stelle verbracht habe.“ Sie ließ sich auf der Bank nieder, gegenüber dem braun gebrannten Mann und der hellhäutigen Frau.

Sie seufzte: „Was haben Sie gezeichnet?“ Shirley reichte ihr den Block. Die Gräfin heftete die Augen auf die Zeichnung und sah sie dann genau an. „Sie haben das Talent Ihres Vaters geerbt.“ Bei dieser mutmaßlich missgünstigen Bemerkung verschärfte sich Shirleys Blick, und sie öffnete schon den Mund, um zu antworten. „Ihr Vater war ein sehr begabter Künstler“, setzte die Gräfin fort. „Er muss sehr viel Herzensgüte besessen haben, um Gabrielles Liebe und Ihre Anhänglichkeit zu erringen.“

„Ja, Madame.“ Shirley begriff, dass dies ein schwerwiegendes Zugeständnis war. „Er war ein sehr guter Mann, liebender Vater und Gatte zugleich.“

Sie widerstand dem Drang, erneut von dem Raphael zu sprechen, denn sie wollte den fein gewobenen Faden des Verständnisses nicht zerreißen. Die Gräfin nickte. Dann wandte sie sich an Christophe wegen der Abendgesellschaft.

Shirley nahm Zeichenpapier und Kreide zur Hand und skizzierte aufmerksam ihre Großmutter. Die Stimmen summten um sie herum, besänftigende, friedliche Laute, die zu der Atmosphäre des Gartens passten.

Sie dachte überhaupt nicht daran, der Unterhaltung zu folgen, sondern konzentrierte sich intensiv auf ihre Arbeit.

Als sie das fein geschnittene Gesicht und den überraschend verletzlichen Mund kopierte, entdeckte sie eine beachtliche Ähnlichkeit mit ihrer Mutter und so auch mit sich selbst. Der Gesichtsausdruck der Gräfin war gelöst, von altersloser Schönheit und von Stolz geprägt.

Aber jetzt entdeckte Shirley einen Abglanz der Weichheit und Zerbrechlichkeit ihrer Mutter, das Gesicht einer Frau, die aufrichtig lieben konnte und umso verletzlicher war. Zum ersten Mal, seit Shirley den förmlichen Brief von ihrer unbekannten Großmutter erhalten hatte, fühlte sie Liebe für die Frau in sich aufkeimen, die ihre Mutter geboren hatte und die damit auch verantwortlich für ihre eigene Existenz war.

Shirley war sich ihres lebhaften Mienenspiels nicht bewusst, und sie vergaß auch den Mann an ihrer Seite, der die Verwandlung ihres Gesichts beobachtete, während er die Unterhaltung mit der Gräfin fortführte.

Als sie die Arbeit beendet hatte, legte sie die Kreide in den

Kasten und wischte sich gedankenverloren die Hände ab. Sie fuhr auf, als sie den Kopf wandte und Christophes durchdringendem Blick begegnete. Er betrachtete das Porträt auf ihrem Schoß und sah ihr dann wieder in die verwirrten Augen.

„Sie haben eine seltene Begabung, chérie“, sagte er leise. Verlegen zog sie die Stirn kraus, weil sein Ton nicht verriet, ob er ihre Arbeit meinte oder ein ganz anderes Thema.

„Was haben Sie gezeichnet?“, wollte die Gräfin wissen. Shirley befreite sich von seinem unwiderstehlichen Blick und reichte ihrer Großmutter das Porträt.

Die Gräfin sah es eine Weile an. Ihr erstaunter Gesichtsausdruck veränderte sich dann in einer Weise, die Shirley nicht deuten konnte. Als sie die Augen wieder hob und sie auf sie richtete, lächelte sie.

„Ich fühle mich geehrt und geschmeichelt. Wenn Sie einverstanden sind, würde ich dieses Bild gern kaufen“, ihr Lächeln vertiefte sich, „teilweise aus Selbstgefälligkeit, aber auch, weil ich ein Beispiel Ihrer Arbeit besitzen möchte.“

Shirley beobachtete sie einen Augenblick lang und befand sich im Zwiespalt zwischen Stolz und Zuneigung. „Es tut mir leid, Madame.“ Sie schüttelte den Kopf und nahm die Zeichnung wieder an sich. „Ich kann sie nicht verkaufen.“

Sie blickte auf das Papier in der Hand, ehe sie es der alten Dame wieder zurückgab. „Ich schenke es Ihnen, Großmutter.“ Sie nahm das bewegte Mienenspiel der Gräfin in sich auf, bevor sie weitersprach: „Nehmen Sie es an?“

„Ja.“ Das Wort klang wie ein Seufzer. „Ich werde Ihr Geschenk in Ehren halten.“ Erneut blickte sie auf die Kreidezeichnung. „Es soll mich daran erinnern, dass Liebe wichtiger ist als Stolz.“ Sie erhob sich und berührte mit den Lippen Shirleys Wangen, ehe sie wieder über den Steinfliesenweg zum Schloss zurückkehrte.

Shirley stand auf.

„Sie haben eine natürliche Gabe, die Liebe anderer Menschen zu gewinnen“, bemerkte Christophe.

Sie fuhr ihn erregt an: „Sie ist ebenfalls meine Großmutter."

Ihm entging nicht, dass ihre Augen von Tränen verschleiert waren, und mit einer lässigen Bewegung erhob er sich. „Meine Feststellung war ein Kompliment."

„Tatsächlich? Es klang eher nach einem Werturteil." Sie verwünschte den Nebel vor ihren Augen. Sie wollte gleichzeitig allein sein und sich gegen seine breite Schulter lehnen.

„Immer befinden Sie sich mir gegenüber in Abwehrstellung, stimmt's, Shirley?" Seine Augen verengten sich wie üblich, wenn er ärgerlich war. Aber sie war so mit dem Aufruhr ihrer Gefühle beschäftigt, dass sie nicht darauf achtete.

„Grund genug dafür haben Sie mir ja auch gegeben. Von dem Moment an, als ich den Zug verließ, haben Sie kein Hehl aus Ihren Gefühlen gemacht. Sie haben meinen Vater und mich verurteilt. Sie sind kalt und selbstherrlich und haben keinen Funken Mitleid oder Verständnis. Ich wollte, Sie gingen jetzt fort und ließen mich allein. Prügeln Sie doch einige Landarbeiter oder dergleichen. Das passt zu Ihnen."

Er näherte sich ihr so schnell, dass sie keine Möglichkeit hatte, ihm auszuweichen. Seine Arme schienen sie zu zerbrechen, als sie sich um sie schlangen. „Haben Sie Angst?" Seine Lippen pressten sich auf ihren Mund, ehe sie antworten konnte, und alle Vernunft war wie ausgelöscht.

Sie stöhnte auf vor Schmerz und Verlangen, als sein Griff sich festigte und ihr den Atem raubte.

Wie ist es nur möglich, dass man gleichzeitig hasst und liebt, fragte ihr Herz, und die Antwort verlor sich in einer ungestümen, triumphierenden Flutwelle der Leidenschaft. Er fuhr ihr mit den Fingern erbarmungslos durch das Haar, zog den Kopf nach hinten, und sein heißer, hungriger Mund begehrte die verletzliche Haut ihres glatten, schlanken Halses. Durch die dünne Bluse hindurch spürte sie die Hitze seines Körpers. Er beseitigte diesen geringfügigen Widerstand, schob die Hand unter den Stoff und nahm wie selbstverständlich Besitz von ihrer nackten Brust.

Seine Lippen umschlossen wieder ihren Mund, mit einer Weichheit, der sie sich nicht entziehen konnte. Sie kümmerte sich nicht mehr um die Zerrissenheit ihrer Liebe, sondern lieferte sich wie eine Weide im Sturm ihrer Sehnsucht aus.

Er hob das Gesicht, seine Augen glühten dunkel, fast schwarz, vor Zorn und Leidenschaft. Er wollte sie besitzen. Bei dieser Erkenntnis weitete sich ihr Blick erschrocken. Nie zuvor war sie so heftig begehrt worden, und nie zuvor hatte jemand die Kraft besessen, sie so mühelos zu erobern. Selbst wenn er sie nicht liebte, würde sie sich ihm unterwerfen, und auch ohne ihre Unterwerfung würde er sie für sich beanspruchen.

Er las die Furcht in ihren Augen. Seine Stimme klang tief und gefährlich: „Ja, meine kleine Cousine, Sie haben allen Grund, sich zu fürchten, denn Sie wissen sehr genau, was geschehen wird. Im Augenblick sind Sie sicher vor mir, doch geben Sie acht, wie und wo Sie mich künftig herausfordern."

Er ließ sie los und ging den Weg zurück, den die Großmutter gewählt hatte. Korrigan sprang auf, blickte Shirley wie entschuldigend an und folgte dann seinem Herrn.

6. KAPITEL

Shirley kleidete sich sehr sorgfältig zum Abendessen um und nutzte die Zeit, ihre Gefühle zu ordnen und einen Plan zu fassen. Vernunftgründe vermochten nichts an der Tatsache zu ändern, dass sie sich Hals über Kopf in einen Mann verliebt hatte, den sie nur wenige Tage kannte. Er war ebenso furchterregend wie fesselnd.

Ein anmaßender, herrschsüchtiger, unverschämt hartnäckiger Mann, fügte sie hinzu, als sie den Reißverschluss am Rückenteil ihres Kleides hinaufzog. Ein Mann, der meinen Vater des Diebstahls bezichtigt hat. Wie konnte ich das zulassen, schalt sie sich. Wie hätte ich es aber verhindern können? Mein Herz mag mich im Stich gelassen haben, doch mein Kopf ist noch klar. Niemals darf Christophe erfahren, dass ich mich in ihn verliebt habe. Seine Ironie wäre unerträglich.

Sie strich mit einer Bürste über die weichen Locken und legte etwas Make-up auf. Kriegsbemalung. Sie lächelte über diesen Einfall. Das war der richtige Ausdruck. Ein Kriegszustand mit ihm wäre besser als Verliebtheit. Nebenbei muss ich mich heute Abend Mademoiselle Dejot gegenüber behaupten. Dieser Gedanke beunruhigte sie, und ihr Lächeln schwand.

Sie betrachtete sich in voller Größe im Standspiegel. Die bernsteinfarbene Seide harmonierte mit ihrer Augenfarbe und verlieh ihrer sanften Haut einen warmen Schimmer. Schmale Träger enthüllten weiche Schultern, und das tief ausgeschnittene Mieder rundete die feine Linie der Brust ab. Der plissierte Rock umsäumte gefällig die Fesseln wie ein Hauch, und die gedämpfte Farbe unterstrich nur noch die zerbrechliche, zarte Schönheit.

Sie missbilligte diesen Effekt. Viel lieber hätte sie extravagant und kultiviert ausgesehen. Ein Blick auf die Uhr sagte ihr, dass es zu spät war, sich umzuziehen. Deshalb schlüpfte sie in die Schuhe, besprühte sich mit Parfüm und eilte aus dem Zimmer.

Das Stimmengeräusch aus dem Salon deutete zu Shirleys Verwunderung darauf hin, dass die Abendgäste bereits eingetroffen waren. Als sie den Raum betrat, nahm sie bewundernd die besondere Atmosphäre in sich auf: den glänzenden Boden und die warme Holzvertäfelung, die bleigefassten Fenster, den riesigen Steinkamin mit dem gemeißelten Sims. Das alles bildete einen perfekten Hintergrund für die Abendgesellschaft, deren unbestrittene Königin die Gräfin war, in karminrote Seide gehüllt. Christophes strenger schwarzer Abendanzug hob sein schneeweißes Hemd hervor und unterstrich seine bräunliche Hautfarbe. Yves Dejot trug ebenfalls einen dunklen Anzug. Seine Haut hatte einen Goldschimmer, und sein Haar war kastanienbraun.

Aber es war die Frau zwischen den beiden Männern, die Shirleys Augenmerk und unfreiwillige Bewunderung auf sich zog. Wenn ihre Großmutter schon die Königin war, so glich sie einer Kronprinzessin. Tiefschwarzes Haar umrahmte ein kleines, schmerzlich schönes Elfengesicht mit mandelförmigen braunen Augen. Das waldgrüne Abendgewand stach von der wunderschönen goldenen Haut ab.

Die beiden Männer erhoben sich, als Shirley eintrat. Sie konzentrierte sich auf den fremden Besucher, wobei sie sich Christophes gewohnheitsmäßiger, alles umfassender Beobachtungsgabe bewusst war. Als sie einander vorgestellt wurden, blickte sie in kastanienbraune Augen, die in der gleichen Farbe wie sein Haar schimmerten und sie zugleich bewundernd und missbilligend betrachteten.

„Mein Freund, du hast mir verheimlicht, dass deine Cousine einer bezaubernden, goldgelockten Göttin gleicht." Er beugte sich über Shirleys Hand und berührte sie mit den Lippen. „Mademoiselle, ich werde das Schloss von jetzt an öfter besuchen."

Sie lächelte erfreut und fand Yves Dejot zugleich charmant und harmlos. „Ich bin davon überzeugt, Monsieur, dass sich aufgrund dieser Tatsache mein Aufenthalt hier umso erfreulicher gestalten wird", sagte sie im gleichen Ton und wurde mit einem aufblitzenden Lächeln belohnt.

Christophe fuhr mit der Vorstellung fort, und Shirleys Finger wurden von einer kleinen, zögernden Hand umfasst. „Ich bin so glücklich, Sie endlich kennenzulernen, Mademoiselle Smith." Geneviève begrüßte sie mit einem warmen Lächeln. „Sie ähneln dem Porträt Ihrer Mutter derart, als wäre das Gemälde zum Leben erweckt worden."

Die Stimme klang so aufrichtig, dass es für Shirley trotz aller gegenteiligen Bemühungen ausgeschlossen war, diese feenhafte Frau zu verabscheuen, die sie mit den feuchten Augen eines Cockerspaniels ansah.

Während des Aperitifs und des Essens verlief die Unterhaltung ungezwungen und angenehm. Delikate Austern in Champagner leiteten das vorzüglich bereitete und servierte Mahl ein. Die Dejots wollten alles über Amerika und Shirleys Leben in der Hauptstadt wissen. Sie bemühte sich, diese Stadt der Gegensätzlichkeiten zu beschreiben, während die kleine Gesellschaft das Kalbsrisotto in Chablissoße genoss.

Anschaulich entwarf sie ein Bild von den alten Regierungsgebäuden, den graziösen Linien und Säulen des Weißen Hauses. „Unglücklicherweise fielen einige der alten Gebäude den Modernisierungsbestrebungen zum Opfer, und nun stehen an ihrer Stelle riesige Stahl- und Glaskäfige. Sauber, unermesslich groß und ohne jeden Charme. Aber es gibt Dutzende Theater, von Fords, wo Präsident Lincoln umgebracht wurde, bis zum Kennedy-Zentrum."

Weiter führte sie ihre Zuhörer von der überwältigend eleganten Embassy Avenue zu den Slums und Mietskasernen außerhalb der Stadt, durch Museen, Galerien und die Geschäftigkeit des Kapitolhügels. „Aber wir lebten in Georgetown, und dieser Stadtteil hat mit dem Rest von Washington nicht das Geringste zu tun. Er besteht zumeist aus Reihen- und Doppelhäusern, die zwei oder drei Stockwerke umfassen. Die kleinen ummauerten Gartenstücke sind mit Azaleen und Blumenrabatten bepflanzt. Einige Seitenstraßen haben noch Kopfsteinpflaster, und man spürt den fast altmodischen Charme."

„Was für eine aufregende Stadt", bemerkte Geneviève. „Wahrscheinlich kommt Ihnen unser Leben hier sehr ruhig vor. Vermissen Sie die lebhafte Aktivität Ihrer Heimat?"

Shirley sah nachdenklich auf ihr Weinglas und schüttelte den Kopf. „Nein. Und das finde ich selbst merkwürdig. Ich habe mein ganzes Leben dort verbracht, und ich war sehr glücklich. Doch ich vermisse nichts. Seit ich dieses Schloss betrat, spüre ich eine Vertrautheit, als hätte ich es schon früher gekannt. Ich bin auch hier sehr glücklich."

Sie blickte zu Christophe hinüber, der sie nachdenklich und durchdringend ansah, und fühlte sich plötzlich beunruhigt. „Natürlich ist es eine Erleichterung, sich nicht täglich um einen Parkplatz abmühen zu müssen", fügte sie lächelnd hinzu und befreite sich von der ernsten Stimmung. „Parkplätze in Washington sind mehr wert als Gold. Hinter einem Lenkrad würde selbst der gutmütigste Mensch einen Mord oder ein schweres Verbrechen begehen, nur um eine Parklücke zu finden."

„Sind Sie auch schon so vorgegangen?" Christophe hob sein Weinglas und blickte sie fragend an.

„Ich darf an meine Vergehen überhaupt nicht mehr denken. Manchmal benehme ich mich schrecklich aggressiv."

„Kaum glaublich, dass Angriffslust zu einer so zartbesaiteten Weide gehören sollte." Yves nahm sie mit seinem charmanten Lächeln gefangen.

„Du wärst erstaunt, mein Freund, wenn du wüsstest, welche überraschenden Qualitäten diese Weide noch in sich birgt", bemerkte Christophe und senkte den Kopf.

Glücklicherweise wechselte die Gräfin nun das Thema.

Der Salon war nur matt beleuchtet, und daher wirkte der riesige Raum fast intim. Als die kleine Gesellschaft Kaffee und Cognac genoss, setzte Yves sich neben Shirley und überschüttete sie mit seinem französischen Charme. Sie bemerkte fast eifersüchtig, dass Christophe sich ausschließlich der Unterhaltung mit Geneviève widmete. Sie sprachen über ihre Eltern, die gerade die griechischen Inseln besuchten, von gemeinsamen Bekannten und alten Freunden. Er hörte aufmerksam zu, als Geneviève eine Anekdote erzählte. Er schmeichelte ihr und lachte. Sein Benehmen war freundlich und weich. Das war für Shirley eine neue Entdeckung. Ihre Beziehung war offenbar sehr eng, sodass Shirley einen kurzen Schmerz der Verzweiflung verspürte.

Er behandelt sie so vorsichtig wie ein feines, zerbrechliches Kristallgefäß, klein und kostbar, und mir gegenüber benimmt er sich, als sei ich ein starker, unempfindlicher Granitblock, dachte sie.

Für Shirley wäre es bedeutend einfacher gewesen, wenn sie die andere Frau verabscheut hätte. Doch natürliche Freundlichkeit besiegte die Eifersucht, und im Laufe des Abends empfand sie den beiden Dejots gegenüber immer mehr Zuneigung.

Die Gräfin forderte Geneviève mehrmals freundlich auf, einige Klavierstücke zu spielen, sodass sie schließlich einwilligte. Die Musik schwebte süß und zart durch den Raum und war der Pianistin ebenbürtig.

Wahrscheinlich ist sie die ideale Frau für Christophe, schloss Shirley düster. Sie haben so viele Gemeinsamkeiten, und sie erweckt eine Zärtlichkeit in ihm, die ihn davon abhalten wird, sie zu verletzen. Sie blickte zu Christophe hinüber, der entspannt gegen die Sofakissen lehnte und die dunklen, faszinierenden Augen auf die Frau am Flügel heftete. Shirley versank in einem Sturzbach von Gefühlen: Sehnsucht, Verzweiflung, Empörung vereinigten sich zu einem hoffnungslos deprimierenden Nebel, als sie sich eingestand, dass sie niemals glücklich wäre, wenn Christophe einer anderen Frau den Hof machte, gleichgültig, ob sie nun selbst zu ihm passte oder nicht.

Yves wandte sich ihr zu, als die Musik verklang und die Unterhaltung wiederauflebte: „Mademoiselle, als Künstlerin benötigen Sie Eingebungen, nicht wahr?"

„Jedenfalls auf die eine oder andere Weise." Sie lächelte ihn an.

„Der Schlossgarten ist bei Mondschein außerordentlich anregend."

„Das ist mir durchaus willkommen. Vielleicht kann ich Sie dazu verleiten, mich hinauszubegleiten."

„Das wäre mir eine große Ehre, Mademoiselle."

Yves tat den übrigen Anwesenden ihre Absicht kund, und Shirley hakte sich bei ihm ein, ohne den Blick zu beachten, den Christophe ihr zuwarf.

Der Garten glich tatsächlich einer zauberhaften Inspiration. Die leuchtenden Farben wirkten im silbernen Mondlicht gedämpft. Die Düfte vermischten sich zu einem berauschenden Parfüm und verwandelten den warmen Sommerabend zu einer Nacht für Liebende. Shirley seufzte, als ihre Gedanken wieder zu dem Mann im Salon zurückirrten.

„War das ein Seufzer der Freude, Mademoiselle?", fragte Yves, als sie einen gewundenen Pfad hinunterschlenderten.

„Natürlich." Sie schüttelte die trübe Stimmung ab und gönnte ihrem Begleiter ein verlockendes Lächeln. „Ich bin überwältigt von der unsäglichen Schönheit."

Er hob ihre Hand an seine Lippen und küsste sie gefühlvoll. „Mademoiselle, jede Blüte erblasst vor Ihrer Schönheit. Welche Rose täte es Ihren Lippen gleich, welche Gardenie Ihrer Haut?"

„Wie gelingt es den Franzosen nur, so sehr mit Worten zu lieben?"

„Das wird uns bereits an der Wiege gesungen, Mademoiselle."

„Dem kann eine Frau nur schwer widerstehen." Shirley atmete tief ein: „Ein Garten im Mondglanz, ein bretonisches Schloss, die duftende Nachtluft und ein gut aussehender Mann, dessen Worte wie Poesie klingen."

Yves seufzte schwer auf: „Ich fürchte, Sie haben die Widerstandskraft."

Sie schüttelte leicht ironisch den Kopf. „Unglücklicherweise bin ich außerordentlich stark. Aber Sie sind ein charmanter bretonischer Wolf."

Sein Lachen unterbrach die nächtliche Stille. „So gut kennen Sie mich also schon. Von Anfang an wusste ich, dass wir Freunde, jedoch nicht Liebende sein würden. Sonst hätte ich meinen Feldzug mit mehr Gefühl geführt. Wir Bretonen glauben sehr stark an die Vorbestimmung."

„Es ist doch so schwierig, Freunde und Liebende zugleich zu sein."

„Ich denke genauso."

„Dann wollen wir Freunde sein." Shirley streckte die Hand aus. „Ich werde Sie Yves nennen und Sie mich Shirley."

Er nahm ihre Hand und hielt sie einen Augenblick lang fest. „Es ist außergewöhnlich, dass ich mich mit Ihrer Freundschaft begnüge. Ihre erlesene Schönheit nimmt die Gedanken eines Mannes gefangen und lässt sie nicht mehr los." Er machte eine ausdrucksvolle Geste, was mehr sagte als eine dreistündige Rede. „Nun, so spielt eben das Leben", bemerkte er fatalistisch. Shirley lachte leise, als sie wieder das Schloss betraten.

Am darauffolgenden Morgen begleitete Shirley ihre Großmutter und Christophe zur heiligen Messe in das Dorf, das sie von der Hügelkuppe aus erblickt hatte. Schon in den frühen Morgenstunden hatte es leicht und anhaltend geregnet.

Es regnete noch immer, als sie ins Dorf fuhren. Der Regen durchtränkte die Blätter und senkte die Köpfe der Blumen schwer herab. Bestürzt konstatierte Shirley, dass Christophe sich seit dem vorangegangenen Abend in ungewöhnliches Schweigen hüllte. Die Dejots hatten sich bald nach Shirleys und Yves' Rückkehr in den Salon verabschiedet. Christophe hatte sich charmant von seinen Gästen verabschiedet, Shirley jedoch keines Blickes gewürdigt.

Jetzt sprach er fast ausschließlich mit der Gräfin. Nur gelegentlich richtete er das Wort an Shirley, höflich, mit einer kaum merklichen Feindseligkeit, die sie bewusst nicht zur Kenntnis nahm.

Der Mittelpunkt des kleinen Dorfs war die Kapelle, ein winziges weißes Gemäuer. Das sauber gepflegte Grundstück stand in fast komischem Gegensatz zu dem hinfälligen Bau. Das Dach war in letzter Zeit mehrmals repariert worden, und die einzige Eichentür am Eingang war verwittert, altersschwach und abgenutzt vom ständigen Gebrauch.

„Christophe wollte eine neue Kapelle errichten lassen", bemerkte die Gräfin. „Doch die Dorfbewohner sträubten sich dagegen. Hier haben ihre Vorfahren jahrhundertelang gebetet, und hier werden sie auch weiterhin ihren Gottesdienst verrichten, bis die Kapelle in Staub zerfällt."

„Sie ist bezaubernd", erwiderte Shirley. Der leicht verfallene Zustand verlieh dem winzigen Gebetshaus eine gewisse unerschütterliche Würde und einen Abglanz von Stolz, zugleich war es Zeuge von Taufen, Trauungen und Bestattungen durch die Jahrhunderte.

Die Tür knarrte heftig, als Christophe sie öffnete und die beiden Frauen vorangehen ließ. Der Innenraum war dunkel und still, die hohe Balkendecke vermittelte den Eindruck von Weiträumigkeit.

Die Gräfin ging zum vorderen Kirchenstuhl und nahm ihren Platz zwischen den Sitzen ein, die seit mehr als drei Jahrhunderten den Bewohnern von Schloss Kergallen vorbehalten waren.

Shirley erkannte Yves und Geneviève im engen Chorgang des Seitenschiffs und lächelte ihnen zu. Geneviève lächelte zurück, und Yves blinzelte sie kaum wahrnehmbar an.

„Dies ist kaum der geeignete Ort für einen Flirt, Shirley", flüsterte Christophe, als er ihr aus dem feuchten Trenchcoat half.

Sie errötete und fühlte sich ertappt wie ein Kind, das in der Sakristei kichert. Eine scharfe Erwiderung lag ihr auf der Zunge, doch da näherte sich ein älterer Priester dem Altar, und der Gottesdienst begann.

Ein Gefühl des Friedens erfüllte Shirley. Der Regen schloss die Gemeinde von der Außenwelt ab, und sein sanftes Flüstern auf dem Dach wirkte eher beruhigend als ablenkend. Der alte Geistliche sprach Bretonisch, und die Gemeinde antwortete ihm leise. Das gelegentliche Wimmern eines Kindes, gedämpftes

Husten und die Regentropfen auf dem dunklen, bunten Fensterglas gemahnten an eine friedliche Zeitlosigkeit. Während Shirley in dem abgenutzten Kirchenstuhl saß, empfand sie den Zauber der Kapelle und verstand die Weigerung der Dorfbewohner, dieses bröckelige Gebäude zugunsten eines solideren Bauwerks aufzugeben. Hier herrschten Friede, Fortdauer der Vergangenheit und Verbindung mit der Zukunft.

Als der Gottesdienst beendet war, hörte es auch auf zu regnen, ein schwacher Sonnenstrahl drang durch das farbige Fenster und brachte es zart zum Glühen. Nachdem die Schlossbewohner die Kapelle verlassen hatten, umfing sie frische Luft mit dem Duft sauberen Regens.

Yves begrüßte Shirley mit einer höflichen Verbeugung und einem langen Handkuss. „Sie haben die Sonne wieder hervorgelockt, Shirley."

„Gewiss." Sie lächelte ihn an. „Ich habe befohlen, dass alle Tage meines Aufenthalts in der Bretagne hell und sonnig sind."

Sie zog die Hand zurück und nickte dann Geneviève zu, die in ihrem kühlen gelben Kleid und dem schmalrandigen Hut einer zierlichen Schlüsselblume ähnelte. Sie tauschten Grüße aus, und Yves neigte sich wie ein Verschwörer Shirley zu.

„Meine Liebe, Sie sollten vielleicht den Sonnenschein ausnutzen und mich auf einer Fahrt begleiten. Nach dem Regen ist die Landschaft immer besonders schön."

„Es tut mir leid, aber Shirley ist heute vollauf beschäftigt", antwortete Christophe, ehe sie zustimmen oder ablehnen konnte. Sie sah ihn verwundert an. „Ihre zweite Lektion", sagte er glatt und übersah den Protest, der in ihr aufstieg.

„Lektion", wiederholte Yves lächelnd. „Was lehrst du denn deine bezaubernde Cousine, Christophe?"

„Die Reitkunst", gab er mit dem gleichen Lächeln zurück. „Jedenfalls zurzeit."

„Sie könnten keinen besseren Lehrer finden." Geneviève berührte leicht Christophes Arm. „Christophe lehrte mich das

Reiten, als Yves und mein Vater mich bereits als hoffnungslosen Fall aufgegeben hatten. Er ist sehr geduldig." Sie sah bewundernd zu dem schlanken Mann auf, und Shirley unterdrückte ein ungläubiges Lachen.

Christophe war alles andere als geduldig. Arrogant, herausfordernd, selbstherrlich, überheblich: Schweigend zählte sie die charakteristischen Eigenschaften des Mannes an ihrer Seite zusammen. Darüber hinaus war er zynisch und anmaßend.

Ihre Gedanken schweiften von der Unterhaltung ab, denn sie wurde von einem kleinen Mädchen in Anspruch genommen, das zusammen mit einem ausgelassenen jungen Hündchen auf einem Rasenstück saß. Abwechselnd bedeckte das Tier das Kindergesicht mit feuchten, begeisterten Küssen und tollte um das Mädchen herum, während es in ein hohes, süßes Lachen ausbrach. Dieses entspannende, unschuldige Bild nahm Shirley derart gefangen, dass es Sekunden dauerte, ehe sie auf das nächste Geschehen reagierte.

Der Hund schoss plötzlich über den Rasen zur Straße. Das Kind flitzte hinter ihm her und rief missbilligend seinen Namen. Shirley beobachtete die Szene regungslos, bis ein Auto sich näherte. Dann spürte sie auf einmal kalte Furcht, weil das Kind noch immer der Fahrbahn entgegenlief.

Ohne darüber nachzudenken, nahm sie die Verfolgung auf. Völlig außer sich rief sie dem Kind auf Bretonisch zu, anzuhalten, doch das Interesse des Mädchens galt allein ihrem Liebling. Sie rannte über den Rasen, geradewegs auf das herbeifahrende Auto zu.

Shirley hörte die Bremsen quietschen, als sie mit beiden Armen das Kind umschloss. Sie fühlte einen heftigen Stoß, ehe sie zusammen mit dem Mädchen über die Straße geschleudert wurde.

Einen Augenblick lang herrschte völlige Stille, dann brach ein Höllenlärm los: Das Hündchen, auf dem Shirley lag, jaulte vorwurfsvoll, und das Kind jammerte und schrie laut nach seiner Mutter.

Erregte Stimmen mischten sich plötzlich in das Jaulen und Jammern und trugen nur noch zu Shirleys Benommenheit bei. Sie fand keine Kraft, sich von dem widerspenstigen Tier zu erheben, während das Mädchen sich aus ihrem Griff befreite und in die Arme der blassen, tränenüberströmten Mutter flüchtete.

Da beugte sich plötzlich eine vertraute Gestalt über Shirley und zog sie hoch. „Sind Sie verletzt?“ Christophes Augen glühten. Als sie den Kopf schüttelte, fuhr er ärgerlich fort: „Sind Sie wahnsinnig? Das hätte Ihr Tod sein können. Dass Sie noch einmal davongekommen sind, grenzt an ein Wunder.“

„Aber sie haben doch so lieb miteinander gespielt. Dann verzog sich der einfältige Hund auf die Straße. Hoffentlich habe ich ihn nicht verletzt, weil ich auf ihm lag. Das arme Tier war darüber bestimmt nicht begeistert.“

„Shirley.“ Christophes wütende Stimme brachte sie wieder zur Besinnung. „Ich glaube wirklich, Sie haben den Verstand verloren.“

„Es tut mir leid.“ Sie fühlte sich leer und ausgelaugt. „Es war natürlich dumm, zunächst an den Hund zu denken und dann erst an das Mädchen. Ist ihr nichts passiert?“

In einem langen Atemzug fluchte er leise vor sich hin. „Nicht das Geringste. Sie ist jetzt bei ihrer Mutter.“

Shirley schwankte. „Es ist gleich vorüber.“

Sein Griff auf ihren Schultern verstärkte sich, und er beobachtete ihr Gesicht. „Fallen Sie jetzt etwa in Ohnmacht?“ Er schaute sie zweifelnd an.

„Bestimmt nicht.“ Sie versuchte, ihrer Stimme einen festen Klang zu geben, doch sie zitterte leicht.

„Shirley.“ Geneviève kam auf sie zu, nahm ihre Hand und ließ alle Förmlichkeit außer Acht. „Das war so mutig von Ihnen.“ Tränen umflorten die braunen Augen, und sie küsste Shirleys blasse Wangen.

„Sind Sie verletzt?“, wiederholte Yves Christophes Frage. Doch er blickte sie eher betroffen als vorwurfsvoll an.

„Nein, es ist alles in Ordnung.“ Unwillkürlich stützte sie sich auf Christophe. „Nur der kleine Hund ist schlimm dran, weil er unter mir lag.“ Ich möchte mich hinsetzen, dachte sie erschöpft, bis die Welt sich nicht mehr um mich dreht.

Plötzlich redete die Mutter des Kindes tränenüberströmt in schnellem Bretonisch auf sie ein. Vor lauter Erregung sprach sie nur undeutlich, und der Dialekt war so breit, dass Shirley Mühe hatte, dem Wortschwall zu folgen. Die Frau wischte sich fortwährend mit einem zerknitterten Taschentuch die Tränen aus den Augen. Shirley hoffte, dass ihre Antworten korrekt waren. Sie war unglaublich müde und etwas verlegen, als die Mutter ihre Hände ergriff und sie in glühender Dankbarkeit küsste. Christophe bat die Frau, Shirley loszulassen. Sie zog sich zurück, nahm ihr Kind bei der Hand und verschwand in der Menschenmenge.

„Kommen Sie.“ Er legte einen Arm um Shirleys Taille, und die Leute wichen zur Seite, als er sie zu der Kapelle zurückführte. „Ich finde, Sie und der Bastard sollten an eine kurze Leine gebunden werden.“

„Wie entgegenkommend von Ihnen, uns in einen Topf zu werfen“, murmelte sie. Dann erblickte sie ihre Großmutter, die auf einer kleinen Steinbank saß. Sie war bleich und wirkte auf einmal alt.

„Ich dachte, Sie würden überfahren werden.“ Die Stimme der Gräfin war belegt. Shirley kniete vor der alten Dame nieder.

„Ich bin unverwüstlich, Großmutter“, behauptete sie mit einem vertrauensseligen Lächeln. „Das habe ich von meinen Eltern geerbt.“

Die schmale Hand umfasste fest Shirleys Gelenk. „Sie sind sehr aufsässig und widerspenstig“, erwiderte die Gräfin in etwas festerem Ton. „Und ich liebe Sie sehr.“

„Ich liebe Sie ebenfalls“, sagte Shirley einfach.

7. KAPITEL

Nach dem Mittagessen bestand Shirley darauf, ihren Reitunterricht fortzusetzen. Sie widersprach energisch, sich längere Zeit auszuruhen und einen Arzt kommen zu lassen.

„Ich benötige keinen Doktor, Großmutter, und ich brauche auch keine Ruhepause. Mit mir ist alles in bester Ordnung." Den Unfall am Morgen tat sie mit einem Achselzucken ab. „Das sind doch nur einige Prellungen und Quetschungen. Ich sagte Ihnen bereits, dass ich unverwüstlich bin."

„Sie sind widerspenstig", korrigierte die Gräfin.

„Das war eine fürchterliche Erfahrung für Sie", schaltete sich Christophe ein und musterte Shirley kritisch. „Es wäre besser, wenn Sie Ihre Energie etwas mehr im Zaum hielten."

„Das kann nicht Ihr Ernst sein." Ungeduldig schob sie ihre Kaffeetasse beiseite. „Ich bin doch kein viktorianischer Schwächling, der sich vom Dunst seiner Hirngespinste treiben lässt und verhätschelt werden möchte. Wenn Sie nicht mit mir ausreiten wollen, werde ich Yves anrufen und seine Einladung zu dem Landausflug annehmen, den Sie an meiner Stelle ausgeschlagen haben. Ich werde keinesfalls am helllichten Tag zu Bett gehen wie ein Kind."

„Einverstanden." Christophes Augen wurden dunkler. „Sie kommen zu Ihrem Reitvergnügen, obwohl meine Lektion wahrscheinlich nicht so anregend sein wird wie Yves' Ausflug aufs Land."

Einen Augenblick lang schaute sie ihn bestürzt an, und dann färbten sich ihre Wangen. „Wie albern von Ihnen."

„Treffen wir uns also in einer halben Stunde bei den Ställen", unterbrach er sie, stand vom Tisch auf und schlenderte aus dem Zimmer, ehe sie ihn zurechtweisen konnte.

Mit empörtem Gesichtsausdruck wandte sie sich an ihre Großmutter. „Warum ist er so unerträglich grob zu mir?"

Mit einer ausdrucksvollen Schultergebärde und einem weisen

Blick erwiderte die Gräfin: „Männer sind nun einmal höchst komplizierte Wesen, mein Liebling."

„Eines Tages wird er nicht mehr gehen, ehe ich ihm nicht meine Meinung gesagt habe." Shirley zog die Brauen zusammen.

Shirley traf Christophe zu der vereinbarten Zeit. Sie war fest entschlossen, jeden Funken Energie auf die Verbesserung ihrer Reittechnik zu verwenden.

Vertrauensvoll bestieg sie die Stute, und dann folgte sie ihrem schweigsamen Lehrer, der sein Pferd in die entgegengesetzte Richtung ihres letzten Ausritts lenkte. Als er in leichten Galopp fiel, passte sie sich ihm an und spürte die gleiche berauschende Freiheit wie beim ersten Mal.

Allerdings reagierte er darauf nicht mit einem plötzlich aufschimmernden Lächeln. Er neckte sie nicht einmal mit scherzenden Worten, und sie sagte sich, dass sie darauf verzichten konnte. Nur manchmal erteilte er ihr eine Anweisung. Sie gehorchte ihm aufs Wort, um ihm und sich zu beweisen, dass sie fähig war, ein Pferd zu reiten. Sie begnügte sich mit dieser Aufgabe und einem gelegentlichen Blick auf sein falkenähnliches Profil.

Du liebe Zeit, seufzte sie niedergeschlagen, wandte ihren Blick von ihm ab und sah nach vorn. Er wird mich bis zum Ende meines Lebens plagen. Ich werde noch eine alte, schrullige Jungfer, weil ich jeden Mann, der mir begegnet, mit dem vergleiche, der mir nie gehören wird. Ich wollte, ich hätte ihn niemals gesehen.

„Was sagten Sie?" Christophes Stimme unterbrach ihren Gedankengang.

Sie fuhr auf. Wahrscheinlich hatte sie laut vor sich hin gesprochen. „Nichts", stotterte sie, „absolut nichts." Sie atmete tief ein. „Ich könnte schwören, dass ich Seeluft rieche." Er schlug eine langsamere Gangart an. Sie zügelte ebenfalls ihr Pferd, als ein entferntes Dröhnen die Stille unterbrach. „Donnert es?" Sie schaute zum klaren blauen Himmel auf, doch das Grollen hielt an. „Das ist ja das Meer. Sind wir ganz in der Nähe? Kann ich es sehen?“

Er hielt sein Pferd an und saß ab. Sie beobachtete ihn erregt, als er die Zügel an einem Baum befestigte. „Christophe!“ Sie befreite sich mit mehr Schnelligkeit als Grazie von ihrem Sattel. Er nahm ihren Arm, als sie sich ungeschickt fallen ließ, und band ihr Pferd neben seinem an, ehe er weiter den Pfad hinunterging. „Wählen Sie die Sprache, die Ihnen am liebsten ist“, forderte sie ihn auf, „aber reden Sie mit mir, bevor ich verrückt werde.“

Er hielt inne, wandte sich um, zog sie an sich und küsste sie kurz und zerstreut. „Sie reden zu viel“, sagte er nur und ging weiter.

Sie wollte etwas sagen, unterließ es aber, da er sich erneut umdrehte und sie anblickte. Befriedigt über ihr Schweigen, führte er sie weiter, während das ferne Dröhnen immer näher kam und eindringlicher wurde. Als er wieder anhielt, verschlug das Bild unter ihnen Shirley den Atem.

Das Meer dehnte sich aus, so weit das Auge reichte. Sonnenstrahlen tanzten auf der tiefgrünen Oberfläche. Die Brandung liebkoste die Uferfelsen, die Gischt ähnelte schaumiger Spitze auf einem dunklen Samtgewand.

„Es ist hinreißend.“ Shirley schwelgte in der scharfen, salzhaltigen Luft und der Brise, die ihr Haar zerzauste. „Sie sind inzwischen sicherlich an diesen Anblick gewöhnt. Aber ich könnte mich wohl niemals daran sattsehen.“

„Ich schaue immer gern auf die See hinaus.“ Seine Augen umfassten den fernen Horizont, wo der klare blaue Himmel das dunkle Grün küsste. „Sie hat viele Launen. Vielleicht vergleichen die Fischer sie aus diesem Grund mit einer Frau. Heute ist sie verhältnismäßig ruhig. Doch wenn sie ärgerlich wird, entwickelt sie ein bemerkenswertes Temperament.“

Seine Hand glitt Shirleys Arm hinunter und hielt ihn mit einer natürlichen, intimen Geste fest. Das hatte sie nicht erwartet, und ihr Herz machte Freudensprünge. „Als ich noch ein Junge war, zog es mich zur See hinaus. Ich wollte mein Leben auf dem Meer verbringen und mich segelnd von seinen Launen treiben lassen." Sein Daumen rieb die zarte Haut ihrer Handfläche, und sie schluckte tief, ehe sie antworten konnte.

„Warum haben Sie es nicht getan?"

Er bewegte die Schultern, und sie fragte sich einen Augenblick lang, ob er sich an ihre Anwesenheit erinnerte. „Ich entdeckte, dass das Land eine ebenbürtige Anziehungskraft hat: frisches, lebendiges Gras, fruchtbarer Boden, purpurfarbene Reben und weidendes Vieh. Mit einem Pferd über lange Wegstrecken zu reiten, ist ebenso erregend, wie auf den Wellen der See zu segeln. Das Land ist meine Aufgabe, mein Vergnügen und meine Bestimmung."

Er blickte in die hellen Augen, die weit und offen auf sein Gesicht gerichtet waren. Irgendetwas verband sie miteinander. Es glänzte und dehnte sich aus, bis Shirley seiner Faszination erlag. Er zog sie an sich. Der Wind wirbelte um sie herum wie ein Band, das sie noch fester aneinanderknüpfte. Sein Mund forderte völlige Hingabe. Das Meer toste betäubend, und plötzlich drängte sie sich an ihn und forderte mehr.

Sein Gesicht spiegelte in keiner Weise die Ruhe der See wider. Ihren Gefühlen hilflos ausgeliefert, schwelgte sie an seinem Mund in einer wilden Umarmung. Seine Hände ergriffen Besitz von ihr, als hätten sie ein Recht darauf. Sie zitterte, nicht aus Furcht, sondern aus Sehnsucht, ihm zu geben, was er beanspruchte, und hielt ihn noch fester.

Als sich auf einmal sein Mund von ihren Lippen löste, wehrte sie sich gegen die Trennung und zog sein Gesicht an sich, um wieder darin einzutauchen. Bei der erneuten Umarmung gruben sich ihre Finger in seine Schultern. Gierig suchte sein Mund ihre Lippen, um sie zu kosten. Seine Hand glitt unter ihre Seidenbluse und berührte ihre Brust, die vor Sehnsucht schmerzte. Seine warmen Finger glühten wie Funken auf ihrer Haut. Obwohl ihr Mund ihm ausgeliefert war und seine Zunge die Intimität samtiger Feuchtigkeit forderte, stammelte sie in Gedanken immer wieder seinen Namen, bis alles um sie herum versank.

Er zog die Hände zurück und umarmte sie wieder. Der Atem verflüchtigte sich in einer neuen, überwältigenden Kraft. Weiche Brüste schmiegten sich an den schlanken männlichen Körper, die Herzen klopften im Gleichklang. Shirley fühlte sich dem Abgrund nahe und glaubte, nie wieder festen Boden gewinnen zu können.

Christophe befreite sich so unvermittelt aus der Umarmung, dass Shirley gestolpert wäre, wenn sein Arm sie nicht gestützt hätte. „Wir müssen wieder zurückreiten", sagte er, als wäre überhaupt nichts geschehen. „Es wird spät."

Sie strich die ins Gesicht gefallenen Locken zurück. Dabei sah sie ihn mit weiten Augen bittend an. „Christophe." Unfähig, die Stimme zu erheben, flüsterte sie seinen Namen nur. Er sah sie mit seinem gewohnten nachdenklichen und unergründlichen Blick an.

„Es ist schon spät, Shirley", wiederholte er, und der unverhohlen ärgerliche Ton seiner Stimme bestürzte sie noch mehr.

Auf einmal fröstelte sie. Sie schlang die Arme um ihren Körper, um die Kälte abzuwehren. „Christophe, warum sind Sie böse auf mich? Ich habe doch nichts Unrechtes getan."

„Wirklich nicht?" Seine Augen wurden schmal und dunkel, wie bei einem seiner üblichen Temperamentsausbrüche. Trotz der schmerzenden Abweisung sah sie ihn fest an.

„Nein. Was könnte ich Ihnen denn schon antun? Sie sind mir so überlegen, dort oben auf Ihrem kleinen goldenen Thron. Eine Halbaristokratin wie ich könnte sich kaum zu Ihrer Höhe emporschwingen, um irgendwelchen Schaden anzurichten."

„Ihre Zunge wird Ihnen noch viele Schwierigkeiten bereiten, Shirley, falls Sie sich nicht dazu entschließen, sie im Zaum zu halten." Seine Stimme war messerscharf und viel zu selbstbeherrscht, doch trotz ihrer wachsenden Wut zwang Shirley sich zur Besonnenheit.

„Gut. Aber bis ich mich dazu entschließe, werde ich sie noch benutzen, um Ihnen genau zu sagen, was ich von Ihrer anmaßenden, selbstherrlichen, herrschsüchtigen und verletzenden Art halte, mit der Sie dem Leben im Allgemeinen und mir im Besonderen begegnen."

Mit allzu weicher und seidiger Stimme erwiderte er: „Meine kleine Cousine: Einer Frau mit Ihrem Temperament muss man beständig vor Augen führen, dass es nur einen Herrn gibt." Er umfasste fest ihren Arm und kehrte der See den Rücken. „Ich habe gesagt, dass wir jetzt aufbrechen müssen."

„Sie, Monsieur, können tun und lassen, was Sie wollen", erwiderte sie und schleuderte ihm einen glimmenden Blick zu.

Drei Schritte weiter versagte ihre wütende Würde, denn ihre Schultern wurden wie in einem Schraubstock zusammengepresst und dann herumgewirbelt. Im Vergleich zu den wilden Gebärden von Christophe nahm sich ihr eigenes Temperament eher gelassen aus. „Sie bringen mich dazu, darüber nachzudenken, wie weise es ist, eine Frau zu schlagen." Er presste seinen Mund auf ihre Lippen, unsanft und gewalttätig. Shirley spürte einen heftigen Schmerz. Es war ein zorniger Kuss, ohne Begierde. Christophe packte sie an den Schultern. Aber sie wehrte sich nicht dagegen, blieb ihm jedoch auch die Antwort schuldig. Sie verhielt sich völlig passiv in seinen Armen, und ihr Mut versank in Hoffnungslosigkeit.

Als er sie losließ, blickte sie zu ihm auf. Sie verabscheute den feuchten Schleier, der ihre Augen umwölkte. „Sie sind im Vorteil, Christophe, und werden jeden körperlichen Kampf gewinnen." Ihre Stimme war ruhig und absichtlich gelassen, und seine Augenbrauen zogen sich zusammen, als bestürzte ihn ihre Reaktion. Er hob die Hand, um einen Tropfen von ihrer Wange zu wischen. Sie zuckte zurück, tat es selbst und unterdrückte die Tränen.

„Für heute habe ich genügend Demütigungen von Ihnen erfahren, werde aber Ihnen zuliebe nicht in einen Tränenstrom ausbrechen." Ihre Stimme klang fester, als sie die Selbstbeherrschung wiedergewann, und ihre Schultern strafften sich, während Christophe ihre Veränderung schweigend zur Kenntnis nahm. „Wie Sie schon sagten, es ist an der Zeit, aufzubrechen."

Sie wandte sich um und ging den Weg zurück zu der Stelle, wo die Pferde auf sie warteten.

Die warmen Sommertage verliefen ruhig. Die Sonne schien, und die Blumen dufteten süß. Während der Tagesstunden widmete Shirley sich hauptsächlich der Malerei. Sie zeichnete und malte voller Begeisterung das eindrucksvolle Schloss. Zunächst war sie verzweifelt und schließlich verärgert darüber, dass Christophe ihr bewusst aus dem Weg ging. Seit dem Nachmittag auf der Klippe am Meer hatte er kaum ein Wort mit ihr gewechselt. Nur wenn es sich gar nicht vermeiden ließ, sprach er ernst und höflich mit ihr. Ihr Stolz besänftigte jedoch ihren Schmerz, und auch die Malerei lenkte sie von Christophe ab.

Die Gräfin erwähnte den verschwundenen Raphael nicht wieder, und Shirley war froh über diesen Zeitaufschub, der es ihr erlaubte, die Gräfin näher kennenzulernen, ehe sie sich weiter mit dem Verschwinden des Gemäldes und dem gegen ihren Vater gerichteten Verdacht auseinandersetzte.

Als sie wieder einmal tief in ihre Arbeit versunken war – mit verschossenen Jeans und einem fleckigen Arbeitskittel bekleidet, das Haar zerzaust –, bemerkte sie, dass Geneviève über den weichen Rasenteppich auf sie zukam. Eine wunderschöne bretonische Fee, dachte Shirley, klein und bezaubernd in einer lederfarbenen Reitweste und dunkelbraunen Reithosen.

„Guten Tag", rief sie, als Shirley die schmale Hand zum Gruß hob. „Ich hoffe, dass ich Sie nicht störe."

„Natürlich nicht. Es ist nett, dass Sie sich einmal blicken lassen", erwiderte sie völlig ungezwungen, weil sie sich tatsächlich freute. Sie lächelte und legte den Pinsel zur Seite.

„Jetzt habe ich Sie unterbrochen", entschuldigte sich Geneviève.

„Eine willkommene Ablenkung."

„Darf ich mir ansehen, was Sie malen? Oder möchten Sie es nicht, ehe das Bild beendet ist?"

„Selbstverständlich können Sie es sich anschauen. Sagen Sie mir, was Sie davon halten."

Geneviève stellte sich neben Shirley. Der Hintergrund war vollendet: der azurblaue Himmel, die flockigen Wolken, lebhaftes grünes Gras und majestätische Bäume. Das Schloss selbst nahm allmählich Gestalt an: die grauen Mauern, die sich wie Perlenschnüre vom Sonnenlicht abhoben, die hohen, glitzernden Fenster, die Wachtürme. Daran musste sie noch lange arbeiten, doch selbst in dieser unvollendeten Form spiegelte das Bild bereits die märchenhafte Stimmung wider, die Shirley vorgeschwebt hatte.

„Ich habe dieses Schloss von jeher geliebt." Geneviève blickte noch immer auf die Leinwand. „Jetzt erkenne ich, dass es Ihnen ebenso geht." Die braunen Augen lösten sich von dem halb vollendeten Gemälde und sahen Shirley an. „Sie haben seine Wärme und auch seinen Hochmut eingefangen. Ich freue mich darüber, dass wir gleicher Ansicht sind."

„Vom ersten Augenblick an habe ich mich in das Schloss verliebt", gestand Shirley. „Je länger ich hier bin, desto hoffnungsloser verliere ich mich." Sie seufzte, denn ihre Worte schlossen den Mann ein, dem dieses Besitztum gehörte.

„Ich bewundere Ihr Talent. Hoffentlich sinke ich nicht in Ihrer Achtung, wenn ich Ihnen ein Geständnis mache."

„Aber natürlich nicht." Shirley war zugleich überrascht und neugierig.

„Ich beneide Sie über alle Maßen", stieß Geneviève hervor, als könnte der Mut sie verlassen.

Ungläubig blickte Shirley in das schöne Gesicht. „Sie beneiden mich?"

„Ja." Geneviève zögerte einen Augenblick lang, doch dann überschlugen sich ihre Worte: „Nicht nur wegen Ihrer künstlerischen Begabung, sondern auch wegen Ihrer Selbstsicherheit und Unabhängigkeit."

Shirley sah sie erstaunt an. „Sie ziehen die Menschen an, mit Ihrer Offenheit und Ihren warmen, sanften Augen, die vertrauenerweckend und verständnisvoll sind."

„Das hätte ich nicht erwartet", erwiderte Shirley fassungslos. „Geneviève, Sie sind doch so schön und warmherzig. Wie könnten Sie einen Menschen wie mich beneiden? In Ihren Augen muss ich ja eine Amazone sein."

„Die Männer behandeln Sie wie eine Frau. Sie bewundern Sie nicht allein wegen Ihres Aussehens, sondern wegen Ihrer Wesensart." Sie wandte sich ab, schaute aber gleich wieder zurück und strich sich über das Haar. „Was täten Sie, wenn Sie einen Mann liebten, ein ganzes Leben lang, mit dem Herzen einer Frau, der Sie aber nur wie ein amüsantes kleines Mädchen behandelt?"

Shirleys Herz zog sich zusammen. Christophe kam ihr in den Sinn. Du meine Güte, sie fragt mich um Rat wegen Christophe. Sie zwang sich, nicht hysterisch aufzulachen. Jetzt soll ich ihr einen Rat über den Mann erteilen, den ich liebe. Hätte sie meine Hilfe gesucht, wenn sie wüsste, was er von mir und meinem Vater hält? Sie sah in Genevièves dunkle Augen, die hoffnungsvoll und vertrauensselig auf sie gerichtet waren, und seufzte.

„Liebte ich einen solchen Mann, würde ich alle Mühe daransetzen, ihn davon zu überzeugen, dass ich eine Frau bin und auch als solche von ihm behandelt werden möchte."

„Aber wie?" Geneviève spreizte hilflos die Finger. „Dafür bin ich zu feige. Vielleicht würde ich auf diese Weise selbst seine Freundschaft verlieren."

„Wenn Sie ihn wirklich lieben, müssen Sie es wagen oder sich für den Rest Ihres Lebens allein mit seiner Freundschaft begnügen. Das nächste Mal, wenn dieser Mann Sie wie ein Kind behandelt, müssen Sie ihm zu verstehen geben, dass Sie eine erwachsene Frau sind. Sie sollten es ihn unbedingt wissen lassen, damit er nicht den geringsten Zweifel daran hat. Danach wird er sich dann richten."

Geneviève atmete tief und schien erleichtert zu sein. „Ich werde darüber nachdenken." Erneut blickte sie Shirley herzlich an. „Ich danke Ihnen dafür, dass Sie mir so freundschaftlich zugehört haben."

Shirley beobachtete, wie sich die kleine graziöse Gestalt über den Rasen zurückzog.

Ich benehme mich wie eine leibhaftige Märtyrerin, sagte sie sich. Dabei dachte ich immer, dass Selbstaufopferung innere Wärme hervorruft. Stattdessen ist mir kalt, und ich fühle mich erbärmlich.

Sie sammelte ihr Handwerkszeug ein, weil ihr das Vergnügen, Sonnenschein zu malen, vergangen war. Ich glaube, ich werde das Märtyrertum aufgeben und mich künftig ausschließlich Witwen und Waisen widmen. Das kann auch nicht schlimmer werden.

Niedergeschlagen brachte Shirley Leinwand und Farben in ihr Arbeitszimmer hinauf! Mit allergrößter Anstrengung gelang es ihr, dem Dienstmädchen zuzulächeln, das eifrig frische Wäsche in die Fächer eines Schranks stapelte.

„Guten Tag, Mademoiselle.“ Catherine begrüßte Shirley mit einem entwaffnenden Lächeln.

„Guten Tag, Catherine. Sie scheinen offenbar sehr vergnügt zu sein.“ Shirley beobachtete die triumphierenden Sonnenstrahlen am Fenster, seufzte tief und zuckte die Schultern. „Ein ausnehmend schöner Tag heute.“

„Ja, Mademoiselle. Ein herrlicher Tag.“ Mit einer Hand voller durchsichtiger Seidenwäsche wies sie auf den Himmel. „Ich finde, dass die Sonne noch nie so schön geschienen hat.“

Unfähig, sich dieser aufreizend guten Laune zu entziehen, ließ Shirley sich auf einem Stuhl nieder und amüsierte sich über das glühende Gesicht der kleinen Magd.

„Wenn mich nicht alles täuscht, ist es die Liebe, die so hell und schön scheint.“

Catherine errötete leicht, und ihr Gesicht wurde dadurch noch hübscher. Sie unterbrach einen Augenblick lang ihre Beschäftigung und lächelte Shirley erneut zu. „Ja, Mademoiselle, ich bin sehr verliebt.“

„Und Ihrem Blick entnehme ich, dass Sie ebenfalls sehr geliebt werden.“ Shirley bezwang ein leichtes Neidgefühl über so viel jugendliches Vertrauen.

„Ja, Mademoiselle.“ Sonnenlicht und Glück hüllten sie ein. „Am Samstag werden Jean-Paul und ich heiraten.“

„Heiraten?“, wiederholte Shirley leicht bestürzt, als sie die kleine Gestalt vor sich betrachtete. „Wie alt sind Sie, Catherine?“

„Siebzehn“, erwiderte sie, im Bewusstsein ihres hohen Alters.

„Siebzehn“, seufzte Shirley unwillkürlich und kam sich plötzlich vor, als wäre sie zweiundneunzig Jahre alt.

„Wir werden im Dorf getraut“, fuhr Catherine fort, und Shirleys Interesse wuchs. „Dann werden wir zum Schloss zurückkehren und im Garten singen und tanzen. Der Graf ist sehr freundlich und großzügig. Er sagte, dass wir bei Champagner feiern werden.“

Shirley beobachtete interessiert, wie sich die Freude in Ehrfurcht verwandelte.

„Freundlich“, flüsterte sie. Freundlichkeit passte so überhaupt nicht zu Christophe. Sie atmete tief ein und erinnerte sich seiner zuvorkommenden Haltung Geneviève gegenüber. Offensichtlich brachte sie es nicht fertig, dass er sich ihr gegenüber ebenso verhielt.

„Mademoiselle, Sie haben so viele wunderhübsche Sachen.“ Shirley blickte auf und sah, dass Catherine ein weißes Nachtgewand streichelte, mit sanften, verträumten Augen.

„Mögen Sie es?“

Sie erhob sich, betastete den Saum, erinnerte sich der seidigen Berührung mit ihrer Haut und ließ es dann wie eine Schneeflocke zu Boden gleiten.

„Aber ja, Mademoiselle.“ Mit einem Seufzer typisch weiblicher Bewunderung und Putzsucht wollte Catherine es in den Schrank hängen.

„Es gehört Ihnen“, entschied Shirley impulsiv. Das Mädchen wich einige Schritte zurück, und die sanften Augen öffneten sich weit.

„Was haben Sie gesagt, Mademoiselle?“

„Es gehört Ihnen", wiederholte sie und begegnete lächelnd dem erstaunten Blick. „Es ist ein Hochzeitsgeschenk."

„Aber das kann ich nicht annehmen. Es ist viel zu schön", stammelte sie flüsternd. Sehnsüchtig betrachtete Catherine das Gewand und drehte sich wieder zu Shirley um.

„Doch, natürlich. Es ist ein Geschenk, und ich würde mich freuen, wenn Sie es annähmen." Sie sah sich das einfache seidene Nachtkleid an, das Catherine an die Brust hielt, neidisch und hoffnungslos. „Es wurde für eine Braut geschneidert, und Jean-Paul wird Sie darin wunderschön finden."

Catherine seufzte tief und hielt Tränen der Dankbarkeit zurück. „Ich werde es immer in Ehren halten." Hierauf folgte ein Strom bretonischer Dankesbezeugungen. Die schlichten Worte belebten Shirley.

Sie verließ das Zimmer, in dem die künftige Braut sich verträumt und glücklich im Spiegel betrachtete.

Am Hochzeitstag von Catherine strahlte die Sonne mild, und über den hellblauen Himmel zogen freundliche weiße Wölkchen.

Während der vergangenen Tage war Shirley zunächst niedergeschlagen und schließlich verstimmt gewesen. Christophes abweisendes Benehmen hatte ihr Temperament entflammt, doch sie zügelte es hochmütig.

Das Ergebnis waren Bemerkungen, die sich auf wenige höfliche Sätze beschränkten.

Zwischen ihm und der Gräfin stand sie auf dem winzigen Rasenstück der Dorfkirche und erwartete die Trauungsprozession. Eigentlich wollte sie ein rohseidenes Kleid tragen, weil es so kühl und unnahbar wirkte, doch die königliche Hand der Großmutter hatte dagegen Einspruch erhoben. Stattdessen trug Shirley jetzt ein Kleid ihrer Mutter, dessen Lavendelparfüm wie frisch vom gestrigen Tag duftete. Sie wollte überlegen und distanziert aussehen, doch nun glich sie einem jungen Mädchen, das sich auf ein Tanzvergnügen freut.

Der weite, gefaltete Rock berührte nur die bloßen Waden. Seine leuchtend roten und weißen Längsstreifen waren von einer weißen Schürze bedeckt.

Die ausgeschnittene Bauernbluse schmiegte sich an die schmale Taille, und die kurzen Puffärmel überließen die Arme der Sonnenwärme. Eine schwarze ärmellose Weste unterstrich die feine Linie ihrer Brust, und ein bändergeschmückter Strohhut zierte ihre helle Lockenpracht.

Christophe hatte ihr Aussehen mit keinem Wort gewürdigt, sondern nur leicht den Kopf geneigt, als sie die Treppe herunterschritt, und jetzt setzte Shirley den stummen Krieg fort, indem sie sich ausschließlich mit ihrer Großmutter unterhielt.

„Sie werden vom Haus der Braut aus hierherkommen", bemerkte die Gräfin. Obwohl Shirley sich in der Nähe des Mannes, der hinter ihr stand, unbehaglich fühlte, bemühte sie sich um höfliche Aufmerksamkeit. „Ihre gesamte Familie wird sie auf ihrem letzten Weg als Mädchen begleiten. Dann wird sie ihrem Bräutigam begegnen, mit ihm die Kapelle betreten und seine Frau werden."

„Sie ist so jung", seufzte Shirley leise auf, „fast noch ein Kind."

„Nun, sie ist alt genug, um eine Frau zu werden, mein erwachsenes Fräulein." Leicht lachend tätschelte die Gräfin Shirleys Hand. „Ich war nur wenig älter, als ich Ihren Großvater heiratete. Liebe hat wenig mit Alter zu tun. Findest du das nicht auch, Christophe?"

Shirley fühlte sein Schulterzucken mehr, als dass sie es sah.

„Es sieht ganz so aus, Großmutter. Ehe unsere Catherine zwanzig ist, wird ein Kleines an ihrer Schürze zerren, unter der sie schon wieder ein Baby erwartet."

„Und wenn schon", seufzte die Gräfin mit verdächtiger Wehmut. „Es scheint fast, als ob keines meiner Großkinder mir Urenkel schenken würde, die ich verwöhnen kann." Sie lächelte Shirley arglos zu. „Es ist schwierig, sich in Geduld zu fassen, wenn man alt wird."

„Aber es wird einfacher, sich klug zu verhalten", erwiderte

Christophe trocken. Shirley sah ihn unwillkürlich an. Er hob kurz die Augenbrauen, und sie hielt seinem Blick stand, fest entschlossen, seinem Zauber nicht zu verfallen.

„Du meinst, weise zu sein, Christophe", berichtigte die Gräfin unbeirrt und selbstgefällig. „Dies kommt der Wahrheit näher. Seht doch", unterbrach sie sich, ehe Christophe etwas erwidern konnte, „da sind sie."

Weiche, frische Blumenblätter schwebten und tanzten zur Erde, als kleine Kinder sie aus geflochtenen Körben verstreuten, unschuldige wilde Blüten von den Wiesen und aus den Wäldern. Die Kinder umringten lachend das Brautpaar, während sie die Blüten in die Luft warfen. Umgeben von ihrer Familie, näherte sich die Braut. Sie war nach althergebrachter Sitte gekleidet. Shirley hatte noch nie eine strahlendere Braut gesehen.

Der weite, plissierte Rock schwebte von der Taille abwärts eine Handbreit über dem blütenbedeckten Boden. Der Halsausschnitt war hoch angesetzt und von Spitzen umgeben, das zart bestickte Mieder schmiegte sich eng an den Körper. Anstelle eines Schleiers trug sie eine runde weiße Kappe mit einem Kopfputz aus steifen Spitzen, der der winzigen dunklen Gestalt eine exotische und alterslose Schönheit verlieh.

Der Bräutigam trat an ihre Seite, und Shirley bemerkte mit fast mütterlicher Erleichterung, dass Jean-Paul freundlich und beinahe ebenso unschuldig aussah wie Catherine. Auch er war nach althergebrachter Weise gekleidet: Weiße Kniehosen staken in weichen Stiefeln, und über dem bestickten weißen Hemd trug er ein tiefblaues doppelreihiges Jackett. Der mit Samtbändern geschmückte schmalkrempige Hut hob seine Jugend hervor. Shirley vermutete, dass er kaum älter war als die Braut.

Junge Liebe hüllte sie ein, rein und süß wie der Morgenhimmel. Sehnsüchtig hielt Shirley den Atem an. Ihre Kehle war trocken. Sie schluckte tief und dachte: Wenn Christophe mich doch nur ein einziges Mal so ansähe. Davon würde ich bis zum Ende meines Lebens zehren.

Sie zuckte zusammen, als eine Hand ihren Arm berührte,

blickte auf und sah seine Augen auf sich gerichtet, etwas ironisch, doch nach wie vor kühl. Sie hob ihr Kinn und gestattete ihm, sie in die Kapelle zu geleiten.

Der Schlossgarten war für eine Hochzeit wie geschaffen, hell, frisch und lebendig von Düften und Farben. Auf der Terrasse waren weiß gedeckte Tische aneinandergereiht, die mit Speisen und Getränken überladen waren. Das Schloss wartete mit dem Besten für die Dorfhochzeit auf: Silber und Kristall leuchteten kostbar im gleißenden Sonnenlicht. Shirley bemerkte, dass die Dorfbewohner ein Recht darauf geltend machten. Sie gehörten zum Schloss, und das Schloss gehörte ihnen. Musik übertönte das Stimmengewirr und Gelächter: fröhlich zirpende Geigen und näselnde Dudelsäcke.

Shirley beobachtete von der Terrasse aus, wie sich Braut und Bräutigam zu ihrem ersten Tanz als Frau und Mann verneigten. Es war ein charmanter, flotter Volkstanz. Catherine flirtete mit ihrem Ehemann, indem sie den Kopf hochwarf und ihn herausfordernd anblickte, zum größten Vergnügen des Publikums. Es schloss sich dem tanzenden Paar an, die Stimmung wuchs, und plötzlich zog Yves sie entschlossen in die Menge.

„Aber ich weiß doch gar nicht, wie man das macht“, protestierte sie und lachte über seine Beharrlichkeit.

„Ich werde es Sie lehren.“ Er nahm ihre beiden Hände. „Nicht allein Christophe ist ein guter Lehrmeister.“ Er neigte sich ihr zu und versuchte, ihr Stirnrunzeln zu deuten. „Jedenfalls bin ich davon überzeugt.“ Sie dachte über den Doppelsinn dieser Worte nach, doch er lächelte nur und streifte ihre Hand mit den Lippen. „Jetzt machen wir den ersten Schritt nach rechts.“

Zunächst war Shirley gänzlich von der Lektion beansprucht, dann aber überließ sie sich dem Vergnügen der einfachen Melodien und Tanzschritte, und die Spannung der letzten Tage verflog. Yves war aufmerksam und charmant, führte sie sicher und brachte ihr zwischendurch Champagner. Einmal sah sie Christophe mit der kleinen, graziösen Geneviève tanzen. Eine Wolke legte sich über ihre strahlende Stimmung, und sie wandte sich schnell ab, weil sie sich nicht wieder der Niedergeschlagenheit preisgeben wollte.

„Sehen Sie, meine Liebe, Ihre Bewegungen sind ganz natürlich." Yves lächelte sie an, als die Musik abbrach.

„Wahrscheinlich kommen mir dabei meine bretonischen Erbanlagen zu Hilfe."

Er sah sie amüsiert an: „Also haben Sie kein gutes Wort für Ihren Lehrmeister übrig?"

„Aber ja." Sie lächelte ihm spöttisch zu und machte einen kleinen Knicks. „Ich habe einen ausgezeichneten und liebenswürdigen Professor gefunden."

„Das stimmt." Seine kastanienbraunen Augen lachten und widersprachen seinem ernsten Tonfall. „Und meine Studentin ist wunderschön und bezaubernd."

„Das stimmt auch", erwiderte sie fröhlich und hakte sich bei ihm ein.

„Oh, Christophe." Ihr Lachen gefror, als sie bemerkte, wie Yves über ihren Kopf hinwegblickte. „Ich habe deine Erzieherrolle übernommen."

„Es sieht ganz so aus, als ob Sie beide dieses Übergangsstadium genießen." Die eisig höfliche Stimme veranlasste Shirley, sich vorsichtig umzudrehen. Er glich zu ihrem Missbehagen aufs Haar dem seefahrenden Grafen in der Porträtgalerie. Das weiße Seidenhemd ließ den starken dunklen Hals frei und hob sich von der ärmellosen schwarzen Weste ab. Dazu trug er passende schwarze Hosen und weiche Lederstiefel, und Shirley fand, dass er eher gefährlich als elegant aussah.

„Eine entzückende Studentin, lieber Freund, das musst du doch zugeben." Yves' Hand blieb leicht auf Shirleys Schulter liegen, als er ihr in das unbewegliche, teilnahmslose Gesicht sah. „Vielleicht möchtest du selbst herausfinden, ob ich mich als Lehrer eigne."

„Natürlich." Christophe nahm das Angebot mit einer leichten Verneigung an. Dann streckte er mit einer liebenswürdigen, fast altmodischen Geste die Hand nach Shirley aus.

Sie zögerte, weil sie die Berührung gleichzeitig fürchtete und herbeisehnte. Als sie dann seine herausfordernden dunklen Augen sah, gab sie ihm aristokratisch graziös die Hand.

Shirley bewegte sich rhythmisch mit der Musik, und die Schritte zu dem alten, koketten Tanz drängten sich wie von selbst auf. Sie wiegte sich, drehte sich im Kreis, vereinigte sich kurz mit ihm: Der Tanz begann wie eine Auseinandersetzung, ein fest gefügter Wettkampf zwischen Mann und Frau. Ihre Augen waren aufeinander gerichtet. Sein Blick war kühn und selbstbewusst, sie schaute ihn trotzig an, und sie drehten sich im Kreis, während sich ihre Handflächen berührten. Als sein Arm sich leicht um ihre Taille legte, warf sie den Kopf zurück und schaute ihm weiter gerade in die Augen, trotz des Schauers bei der Berührung ihrer Hüften.

Die Schritte beschleunigten sich mit der Musik, die Melodie und die alte Tanzkunst wurden verführerischer, und die Körper rückten dichter aneinander. Selbstbewusst hob sie das Kinn, schaute ihn herausfordernd an, doch ihr wurde heiß, als er ihre Taille enger umschlang und sie bei jeder Drehung näher an sich zog.

Was zunächst als Duell begonnen hatte, war nunmehr von unwiderstehlichem Reiz, und sie fühlte, wie seine Kraft sich ihres Willens so sicher bemächtigte, als legten sich seine Lippen auf ihren Mund. Mit einem letzten Funken von Selbstbeherrschung löste sie sich aus seinen Armen, um ihre Sicherheit wiederzugewinnen. Doch er zog sie wieder an sich, und hilflos suchten ihre Augen den Mund, der gefährlich über ihr schwebte. Halb abwehrend, halb einladend öffnete sie die Lippen, und sein Mund senkte sich auf sie nieder, bis sie seinen Atem auf der Zunge spürte.

Als die Musik endete, wirkte die Stille wie ein Donnerschlag, und sie öffnete weit die Augen.

Christophe lächelte triumphierend. „Alle Achtung vor Ihrem Lehrer, Mademoiselle." Seine Hände gaben ihre Taille frei, er verbeugte sich leicht, wandte sich um und verließ sie.

Je zurückhaltender und wortkarger Christophe sich benahm, desto offener und mitteilsamer verhielt sich die Gräfin. Es schien, als spürte sie seine Verstimmung und wollte ihn herausfordern.

„Du scheinst geistesabwesend zu sein, Christophe", bemerkte sie arglos, als sie an dem großen Eichentisch zu Abend aßen. „Hast du Sorgen mit dem Vieh, oder handelt es sich um eine Herzensangelegenheit?"

Entschlossen hielt Shirley den Blick auf den Wein gerichtet, den sie in ihrem Glas schwenkte, und war offenkundig völlig von der zart schimmernden Farbe in Anspruch genommen.

„Ich genieße lediglich das hervorragende Essen, Großmutter." Christophe nahm die Herausforderung nicht an. „Im Augenblick bin ich weder mit der Viehzucht noch mit Frauen beschäftigt."

„Wirklich?", fragte die Gräfin lebhaft. „Vielleicht beschäftigen dich beide Themen auf einmal."

Die breiten Schultern bewegten sich in typischer Manier. „Beide erfordern viel Aufmerksamkeit und eine starke Hand, nicht wahr?"

Shirley verschluckte sich an einem kleinen Bissen Orangenente.

„Haben Sie viele gebrochene Herzen in Amerika zurückgelassen, Shirley?", fragte die Gräfin, ehe Shirley ihre mörderischen Gedanken in Worte kleiden konnte.

„Dutzende", erwiderte sie und bedachte Christophe mit einem tödlichen Blick. „Ich habe festgestellt, dass einige Männer nicht einmal über den Verstand des Viehs verfügen, umso öfter aber die Waffen und die Intelligenz eines Kraken einsetzen."

„Vielleicht sind Sie nur nicht den richtigen Männern begegnet." Christophes Stimme klang kühl.

Diesmal hob Shirley die Schultern. „Alle Männer sind gleich", sagte sie abweisend und hoffte, ihn mit dieser Verallgemeinerung zu verärgern. „Entweder sie begehren einen warmen Körper in irgendeiner dunklen Ecke oder aber ein Stück Dresdner Porzellan auf einem Sims."

„Und wie möchte Ihrer Ansicht nach eine Frau behandelt werden?“, fragte er, während die Gräfin sich zurücklehnte und die Früchte ihrer Herausforderung genoss.

„Als menschliches Wesen mit Intelligenz, Gefühlen, Rechten und Bedürfnissen.“ Ausdrucksvoll bewegte sie die Hände. „Nicht wie eine Annehmlichkeit, deren sich ein Mann je nach Lust und Laune bedient, und nicht wie ein Kind, das gestreichelt und verhätschelt werden muss.“

„Sie scheinen von Männern eine ziemlich geringe Meinung zu haben, chérie“, befand Christophe. Sie beide merkten nicht, dass sie sich während dieses Gesprächs ausgiebiger unterhielten als während der ganzen letzten Tage.

„Nur von überkommenen Ideen und Vorurteilen“, widersprach sie. „Mein Vater hat meine Mutter immer als ebenbürtige Partnerin behandelt. Sie haben alles miteinander geteilt.“

„Suchen Sie das Ebenbild Ihres Vaters in allen Männern, denen Sie begegnen, Shirley?“, fragte er unvermittelt. Ihre Augen weiteten sich vor Erstaunen und Verwirrung.

„Nicht dass ich wüsste“, stammelte sie und versuchte, ehrlich vor sich selbst zu sein. „Vielleicht suche ich nach seiner Stärke und Güte, doch nicht nach seiner Kopie. Vermutlich sehne ich mich nach einem Mann, der mich ebenso ausschließlich lieben könnte, wie mein Vater meine Mutter geliebt hat. Das müsste ein Mann sein, der mich mit all meinen Fehlern und Unzulänglichkeiten um meiner selbst willen liebt und in mir nicht nur ein Wunschbild sieht.“

„Und was werden Sie tun, wenn Sie solch einen Mann gefunden haben?“ Christophe schaute sie unergründlich an.

„Ich werde zufrieden sein.“ Angestrengt widmete sie sich wieder dem Essen auf ihrem Teller.

Am nächsten Tag setzte Shirley ihre Malerei fort. Sie hatte nur wenig geschlafen in Gedanken an ihr Eingeständnis auf Christophes unerwartete Frage. Die Worte waren ihr wie von selbst über die Lippen gekommen, als Folge eines ihr bis dahin unbekannten inneren Bedürfnisses. Jetzt wärmte die Sonne ihren Rücken, und mit Pinsel, Palette und Hingabe an ihre Kunst bemühte sie sich, ihr Unbehagen zu vergessen.

Es fiel ihr jedoch schwer, sich auf ihre Aufgabe zu konzentrieren, da der Gedanke an Christophe immer wieder die scharfen Konturen des Schlosses verwischte. Sie rieb sich die Stirn und ließ schließlich unlustig den Pinsel fallen. Dann packte sie ihr Handwerkszeug zusammen und verwünschte innerlich den Mann, der sich so in ihre Arbeit und in ihr Leben drängte.

Das Geräusch eines Autos lenkte sie von sich selbst ab. Sie drehte sich um, beschattete die Augen gegen die Sonne und bemerkte einen Wagen, der die lange Auffahrt hinauffuhr. Er stoppte einige Meter von ihr entfernt, und sie stieß einen Freudenlaut aus, als ein großer blonder Mann ausstieg und auf sie zukam.

„Tony!“ Sie lief ihm über den Rasen entgegen.

Er umfasste ihre Taille und küsste sie kurz und energisch.

„Was führt dich denn hierher?“

„Darauf könnte ich antworten, dass ich mich ganz in deiner Nachbarschaft befand.“ Er lächelte sie an. „Doch ich fürchte, das glaubst du mir nicht.“ Er schwieg eine Weile und betrachtete ihr Gesicht. „Du siehst großartig aus.“ Er wollte sie erneut küssen, doch sie wich ihm aus.

„Tony, du hast mir nicht geantwortet.“

„Die Firma musste einige Geschäfte in Paris abwickeln. Deshalb flog ich dorthin, und als alles erledigt war, mietete ich einen Wagen, um dich hier zu besuchen.“

„Zwei Fliegen mit einer Klappe.“ Sie war etwas enttäuscht. Es wäre zu schön gewesen, wenn er einmal nicht an seine Geschäfte gedacht und den Atlantik überquert hätte, nur um mich zu sehen, überlegte sie. Aber das war nicht Tonys Art. Sie betrachtete sein gut aussehendes, offenes Gesicht. Tony ist viel zu methodisch, um Gefühlen nachzugeben. Und das ist ja auch das Problem zwischen uns.

Er küsste sie leicht auf die Augenbrauen. „Ich habe dich vermisst.“

„Tatsächlich?“

Etwas verblüfft schaute er sie an. „Aber natürlich, Shirley.“ Er legte den Arm um ihre Schultern und ging mit ihr zu den Malgeräten. „Ich hoffe, dass du mit mir nach Hause kommen wirst.“

„Das ist noch nicht möglich, Tony. Ich habe hier Verpflichtungen. Ich muss noch bestimmte Dinge aufklären, ehe ich an eine Rückkehr denken kann.“

„Was für Dinge?“ Er sah sie nachdenklich an.

„Ich kann dir das jetzt nicht erläutern, Tony“, wich sie ihm aus. Sie hatte nicht die Absicht, ihn ins Vertrauen zu ziehen. „Aber mir blieb kaum Zeit, meine Großmutter kennenzulernen. Allzu viele Jahre müssen aufgeholt werden.“

„Du kannst doch nicht fünfundzwanzig Jahre hierbleiben, um die verlorene Zeit wettzumachen.“ Seine Stimme klang bitter. „In Washington hast du Freunde zurückgelassen, ein Haus und eine Karriere.“ Er packte sie bei den Schultern. „Du weißt, dass ich dich heiraten möchte, Shirley. Monatelang hast du mich hingehalten.“

„Tony, ich habe dir nie irgendwelche Versprechungen gemacht.“

„Das weiß ich nur zu gut.“ Er ließ sie los und blickte zerstreut um sich. Ein Schuldgefühl bewog sie, sich deutlicher auszudrücken, damit er sie verstand.

„Hier habe ich einen Teil meines Lebens gefunden. Hier ist meine Mutter aufgewachsen, und hier lebt auch noch ihre Mutter.“ Sie wandte sich um, blickte auf das Schloss und holte mit einer umfassenden Geste aus: „Sieh es dir doch an, Tony. Ist dir jemals etwas Vergleichbares begegnet?“

Er folgte ihren Augen und betrachtete, wiederum nachdenklich, das Steingemäuer. „Sehr eindrucksvoll“, erwiderte er ohne Begeisterung. „Darüber hinaus ist es überdimensional, unproportioniert und mit großer Wahrscheinlichkeit zugig. Auf jeden Fall ziehe ich ein Backsteingebäude in Georgetown vor.“

Sie seufzte, dann lächelte sie ihren Gefährten liebevoll an. „Ja, du hast recht. Du gehörst nicht hierher.“

„Du etwa?" Er sah sie forschend an.

„Ich weiß es nicht." Ihr Blick schweifte über das spitz zulaufende Dach und dann hinunter über den Hofraum. „Ich weiß es wirklich nicht."

Einen Augenblick lang betrachtete er ihr Profil, und dann wechselte er bewusst den Gesprächsgegenstand. „Der alte Barkley hat mir einige Papiere für dich übergeben." Damit meinte er den Anwalt, der sich um die Hinterlassenschaft ihrer Eltern kümmerte. Tony arbeitete als Juniorpartner für ihn. „Anstatt sie der Post anzuvertrauen, händige ich sie dir lieber selbst aus."

„Papiere?"

„Ja, sehr vertrauliche Unterlagen. Er gab mir nicht den geringsten Hinweis darauf, was sie enthalten. Er sagte nur, dass sie so schnell wie möglich in deine Hände gelangen müssten."

„Das hat Zeit bis später", meinte sie abweisend. Seit dem Tod ihrer Eltern hatte sie sich über die Maßen mit Schriftwechseln und Formalitäten auseinandersetzen müssen. „Du solltest unbedingt hereinkommen und meine Großmutter begrüßen."

Dem Schloss gewann Tony keinerlei Interesse ab. Umso mehr war er von der Gräfin beeindruckt. Shirley machte ihre Großmutter mit Tony bekannt, und sie bemerkte, dass seine Augen sich weit öffneten, als er die ausgestreckte Hand ergriff. Befriedigt stellte Shirley fest, dass sie blendend aussah. Sie geleitete Tony in den Salon, bot Erfrischungen an und fragte Tony auf charmante Weise bis in jede Einzelheit über seine Person aus. Shirley lehnte sich zurück und verfolgte das Verhör, ohne mit der Wimper zu zucken.

Sie durchschaut ihn, überlegte sie, als sie aus einer feinen Silberkanne Tee einschenkte. Die unerwartete Schalkhaftigkeit in den blauen Augen reizte sie, hell aufzulachen, doch sie nahm sich zusammen und konzentrierte sich auf Tonys Bewirtung.

Was für eine Intrigantin, dachte sie und war überrascht, dass sie keineswegs beleidigt war. Sie will ausfindig machen, ob Tony ein würdiger Kandidat für ihre Enkelin ist, und er ist so überwältigt von ihrer Ausstrahlung, dass er überhaupt nicht bemerkt, was sie im Schilde führt.

Nach einer einstündigen Unterhaltung kannte die Gräfin Tonys ganze Lebensgeschichte: Familienherkunft, Erziehung, Liebhabereien, Karriere, politische Gesinnung – viele Einzelheiten, mit denen nicht einmal Shirley vertraut war. Das Verhör war so geschickt und fein eingefädelt, dass Shirley zum Schluss am liebsten aufgestanden wäre, um ihrer Großmutter Beifall zu klatschen.

„Wann musst du wieder zurückfahren?“ Sie wollte Tony davor bewahren, darüber hinaus auch noch seinen Kontostand aufzudecken.

„Ich muss morgen früh zeitig aufbrechen.“ Er war völlig entspannt und bemerkte nicht einmal, in welche Position er hineinmanövriert worden war. „Ich würde gern länger bleiben, doch …“ Er zuckte mit den Schultern.

„Natürlich geht Ihre Arbeit vor“, beendete die Gräfin an seiner Stelle den Satz und sah ihn verständnisvoll an. „Aber Sie sollten unbedingt mit uns zu Abend essen, Monsieur Rollins, und bis morgen früh bei uns bleiben.“

„Ich möchte Ihre Gastfreundschaft nicht länger in Anspruch nehmen, Madame“, widersprach er, doch, wie es schien, nur halbherzig.

„Unsinn.“ Die Gräfin zerstreute seinen Einwand mit königlicher Gebärde. „Ein Freund von Shirley, der von so weit her kommt … Ich wäre gekränkt, wenn Sie nicht bei uns übernachten würden.“

„Das ist sehr liebenswürdig von Ihnen. Ich danke Ihnen.“

„Es ist mir ein Vergnügen“, erwiderte die Gräfin und erhob sich. „Shirley, Sie müssen Ihrem Freund die Umgebung zeigen. Inzwischen kümmere ich mich darum, dass ein Zimmer für ihn hergerichtet wird.“ Sie wandte sich Tony zu und streckte erneut ihre Hand aus. „Um sieben Uhr dreißig treffen wir uns beim Cocktail, Monsieur Rollins. Ich freue mich auf Ihren Besuch.“

8. KAPITEL

Shirley stand gedankenverloren vor dem hohen Spiegel, ohne ihr Abbild zu beachten. Sie trug ein amethystfarbenes Kreppkleid, dessen weicher Faltenwurf ihre Hüften umschmeichelte. Shirley ließ noch einmal die Geschehnisse des Nachmittags an sich vorüberziehen, und ihre Gefühle schwankten zwischen Vergnügen, Entrüstung, Enttäuschung und Belustigung.

Nachdem die Gräfin gegangen war, hatte Shirley Tony flüchtig die Umgebung gezeigt. Dem Garten gewann er nur ein oberflächliches Interesse ab, das sich auf die Rosen und Geranien beschränkte, denn in seiner praktischen, nüchternen Art hatte er keinen Sinn für die Romantik der Farben, Formen und Düfte. Der Anblick des alten Gärtners amüsierte ihn, aber der überwältigende weite Ausblick von der Terrasse aus beeindruckte ihn nicht sonderlich. Er gab Shirley zu verstehen, dass er Häuserreihen und Verkehrsampeln jeder Gartenanlage vorzog. Darüber hatte Shirley nachsichtig freundlich den Kopf geschüttelt, und ihr wurde deutlich bewusst, wie wenig Gemeinsames es zwischen ihr und dem Mann gab, mit dem sie so viele Monate verbracht hatte.

Umso mehr jedoch beeindruckte ihn die Schlossherrin. Respektvoll gestand er, noch nie einem Menschen wie der alten Gräfin begegnet zu sein. Sie war eine unglaubliche Frau, fand er. Shirley gab ihm insgeheim recht, wenn vielleicht auch aus unterschiedlichen Gründen. „Sie wäre eines Throns würdig, von dem aus sie huldvoll Audienzen gewährt", fuhr Tony fort. „Gleichzeitig war sie sehr an mir interessiert." Shirley teilte seine Ansicht, aber sie ärgerte sich auch über Tonys Naivität. Mein lieber, einfältiger Tony, dachte sie, es stimmt, dass sie höchst interessiert war. Aber welche Rolle hat sie in diesem Spiel übernommen?

Tonys Zimmer befand sich weit entfernt von ihrem auf der gegenüberliegenden Seite des Korridors. Shirley durchschaute die taktisch geschickte Maßnahme, und während Tony es sich bequem machte, suchte sie ihre Großmutter auf, unter dem Vorwand, sich für die an Tony ergangene Einladung zu bedanken.

Die Gräfin saß an einem eleganten Régence-Schreibtisch in ihrem Zimmer und erledigte Korrespondenz auf welligem Büttenpapier. Sie begrüßte Shirley mit einem unschuldigen Lächeln, gleichsam wie eine Katze, die einen Kanarienvogel verschlingt.

„Nun." Sie legte den Federhalter zur Seite und wies auf einen niedrigen Brokatdiwan. „Ich hoffe, dass Ihr Freund sich in seinem Zimmer wohlfühlt."

„Ja, Großmutter. Ich bin Ihnen sehr dankbar, dass Sie Tony eingeladen haben, hier zu übernachten."

„Das ist nicht der Rede wert, chérie." Die schmale Hand machte eine unbestimmte Bewegung. „Denken Sie daran, dass das Schloss nicht nur mein, sondern auch Ihr Heim ist."

„Danke, Großmutter", antwortete Shirley ernsthaft und überließ der alten Dame den nächsten Zug.

„Ein sehr höflicher junger Mann."

„Ja, Madame."

„Recht attraktiv", sie machte eine kleine Pause, „im üblichen Sinn."

„Ja, Madame", stimmte Shirley zu und überließ den Ball ihrer Großmutter, die ihn aufnahm, aber gleich wieder zurückwarf.

„Ich habe an Männern immer das Ungewöhnliche geschätzt: Aussehen, Stärke und Vitalität." Neckend zog sie die Lippen hoch: „Der Seeräuber hat es mir angetan, falls Sie wissen, was ich meine."

„Aber ja, Großmutter." Shirley nickte und sah die Gräfin an.

„Gut." Die schmalen Schultern beugten sich etwas nach vorn. „Manche Frauen bevorzugen allerdings langweiligere Männer."

„Es sieht ganz so aus."

„Monsieur Rollins ist ein sehr intelligenter Mann mit guten Manieren, sehr vernünftig und ernst."

Und langweilig, dachte Shirley. Dann sagte sie verdrossen: „Zwei Mal täglich hilft er zierlichen alten Damen, die Straße zu überqueren."

„Das tut er sicherlich seinen Eltern zu Ehren", entschied die Gräfin. Es schien, als hätte sie Shirleys Spöttelei nicht zur Kenntnis genommen, oder sie setzte sich einfach darüber hinweg. „Ich bin überzeugt, dass er Christophe gefallen wird."

Shirley fühlte sich etwas unbehaglich. „Möglich."

„Aber ja." Die Gräfin lächelte. „Christophe interessiert es bestimmt, einen so nahen Freund von Ihnen kennenzulernen." Die Betonung der engen Beziehung machte Shirley hellhörig, und ihr Unbehagen wuchs.

„Ich kann mir nicht vorstellen, dass Christophe auf Tony besonders neugierig wäre, Großmutter."

„Meine Liebe, Christophe wird von Ihrem Monsieur Rollins fasziniert sein."

„Tony ist nicht mein Monsieur Rollins", korrigierte Shirley, erhob sich vom Diwan und trat an den Schreibtisch ihrer Großmutter. „Und meines Erachtens haben sie nicht das Geringste gemein."

„Wirklich nicht?" Die Stimme der Gräfin klang so unschuldsvoll, dass Shirley mit einem amüsierten Lächeln kämpfte.

„Sie gleichen einem ausgelassenen Mädchen, Großmutter. Was führen Sie im Schilde?"

Die blauen Augen begegneten Shirleys glitzerndem Blick mit der Unschuld süßer Kindheit. „Meine Liebe, ich habe keine Ahnung, wovon Sie sprechen." Ehe Shirley irgendetwas erwidern konnte, verbarg die Gräfin sich wieder hinter einer königlichen Gebärde. „Ich muss jetzt meine Korrespondenz erledigen. Heute Abend werden wir uns dann ja sehen."

Der Befehl war kristallklar, und Shirley verließ unbefriedigt den Raum. Ungebührlich laut schloss sie die Tür, das einzige Mittel gegen ihren aufsteigenden Temperamentsausbruch.

Shirleys Gedanken kehrten wieder in die Gegenwart zurück. Ihre schlanke, amethystfarbene Gestalt hob sich im Spiegel ab. Zerstreut bändigte sie die blonden Locken und strich sich über die Stirn. Ich werde es auf die leichte Schulter nehmen, redete sie sich ein, als sie Perlenringe an ihren Ohren befestigte.

Wenn ich mich nicht irre, würde meine aristokratische Großmutter heute Abend am liebsten ein Feuerwerk entzünden, doch damit hat sie bei mir keinen Erfolg.

Sie klopfte an Tonys Zimmertür. „Ich bin es, Shirley. Wenn du fertig bist, gehe ich mit dir hinunter." Tony bat sie, einzutreten. Sie öffnete die Tür und sah, wie der große blonde Mann sich gerade mit einem Manschettenknopf abmühte. „Hast du Schwierigkeiten?" Sie lächelte ihn strahlend an.

„Das ist überhaupt nicht komisch", sagte er finster. „Mit der linken Hand bringe ich einfach nichts zustande."

„Meinem Vater ging es genauso." Mit plötzlicher Wärme erinnerte sie sich wieder daran, wie ungeschickt er gewesen war. Aber Tonys Zorn war herzbewegend. Es war erstaunlich, wie viele beleidigende Bezeichnungen er für ein Paar Manschettenknöpfe erfand. Shirley umfasste sein Handgelenk. „Lass mich das für dich tun." Sie schob das kleine Ding durch die Knopflöcher der Manschette. „Ich möchte wissen, was du ohne mich getan hättest."

„Ich hätte den Abend mit einer Hand in der Tasche verbracht, wie es den gesellschaftlichen Regeln in Europa entspricht."

„Ach, Tony. Manchmal bist du ausgesprochen witzig."

Vor der geöffneten Tür hörte sie Schritte, und als sie sich umdrehte, bemerkte sie Christophe, der einen Augenblick lang stehen blieb und sie und Tony beobachtete, während sie noch mit dem Manschettenknopf beschäftigt war. Kaum merklich zog er die Augenbrauen hoch und ging weiter. Shirley errötete verwirrt.

„Wer war denn das?", fragte Tony neugierig. Sie beugte sich über sein Handgelenk, damit er ihre glühenden Wangen nicht sah.

„Graf de Kergallen", antwortete sie betont gleichgültig.

„Etwa der Ehemann deiner Großmutter?" Seine Stimme klang ungläubig. Bei dieser Frage brach Shirley in schallendes Gelächter aus, und ihre Spannung ließ nach.

„Du bist wirklich ein Schatz, Tony." Sie tätschelte sein Gelenk, als sie den widerspenstigen Manschettenknopf befestigt hatte, und sah ihn mit funkelnden Augen an. „Christophe ist der gegenwärtige Schlossherr und Enkel der Gräfin."

„Oh." Nachdenklich zog Tony die Augenbrauen zusammen. „Dann ist er also dein Cousin."

„Nicht direkt." Sie erläuterte die einigermaßen komplizierte Familiengeschichte und die daraus resultierende verwandtschaftliche Beziehung zwischen ihr und dem bretonischen Grafen.

„Daraus folgt, dass wir bei oberflächlicher Betrachtung Cousin und Cousine sind", schloss sie, umfasste Tonys Arm und verließ mit ihm das Zimmer.

„Cousin und Cousine, die ineinander verliebt sind", sagte Tony nachdenklich.

„Sei nicht albern", protestierte sie allzu schnell, denn die Erinnerung an die festen, fordernden Lippen auf ihrem Mund brachte sie aus dem Gleichgewicht.

Sollte Tony ihren überstürzten Widerspruch und ihr Erröten bemerkt haben, ließ er sich jedenfalls nichts anmerken.

Shirley und Tony betraten Arm in Arm den Salon, und Christophes kurzer, aber bewundernder Blick machte sie noch verlegener. Sein Gesicht war glatt und ausdruckslos, und sie hatte auf einmal das dringende Bedürfnis, die Gedanken hinter seiner kühlen Fassade lesen zu können.

Shirley beobachtete, wie sein Blick sich dem Mann an ihrer Seite zuwandte, doch er blieb teilnahmslos und unpersönlich.

„Da sind Sie ja, Shirley und Monsieur Rollins." Die Gräfin saß in einem hochlehnigen, mit üppigem Brokat bezogenen Sessel vor dem mächtigen Steinkamin und glich einer Monarchin, die ihre Untertanen empfängt.

Shirley fragte sich, ob sie diesen Platz absichtlich oder nur zufällig gewählt hatte.

„Christophe, ich möchte dir Shirleys Gast vorstellen: Monsieur Rollins aus Amerika." Shirley stellte belustigt fest, dass die

Gräfin Tony wie ihr persönliches Eigentum betrachtete. „Monsieur Rollins", fuhr sie ohne Unterbrechung fort: „Ich möchte Sie mit Ihrem Gastgeber bekannt machen, dem Grafen de Kergallen."

Feinsinnig betonte sie den Titel und unterstrich Christophes Rang als Schlossherr. Shirley blickte ihre Großmutter verständnisinnig an.

Die beiden Männer tauschten Höflichkeiten aus. Shirley beobachtete, wie sie sich gegenseitig abschätzten, zwei Rüden gleich, ehe sie übereinander herfielen.

Christophe reichte seiner Großmutter einen Aperitif. Dann fragte er Shirley und Tony nach ihren Wünschen. Shirley wollte einen Wermut trinken, und sie unterdrückte ein Lächeln, weil sie wusste, dass Tony Wodka-Martini bevorzugte oder gelegentlich einen Cognac.

Sie unterhielten sich ungezwungen. Manchmal flocht die Gräfin eine Bemerkung über Tonys Werdegang ein, den er am Nachmittag so ausführlich preisgegeben hatte.

„Es ist beruhigend, zu wissen, dass Shirley in Amerika solch ein fähiger Mann zur Seite steht", lächelte sie gönnerhaft und ignorierte Shirleys finsteren Blick. „Sie sind schon seit Längerem befreundet, nicht wahr?" Bei dem Wort „befreundet" zögerte sie kaum merklich, und Shirley schaute sie noch düsterer an.

„Ja." Tony streichelte Shirleys Hand. „Vor etwa einem Jahr sind wir uns bei einer Abendgesellschaft begegnet. Erinnerst du dich noch daran, Liebling?"

„Ja, natürlich, das war bei den Carsons." Ihr Blick hellte sich auf.

„Sie haben eine so lange Reise hinter sich, und das nur für einen kurzen Besuch." Die Gräfin lächelte mild. „War das nicht sehr aufmerksam, Christophe?"

„Allerdings." Er nickte und hob sein Glas.

Schlaubergerin, dachte Shirley respektlos. Die Gräfin wusste doch sehr gut, dass Tony aus Geschäftsgründen gekommen war. Was hatte sie vor?

„Zu schade, dass Sie nicht länger hierbleiben können, Monsieur Rollins. Shirley freut sich bestimmt über den Besuch aus Amerika. Reiten Sie?“

„Reiten?“, wiederholte er etwas verwirrt. „Leider nein.“

„Wie schade. Christophe hat Shirley in die Reitkunst eingeführt. Macht deine Schülerin Fortschritte, Christophe?“

„Und ob, Großmutter“, antwortete er leichthin und blickte Shirley an. „Sie besitzt ein natürliches Talent. Nachdem sie ihre anfängliche Steifheit überwunden hat“ – er lächelte flüchtig, während sie sich beschämt daran erinnerte –, „kommen wir gut vorwärts, nicht wahr, meine Kleine?“

„Ja“, stimmte sie fassungslos zu, weil er nach Tagen eisiger Höflichkeit wieder einmal freundlich zu ihr war. „Ich bin froh darüber, dass Sie mich überredet haben, reiten zu lernen.“

„Zu meinem allergrößten Vergnügen.“ Sein rätselhaftes Lächeln verwirrte sie nur noch mehr.

„Vielleicht werden Sie Monsieur Rollins Unterricht erteilen, wenn sich die Gelegenheit dazu bietet.“ Die Gräfin sah Shirley fest und unschuldsvoll an.

Diese Intrigantin, fauchte sie im Stillen. Sie spielt die beiden Männer gegeneinander aus und wirft mich ihnen wie einen Fleischknochen zum Fraß vor. Trotzdem musste sie lächeln, als die klaren Augen sie schelmisch anschauten.

„Das ist schon möglich, Großmutter. Trotzdem bezweifle ich, dass von heute auf morgen aus einer Schülerin eine Lehrerin wird. Dazu reichen zwei knappe Unterweisungen nicht aus.“

„Aber Sie werden doch weiterhin Unterricht nehmen, nicht wahr?“ Sie wehrte Shirleys Einspruch ab und erhob sich graziös. „Monsieur Rollins, würden Sie mich bitte zu Tisch führen?“ Tony lächelte zutiefst geschmeichelt und nahm den Arm der Gräfin. Doch Shirley wurde peinlich bewusst, wer wen aus dem Zimmer führte.

„Nun, meine Liebe.“ Christophe streckte Shirley die Hand entgegen. „Es scheint, als müssten Sie mit mir vorliebnehmen.“

„Mit bleibt ja nichts anderes übrig“, erwiderte sie und wehrte sich gegen ein wildes Herzklopfen, als sich seine Hand über ihren Fingern schloss.

„Ihr Amerikaner scheint ziemlich begriffsstutzig zu sein“, begann er leutselig, hielt ihre Hand fest und beugte sich beunruhigend zu ihr hinunter. „Er kennt Sie nun schon fast ein Jahr lang, und noch immer ist er nicht Ihr Liebhaber.“

Sie errötete, blickte zu ihm auf und versuchte, ihre Würde zu bewahren. „Wirklich, Christophe, Sie überraschen mich. Was für eine unglaublich grobe Bemerkung.“

„Aber habe ich nicht recht?“, erwiderte er unbeirrt.

„Nicht alle Männer denken ausschließlich an Sex. Tony ist sehr warmherzig und rücksichtsvoll. Und er unterdrückt mich auch nicht so wie mancher andere Mann, den ich beim Namen nennen könnte.“

Es machte sie rasend, wie selbstbewusst er sie anlächelte. „Fliegt Ihr Puls auch so wie jetzt, wenn Sie mit Tony zusammen sind?“ Seine Hand bedeckte ihr Herz, das wie ein wild gewordenes Pferd galoppierte, und seine Lippen berührten ihren Mund mit einem sanften, verhaltenen Kuss, der sich so von allen anderen unterschied, dass sie wie benebelt schwankte.

Seine Lippen berührten ihr Gesicht, streiften die Mundwinkel, doch lösten sie ihr Versprechen nicht ein. Sie beherrschten die Kunst der Verführung. Seine Zähne nagten an ihrem Ohrläppchen, und sie stöhnte auf. Sie war verzückt und zugleich betäubt von einem sanft schwelenden Wonneschauer. Leicht strichen seine Finger ihre Wirbelsäule entlang. Dann berührten sie aufregend langsam die bloße Haut ihres Rückens, bis sie hingebungsvoll in seinen Armen nachgab und ihr Mund an seinen Lippen Erfüllung suchte. Er küsste sie nur flüchtig, und dann berührte er die Mulde ihres Halses. Seine Hände liebkosten ihre Brust und streichelten zärtlich ihre Hüfte.

Sie flüsterte seinen Namen und lehnte sich kraftlos an ihn. Sie war außerstande, zu fordern, wonach sie sich sehnte, und hungerte nach seinem Mund, den er ihr verweigerte. Sie wünschte nur, dass er Besitz von ihr ergriff, verlangte nach ihm, und ihre

Arme zogen ihn flehend näher an sich heran.

„Verraten Sie mir, ob Sie jemals Tonys Namen geflüstert und Ihren Körper an ihn geschmiegt haben, als er Sie so hielt, wie ich es jetzt tue“, spöttelte Christophe leise.

Sie zuckte verblüfft zusammen und befreite sich aus seiner Umarmung. Ärger und Demütigung fochten gegen ihre Sehnsucht an. „Sie sind überheblich, Monsieur“, stammelte sie. „Es geht Sie nicht das Geringste an, wie ich mich in Tonys Gegenwart fühle.“

„Meinen Sie wirklich?“, fragte er höflich. „Wir werden uns später noch darüber unterhalten. Jetzt wollen wir uns aber Großmutter und unserem Gast widmen.“ Er lächelte sie angriffslustig und aufreizend an. „Wahrscheinlich fragen sie sich schon, was aus uns geworden ist.“

Sie hätten sich darüber keine Gedanken zu machen brauchen, stellte Shirley fest, als sie am Arm von Christophe das Speisezimmer betrat. Die Gräfin unterhielt sich angeregt mit Tony und erklärte ihm wortreich die Sammlung von antiken Dosen auf dem spiegelnden Buffet.

Das Mahl wurde mit einer kalten, erfrischenden Vichy-Suppe eingeleitet. Tony zuliebe setzten die Gräfin und Christophe die Unterhaltung in englischer Sprache fort, und sie redeten über belanglose und unpersönliche Dinge. Shirley entspannte sich langsam, als sie die Suppe verzehrt hatten und der gegrillte Hummer serviert wurde. Er war so delikat, dass er der Köchin alle Ehre machte, obgleich sie ein Drachen war, wie Christophe sie am ersten Tag scherzhaft bezeichnet hatte.

„Ich könnte mir vorstellen, dass deiner Mutter der Umzug aus dem Schloss in das Haus in Georgetown nicht schwergefallen ist, Shirley“, bemerkte Tony plötzlich, und sie schaute ihn fragend an.

„Ich verstehe nicht, was du damit sagen willst.“

„Es gibt so viele grundlegende Gemeinsamkeiten. Natürlich ist hier alles viel weitläufiger, doch überall befinden sich hohe

Decken, in jedem Zimmer gibt es einen Kamin, und auch der Stil der Möbel stimmt überein. Sogar die Treppengeländer ähneln einander. Hast du das nicht bemerkt?"

„Doch, ich glaube schon, aber jetzt wird es mir erst richtig klar."

Sie überlegte, ob ihr Vater vielleicht das Haus in Georgetown gekauft hatte, weil ihm ebenfalls die Ähnlichkeit aufgefallen war, und ob ihre Mutter sich bei der Auswahl der Möbel von ihren Kindheitserinnerungen hatte leiten lassen. Der Gedanke daran tat ihr irgendwie wohl. „Ja, sogar die Treppengeländer." Lächelnd nahm sie den Gesprächsfaden wieder auf. „Ich bin immer darauf heruntergerutscht, und dann weiter bis zum Erdgeschoss." Sie lachte hell auf. „Meine Mutter sagte häufig, dass meine körperliche Beschaffenheit ebenso widerstandsfähig sein müsste wie mein Kopf, um sich solch einer Strafe zu unterziehen."

„Das Gleiche hat sie auch mir gesagt", warf Christophe ein. Shirley schaute ihn erstaunt an. „Wirklich, meine Kleine." Er beantwortete ihren überraschten Blick mit einem offenen Lächeln, was selten genug vorkam. „Warum soll man zu Fuß gehen, wenn man auch schlittern kann?"

Sie stellte sich den kleinen, dunklen Knaben vor, wie er das glatte Geländer hinabrutschte, und sie dachte an ihre junge, schöne Mutter, die ihn beobachtete und lachte. Ihre Überraschung löste sich, und sie erwiderte Christophes lächelnden Blick.

Nun wurde ein köstlich schmeckendes, schaumiges Rosinen-Soufflé serviert. Dazu gab es trockenen, perlenden Champagner. Die Atmosphäre war warm und anheimelnd, und Shirley war beglückt über die leicht dahinfließende Unterhaltung.

Als die kleine Abendgesellschaft sich nach dem Essen in den Salon zurückzog, lehnte Shirley es ab, einen Likör oder Cognac zu trinken. Ihr Wohlbehagen hielt an, und sie führte das zum Teil auf den Wein zurück, den es zu jedem der einzelnen Gänge gab. Zum anderen aber auch auf Christophes heftige Umarmung vor dem Essen, doch sie verdrängte den Gedanken daran. Niemandem schien aufzufallen, wie verträumt sie war und dass ihre Wangen glühten.

Ihre Sinne schärften sich beinahe unerträglich, als sie der Musik der Stimmen lauschte: Das tiefe Murmeln der Männer vermischte sich mit den helleren Tönen der Großmutter. Mit sinnlichem Vergnügen sog sie den herben Rauch von Christophes Zigarillo ein, der zu ihr herüberwehte. Ihr Parfüm vermischte sich zart mit dem der Gräfin, und über allem lag der süße Duft der Rosen in den vielen Porzellanvasen.

Als Künstlerin fand sie Gefallen an der wohltuenden Harmonie und Ausgeglichenheit der Szene. Die weiche Beleuchtung, die Nachtbrise, die sich in den Vorhängen fing, das gedämpfte Gläserklirren auf dem Tisch – all das formte sich zu einem eindrucksvollen Bild, das sie in sich aufnahm und in Gedanken bewahrte.

Die Gräfin hielt auf ihrem Brokatthron herrschaftlich Hof und nippte Pfefferminzlikör aus einem erlesenen goldgeränderten Glas. Tony und Christophe saßen einander gegenüber wie Tag und Nacht, Engel und Teufel. Dieser Vergleich beunruhigte Shirley. Engel und Teufel? wiederholte sie im Stillen und beobachtete die beiden Männer.

Tony, verlässlich und durchschaubar, übte kaum mehr als den leisesten Druck aus. Er war unendlich geduldig, und seine Pläne waren wohl überlegt. Was empfand sie für ihn? Zuneigung, Treue und Dankbarkeit dafür, dass er da war, wenn sie ihn brauchte. Eine milde, harmlose Liebe.

Und dann wanderte ihr Blick zu Christophe. Arrogant, herrschsüchtig, aufreizend und erregend. Er forderte, wonach ihm der Sinn stand, riss es an sich, verschenkte ein plötzliches, unerwartetes Lächeln und raubte ihr Herz wie ein Dieb in der Nacht. Er war launisch, Tony hingegen ausgeglichen. Er befahl, während Tony überzeugte. Tonys Küsse waren liebenswürdig und rührend. Doch Christophe küsste wild und berauschend, feuerte ihr Blut an und zog sie fort in eine unbekannte Welt von Sinnesempfindungen und sehnsüchtigen Wünschen. Die Liebe, die sie für ihn empfand, war keineswegs mild und harmlos, sondern stürmisch und unausweichlich.

„Wie schade, dass Sie nicht Klavier spielen, Shirley." Die Stimme der Gräfin trieb sie in die Gegenwart zurück. Schuldbewusst zuckte sie zusammen.

„Oh, Madame, Shirley spielt Klavier." Tony lächelte breit. „Erbärmlich zwar, aber sie tut es."

„Verräter!" Shirley lachte ihn fröhlich an.

„Sie spielen nicht gut?" Die Gräfin war fassungslos.

„Es tut mir leid, Großmutter, dass ich der Familie wieder einmal Schande bereite", entschuldigte sich Shirley. „Aber ich spiele nicht nur schlecht, sondern ausgesprochen miserabel. Damit beleidige ich sogar Tony, der völlig unmusikalisch ist."

„Mit deinem Spiel würdest du nicht nur die Lebenden beleidigen, mein Schatz." Er strich ihr mit einer nachlässigen Geste eine Locke aus dem Gesicht.

„Wie wahr." Sie lächelte ihn an, ehe sie sich wieder der Gräfin zuwandte. „Arme Großmutter, Sie sehen ja so betroffen aus." Ihr Lächeln schwand, als sie dem kühlen Blick von Christophe begegnete.

„Aber Gabrielle hat doch so wundervoll gespielt." Die Gräfin hob die Hand.

Shirley nahm sich zusammen und wich Christophes Blick aus. „Sie verstand auch nie, wieso ich derartig auf die Tasten hämmerte. Doch geduldig, wie sie nun einmal war, gab sie es auf und überließ mich meinen Farben und meiner Staffelei."

„Außergewöhnlich." Die Gräfin schüttelte den Kopf. Shirley zog die Schultern ein und trank ihren Kaffee. „Da Sie uns schon nicht vorspielen können, meine Kleine, würde Monsieur Rollins sich bestimmt darüber freuen, wenn Sie ihn in den Garten hinausbegleiten." Sie lächelte hinterhältig. „Shirley liebt Gärten im Mondlicht, nicht wahr?"

„Das hört sich verlockend an", stimmte Tony zu, ehe Shirley antworten konnte. Sie sah ihre Großmutter fest an, und dann ging sie Arm in Arm mit Tony in den Garten.

9. KAPITEL

Zum zweiten Mal schlenderte Shirley mit einem großen, gut aussehenden Mann durch den mondhellen Garten, und auch jetzt wünschte sie sehnlich, es wäre Christophe. Schweigend genossen sie und Tony die frische Nachtluft und hielten sich vertraut bei den Händen.

„Du bist in ihn verliebt, nicht wahr?"

Tonys Frage zerriss die Stille wie splitterndes Glas. Shirley blieb stehen und sah ihn mit weit offenen Augen an.

„Shirley." Er seufzte und strich mit einem Finger über ihre Wange. „Ich kann deine Gedanken lesen wie ein Buch, obwohl du mit aller Macht versuchst, deine Gefühle für ihn zu verbergen."

„Tony, ich ...", stammelte sie schuldbewusst und kläglich. „Du irrst dich. Ich mag ihn nicht einmal, glaub mir."

„Du liebe Zeit." Er lachte leise und zog eine Grimasse. „Ich wünschte, du würdest mich ebenso mögen wie ihn." Er hob ihr Kinn.

„Bitte, Tony."

„Du warst immer ausgesprochen ehrlich, Liebling. Du brauchst dir keine Vorwürfe zu machen. Ich dachte, dass ich dich mit Geduld und Hartnäckigkeit für mich gewinnen könnte." Er legte einen Arm um ihre Schultern, als sie tiefer in den Garten hineingingen. „Weißt du, Shirley, bei dir trügt der Schein. Du wirkst wie eine erlesene Blume, so zart, dass jeder Mann fürchtet, dich zu berühren, um dich nicht abzubrechen, doch in Wirklichkeit bist du erstaunlich stark." Er drückte leicht ihre Hand. „Du strauchelst nie, Liebling. Ein Jahr lang habe ich gewartet, um dich aufzufangen, aber du stolperst nie."

„Meine Launen und mein Temperament hätten dich zur Verzweiflung getrieben, Tony." Aufseufzend lehnte sie sich an seine Schulter. „Ich könnte niemals die Frau sein, die du wirklich brauchst. Es wäre sinnlos gewesen, wenn ich versucht hätte, mich zu ändern. Unsere Zuneigung wäre in Hass umgeschlagen."

„Ich weiß. Die ganze Zeit über habe ich es gewusst, doch ich wollte es mir nicht eingestehen.“ Er atmete tief. „Als du in die Bretagne reistest, wusste ich, dass alles vorbei war. Aus diesem Grund kam ich hierher. Ich musste dich unbedingt noch einmal sehen.“ Seine Worte klangen so endgültig, dass sie ihn verblüfft ansah.

„Aber wir werden uns wiedersehen, Tony. Schließlich sind wir immer noch Freunde. Ich werde bald zurückkommen.“

Sie sahen sich lange schweigend an. „Wirklich, Shirley?“ Er wandte sich um und führte sie zum Schloss zurück.

Die Sonne schien warm auf Shirleys bloße Schultern, als sie sich am nächsten Morgen von Tony verabschiedete. Er hatte der Gräfin und Christophe bereits Lebewohl gesagt, und Shirley war aus der kühlen Halle mit ihm hinausgegangen in den heißen gepflasterten Vorhof. Der kleine rote Renault stand bereit, das Gepäck war schon im Kofferraum verstaut. Tony prüfte es kurz, dann drehte er sich um und ergriff Shirleys Hände.

„Lass es dir gut gehen, Shirley.“ Sein Druck wurde fester, löste sich dann aber gleich wieder. „Vergiss mich nicht.“

„Natürlich werde ich an dich denken, Tony. Ich werde dir schreiben und dich wissen lassen, wann ich wiederkomme.“

Er lächelte sie an, und seine Augen wanderten über ihr Gesicht, als wollte er sich jede Einzelheit einprägen. „Ich werde mich so an dich erinnern, wie du jetzt vor mir stehst: das gelbe Kleid, das sonnendurchflutete Haar und im Hintergrund das Schloss, die unvergängliche Schönheit von Shirley Smith mit den golden schimmernden Augen.“

Er senkte seinen Mund auf ihre Lippen. Plötzlich überwältigte sie die Vorahnung, dass sie ihn nie mehr wiedersehen würde. Sie schlang die Arme um seinen Hals und klammerte sich an ihn und die Vergangenheit. Seine Lippen berührten ihr Haar, ehe er sich losmachte.

„Auf Wiedersehen, Liebling.“ Er streichelte ihr die Wangen.

„Auf Wiedersehen, Tony. Pass gut auf dich auf.“ Entschlossen wehrte sie sich gegen die aufsteigenden Tränen.

Sie beobachtete, wie er in das Auto einstieg und in die lange, gewundene Auffahrt abbog. Der Wagen schmolz in der Entfernung zu einem kleinen roten Punkt zusammen, der langsam ihren Blicken entschwand. Sie rührte sich nicht von der Stelle und ließ nun den zurückgehaltenen Tränen freien Lauf.

Ein Arm legte sich um ihre Taille. Ihre Großmutter stand neben ihr, das energische Gesicht voller Sympathie und Verständnis.

„Sind Sie traurig, weil er wieder abreist, meine Kleine?“ Ihre Nähe tat Shirley gut, und sie lehnte den Kopf gegen die schmale Schulter.

„Ja, Großmutter, sehr traurig.“

„Aber Sie sind nicht verliebt in ihn.“ Es war eher eine Feststellung als eine Frage, und Shirley seufzte auf.

„Uns verbindet eine ganz besondere Freundschaft.“ Sie wischte sich eine Träne ab und schluchzte wie ein Kind. „Ich werde ihn sehr vermissen. Jetzt möchte ich hinauf in mein Zimmer gehen und mich ausweinen.“

„Ja, das ist vernünftig.“ Die Gräfin klopfte ihr leicht auf die Schulter. „Nur wenige Dinge befreien den Kopf und das Herz so gründlich wie ein Tränenstrom.“

Shirley wandte sich um und umarmte sie. „Beeilen Sie sich, mein Kind.“ Die Gräfin drückte sie an sich, ehe sie sie freigab. „Weinen Sie sich aus.“

Shirley lief die Steinstufen hinauf und flüchtete durch die schwere Eichentür in das kühle Schloss. Als sie die Haupttreppe erreichte, stieß sie mit einem harten Gegenstand zusammen. Hände umfassten ihre Schultern.

„Sie müssen aufpassen, wohin Sie gehen, meine Liebe“, spöttelte Christophe. „Sonst werden Sie noch gegen eine Wand prallen und sich Ihre wunderhübsche Nase eindrücken.“ Sie versuchte, sich loszureißen, doch eine Hand hielt sie mühelos fest, während die andere ihr Kinn hochhob. Als er ihre tränenfeuchten Augen sah, schwand seine Ironie. Er war erstaunt, betroffen und schließlich ungewohnt hilflos. „Shirley?“ Er sprach ihren Namen so sanft aus wie noch nie zuvor, und die zärtlich-dunklen Augen brachten sie vollends aus der Fassung.

„Ich bitte Sie", sie unterdrückte ein verzweifeltes Schluchzen, „lassen Sie mich gehen." Sie schüttelte ihn ab, bemühte sich um ihr Gleichgewicht und wäre doch am liebsten in die Arme dieses plötzlich so sanftmütigen Mannes gesunken.

„Kann ich irgendetwas für Sie tun?" Er hinderte sie daran, davonzulaufen, indem er ihr eine Hand auf den Arm legte.

Ja, Sie Dummkopf, rebellierte sie innerlich. Lieben Sie mich! „Nein", rief sie laut und lief die Treppe hinauf. „Nein und nochmals nein."

Sie jagte davon wie ein verfolgtes Rehkitz, öffnete die Schlafzimmertür, schlug sie heftig wieder zu und warf sich aufs Bett.

Die Tränen wirkten Wunder. Shirley wischte sie schließlich ab und fühlte sich wieder imstande, der Welt und der Zukunft ins Auge zu blicken. Sie betrachtete den achtlos hingeworfenen Briefumschlag aus Japanpapier auf ihrem Schreibtisch. Es war höchste Zeit, dass sie sich darum kümmerte, was der alte Barkley ihr mitzuteilen hatte. Shirley erhob sich widerstrebend und holte den Brief.

Dann legte sie sich erneut aufs Bett, öffnete das Siegel und ließ den Inhalt auf die Decke gleiten. Er bestand aus einem eindrucksvollen Firmenbogen, der sie sofort wieder an Tony erinnerte, und einem weiteren versiegelten Umschlag. Gleichgültig nahm sie die sauber mit der Maschine geschriebene Seite zur Hand und fragte sich, was für ein Formular sie denn nun schon wieder für den Familienanwalt auszufüllen hätte.

Nachdem sie den Brief gelesen und den völlig unerwarteten Inhalt zur Kenntnis genommen hatte, setzte sie sich kerzengerade auf.

Sehr geehrte Miss Smith,
hiermit übersende ich Ihnen ein Kuvert, das eine Nachricht Ihres Vaters enthält. Diesen mir anvertrauten Brief sollte ich

Ihnen nur aushändigen, falls Sie mit der Familie Ihrer Mutter in der Bretagne Kontakt aufnähmen. Von Tony Rollins erfuhr ich, dass Sie sich zurzeit auf Schloss Kergallen bei Ihrer Großmutter mütterlicherseits aufhalten. Aus diesem Grund übergab ich Tony dieses Schreiben, damit Sie es so schnell wie möglich erhalten.

Hätten Sie mich über Ihre Pläne unterrichtet, hätte ich Sie bereits vorher die Wünsche Ihres Vaters wissen lassen. Sie sind mir natürlich nicht bekannt, doch ich bin davon überzeugt, dass die Botschaft Ihres Vaters Sie trösten wird. M. Barkley.

Shirley legte den Brief des Rechtsanwalts beiseite und griff nach dem bei ihm hinterlegten Brief ihres Vaters. Sie starrte den Umschlag an, wendete ihn, und ihre Augen verschleierten sich, als sie die vertraute kühne Handschrift sah. Sie brach das Siegel auf.

Meine einzige Shirley,
wenn du diese Zeilen liest, werden deine Mutter und ich nicht mehr bei dir sein, und ich hoffe, dass du nicht allzu sehr trauerst, denn unsere Liebe für dich ist aufrichtig und stark wie das Leben.

Du bist jetzt, da ich diese Zeilen aufsetze, zehn Jahre alt und bereits das genaue Abbild deiner Mutter, sodass mich heute schon der Gedanke an all die jungen Burschen bekümmert, die ich eines Tages von dir abwehren muss.

Ich habe dich heute Morgen beobachtet, als du still im Garten saßt, ein ungewöhnlicher Anblick. Denn im Allgemeinen flitzt du mit atemberaubender Geschwindigkeit auf Rollschuhen über die Bürgersteige oder schlitterst die Treppengeländer hinunter, ohne dich um Hautabschürfungen zu kümmern. Du benutztest meinen Skizzenblock und einen Bleistift und zeichnetest mit besessener Hingabe die blühenden Azaleen.

In dem Augenblick erkannte ich mit Stolz und Verzweif-

lung, dass du erwachsen wirst und nicht immer mein kleines Mädchen bleiben würdest, das sicher in der Obhut seiner Eltern aufgehoben ist. Mir wurde klar, dass ich dir über Ereignisse berichten muss, mit denen du dich später vielleicht einmal auseinanderzusetzen hast.

Ich werde dem alten Barkley Anweisung erteilen, diesen Brief so lange aufzubewahren, bis deine Großmutter oder ein anderes Mitglied deiner mütterlichen Familie mit dir in Verbindung tritt. Geschieht dies nicht, ist es auch nicht notwendig, das Geheimnis zu offenbaren, das Deine Mutter und ich seit über einem Jahrzehnt hüten.

Damals malte ich in den Straßen von Paris, gefangen von der herrlichen Frühlingssonne. Ich war von dieser Stadt bezaubert, und ich brauchte keine andere Geliebte als meine Kunst. Ich war sehr jung und, um aufrichtig zu sein, ziemlich überspannt. Ich begegnete einem Mann namens Jacques le Goff, den mein ungezügeltes Talent beeindruckte. So jedenfalls drückte er es aus. Er beauftragte mich, ein Porträt seiner Verlobten zu malen, das er ihr zur Hochzeit schenken wollte. Er veranlasste, dass ich in die Bretagne fuhr und auf Schloss Kergallen wohnte. Mein Leben begann in dem Augenblick, als ich die riesige Eingangshalle betrat und zum ersten Mal deine Mutter sah.

Ich liebte sie vom ersten Augenblick an, einen sanften Engel mit Haaren wie aus Sonnenstrahlen, doch ich ließ mir nichts anmerken. An erster Stelle stand meine Kunst, und darauf beharrte ich. Ich war da, um deine Mutter zu malen. Sie gehörte meinem Auftraggeber und dem Schloss. Sie war eine Aristokratin von uraltem Adel. All diese Dinge führte ich mir immer wieder vor Augen. Jonathan Smith, der herumreisende Künstler, hatte kein Recht, sie im Traum zu besitzen, geschweige denn in Wirklichkeit.

Als ich die ersten Skizzen von ihr anfertigte, glaubte ich manchmal, vor Liebe zu ihr vergehen zu müssen. Ich wollte sie unter irgendeinem Vorwand verlassen, aber ich fand nicht den Mut dazu. Jetzt bin ich froh darüber, dass ich blieb.

Eines Abends, als ich im Garten spazieren ging, begegnete ich ihr. Ich wollte mich abwenden, um sie nicht zu stören, doch sie hörte meine Schritte, und als sie sich umdrehte, las ich von ihren Augen ab, was ich nie zu träumen gewagt hatte. Sie liebte mich. Am liebsten hätte ich aus lauter Freude darüber aufgeschrien. Aber es gab zu viele Hindernisse: Sie war verlobt und an einen anderen Mann gebunden. Wir hatten kein Recht auf unsere Liebe. Braucht man wirklich ein Recht zur Liebe, Shirley? Viele Menschen würden uns anklagen. Ich wünsche nur, dass du nicht zu ihnen gehörst.

Nach vielen Gesprächen und Tränen setzten wir uns über Recht und Ehre hinweg und heirateten. Gabrielle bat mich, die Trauung geheim zu halten, bis sie einen Weg gefunden hätte, Jacques und ihrer Mutter die Wahrheit einzugestehen. Ich wollte sie aller Welt verkünden, doch ich gab nach. Sie hatte so viel für mich aufgegeben, dass ich ihr keinen Wunsch abschlagen konnte.

Während dieser Zeit des Abwartens trat ein noch gewichtigeres Problem auf. Die Gräfin, deine Großmutter, besaß eine Madonna von Raphael. Das Gemälde war das Prachtstück im Salon. Die Gräfin informierte mich, dass das Bild sich bereits seit Generationen im Familienbesitz befand. Sie hing mit ganzer Seele daran, fast wie an Gabrielle. Offenbar symbolisierte es für sie die Beständigkeit ihrer Familie, wie ein Leitstern nach all den Schrecknissen des Kriegs und den persönlichen Verlusten.

Ich studierte dieses Gemälde sehr sorgfältig und kam schließlich zu der Überzeugung, dass es sich um eine Fälschung handelte. Ich sagte aber nichts davon, denn zunächst dachte ich, dass die Gräfin selbst diese Kopie in Auftrag gegeben hatte, um sich daran zu erfreuen. Die Deutschen hatten ihr den Ehegemahl und das Heim geraubt und somit möglicherweise auch den echten Raphael.

Als sie sich entschied, das Bild dem Louvre zu übereignen, um seine Schönheit einem breiteren Publikum zugänglich zu machen, starb ich beinahe vor Furcht. Ich hatte diese Frau lieb gewonnen, schätzte ihren Stolz und ihre Entschlossenheit, ihre Grazie und Würde. Sie glaubte tatsächlich, dass das Gemälde ein Original war, und ich wollte sie nicht verletzen. Ich wusste, wie peinlich es für Gabrielle gewesen wäre, wenn der Skandal aufgedeckt würde, dass das Bild gefälscht war. Die Gräfin hätte dies nie überwunden. Das durfte nicht geschehen. Ich erbot mich, das Gemälde zu reinigen, um es noch eingehender studieren zu können, und kam mir dabei wie ein Verräter vor.

Ich trug das Bild in mein Turmatelier, und nach intensiver Betrachtung gab es keinen Zweifel mehr daran, dass es sich um eine sehr gut ausgeführte Kopie handelte. Selbst in diesem Augenblick hätte ich nicht gewusst, wie ich mich verhalten sollte, wenn ich nicht einen Brief gefunden hätte, der hinter dem Rahmen versteckt war.

Der Brief war ein verzweifeltes Geständnis des ersten Ehegatten der Gräfin über den von ihm begangenen Verrat. Er bekannte, dass er nahezu alle seine Besitztümer und die der Gräfin verloren hatte. Er war hoch verschuldet, glaubte aber daran, dass die Deutschen die Alliierten besiegen würden, und verkaufte ihnen deshalb den Raphael. Er ließ eine Kopie anfertigen und entwendete das Original ohne Wissen der Gräfin. Er hoffte, dass das Geld ihm über die Wirren des Kriegs hinweghelfen würde und dass die Deutschen aufgrund dieses Tauschgeschäfts sein Grundstück verschonen würden.

Zu spät. Er verzweifelte an seiner Tat, versteckte sein Geständnis im Rahmen der Kopie und begab sich noch einmal zu den Männern, mit denen er den Handel abgeschlossen hatte, in der Hoffnung, ihn wieder rückgängig machen zu können.

Als ich diesen Brief gelesen hatte, kam Gabrielle ins Atelier. Es wäre besser gewesen, die Tür zu verriegeln. Ich konnte meine Bestürzung nicht verbergen, hielt den Brief noch immer in der Hand, und so war ich gezwungen, den Ballast mit der einzigen Person zu teilen, die ich schonen wollte.

In der Abgeschlossenheit des Turmzimmers fand ich in diesen Minuten heraus, dass die Frau, die ich liebte, über mehr Kraft verfügte als die meisten Männer. Um jeden Preis wollte sie ihrer Mutter die Wahrheit verbergen. Unbedingt wollte sie der Gräfin eine Demütigung ersparen und die Tatsache verheimlichen, dass das von ihr so geschätzte Gemälde lediglich eine Fälschung war.

Wir sannen über einen Plan nach, das Bild zu verstecken und den Anschein zu erwecken, als ob es gestohlen worden wäre. Vielleicht begingen wir einen Fehler. Bis heute weiß ich nicht, ob wir wirklich das Richtige taten. Aber für deine Mutter gab es keinen anderen Ausweg. Und deshalb begingen wir die Tat.

Gabrielle verwirklichte sehr bald ihren Plan, die Mutter über unsere Heirat zu informieren. Zu unserer unbeschreiblichen Freude stellte sie fest, dass sie ein Kind gebären würde. Du warst die Frucht unserer Liebe, die größte Kostbarkeit unseres Lebens.

Als sie ihrer Mutter von unserer Eheschließung und ihrer Schwangerschaft berichtete, tobte die Gräfin vor Zorn. Sie hatte recht, Shirley, und ihr Hass auf mich hatte seine guten Gründe.

Ich hatte mir ohne ihr Wissen ihre Tochter angeeignet, und das war ein Schandfleck auf ihrer Familienehre. Wutentbrannt verstieß sie Gabrielle, forderte, dass wir das Schloss verließen und nie wieder betreten würden. Ich bin der Ansicht, dass sie ihre Entscheidung bald darauf wieder rückgängig gemacht hätte, denn sie liebte Gabrielle über alles. Doch noch am selben Tag stellte sie fest, dass der Ra-

phael verschwunden war.

Sie beschuldigte mich, nicht nur ihre Tochter, sondern auch den Familienschatz gestohlen zu haben. Konnte ich das ableugnen? Die beiden Vergehen glichen einander, und in den Augen deiner Mutter las ich die Bitte zu schweigen. Deshalb brachte ich deine Mutter um das Schloss, ihr Land, ihre Familie, ihr Erbe und nahm sie mit nach Amerika.

Wir sprachen nie mehr von ihrer Mutter, denn das wäre zu schmerzlich gewesen. Stattdessen bauten wir unser Leben mit Dir neu auf, um unser Zusammengehörigkeitsgefühl zu stärken.

Wenn Du diese Zeilen liest, wird es vielleicht möglich sein, die ganze Wahrheit zu enthüllen. Wenn nicht, dann verbirg sie ebenso wie die Fälschung, die wir vor den Augen der Welt versteckten, behütet von einem kostbaren Schatz.

Folge der Eingebung deines Herzens.

Dein dich liebender Vater.

Shirley war in Tränen aufgelöst. Als sie den Brief gelesen hatte, wischte sie sich über die Augen und atmete tief ein. Sie erhob sich, ging ans Fenster und blickte zum Garten hinunter, wo sich ihre Eltern gegenseitige Liebe gestanden hatten.

Was soll ich nur tun? Sie hielt den Brief noch immer in der Hand. Noch vor einem Monat hätte ich diese Zeilen sofort der Gräfin gezeigt, aber jetzt weiß ich nicht, wie ich mich verhalten soll, überlegte sie.

Um den Namen ihres Vaters vor Schande zu bewahren, müsste sie ein Geheimnis preisgeben, das fünfundzwanzig Jahre zurücklag. Würde die Wahrheit alle Schwierigkeiten beseitigen, oder würde sie die Opfer ihrer Eltern zunichtemachen? Ihr Vater hatte ihr empfohlen, ihrem Herzen zu lauschen, doch sie hörte nichts, denn sie war von Liebe und Seelenqual überwältigt und konnte einfach keinen Entschluss fassen. Impulsiv dachte sie daran, sich Christophe anzuvertrauen, aber sie schob den Gedanken schnell beiseite. Einem Vertrauensbeweis dieser Art fühlte sie sich nicht gewachsen, und die Trennung, mit der sie bald zu rechnen hatte, wäre noch viel quälender.

Ich werde mir das einfach noch einmal durch den Kopf gehen lassen, sagte sie sich und atmete tief auf. Ich muss den Nebel beseitigen, klar und sorgfältig nachdenken. Wenn ich eine Antwort finde, dann soll es die richtige sein.

Shirley lief durch das Zimmer, überlegte kurz und kleidete sich in Sekundenschnelle um. Sie erinnerte sich des Gefühls der Freiheit, das sie überwältigte, als sie durch die weite Landschaft geritten war. Sie zog sich Jeans und ein T-Shirt an, um alles auszuwischen, was ihr Herz und ihren Verstand beschwerte.

10. KAPITEL

Der Stallknecht äußerte Bedenken, Babette zu satteln. Respektvoll wandte er ein, dass der Graf Shirley nicht erlaubt hätte, allein auszureiten. Shirley besann sich erstmals ihrer aristokratischen Herkunft und erwiderte stolz, dass sie als Großtochter der Gräfin keine Zustimmung einzuholen brauchte. Der Stallbursche fügte sich mit einigen bretonischen Ausdrücken, und gleich darauf bestieg sie die ihr mittlerweile vertraute Stute und bog zu dem Pfad ab, den Christophe bei der ersten Unterrichtsstunde gewählt hatte.

Die Waldungen verströmten tiefen Frieden, und Shirley versuchte, ihre Gedanken abzuschütteln in der Hoffnung, eine Antwort auf die Frage zu finden, die sie bewegte. Eine Zeit lang ritt sie im Schritttempo. Sie hatte das Pferd fest in der Hand und war doch nur ein Teil von ihm. Trotz allem war sie weit davon entfernt, ihr Problem lösen zu können, und trieb Babette zu einem leichten Galopp an.

Der Wind blies ihr das Haar aus dem Gesicht und tauchte sie in ein Gefühl der Freiheit, die sie suchte. Der Brief ihres Vaters steckte in der Tasche ihrer Jeans, und sie beschloss, zu dem Hügel zu reiten, der oberhalb des Dorfes lag, und die Zeilen erneut zu lesen. Sie hoffte, dann die richtige Entscheidung treffen zu können.

Da hörte sie hinter sich einen lauten Ruf. Sie wandte sich um und erblickte Christophe, der auf seinem schwarzen Hengst herangeritten kam. Bei ihrer Wendung stieß sie versehentlich scharf gegen die Flanke ihrer Stute. Das war für Babette ein Befehl, und sie flog in gestrecktem Galopp davon. Shirley wäre vor Überraschung beinahe gestürzt. Sie richtete sich mühsam wieder auf, als das Pferd mit ungewöhnlicher Geschwindigkeit den Pfad hinunterraste. Mit eiserner Willenskraft bemühte sie sich um eine aufrechte Haltung. Dabei fiel ihr nicht einmal ein, dem Ungestüm der Stute Einhalt zu gebieten. Ehe sich der Gedanke, das Pferd zu zügeln, auf ihre Hände übertragen hatte, befand Christophe sich an ihrer Seite. Er zog die Zügel an und schimpfte laut.

Babette fügte sich willig, und Shirley schloss erleichtert die Augen. Dann wurde ihr bewusst, dass Christophe ihre Taille umfasste und sie ohne viele Umstände aus dem Sattel hob.

Er sah sie düster an. „Was haben Sie eigentlich im Sinn, wenn Sie vor mir davongaloppieren?“ Er schüttelte sie wie eine Stoffpuppe.

„Das habe ich ja überhaupt nicht getan“, protestierte sie und biss sich auf die Lippen. „Wahrscheinlich wurde das Pferd nervös, als ich mich nach Ihnen umdrehte. Es wäre nicht geschehen, wenn Sie mir nicht hinterhergejagt wären.“ Sie wollte sich von ihm losreißen, doch sein Griff verhärtete sich schmerzvoll. „Sie tun mir weh“, fuhr sie ihn an. „Warum verletzen Sie mich immer?“

„Ein gebrochenes Genick wäre bestimmt viel ärger, Sie kleine Närrin.“ Er führte sie den Pfad entlang, fort von den Pferden. „Das hätte Ihnen nämlich passieren können. Warum wollen Sie unbedingt ohne Begleitung ausreiten?“

„Ohne Begleitung?“ Sie lachte und trat einen Schritt zurück. „Wie altmodisch. Dürfen Frauen in der Bretagne nicht allein ausreiten?“

„Keinesfalls Frauen ohne Verstand“, erwiderte er finster, „und auch solche nicht, die erst zwei Mal im Leben auf einem Pferd gesessen haben.“

„Es hat alles vorzüglich geklappt, ehe Sie kamen.“ Ungehalten über seinen Vorwurf, warf sie den Kopf zurück. „Machen Sie sich wieder auf den Weg, und lassen Sie mich in Frieden.“ Sie beobachtete, wie seine Augen schmal wurden. Er näherte sich ihr einen Schritt. „Kehren Sie um“, rief sie und saß erneut auf. „Ich möchte allein sein, weil ich über einige Dinge nachdenken muss.“

„Ich werde Sie gleich auf andere Gedanken bringen.“

Ehe sie es sich versah, legte er die Hände um ihren Nacken und raubte ihr mit einem langen, leidenschaftlichen Kuss den Atem. Sie versuchte, ihn von sich zu stoßen. Erfolglos kämpfte sie gegen ihn an. Sie spürte, wie ihr schwindelig wurde. Er packte sie bei den Schultern und zog sie zu sich herum.

„Genug jetzt. Hören Sie endlich auf." Er schüttelte sie wieder. Er sah gar nicht mehr aristokratisch aus, sondern nur noch wie ein gewöhnlicher Mann. „Ich begehre Sie. Ich verlange, was noch kein Mann vor mir besessen hat, und Sie können sich darauf verlassen, dass ich Sie besitzen werde."

Er riss sie in die Arme. Sie wehrte sich in wilder Angst und schlug heftig gegen seine Brust wie ein gefangener Vogel gegen die Gitterstäbe eines Käfigs. Danach hob er sie mit eisernem Griff vom Pferd, als wäre sie ein hilfloses Kind.

Shirley lag auf dem Boden. Christophe hielt sie fest. Er küsste sie wie besessen, doch ihr Protest machte keinen Eindruck auf ihn. Mit leidenschaftlicher Behändigkeit öffnete er ihre Bluse, und seine Finger gruben sich in die nackte Haut. Es waren verzweifelt drängende Liebesbezeugungen, die all ihren Widerstand zunichtemachten, und allen Willen, sich dagegen aufzubäumen.

Ihre Lippen gaben sich seinen Küssen hin, und sie zog ihn nur noch dichter an sich heran. Sie überließ sich ganz seiner Leidenschaft. Drängend und unaufhaltsam hinterließen seine Hände heiße Spuren auf ihrer nackten Haut. Sein Mund folgte ihnen und kehrte immer wieder zu ihren Lippen zurück. Sein Durst war unstillbar. Er trug sie in eine neue, faszinierende Welt, bis an die Grenze von Himmel und Hölle, wo es nur noch die Liebe gab.

Plötzlich löste sich Christophe von ihren Lippen. Er atmete schnell und presste einen Augenblick lang seine Wange gegen ihre Schläfe. Dann hob er den Kopf und sah sie an.

„Jetzt habe ich Ihnen schon wieder wehgetan, Kleines." Er seufzte, gab sie frei und legte sich auf den Rücken. „Ich habe Sie zu Boden gezerrt und hätte Sie beinahe geschändet wie ein Barbar. Offenbar fällt es mir schwer, mich in Ihrer Gegenwart zu beherrschen."

Shirley setzte sich schnell auf und knöpfte hastig ihre Bluse zu. „Es ist schon in Ordnung." Sie bemühte sich vergebens um einen sorglosen Ton. „Mir ist nichts geschehen. So oft ist mir schon gesagt worden, ich sei sehr widerstandsfähig. Trotzdem sollten Sie Ihr Temperament ein wenig mehr zügeln", stammelte sie, um ihren Schmerz zu verbergen. „Geneviève ist zerbrechlicher als ich."

„Geneviève?" Er stützte sich auf den Ellenbogen und sah sie fest an. „Was hat Geneviève damit zu tun?"

„Überhaupt nichts", antwortete sie. „Ich werde ihr nicht das Geringste hierüber berichten. Dazu habe ich sie zu gern."

„Vielleicht sollten wir uns auf Französisch unterhalten, Shirley. Es ist schwierig, Sie zu verstehen."

„Sie ist in Sie verliebt, Sie Dummkopf", fuhr sie unbeirrt fort. „Sie hat es mir gesagt und wollte meinen Rat einholen." Es entging ihr nicht, dass sie hysterisch auflachte. „Sie wollte wissen, wie sie es anstellen sollte, dass Sie in ihr eine Frau und nicht nur ein Kind sehen. Ich verschwieg ihr, welche Meinung Sie über mich haben, denn Sie hätte es nicht verstanden."

„Sie sagte Ihnen, dass sie in mich verliebt wäre?" Seine Augen wurden schmaler.

„Ihren Namen hat sie nicht erwähnt." Jetzt verwünschte Shirley diese Unterhaltung. „Sie sagte, dass sie ihr Leben lang in einen Mann verliebt gewesen wäre, der sie nur als Kind betrachtete. Ich riet ihr nur, ihm den Kopf zurechtzurücken und ihm zu sagen, dass sie eine Frau sei. Und außerdem … Worüber lachen Sie eigentlich?"

„Haben Sie wirklich geglaubt, dass sie mich meinte?" Er ließ sich auf den Rücken fallen und lachte lauter, als es sonst seine Art war. „Die kleine Geneviève soll in mich verliebt sein?"

„Und darüber machen Sie sich auch noch lustig. Wie können Sie nur so gefühllos sein, über einen Menschen zu lachen, der Sie liebt?" Sie wurde zornig, und er nahm sie schnell in die Arme.

„Geneviève hat Sie nicht meinetwegen um Rat gebeten, meine Liebe." Mühelos trotzte er ihrer Angriffslust. „Sie meinte André. Aber Sie sind ihm noch nicht begegnet, nicht wahr?" Er lachte sie offen an. „Wir sind miteinander aufgewachsen, André, Yves und ich. Geneviève folgte uns wie ein Hündchen auf Schritt und Tritt. Als sie zur Frau heranwuchs, betrachtete sie Yves und mich auch weiterhin als ihre Brüder, während sie André wirklich liebte. Einen Monat lang hat er sich aus geschäftlichen Gründen in Paris aufgehalten. Erst gestern kam er von seiner Reise nach Hause zurück."

Christophe zog Shirley wieder an seine Brust. „Geneviève rief heute Morgen an und berichtete mir von ihrer Verlobung mit ihm. Außerdem trug sie mir auf, Ihnen ihren Dank zu übermitteln. Jetzt weiß ich wenigstens, worum es sich handelt." Er lächelte noch breiter, und ihre glänzenden Augen öffneten sich weit.

„Sie ist verlobt? Und nicht mit Ihnen?"

„Genauso ist es", antwortete er hilfreich. „Sagen Sie mir, meine schöne Cousine, waren Sie nicht eifersüchtig, als Sie glaubten, dass Geneviève sich in mich verliebt hätte?"

„Nicht im Entferntesten", log sie und zog ihren Mund von seinen Lippen zurück. „Ich wäre nicht eifersüchtiger auf Geneviève als Sie auf Yves."

„Wirklich?" Mit einer schnellen Bewegung drehte er sich zur Seite. „Ich gestehe Ihnen, dass ich vor Eifersucht auf meinen Freund Yves fast verging und dass ich Ihren amerikanischen Freund Tony am liebsten umgebracht hätte. Sie bedachten die beiden mit lächelnden Blicken, die mir gehörten. Von dem Augenblick an, als Sie aus dem Zug stiegen, war ich wie verhext, und ich wehrte mich dagegen, um mich nicht versklaven zu lassen. Aber vielleicht bedeutet diese Art von Sklaverei wirkliche Freiheit." Er strich ihr über das seidige Haar. „Shirley, ich liebe dich."

Sie versuchte, ihre Stimme zu kontrollieren: „Würden Sie das noch einmal sagen?"

Er lächelte, und sein Mund liebkoste ihre Lippen. „Auf Englisch? Ich liebe dich. Ich liebte dich vom ersten Moment an, als ich dich sah. Jetzt liebe ich dich noch unendlich mehr, und ich werde dich bis zum Ende meines Lebens lieben." Seine Lippen berührten ungewohnt zärtlich ihren Mund und lösten sich erst wieder, als Tränen über ihr Gesicht rannen. „Warum weinst du? Was habe ich getan?“

Sie schüttelte den Kopf. „Es liegt nur daran, dass ich dich so sehr liebe, und ich dachte ...“ Sie zögerte und atmete schwer. „Christophe, glaubst du an die Unschuld meines Vaters, oder denkst du, dass ich die Tochter eines Gauners bin?“

Er sah sie eine Weile schweigend an. „Ich werde dir erzählen, was mir bekannt ist, Shirley, und ich werde dir auch sagen, was ich glaube.“

„Ich weiß, dass ich dich liebe, und zwar keineswegs den Engel, der aus dem Zug in Lannion stieg, sondern die Frau, die ich nun kennengelernt habe. Es ist mir völlig gleichgültig, ob dein Vater ein Dieb, Betrüger oder Mörder war. Ich hörte immer zu, wenn du über deinen Vater sprachst, und ich beobachtete auch, wie du aussiehst, wenn du ihn erwähnst. Ich kann nicht glauben, dass ein Mann, dem diese Liebe und Zuneigung zuteilwurde, eine derart schändliche Tat begangen haben könnte. Davon bin ich überzeugt, doch es spielt für mich keine Rolle. Nichts, was er tat oder unterließ, könnte etwas an meiner Liebe zu dir ändern.“

„Ach, Christophe“, sie legte ihr Gesicht an seine Wange, „zeit meines Lebens habe ich auf einen Menschen wie dich gewartet. Aber jetzt muss ich dir etwas zeigen.“ Sanft befreite sie sich von ihm, zog den Brief aus der Tasche und gab ihn ihm. „Mein Vater trug mir auf, meinem Herzen zu folgen, und nun gehört es dir.“

Shirley saß Christophe gegenüber und beobachtete ihn, während er den Brief las. Jetzt spürte sie wieder den inneren Frieden, der sie seit dem Tod ihrer Eltern verlassen hatte. Ihre Liebe gehörte Christophe, und sie war zutiefst davon überzeugt, dass er ihr helfen würde, die richtige Entscheidung zu treffen. Der Wald war still. Nur manchmal flüsterte der Wind in den Blättern, und die Vögel antworteten darauf. An diesem Ort war die Zeit soeben stehen geblieben. Nur ein Mann und eine Frau lebten dort.

Als Christophe den Brief gelesen hatte, hob er die Augen.

„Dein Vater hat deine Mutter sehr geliebt.“ Er faltete das Papier zusammen und steckte es in den Umschlag zurück. „Ich wünschte, ich hätte ihn besser gekannt. Ich war ein Kind, als er auf das Schloss kam, und er blieb nicht lange dort.“

Sie schaute ihn unverwandt an. „Was sollen wir jetzt tun?“

Er rückte näher und berührte ihr Gesicht. „Wir müssen unserer Großmutter den Brief zeigen.“

„Aber meine Eltern sind tot, und die Gräfin lebt. Ich habe sie sehr gern und möchte sie nicht verletzen.“

Er beugte sich nieder und küsste ihre seidigen Wimpern. „Shirley, ich liebe dich aus vielen Gründen, und nun ist noch einer hinzugekommen.“ Er schob ihren Kopf zurück, sodass ihre Blicke sich wieder trafen. „Hör mir bitte gut zu, mein Liebling, und vertrau mir. Großmutter muss diesen Brief unbedingt lesen, allein schon um ihres Seelenfriedens willen. Sie glaubt, dass ihre Tochter sie verriet und bestahl. Fünfundzwanzig Jahre lang hat sie mit diesem Gedanken gelebt. Diese Zeilen werden sie davon erlösen.

Den Worten deines Vaters wird sie entnehmen, wie sehr Gabrielle sie geliebt hat. Ebenso wichtig ist, dass sie die Zuneigung deines Vaters für ihre Tochter erkennt. Er war ein ehrenhafter Mann, doch er musste sich mit der Tatsache abfinden, dass die Mutter seiner Frau ihn für einen Dieb hielt. Jetzt ist es an der Zeit, dass all diese unguten Gedanken ausgelöscht werden.“

„Einverstanden“, stimmte sie zu. „Wenn du dieser Ansicht bist, dann sollten wir es tun.“

Er lächelte, umfasste ihre Hände und führte sie an die Lippen, ehe er ihr aufhalf. „Sag mir, liebe Cousine“, spöttelte er leise, „wirst du immer tun, was ich dir sage?“

„Nein.“ Sie schüttelte energisch den Kopf. „Ganz bestimmt nicht.“

„Ah, das habe ich mir doch gleich gedacht.“ Er begleitete sie zu den Pferden. „Dann wird das Leben wenigstens nicht langweilig.“ Er griff nach dem Halfter der Stute, und Shirley saß auf, ohne dass er ihr dabei behilflich war. Er runzelte die Stirn, als er ihr die Zügel überließ. „Du bist bedenklich unabhängig, eigensinnig und impulsiv, doch ich liebe dich."

Als er den Hengst bestieg, erwiderte sie: „Und du bist anmaßend, herrschsüchtig und ausgesprochen selbstherrlich. Aber ich liebe dich ebenfalls."

Shirley und Christophe kehrten zu den Stallungen zurück. Nachdem sie die Pferde einem Burschen überlassen hatten, fassten sie sich bei den Händen und gingen zum Schloss. Als sie sich der Gartenpforte näherten, blieb Christophe stehen und wandte sich Shirley zu.

„Du musst dieses Schriftstück Großmutter selbst aushändigen." Er zog den Umschlag aus der Tasche und übergab ihn ihr.

„Ja, ich weiß. Aber du wirst doch bei mir bleiben?"

„Ja, mein Liebling." Er nahm sie in die Arme. „Ich werde dich nicht im Stich lassen." Er berührte ihre Lippen, und sie schlang die Arme um seinen Hals, bis der Kuss inniger wurde und sie nur noch Augen füreinander hatten.

„Da seid ihr ja wieder, meine Kinder." Die Worte der Gräfin brachen den Bann.

Sie drehten sich beide um und bemerkten, dass die alte Dame sie vom Garten aus beobachtete. „Demnach habt ihr euch in das Unvermeidliche gefügt."

„Du bist sehr scharfsinnig, Großmutter." Christophe hob die Augenbrauen. „Aber ich glaube, das wäre auch ohne deine unschätzbare Unterstützung geschehen."

Die schmalen Schultern bewegten sich ausdrucksvoll. „Aber ihr hättet zu viel Zeit verschwendet, und Zeit ist ein kostbares Gut."

„Lass uns hineingehen, Großmutter. Shirley möchte dir etwas zeigen."

Sie betraten den Salon, und die Gräfin ließ sich in dem thronähnlichen Sessel nieder. „Was haben Sie auf dem Herzen, meine Kleine?"

Shirley ging auf die Gräfin zu. „Großmutter, Tony überbrachte mir einige Briefe von meinem Anwalt. Ich habe mich jetzt erst darum gekümmert und stellte fest, dass sie bedeutend wichtiger sind, als ich zunächst annahm.“ Sie wies auf den Brief. „Ehe Sie ihn lesen, möchte ich Ihnen noch sagen, dass ich Ihnen sehr zugetan bin.“

Die Gräfin wollte etwas darauf erwidern, doch Shirley fuhr schnell fort: „Ich liebe Christophe, und ehe er das las, was ich Ihnen jetzt zeige, gestand er mir ebenfalls seine Liebe. Ich kann Ihnen nicht beschreiben, wie beglückend es für mich war, dies zu wissen, noch bevor er diese Zeilen las. Wir beschlossen, Sie mit dem Inhalt vertraut zu machen, weil wir Sie verehren.“ Sie übergab ihrer Großmutter den Brief und setzte sich auf das Sofa. Christophe ging zu ihr und umschloss ihre Hand. Dann warteten sie.

Shirleys Blick fiel auf das Porträt ihrer Mutter, deren Augen Freude und Glück einer liebenden Frau widerspiegelten. Ich habe sie ebenfalls gefunden, Mutter, dachte sie: die überwältigende Beseligung der Liebe, und hier halte ich sie in der Hand.

Sie schaute auf Christophes bronzefarbene Finger nieder. Der Rubinring an ihrer Hand, der einst ihrer Mutter gehört hatte, bildete dazu einen schimmernden Kontrast. Sie betrachtete ihn eingehend und verglich ihn dann mit dem Ring an der Hand ihrer Mutter.

Plötzlich verstand sie den Unterschied.

Die Gräfin erhob sich und unterbrach Shirleys Gedankengänge.

„Fünfundzwanzig Jahre lang habe ich diesem Mann unrecht getan und auch meiner Tochter, die ich liebte“, sagte sie sanft, als sie sich umwandte und aus dem Fenster blickte. „Mein Stolz hat mich geblendet und mein Herz verhärtet.“

„Aber Sie konnten doch von alldem nichts wissen, Großmutter“, erwiderte Shirley. „Meine Mutter und mein Vater wollten Sie nur beschützen.“

„Ja, ich sollte nicht erfahren, dass mein Mann ein Dieb gewesen ist. Sie versuchten, einen öffentlichen Skandal abzuwenden. Aufgrund dessen verzichtete Ihre Mutter auf ihr Erbe." Erschöpft setzte sie sich wieder. „Aus den Worten Ihres Vaters schließe ich, dass er seine Frau mit aller Hingabe liebte. Sagen Sie mir, Shirley, war meine Tochter glücklich?"

„Das können Sie doch von den Augen meiner Mutter ablesen, wie mein Vater sie auf dem Porträt festgehalten hat. Sie sah immer so aus wie auf diesem Bild."

„Wie kann ich nur wiedergutmachen, was ich tat?"

„Aber Großmutter!" Shirley erhob sich, kniete vor ihr nieder und umfasste ihre zarten Hände. „Ich habe Ihnen den Brief doch nicht gegeben, um Ihren Kummer zu verstärken, sondern um Ihnen diesen Kummer zu nehmen. Sie haben den Brief gelesen. Demnach wissen Sie auch, dass meine Eltern Ihnen nichts nachtrugen. Absichtlich ließen sie Sie in dem Glauben, dass sie Sie verraten haben. Vielleicht irrten sie sich, aber es ist geschehen und kann nicht mehr rückgängig gemacht werden." Sie umklammerte die schmalen Hände fester. „Ich möchte Ihnen nur sagen, dass ich Ihnen keinerlei Vorwürfe mache, und ich bitte Sie um meinetwillen, die Angelegenheit auf sich beruhen zu lassen."

„Ach, Shirley, mein liebes Kind." Die Gräfin blickte sie zärtlich an. „Es ist gut", fügte sie unvermittelt hinzu. „Wir werden uns nur noch an die glücklichen Zeiten erinnern. Sie werden mir mehr von Gabrielles Leben mit Ihrem Vater in Georgetown erzählen und sie mir wieder näherbringen. Einverstanden?"

„Ja, Großmutter."

„Vielleicht werden Sie mir eines Tages das Haus zeigen, in dem Sie aufwuchsen."

„Sie meinen, in Amerika?" Shirley war entsetzt. „Fürchten Sie sich nicht davor, in ein derart unzivilisiertes Land zu reisen?"

„Ziehen Sie keine übereilten Schlüsse." Mit königlicher Anmut erhob sich die Gräfin von ihrem Sessel. „Ich habe fast den Eindruck, als würde ich nun Ihren Vater über Sie kennenlernen, meine Kleine." Sie schüttelte den Kopf. „Ich darf überhaupt nicht daran denken, was mich dieser Raphael gekostet hat.

Inzwischen bin ich froh, dass er nicht mehr existiert."

„Es gibt aber noch die Kopie davon, Großmutter. Ich weiß, wo sie sich befindet."

„Woher willst du das wissen?", schaltete sich Christophe ein. Es waren seine ersten Worte, seitdem sie den Raum betreten hatten.

Sie wandte sich ihm zu und lächelte. „Es stand im Brief, doch zunächst bemerkte ich es nicht. Erst eben, als du meine Hand hieltest, ging mir die Wahrheit auf. Schau dir diesen Ring einmal an." Sie streckte die Hand aus, an der der Rubin schimmerte. „Er gehörte meiner Mutter, und sie trägt ihn auf dem Porträt."

„Ich habe den Ring auf dem Bild bemerkt", sagte die Gräfin zögernd, „aber Gabrielle besaß solch einen Ring nicht. Ich dachte, ihr Vater hätte ihn hinzugefügt, wegen der passenden Ohrringe."

„Doch, Großmutter. Es war ihr Verlobungsring. Sie trug ihn immer zusammen mit dem Ehering an ihrer linken Hand."

„Aber was hat dies mit der Fälschung des Raphael zu tun?", fragte Christophe ungehalten.

„Auf dem Bild trägt sie den Ring an der rechten Hand. Mein Vater hätte niemals einen solchen Fehler begangen, es sei denn, aus Absicht."

„Das ist schon möglich", erwiderte die Gräfin leise.

„Ich weiß, dass das Bild da ist. Das geht aus dem Brief hervor. Er sagte, dass er es hinter einem weit kostbareren Gegenstand verborgen hätte. Und nichts war kostbarer für ihn als meine Mutter."

„Ja." Die Gräfin betrachtete das Porträt ihrer Tochter sehr genau. „Es gäbe kein besseres Versteck."

„Vielleicht finden wir es heraus, wenn ich eine Ecke abschabe", schlug Shirley vor.

„Nein." Die Gräfin schüttelte den Kopf. „Das ist jetzt nicht mehr nötig. Selbst wenn sich der echte Raphael darunter befände, dürften Sie nicht einen Zoll von Ihres Vaters Werk vernichten." Sie berührte Shirleys Wange. „Dieses Porträt, Christophe und du, mein Kind, sind mittlerweile meine größten Schätze. Lassen wir das Bild dort, wo es hingehört." Lächelnd wandte sie sich zu ihren Enkeln um. „Ich werde euch jetzt verlassen. Liebende müssen unter sich sein."

Wie eine Königin schritt sie davon. Shirley schaute ihr bewundernd nach. „Sie ist großartig, meinst du nicht auch?"

„Ja", stimmte Christophe leichtherzig zu und nahm Shirley in die Arme. „Und sie ist sehr klug. Übrigens habe ich dich seit einer Stunde nicht mehr geküsst."

Als er dieses Versäumnis zu gegenseitiger Genugtuung nachgeholt hatte, sah er sie mit dem üblichen Selbstbewusstsein an. „Wenn wir verheiratet sind, mein Liebling, werde ich dich porträtieren lassen. Dann gibt es noch eine andere Kostbarkeit auf diesem Schloss."

„Verheiratet?" Shirley sah ihn vorwurfsvoll an. „Ich habe noch nicht in eine Heirat eingewilligt." Sie machte sich widerstrebend von ihm los. „Das kannst du doch nicht einfach so befehlen. Eine Frau möchte vorher immerhin gefragt werden."

Er zog sie an sich und küsste sie zärtlich.

„Was sagtest du, meine liebe Cousine?"

Sie sah ihn ernst an und legte die Hände um seinen Hals. „Ich werde nie eine gehorsame Ehefrau sein."

„Hoffentlich nicht", entgegnete er aufrichtig.

„Wir werden uns häufig streiten, und ich werde dich ständig zur Raserei bringen."

„Darauf freue ich mich schon jetzt."

„Dann ist ja alles in Ordnung." Sie hielt ein Lächeln zurück. „Ich werde dich heiraten. Aber nur unter einer Bedingung."

„Und die wäre?" Er zog die Augenbrauen hoch.

„Dass du heute Abend mit mir in den Garten gehst." Sie hielt ihn noch fester und sah ihn spitzbübisch an. „Ich bin es so leid, mit anderen Männern bei Mondschein spazieren zu gehen, mit dem sehnsüchtigen Wunsch, dass du es wärst."

– ENDE –

Lesen Sie auch:

Robyn Carr

Neubeginn in Virgin River

Band-Nr. 25422
7,95 € (D)
ISBN: 978-3-89941-690-9

Mit jeder weiteren Meile zweifelte Mel zunehmend daran, ob ihre Flucht aufs Land die richtige Entscheidung war.

Nach jeder Kurve war die Straße schmaler geworden und der Regen ein wenig stärker. Es war erst sechs Uhr, aber bereits stockdunkel. Die Bäume standen so dicht und hoch beieinander, dass nicht einmal mehr die sinkende Nachmittagssonne hindurchscheinen konnte. Natürlich gab es auf dieser kurvigen Strecke auch keinerlei Straßenbeleuchtung. Der Wegbeschreibung nach müsste sie sich in der Nähe des Hauses befinden, wo sie ihre neue Arbeitgeberin treffen sollte, aber sie wagte nicht, ihr im Matsch stecken gebliebenes Auto zu verlassen und zu Fuß zu gehen. Schließlich könnte sie sich in diesem Wald verlaufen und für immer verloren gehen.

Stattdessen fischte sie die Bilder aus ihrer Aktentasche. Sie wollte versuchen, sich ein paar der Gründe, weshalb sie diesen Job angenommen hatte, ins Gedächtnis zu rufen. Da waren Fotos, die ein idyllisches kleines Dorf zeigten. Die holzverschalten Häuser besaßen eine Frontveranda und Giebelfenster. Da war ein altmodisches Schulhaus abgebildet, ein Kirchturm, Stockrosen, Rhododendronbüsche und Apfelbäume in voller Blütenpracht. Nicht zu vergessen die sattgrünen Wiesen, auf denen Vieh graste. Es gab ein Konditorei-Café, einen kleinen Lebensmittelladen, eine kleine, frei stehende Bücherei, die nur aus einem Raum bestand, und das hinreißende Ferienhäuschen im Wald, das ihr gemäß Arbeitsvertrag für ein Jahr mietfrei zur Verfügung stehen würde.

Der Ort war umgeben von fantastischen Sequoia-Redwoods und Nationalparks, die sich Hunderte von Meilen weit über die Wildnis der Trinity- und Shasta-Gebirge hinweg erstreckten. Der Virgin River, dem das Dorf seinen Namen verdankte, war breit, lang und tief. In ihm waren riesige Lachse, Störe und Forellen zu Hause. Im Internet hatte sie sich Bilder aus diesem Teil der Welt angesehen und war schnell davon überzeugt, dass es kein schöneres Fleckchen auf Erden geben könne. Und klar – alles, was sie nun zu sehen bekam, waren Regen, Matsch und Dunkelheit.

Nachdem sie sich einmal entschlossen hatte, aus Los Angeles wegzugehen, hatte sie ihren Lebenslauf bei der Schwesternagentur eingereicht, und eine der Vermittlerinnen hatte Virgin River vorgeschlagen. Der Dorfarzt würde langsam alt und brauche Hilfe, hieß es. Eine Frau aus dem Ort, Hope McCrea, war bereit, ein kleines Haus zur Verfügung zu stellen und auch ein Jahresgehalt zu stiften. Die Kreisverwaltung wollte mindestens ein Jahr lang die Rechnung der Haftpflichtversicherung übernehmen, um zu gewährleisten, dass es in diesem abgelegenen, ländlichen Teil der Welt einen praktischen Arzt und eine Hebamme gab. „Ich habe Mrs McCrea Ihren Lebenslauf und Ihre Empfehlungsschreiben gefaxt", sagte die Vermittlerin, „und sie will Sie haben. Vielleicht sollten Sie einmal dort hochfahren und sich den Ort ansehen."

Mel ließ sich die Telefonnummer geben und rief noch am selben Abend an. Virgin River war zwar sehr viel kleiner, als sie es sich vorgestellt hatte, aber dafür war Mrs McCrea sehr überzeugend. Bereits am nächsten Morgen hatte Mel begonnen, ihren Plan, Los Angeles zu verlassen, in die Tat umzusetzen. Das war kaum einmal zwei Wochen her.

Weder der Schwesternvermittlung noch irgendjemandem in Virgin River war bekannt, wie verzweifelt Mel Abstand zu ihrem alten Leben gewinnen wollte. Schon seit Monaten träumte sie von einem Neubeginn, von Ruhe und Frieden. Sie konnte sich nicht mehr daran erinnern, wann sie zuletzt eine Nacht ruhig durchgeschlafen hatte. Die Gefahren der Großstadt, wo das Verbrechen alle Wohngebiete zu überrollen schien, hatten begonnen, sie fertigzumachen. Schon ein Gang zur Bank oder in ein Geschäft versetzte sie in Angst. Überall schien Gefahr zu lauern. Ihre Arbeit in dem mit dreitausend Betten ausgestatteten Bezirkskrankenhaus und Traumazentrum brachte es mit sich, dass sie einfach zu viele Opfer von Verbrechen pflegen musste. An die Täter mochte sie gar nicht erst denken, die bei der Flucht oder ihrer Verhaftung verletzt worden waren und dann auf der Station oder in der Notaufnahme an ihre Betten gefesselt und von Polizeibeamten bewacht wurden. Was von Mels Seele noch übrig war, war verletzt und schmerzte. Und hinzu kam die grenzenlose Einsamkeit, die sie in ihrem leeren Bett empfand.

Ihre Freunde hatten sie gedrängt, gegen den Impuls anzukämpfen, in ein kleines, unbekanntes Dorf zu flüchten, aber sie hatte bereits an einer Trauergruppe teilgenommen, Einzeltherapie gemacht und in den letzten neun Monaten häufiger Kirchen aufgesucht als in den letzten zehn Jahren. Und nichts hatte geholfen. Das Einzige, was sie ein wenig ruhiger werden ließ, war die Vorstellung, sich in irgendein kleines Dorf auf dem Lande zurückzuziehen, wo die Menschen ihre Türen nicht verschließen mussten und nichts weiter zu befürchten hatten, als dass die Rehe in ihren Gemüsegarten einbrachen. Es müsste geradezu paradiesisch sein.

Jetzt aber, während sie in ihrem Wagen saß und unter der Deckenleuchte die Fotos betrachtete, wurde ihr bewusst, wie lächerlich sie sich angestellt hatte. Mrs McCrea hatte ihr geraten, für ihre Arbeit auf dem Lande nur strapazierfähige Kleidung einzupacken, Jeans und Stiefel also. Und was hatte sie getan? Ihre Stiefel stammten von *Stuart Weitzman*, *Cole Haan* und *Frye*, und sie hatte sich nicht gescheut, die stattliche Summe von vierhundertfünfzig Dollar pro Paar hinzulegen. Die Jeans, mit denen sie vorhatte, Ranches und Farmen zu besuchen, waren von *Rock & Republic*, *Joe's*, *Lucky* und *7 For All Mankind*. Sie kosteten zwischen hundertfünfzig und zweihundertfünfzig das Stück. Für ihren Haarschnitt und die Strähnchen hatte sie pro Sitzung dreihundert Dollar gezahlt. Nachdem sie während der Jahre am College und auch noch als examinierte Krankenschwester lange Zeit jeden Pfennig umdrehen musste, hatte sie, sobald sie als Oberschwester über ein sehr gutes Gehalt verfügte, ihre Liebe für die schönen Dinge entdeckt. Den größten Teil ihres Arbeitstages verbrachte sie schließlich in OP-Klamotten, und wenn sie die ablegte, wollte sie einfach gut aussehen.

Mit Sicherheit würden die Fische und Rehe zutiefst beeindruckt sein.

Während der letzten halben Stunde war ihr nur einmal ein alter Laster auf der Straße begegnet, und Mrs McCrea hatte sie auch nicht darauf vorbereitet, dass die Straßen hier steil und gefährlich waren, voller Haarnadelkurven und jäh abfallender Steilhänge. An manchen Stellen war die Straße so schmal, dass zwei Autos nur mit Mühe aneinander vorbeifahren konnten. Fast war sie froh, als es dunkel wurde, denn so konnte sie wenigstens das Scheinwerferlicht entgegenkommender Autos vor den scharfen Kurven erkennen. Ihr Wagen war auf der Standspur der Bergseite stecken geblieben, nicht auf der Seite des Abhangs, wo es keine Leitplanken gab. Da saß sie nun, im Wald verirrt und dem Schicksal ausgeliefert. Seufzend drehte sie sich um, griff nach ihrem schweren Mantel, der auf den Kisten lag, die sie auf den Rücksitzen verstaut hatte, und zog ihn nach vorne. Sie hoffte, dass Mrs McCrea auf ihrem Weg von oder zu dem Haus, wo sie verabredet waren, hier vorbeikäme. Andernfalls würde sie wohl die Nacht im Auto verbringen müssen. Sie hatte noch zwei Äpfel, ein paar Cracker und zwei Käsesnacks dabei. Blöderweise aber keine Diät-Cola mehr. Morgen früh würde sie vor lauter Koffeinentzug zittern und Kopfschmerzen haben.

Und weit und breit kein Starbucks. Sie hätte sich wirklich besser eindecken können.

Sie stellte den Motor ab, ließ aber die Scheinwerfer an, für den Fall, dass ein Auto die enge Straße passieren würde. Falls man sie nicht rettete, wäre die Batterie bis zum Morgen leer. Sie lehnte sich zurück und schloss die Augen. In ihrer Vorstellung tauchte ein sehr vertrautes Gesicht auf: Mark. Manchmal war das Bedürfnis, ihn noch einmal zu sehen, wenigstens noch einmal kurz mit ihm sprechen zu können, einfach überwältigend. Ganz abgesehen von ihrer Trauer – sie vermisste ihn einfach. Vermisste es, einen Partner zu haben, auf den sie sich verlassen konnte, auf den sie nachts wartete, neben dem sie erwachte. Selbst ein Streit wegen seiner langen Arbeitszeiten erschien ihr jetzt geradezu reizvoll. Er hatte ihr einmal gesagt: „Du und ich, das ist für immer."

Dieses „für immer" hatte vier Jahre gedauert. Von nun an würde sie alleine sein, und sie war erst zweiunddreißig Jahre alt. Er war tot. Und sie innerlich gestorben.

Ein lautes Klopfen an der Fensterscheibe ließ sie hochfahren, und sie hätte nicht sagen können, ob sie tatsächlich geschlafen hatte oder nur in Gedanken verloren war. Es war der Griff einer Taschenlampe, der so hart geklungen hatte, und dieser steckte in der Hand eines alten Mannes. Seine finstere Miene war so erschreckend, dass sie glaubte, nun müsse genau das eintreten, was sie befürchtet hatte.

„Missy", rief er, „Missy, Sie stecken im Schlamm fest."

Sie ließ das Fenster runter, und der Nebel legte sich ihr feucht aufs Gesicht. „Ich ... ich weiß. Ich bin auf einen matschigen Seitenstreifen geraten."

„Diese Blechkiste wird Ihnen hier nicht viel nützen", sagte er.

Also wirklich, Blechkiste! Es war ein nagelneues BMW Cabrio. Einer ihrer vielen missglückten Versuche, sich die Qual der Einsamkeit zu erleichtern. „Nun, das hat mir niemand gesagt! Aber vielen Dank, dass Sie mich aufklären."

Sein dünnes weißes Haar klebte dem alten Mann nass am Kopf, und seine buschigen, weißen Augenbrauen schossen spitz nach oben. Regentropfen glitzerten auf seiner Jacke und rannen von seiner großen Nase. „Bleiben Sie nur sitzen. Ich werde die Kette an Ihrer Stoßstange befestigen und Sie rausziehen. Wollen Sie zum Haus der McCrea?"

Nun gut, es war ja genau das, was sie sich gewünscht hatte – ein Ort, an dem jeder jeden kannte. Sie wollte ihm noch sagen, dass er darauf achten sollte, die Stoßstange nicht zu zerkratzen, aber alles, was sie stotternd herausbrachte, war ein: „J...ja."

„Es ist nicht weit. Sie können hinter mir herfahren, wenn ich Sie rausgezogen habe."

„Danke", sagte sie.

Also würde sie schließlich doch noch zu einem Bett kommen. Und falls Mrs McCrea ein Herz besaß, würde es auch etwas zu essen und zu trinken geben. Sie begann, sich ein glühendes Feuer in dem Häuschen auszumalen. Wie der Regen auf das Dach prasselte, während sie sich auf dem frisch bezogenen Bett tief in eine Daunendecke kuschelte. Endlich sicher und geschützt.

Ihr Wagen ächzte und schien sich zu strecken. Schließlich kam er mit einem Ruck aus dem Loch heraus und stand auf der Straße. Der alte Mann schleppte sie noch ein Stückchen weiter, bis sie wieder sicheren Boden unter den Rädern hatte. Dann hielt er an und nahm die Kette ab. Er warf sie hinten auf die Ladefläche seines Autos und bedeutete ihr, ihm zu folgen. Dagegen hatte sie nichts einzuwenden, denn falls sie noch einmal stecken bleiben sollte, wäre er gleich zur Stelle, um sie wieder herauszuziehen. Sie folgte ihm in kurzem Abstand und brachte Unmengen von Scheibenreiniger zum Einsatz, um zu verhindern, dass der Matsch, den sein Truck aufspritzen ließ, ihr völlig die Sicht nahm.

Es dauerte keine fünf Minuten, und der Blinker des Trucks leuchtete auf. Sie folgte ihm, als er an einem Briefkasten rechts abbog. Die Zufahrt war schmal, holprig und voller Schlaglöcher. Sie erreichten jedoch schnell eine Lichtung, wo der Truck in großem Bogen wendete, um gleich wieder zurückfahren zu können. Damit gab er Mel den Weg frei, und schon stand sie vor ... *einer armseligen Hütte!*

Das war kein reizendes kleines Ferienhäuschen. Gut, es besaß ein Giebeldach und eine Veranda, aber wie es aussah, war diese nur noch an einer Seite befestigt, während sie auf der anderen schräg abfiel. Die Holzverschalung war schwarz vom Regen und wirkte alt. Eins der Fenster war mit einem Brett vernagelt. Weder von innen noch von außen war das Haus beleuchtet, und es stieg auch kein heimeliger Rauch aus dem Kamin.

Auf dem Beifahrersitz lagen noch die Fotos. Sie hupte einmal kurz und sprang gleich darauf aus dem Wagen, während sie in einer Hand die Fotos hielt und sich fröstelnd mit der anderen die Kapuze ihrer Wolljacke über den Kopf zog. Als sie auf den Truck zulief, kurbelte der Alte sein Fenster herunter und sah sie an, als ob sie eine Schraube locker hätte.

„Sind Sie sicher, dass dies das Haus von Mrs McCrea ist?“, fragte sie ihn.

„Klar.“

Sie zeigte ihm das Foto von dem süßen kleinen Ferienhäuschen mit Spitzdach, Adirondack-Stühlen auf der Veranda und vielen mit bunten Blumen gefüllten Töpfen, die an der Balustrade hingen. Auf dem Bild war alles in Sonnenlicht gebadet.

„Hmm“, sagte er. „Es ist schon eine Weile her, dass es so aussah.“

„Das hat man mir nicht gesagt. Sie hat mir versichert, ich könnte ein Jahr lang mietfrei in dem Haus wohnen. Zusätzlich zum Gehalt. Ich soll dem Arzt im Ort helfen. Aber das hier ...?“

„Wusste gar nicht, dass der Doc Hilfe braucht. Er hat Sie doch nicht eingestellt, oder?“

„Nein. Man hat mir gesagt, er würde langsam zu alt, um mit der ganzen Arbeit im Dorf fertigzuwerden, und dass sie einen anderen Arzt brauchen werden. Aber für ein Jahr oder so würde ich reichen.“

„Und wozu?“

Sie sprach lauter, damit er sie im Regen verstehen konnte. „Ich bin Krankenschwester und approbierte Hebamme.“

Das schien ihn zu amüsieren. „Ach, wirklich?“

„Kennen Sie den Arzt?“, fragte sie.

„Jeder kennt hier jeden. Vielleicht hätten Sie erst einmal herkommen sollen, um sich den Ort anzusehen und den Doc kennenzulernen, bevor Sie sich entscheiden.“

„Ja, sieht so aus“, räumte sie zerknirscht ein. „Lassen Sie mich kurz mein Portemonnaie holen, damit ich Ihnen etwas dafür geben kann, dass Sie mich da rausgezogen haben ...“ Aber er winkte sofort ab.

„Ich will dafür kein Geld von Ihnen. Hier wirft niemand mit Geld für Nachbarschaftshilfe um sich.“ Und während er eine seiner wilden Augenbrauen hochzog, fügte er humorvoll hinzu: „Also, wie es aussieht, dürfte sie Sie über den Tisch gezogen haben. Das Haus hier steht seit Jahren leer." Er gluckste. „Mietfrei! Hah!"

Scheinwerferlicht fiel in die Lichtung, als nun ein alter Suburban die Zufahrt herauffuhr. Als er angekommen war, sagte der alte Mann: „Da ist sie. Viel Glück." Und dann lachte er. Tatsächlich *wieherte* er vor Lachen, während er davonfuhr.

Mel stopfte das Foto unter ihre Jacke und blieb im Regen neben ihrem Auto stehen, während der Geländewagen parkte. Sie hätte auf die Veranda gehen können, um sich vor den Naturgewalten in Sicherheit zu bringen, aber die machte ihr doch einen allzu instabilen Eindruck.

Die Karosserie des Suburban lag hoch über riesigen Reifen. Dieses Ding würde auf keinen Fall im Matsch stecken bleiben. Er war ziemlich vollgespritzt, aber man konnte doch erkennen, dass es sich um ein älteres Modell handelte. Die Fahrerin richtete das Scheinwerferlicht aufs Haus und ließ es an, als sie die Tür öffnete. Dann stieg eine winzig kleine, ältere Frau aus dem Geländewagen. Sie hatte dichtes, kräftiges weißes Haar und trug eine Brille mit schwarzem Rahmen, die viel zu groß für ihr Gesicht war. Ihre Füße steckten in Gummistiefeln, und in ihrem Regenmantel war kaum etwas von ihr zu erkennen, aber sie musste weniger als einen Meter fünfzig groß sein. Sie warf eine Zigarette in den Schlamm und kam mit einem breiten Lächeln, bei dem sie die Zähne aufblitzen ließ, auf Mel zu. „Willkommen!", rief sie betont fröhlich, und Mel erkannte die tiefe, kehlige Stimme, mit der sie telefoniert hatte.

MIRA IST ONLINE FÜR SIE!

www.mira-taschenbuch.de

Nora Roberts u.a.
Geheimnisse und Intrigen
Band-Nr. 20032
9,99 € (D)
ISBN: 978-3-86278-310-6
528 Seiten

Nora Roberts u.a.
Frühlingszauber
Band-Nr. 20031
9,99 € (D)
ISBN: 978-3-89941-986-3
480 Seiten

Nora Roberts u.a.
Sommerzauber
Band-Nr. 20023
9,95 € (D)
ISBN: 978-3-89941-873-6
432 Seiten

Nora Roberts
First Class Affären
Band-Nr. 20008
8,95 € (D)
ISBN: 978-3-89941-710-4
512 Seiten

Emilie Richards
Gefährliches Vermächtnis
Band-Nr. 25587
8,99 € (D)
ISBN: 978-3-86278-312-0
eBook: 978-3-86278-400-4
464 Seiten

Emilie Richards
Bis zur letzten Lüge
Band-Nr. 25568
8,99 € (D)
ISBN: 978-3-89941-970-2
eBook: 978-3-86278-138-6
540 Seiten

Emilie Richards
Das Geheimnis der Perle
Band-Nr. 25536
8,95 € (D)
ISBN: 978-3-89941-876-7
eBook: 978-3-86278-078-5
384 Seiten

Emilie Richards
Insel hinter dem Regenbogen
Band-Nr. 25521
8,95 € (D)
ISBN: 978-3-89941-848-4
eBook: 978-3-86278-048-8
656 Seiten

Susan Wiggs
Sommer unseres Lebens
Band-Nr. 25588
8,99 € (D)
ISBN: 978-3-86278-313-7
eBook: 978-3-86278-404-2
432 Seiten

Susanne Schomann
Bernsteinsommer
Band-Nr. 25582
8,99 € (D)
ISBN: 978-3-86278-303-8
304 Seiten

Robyn Carr
Verliebt in Virgin River
Band-Nr. 25583
7,99 € (D)
ISBN: 978-3-86278-304-5
eBook: 978-3-86278-390-8
448 Seiten

Robyn Carr
Ein neuer Tag in Virgin River
Band-Nr. 25573
7,99 € (D)
ISBN: 978-3-89941-980-1
eBook: 978-3-86278-154-6
496 Seiten